U0118571

射鵰英雄傳

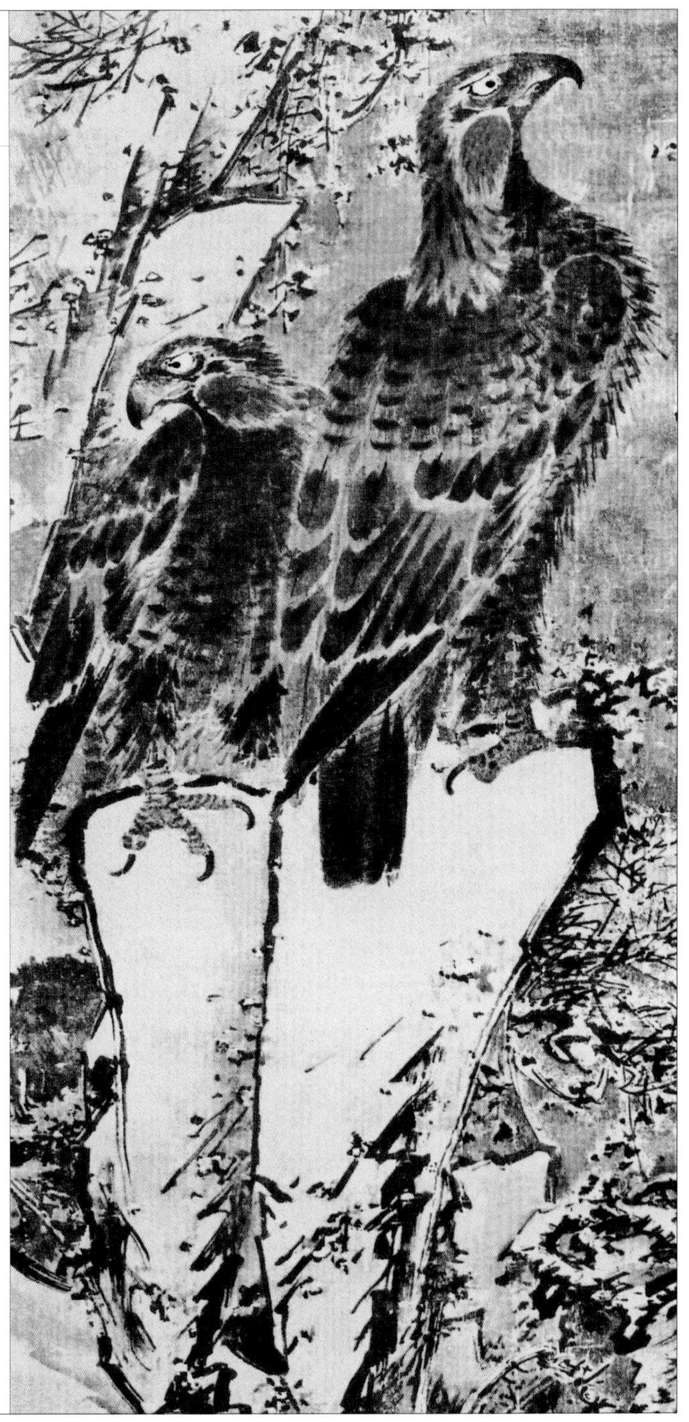

前頁圖／林良「雙鷹圖」。林良，字以善，廣東人，明英宗天順年間宮廷供奉。善畫禽鳥。評者稱其筆墨遒勁，有如草書。

右頁圖／吳作人「駱駝」：吳作人，當代畫家。本圖為其名作之一。評者稱其畫「橫墨一線，透視百里」。

左頁圖／宋徽宗像。原藏故宮南薰殿。

宋徽宗「桃鳩圖」（是否徽宗真蹟，存疑）。

「山中行路之蒙古部族」：波斯畫家繪，作於十四世紀末。現藏倫敦大英博物館。成吉思汗大軍曾征服波斯，因此波斯流傳描寫蒙古人生活及戰鬥的圖畫甚多。此圖顯示受到中國宋元畫風的影響。

右頁圖／「成吉思汗克敵圖」：波斯畫家作，現藏伊朗德黑蘭皇家圖書館。圖中穿橙色袍服、手執長矛者為成吉思汗，其前手持金鎚擊敵者為神箭手哲別（英文中寫作Gebe the Archer）。

左頁圖／「成吉思汗飲水圖」：波斯畫家作，現藏伊朗德黑蘭皇家圖書館。成吉思汗一生歷嘗艱辛，某次戰役途中無水，部屬以布袋從濕泥中絞水以供飲用。

نمود اکثر لشکر از و جدا شدند و او بجانب بالجیونه رفت و آن موضعی بوده که در انجا چند چشمه آب اندک بوده و جمعیت ایشان

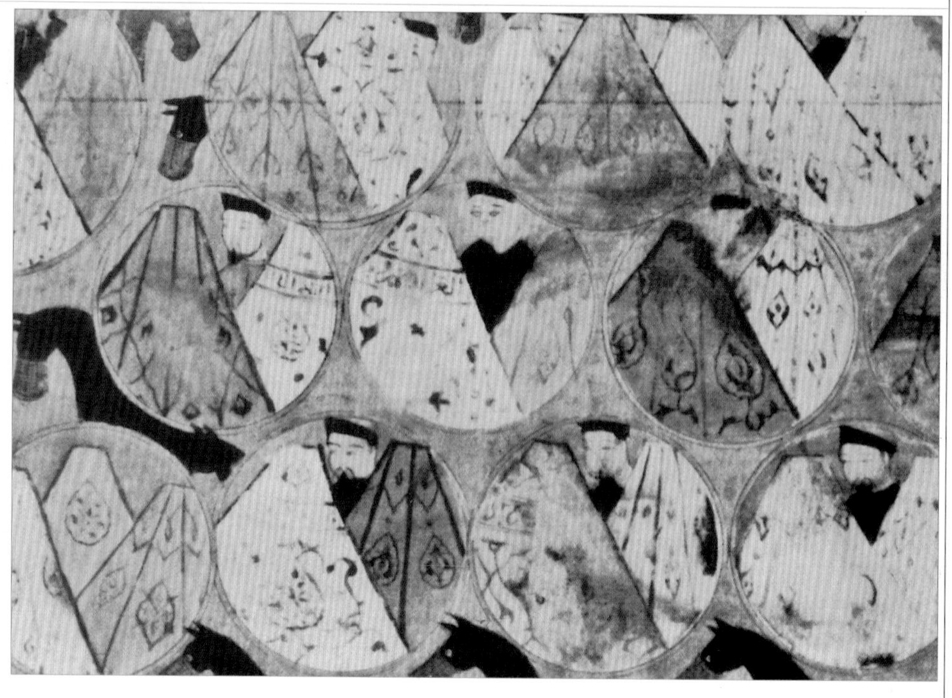

「行進中的蒙古人」：
波斯畫家作。
描寫蒙古人行進時秩序井然，
組織嚴密，
馬匹皆戴口罩。

「蒙古人及蒙古包」：
現藏巴黎法國國家圖書館。

「蒙古貴人出獵圖」：
土耳其畫家作，現藏
土耳其伊斯坦堡 Topkopi Saray 博物院。
圖中有獵鷹、獵犬及豹子。
兩名蒙古人頭戴豹皮帽。
桑昆之豹子被柯鎮惡射死後，
想來也不免遭此命運。

郎世寧「大宛騮」：
「十駿圖」之一。
郭靖的小紅馬或彷彿如此。

右頁圖／
郎世寧「雪點鵰」：
郎世寧，意大利人，乾隆時宮廷畫家。
此圖為「十駿圖」之一，
十駿均為乾隆的御馬。
韓寶駒的黃馬或近似之。

左頁圖／
徐悲鴻「雙馬圖」：
徐悲鴻（1895-1953），
近代畫家中最擅畫馬。
由此圖可想像郭靖的小紅馬
未受馴服時的神態。

早稻登場農事
罷閒聽父老說
新羅山人寫

右頁圖／華喦「閒聽說舊圖」：華喦（1682-1756），福建臨汀人，字秋岳，號新羅山人，清乾隆年間著名畫家，稱詩、書、畫三絕。

左頁圖／宋欽宗像。欽宗為徽宗之子，靖康年間與徽宗同被金兵所擄。

論語卷第一

學而第一　何晏集解

子曰學而時習之不亦說乎馬曰子者男子之通稱謂孔子也王曰時者學者以時誦習之誦習以時學無廢業所以為說懌。說音悅。下同。稱去聲

有朋自遠方來不亦樂乎包曰同門曰朋。樂音洛人不知而不慍不亦君子乎慍怒也。凡人有所不知。君子不怒。慍紆問反

有子曰孔曰弟子有若其為人也孝弟而好犯上者鮮矣鮮少也。上謂凡在己上者。言孝弟之

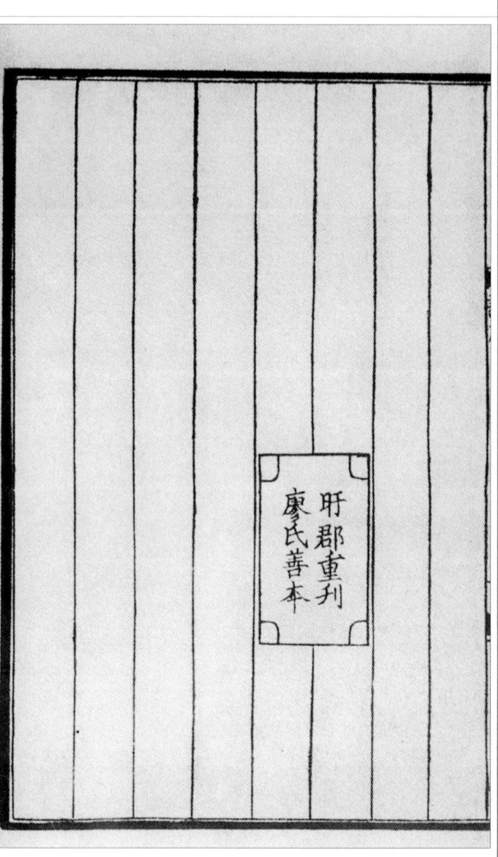

旴郡重刊
廖氏善本

元人重刊宋版《論語》集解之第一頁：此為元人根據宋人廖氏世綵堂善本重刊，保留宋版《論語》的原來面目。黃蓉教楊過讀《論語》，或許讀的就是類似版本。

射鵰英雄傳

（一）

金庸

「金庸作品集」新序

小說是寫給人看的。小說的內容是人。

小說寫一個人、幾個人、一羣人、或成千成萬人的性格和感情。他們的性格和感情從橫面的環境中反映出來，從縱面的遭遇中反映出來，從人與人之間的交往與關係中反映出來。長篇小說中似乎只有《魯濱遜飄流記》，才只寫一個人，寫他與自然之間的關係，但寫到後來，終於也出現了一個僕人「星期五」。只寫一個人的短篇小說多些，尤其是近代與現代的新小說，寫一個人在與環境的接觸中表現他外在的世界、內心的世界，尤其是內心世界。有些小說寫動物、神仙、鬼怪、妖魔，但也把他們當作人來寫。

西洋傳統的小說理論分別從環境、人物、情節三個方面去分析一篇作品。由於小說作者不同的個性與才能，往往有不同的偏重。

基本上，武俠小說與別的小說一樣，也是寫人，只不過環境是古代的，主要人物是有武功的，情節偏重於激烈的鬥爭。任何小說都有它所特別側重的一面。愛情小說寫男女之間與性有關的感情，寫實小說描繪一個特定時代的環境與人物，《三國演義》與《水滸》一類小說敘述大羣人物的鬥爭經歷，現代小說的重點往往放在人物的心理過程上。

小說是藝術的一種，藝術的基本內容是人的感情和生命，主要形式是美，廣義的、美學上的美。在小說，那是語言文筆之美、安排結構之美，關鍵在於怎樣將人物的內心世界通過某種形式而表現出來。甚麼形式都可以，或者是作者主觀的剖析，或者是客觀的敘述故事，從人物的行動和言語中客觀的表達。

讀者閱讀一部小說，是將小說的內容與自己的心理狀態結合起來。同樣一部小說，有的人感到強烈的震動，有的人卻覺得無聊厭倦。讀者的個性與感情，與小說中所表現的個性與感情相接觸，產生了「化學反應」。

武俠小說只是表現人情的一種特定形式。作曲家或演奏家要表現一種情緒，用鋼琴、小提琴、交響樂、或歌唱的形式都可以，畫家可以選擇油畫、水彩、水墨、或版畫的形式。問題不在採取甚麼形式，而是表現的手法好不好，能不能和讀者、聽者、觀賞者的心靈相溝通，能不能使他的心產生共鳴。小說是藝術形式之一，有好的藝術，也有不好的藝術。

好或者不好，在藝術上是屬於美的範疇，不屬於真或善的範疇。判斷美的標準是美，是感情，不是科學上的真或不真（武功在生理上或科學上是否可能），道德上的善或不善，也不是經濟上的值錢不值錢，政治上對統治者的有利或有害。當然，任何藝術作品都會發生社會影響，自也可以用社會影響的價值去估量，不過那是另一種評價。

在中世紀的歐洲，基督教的勢力及於一切，所以我們到歐美的博物院去參觀，見到所有中世紀的繪畫都以聖經故事為題材，表現女性的人體之美，也必須通過聖母的形象。直到文藝復興之後，凡人的形象才在繪畫和文學中表現出來，所謂文藝復興，是在文藝上復興希臘、羅馬時代對「人」的描寫，而不再集中於描寫神與聖人。

中國人的文藝觀，長期以來是「文以載道」，那和中世紀歐洲黑暗時代的文藝思想是一致的，用「善或不善」的標準來衡量文藝。《詩經》中的情歌，要牽強附會地解釋為諷刺君主或歌頌后妃。陶淵明的〈閒情賦〉，司馬光、歐陽修、晏殊的相思愛戀之詞，或者惋惜地評之為白璧之玷，或者好意地解釋為另有所指。他們不相信文藝所表現的是感情，認為文字的唯一功能只是為政治或社會價值服務。

我寫武俠小說，只是塑造一些人物，描寫他們在特定的武俠環境（中國古代的、沒有法治的、以武力來解決爭端的不合理社會）中的遭遇。當時的社會和現代社會已大不相同，人的性格和感情卻沒有多大變化。古代人的悲歡離合、喜怒哀樂，仍能在現代讀者的心靈中引起相應的情緒。讀者們當然可以覺得表現的手法拙劣，技巧不夠成熟，描寫殊不深刻，以美學觀點來看是低級的藝術作品。無論如何，我不想載甚麼道。我在寫武俠小說的同時，也寫政治評論，也寫與歷史、哲學、宗教有關的文字，那與武俠小說完全不同。涉及思想的文字，是訴諸讀者理智的，對這些文字，才有是非、真假的判斷，讀者或許同意，或許只部份同意，或許完全反對。

對於小說，我希望讀者們只說喜歡或不喜歡，只說受到感動或覺得厭煩。我最高興的是讀者喜愛或憎恨我小說中的某些人物，如果有了那種感情，表示我小說中的人物已和讀者的心靈發生聯繫了。小說作者最大的企求，莫過於創造一些人物，使得他們在讀者心中變成活生生的、有血有肉的人。藝術是創造，音樂創造美的聲音，繪畫創造美的視覺形象，小說是想創造人物、創造故事，以及人的內心世界。假使只求如實反映外在世界，那麼有了錄音機、照相機，何必再要音樂、繪畫？有了報紙、歷史書、記錄電視片、社會調查統計、醫生的病歷紀錄、黨部與警察局的人事檔案，何必再要小說？

武俠小說雖說是通俗作品，以大眾化、娛樂性強為重點，但對廣大讀者終究是會發生影響的。我希望傳達的主旨，是：愛護尊重自己的國家民族，也尊重別人的國家民族；和平友好，互相幫助；重視正義和是非，反對損人利己；注重信義，歌頌純真的愛情和友誼；歌頌奮不顧身的為了正義而奮鬥；輕視爭權奪利、自私可鄙的思想和行為。武俠小說並不單是讓讀者在閱讀時做「白日夢」而沉緬在偉大成功的幻想之中，而希望讀者們在幻想之時，想像自己是個好人，要努力做各種各樣的好事，想像自己要愛國家、愛社會、幫助別人得到幸福，由於做了好事、作出積極貢獻，得到所愛之人的欣賞和傾心。

武俠小說並不是現實主義的作品。有不少批評家認定，文學上只可肯定現實主義一個流派，除此之外，全應否定。這等於是說：少林派武功好得很，除此之外，甚麼武當派、崆峒派、太極拳、八卦掌、彈腿、白鶴派、空手道、跆拳道、柔道、西洋拳、泰拳等等全部應當廢除取消。我們主張多元主義，既尊重少林武功是武學中的泰山北斗，而覺得別的小門派也不妨並存，它們或許並不比少林派更好，但各有各的想法和創造。愛好廣東菜的人，不必主張禁止京菜、川菜、魯菜、徽菜、湘菜、維揚菜、杭州菜、法國菜、意大利菜等等派別，所謂「蘿蔔青菜，各有所愛」是也。不必把武俠小說提得高過其應有之份，也不必一筆抹殺。甚麼東西都恰如其份，也就是了。

撰寫這套總數三十六冊的《作品集》，是從一九五五年到七二年，前後約十三、四年，包括十二部長篇小說，兩篇中篇小說，一篇短篇小說，一篇歷史人物評傳，以及若干篇歷史考據文字。出版的過程很奇怪，不論在香港、臺灣、海外地區，還是中國大陸，都是先出各種各樣翻版盜印本，然後再出版經我校訂、授權的正版本。在中國大陸，在「三聯版」出版之前，只有天津百花文藝出版社一家，是經我授權而出版了《書劍恩仇錄》。他們校印認真，依足合同支付版稅。我依足法例繳付所得稅，餘數捐給了幾家文化機構及支助圍棋活動。這是一個愉快的經驗。除此之外，完全是未經授權的，直到正式授權給北京三聯書店出版。「三聯版」的版權合同到二〇〇一年年底期滿，以後中國內地的版本由另一家出版社出版，主因是地區鄰近，業務上便於溝通合作。

翻版本不付版稅，還在其次。許多版本粗製濫造，錯訛百出。還有人借用「金庸」之名，撰寫及出版武俠小說。寫得好的，我不敢掠美；至於充滿無聊打鬥、色情描寫之作，可不免令人不快了。也有些出版社翻印香港、臺灣其他作家的作品而用我筆名出版發行。我收到過無數讀者的來信揭露，大表憤慨。也有人未經我授權而自行點評，除馮其庸、嚴家炎、陳墨三位先生功力深厚、兼又認真其事，我深為拜嘉之外，其餘的點評大都與作者原意相去甚遠。好在現已停止出版，出版者正式道歉，糾紛已告結束。

有些翻版本中，還說我和古龍、倪匡合出了一個上聯「冰比冰水冰」徵對，真正是大開玩笑了。漢語的對聯有一定規律，上聯的末一字通常是仄聲，以便下聯以平聲結尾，但「冰」字屬蒸韻，是平聲。我們不會出這樣的上聯徵對。大陸地區有許許多多讀者寄了下聯給我，大家浪費時間心力。

為了使得讀者易於分辨，我把我十四部長、中篇小說書名的第一個字湊成一副對聯：「飛雪連天射白鹿，笑書神俠倚碧鴛」。（短篇《越女劍》不包括在內，偏偏我的圍棋老師陳祖德先生說他最喜愛這篇《越女劍》。）我寫第一部小說時，根本不知道會不會再寫第二部；寫第二部時，也完全沒有想到第三部小說會用甚麼題材，更加不知道會用甚麼書名。所以這副對聯當然說不上工整，「飛雪」不能對「笑書」，「連天」不能對「神俠」，「白」與「碧」都是仄聲。但如出一個上聯徵對，用字完全自由，總會選幾個比較有意思而合規律的字。

有不少讀者來信提出一個同樣的問題：「你所寫的小說之中，你認為哪一部最好？最喜歡哪一部？」這個問題答不了。我在創作這些小說時有一個願望：「不要重複已經寫過的人物、情節、感情，甚至是細節。」限於才能，這願望不見得能達到，然而總是朝著這方向努力，大致來說，這十五部小說是各不相同的，分別注入了我當時的感情和思想，主要是感情。我喜愛每部小說中的正面人物，為了他們的遭遇而快樂或惆悵、悲傷，有時會非常悲傷。至於寫作技巧，後期比較有些進步。但技巧並非最重要，所重視的是個性和感情。

這些小說在香港、臺灣、中國內地、新加坡曾拍攝為電影和電視連續集，有的還拍了三、四個不同版本，此外有話劇、京劇、粵劇、音樂劇等。跟著來的是第二個問題：「你認為哪一部電影或電視劇改編演出得最成功？劇中的男女主角哪一個最符合原著中的人物？」電影和電視的表現形式和小說根本不同，很難拿來比較。電視的篇幅長，較易發揮；電影則受到更大限制。再者，閱讀小說有一個作者和讀者共同使人物形象化的過程，許多人讀同一部小說，腦中所出現的男女主角卻未必相同，因為在書中的文字之外，又加入了讀者自己的經歷、個性、情感和喜憎。你會在心中把書中的男女主角和自己或自己的情人融而為一，而每個不同讀者、他的情人肯定和你的不同。電影和電視卻把人物的形象固定了，觀眾沒有自由想像的餘地。我不能說那一部最好，但可以說：把原作改得面目全非的最壞、最自以為是，瞧不起原作者和廣大讀者。

武俠小說繼承中國古典小說的長期傳統。中國最早的武俠小說，應該是唐人傳奇的《虬髯客傳》、《紅線》、《聶隱娘》、《崑崙奴》等精彩的文學作品。其後是《水滸傳》、《三俠五義》、《兒女英雄傳》等等。現代比較認真的武俠小說，更加重視正義、氣節、捨己為人、鋤強扶弱、民族精神、中國傳統的倫理觀念。讀者不必過份推究其中某些誇張的武功描寫，有些事實上不可能，只不過是中國武俠小說的傳統。聶隱娘縮小身體潛入別人的肚腸，然後從他口中躍出，誰也不會相信是真事，然而聶隱娘的故事，千餘年來一直為人所喜愛。

我初期所寫的小說，漢人皇朝的正統觀念很強。到了後期，中華民族各族一視同仁的觀念成為基調，那是我的歷史觀比較有了些進步之故。這在《天龍八部》、《白馬嘯西風》、《鹿鼎記》中特別明顯。韋小寶的父親可能是漢、滿、蒙、回、藏任何一族之人。即使在第一部小說《書劍恩仇錄》中，主角陳家洛後來也對回教增加了認識和好感。每一個種族、每一門宗教、某一項職業中都有好人壞人。有壞的皇帝，也有好皇帝；有很壞的大官，也有真正愛護百姓的好官。書中漢人、滿人、契丹人、蒙古人、西藏人……都有好人壞人。和尚、道士、喇嘛、書生、武士之中，也有各種各樣的個性和品格。有些讀者喜歡把人一分為二，好壞分明，同時由個體推論到整個羣體，那決不是作者的本意。

歷史上的事件和人物，要放在當時的歷史環境中去看。宋遼之際、元明之際、明清之際，漢族和契丹、蒙古、滿族等民族有激烈鬥爭；蒙古、滿人利用宗教作為政治工具。小說所想描述的，是當時人的觀念和心態，不能用後世或現代人的觀念去衡量。我寫小說，旨在刻畫個性，抒寫人性中的喜愁悲歡。小說並不影射甚麼，如果有所斥責，那是人性中卑污陰暗的品質。政治觀點、社會上的流行理念時時變遷，人性卻變動極少。

在劉再復先生與他千金劉劍梅合寫的《父女兩地書》（共悟人間）中，劍梅小姐提到她曾和李陀先生的一次談話，李先生說，寫小說也跟彈鋼琴一樣，沒有任何捷徑可言，是一級一級往上提高的，要經過每日的苦練和積累，讀書不夠多就不行。我很同意這個觀點。我每日讀書至少四五小時，從不間斷，在報社退休後連續在中外大學中努力進修。這些年來，學問、知識、見解雖有長進，才氣卻長不了，因此，這些小說雖然改了三次，相信很多人看了還是要嘆氣。正如一個鋼琴家每天練琴二十小時，如果天份不夠，永遠做不了蕭邦、李斯特、拉赫曼尼諾夫、巴德魯斯基，連魯賓斯坦、霍洛維茲、阿胥肯那吉、劉詩昆、傅聰也做不成。

這次第三次修改，改正了許多錯字訛字、以及漏失之處，多數由於得到了讀者們的指正。有幾段較長的補正改寫，是吸收了評論者與研討會中討論的結果。仍有許多明顯的缺點無法補救，限於作者的才力，那是無可如何的了。讀者們對書中仍然存在的失誤和不足之處，希望寫信告訴我。我把每一位讀者都當成是朋友，朋友們的指教和關懷，自然永遠是歡迎的。

二〇〇二年·四月 於香港

金庸

《射鵰英雄傳》目錄

第一回　風雪驚變……3
第二回　江南七怪……51
第三回　黃沙莽莽……97
第四回　黑風雙煞……139
第五回　彎弓射鵰……181
第六回　崖頂疑陣……219
第七回　比武招親……265
第八回　各顯神通……311
第九回　鐵槍破犁……341
第十回　往事如煙……385

那道人哈哈大笑，忽然提起右掌，快如閃電般在槍身中間一擊，格的一聲，楊鐵心只覺虎口劇痛，急忙撒手，鐵槍已摔落雪地。

第一回

風雪驚變

錢塘江浩浩江水，日日夜夜無窮無休的從兩浙西路臨安府牛家村邊繞過，東流入海。江畔一排數十株烏柏樹，葉子似火燒般紅，正是八月天時。村前村後的野草剛起始變黃，一抹斜陽映照之下，更增了幾分蕭索。兩株大松樹下圍著一堆村民，男男女女和十幾個小孩，正自聚精會神的聽著一個瘦削的老者說話。

那說話人五十來歲年紀，一件青布長袍早洗得褪成了藍灰帶白。只聽他兩片梨花木板碰了幾下，左手中竹棒在一面小羯鼓上敲起得得連聲。唱道：

「小桃無主自開花，煙草茫茫帶晚鴉。
幾處敗垣圍故井，向來一一是人家。」

那說話人將木板敲了幾下，說道：「這首七言詩，說的是兵火過後，原來的家家戶戶，都變成了斷牆殘瓦的破敗之地。小人剛才說到那葉老漢一家四口，悲歡離合，聚了又散，散了又聚。他四人給金兵沖散，好容易又再團聚，歡天喜地的回到故鄉衛州，卻見房屋已給金兵燒得乾乾淨淨，無可奈何，只得去到京城汴梁，想覓個生計。不料想：天有不測風雲，人有旦夕禍福。他四人剛進汴梁城，迎面便過來一隊金兵。帶兵的頭兒一雙三角眼覷將過去，見那葉三姐生得美貌，跳下馬來，當即一把抱住，哈哈大笑，便將她放上了馬鞍，說道：『小姑娘，跟我回家，服侍老爺。』那葉三姐如何肯從？拚命掙扎。那金兵長官喝道：『你不肯從我，便殺了你的父母兄弟！』提起狼牙棒，一棒打在那葉四郎的頭上，登時腦漿迸裂，一命嗚呼。正是：

陰世新添枉死鬼，陽間不見少年人！

「葉老漢和媽媽嚇得呆了，撲將上去，摟住了兒子的死屍，放聲大哭。那長官提起狼牙棒，一棒一個，又都了帳。那葉三姐卻不啼哭，說道：『長官休得兇惡，我跟你回家便了！』那長官大喜，將葉三姐帶得回家。不料葉三姐覷他不防，突然搶步過去，拔出那長官的腰刀，對準了他心口，挺刀刺將過去，說時遲，那時快，這鋼刀刺去，眼見便可報得父母兄弟的大仇。不料那長官久經戰陣，武藝精熟，順手推出，葉三姐登時摔了出去。那長官剛罵得一聲：『小賤人！』葉三姐已舉起鋼刀，在脖子中一勒。可憐她：

花容月貌無雙女，惆悵芳魂赴九泉。」

他說一段，唱一段，只聽得衆村民無不咬牙切齒，憤怒嘆息。

那人又道：「衆位聽了，常言道得好：

爲人切莫用欺心，舉頭三尺有神明。
若還作惡無報應，天下兇徒人吃人。

「可是那金兵佔了我大宋天下，殺人放火，奸淫擄掠，無惡不作，卻又不見他遭到甚麼報應。只怪我大宋官家不爭氣，我中國本來兵多將廣，可是一見到金兵到來，便遠遠的逃之夭夭，只賸下老百姓遭殃。好似那葉三姐一家的慘禍，江北之地，實是成千成萬，便如家常便飯一般。諸君住在江南，當眞是在天堂裏了，怕只怕金兵何日到來。正是：寧作太平犬，莫爲亂世人。小人張十五，今日路經貴地，服侍衆位聽客這一段說話，叫作『葉三姐節烈記』。話本說徹，權作散場。」將兩片梨花木板啪啪啪的亂敲一陣，托出一隻盤子。

眾村民便有人拿出兩文三文，放入木盤，霎時間得了六七十文。張十五謝了，將銅錢放入囊中，便欲起行。

村民中走出一個二十來歲的大漢，說道：「張先生，你可是從北方來嗎？」說的是北方口音。張十五見他身材魁梧，濃眉大眼，便道：「正是。」那大漢道：「小弟作東，請先生去飲上三杯如何？」張十五大喜，說道：「素不相識，怎敢叨擾？」那大漢笑道：「喝上三杯，那便相識了。俺姓郭，名叫郭嘯天。」指著身旁一個白淨面皮的漢子道：「這位是楊鐵心楊兄弟。適才俺二人聽先生說唱葉三姐節烈記，果然是說得好，卻有幾句話想要請問。」張十五道：「好說，好說。今日得遇郭楊二位，也是有緣。」

郭嘯天帶著張十五來到村頭一家小酒店中，在張板桌旁坐了。

小酒店的主人是個跛子，撐著兩根拐杖，慢慢燙了兩壺黃酒，擺出一碟蠶豆、一碟鹹花生，一碟豆腐乾，另有三個切開的鹹蛋，自行在門口板凳上坐了，抬頭瞧著天邊正要落山的太陽，卻不更向三人望上一眼。

郭嘯天斟了酒，勸張十五喝了兩杯，說道：「鄉下地方，只初二、十六才有肉賣。沒了下酒之物，先生莫怪。」張十五道：「有酒便好。聽兩位口音，遮莫也是北方人。」楊鐵心道：「俺兩兄弟原是山東人氏。只因受不了金狗的骯髒氣，三年前來到此間，愛這裏人情厚，便住了下來。剛才聽得先生說道，我們住在江南，猶似在天堂裏一般，怕只怕金兵何日到來，你說金兵會不會打過江來？」

張十五嘆道：「江南花花世界，放眼但見美女，遍地皆是金銀，金兵又有那一日不想過來？只是他來與不來，拿主意的卻不是金國，而是臨安的大宋朝廷。」

郭嘯天和楊鐵心齊感詫異，同聲問道：「這卻是怎生說？」

張十五道：「我中國百姓，比女真人多上一百倍也還不止。只要朝廷肯用忠臣良將，咱們一百個打他一個，金兵如何能夠抵擋？我大宋北方這半壁江山，是當年徽宗、欽宗、高宗他父子三人奉送給金人的。這三個皇帝任用奸臣，欺壓百姓，把出力抵抗金兵的大將罷免的罷免，殺頭的殺頭。花花江山，雙手送將過去，金人卻之不恭，也只得收了。今後朝廷倘若仍然任用奸臣，那就是跪在地下，請金兵駕到，他又如何不來？」

郭嘯天伸手在桌上重重一拍，只拍得杯兒、筷兒、碟兒都跳將起來，大聲說道：「正是！」

張十五道：「想當年徽宗道君皇帝一心只想長生不老，要做神仙，所用的奸臣，像蔡京、朱緬、王黼，是專幫皇帝搜括百姓的無恥之徒；像童貫、梁師成，是只會吹牛拍馬的太監；像高俅、李邦彥，是陪皇帝嫖院玩耍的浪子。道君皇帝正事諸般不理，整日裏若不是求仙學道，寫字畫畫，便是派人到處去找尋希奇古怪的花木石頭。一旦金兵打到眼前來，他束手無策，頭一縮，便將皇位傳給了兒子欽宗。那時忠臣李綱守住了京城汴梁，各路大將率兵勤王，金兵攻打不進，只得退兵。不料想欽宗聽信了奸臣的話，竟將李綱罷免了，又不用威名素著、能征慣戰的宿將，卻信用一個自稱能請天神天將、會得呼風喚雨的騙子郭京，叫他請天將守城。天將不理睬，這京城又如何不破？終於徽宗、欽宗都給金兵擄了去。這兩個昏君自作自受，那也罷了，可害苦了我中國千千萬萬百姓。」

郭嘯天、楊鐵心越聽越怒。郭嘯天道：「靖康年間徽欽二帝給金兵擄去這件大恥，我們聽得多了。天神天將甚麼的，倒也聽見過的，只道是說說笑話，豈難道眞有這等胡塗事？」張十五道：「那還有假的？」楊鐵心道：「後來康王在南京接位做皇帝，手下有韓世忠、岳爺爺這些忠勇大將，本來大可發兵北伐，就算不能直搗黃龍，但要收復京城汴梁，卻也並非難事。只恨秦檜這奸賊一心想議和，卻把岳爺爺害死了。」

張十五替郭、楊二人斟了酒，自己又斟一杯，一口飲乾，說道：「岳爺爺有兩句詩道：『壯志飢餐胡虜肉，笑談渴飲匈奴血。』這兩句詩當眞說出了中國全國百姓的心裏話。唉，秦檜這大奸臣運氣好，只可惜咱們遲生了六十年。」郭嘯天問道：「若是早了六十年，卻又如何？」張十五道：「那時憑兩位這般英雄氣概，豪傑身手，去到臨安，將這奸臣一把揪住，咱三個就吃他的肉，喝他的血，卻又不用在這裏吃蠶豆、喝冷酒了！」說著三人大笑。

楊鐵心見一壺酒已喝完了，又要了一壺，三人不住痛罵秦檜。那跛子又端上一碟蠶豆、一碟花生，聽他三人罵得痛快，忽然嘿嘿兩聲冷笑。

楊鐵心道：「曲三，怎麼了？你說我們罵秦檜罵得不對嗎？」那跛子曲三道：「罵得好，罵得對，有甚麼不對？不過我曾聽得人說，想要殺岳爺爺議和的，罪魁禍首卻不是秦檜。」三人都感詫異，問道：「不是秦檜？那麼是誰？」曲三道：「秦檜做的是宰相，議和也好，不議和也好，他都做他的宰相。可是岳爺爺一心一意要滅了金國，迎接徽欽二帝回來。這兩個皇帝一回來，高宗皇帝他又做甚麼呀？」他說了這幾句話，一蹺一拐的又去坐在木凳上，抬頭望天，又一動不動的出神。這曲三瞧他容貌還只四十上下年紀，可是弓腰曲背，鬢邊見白，從背後瞧去，倒似是個老頭子模樣。

只聽得門外一個女孩子的聲音叫道：「我殺老虎，殺三隻老虎給爹爹下酒！老虎來啦，老虎來啦！」一隻公雞從門外飛撲進來，跟著一個女孩雙手挺著一柄燒火的火叉自後追進門來。那女孩五六歲年紀，頭髮紮了兩根小辮子，滿臉泥污，身上衣服也盡是泥污，似乎剛從泥潭中爬起來一般。她見了曲三，笑道：「爹，爹，我給你殺老虎！」曲三臉上露出笑容，顯得很是慈愛，笑道：「乖，乖寶，殺了幾隻老虎啦？」那女孩挺著火叉，又去追趕公雞，叫道：「殺三隻大老虎，一隻，六隻，五隻，給爹爹下酒。乖寶自己吃一隻！」那雄雞飛撲著逃了出門。那女孩挺火叉追了出去。

隔了半晌，張十五道：「對，對！這位兄弟說得很是。眞正害死岳爺爺的罪魁禍首，只怕不是秦檜，而是高宗皇帝。這個高宗皇帝，原本無恥得很，這種事情自然做得出來。」

郭嘯天問道：「他卻又怎麼無恥了？」張十五道：「當年岳爺爺幾個勝仗，只殺得金兵血流成河，屍積如山，只有逃命之力，更無招架之功，而北方我中國義民，又到處起兵抄韃子的後路。金人正在手忙腳亂、魂不附體的當兒，忽然高宗送到降表，投降求和。金人的皇帝自然大喜若狂，說道：議和倒也可以，不過先得殺了岳飛。於是秦檜定下奸計，在風波亭中害死了岳爺爺。紹興十一年十二月，岳爺爺遭害，只隔得一個月，到紹興十二年正月，和議就成功了。宋金兩國以淮水中流爲界。高宗皇帝向金國稱臣，你道他這道降表是怎生書寫？」楊鐵心道：「那定是寫得挺不要臉了。」

張十五道：「可不是嗎？這道降表，我倒也記得。高宗皇帝名叫趙構，他在降表中寫道：『臣構言：既蒙恩造，許備藩國，世世子孫，謹守臣節。每年皇帝生辰並正旦，遣使稱賀不絕。歲貢銀二十五萬兩，絹二十五萬匹。』他不但自己做奴才，還叫世世子孫都做金國皇帝的奴才。他做奴才不打緊，咱們中國百姓可不是跟著也成了奴才？」

砰的一聲，郭嘯天又在桌上重重拍了一記，震倒了一隻酒杯，酒水流得滿桌，怒道：「不要臉，不要臉！這鳥皇帝算是那一門子的皇帝！」

張十五道：「那時候全國軍民聽到了這訊息，無不憤慨之極。淮水以北的百姓眼見河山恢復無望，更是傷心泣血。高宗見自己的寶座從此坐得穩若泰山，便道是秦檜的大功。秦檜本來已封到魯國公，這時再加封太師，榮寵無比，權勢薰天。高宗傳孝宗，孝宗傳光宗，金人佔定了我大半邊江山。光宗傳到當今天子慶元皇帝手裏，用的是這位韓侂胄韓宰相，今後的日子怎樣？嘿嘿，難說，難說！」說著連連搖頭。

郭嘯天道：「甚麼難說？這裏是鄉下地方，儘說無妨，又不比臨安府城裏，怕給人聽了去惹禍。韓侂胄這賊宰相，那一個不說他是大大的奸臣？說到禍國殃民的本事，跟秦檜是拜把子的兄弟。」

張十五說到了眼前之事，卻有些膽小了，不敢再那麼直言無忌，喝了一杯酒，說道：「叨擾了兩位，小人卻有一句話相勸，兩位是血性漢子，說話行事，卻得小心，免惹禍端。時勢既是這樣，咱們老百姓也只有混口苦飯吃，挨日子罷啦，唉！正是：

山外青山樓外樓，西湖歌舞幾時休？

南風薰得遊人醉，直把杭州作汴州。」

楊鐵心問道：「這四句詩，說的又是甚麼故事？」張十五道：「那倒不是故事。說的是我大宋君臣只顧在西湖邊上飲酒作樂，觀賞歌舞，打算世世代代就把杭州當作京師，再也不想收復失地、回汴梁舊京去了。」

張十五喝得醺醺大醉，這才告辭，腳步踉蹌，向東往臨安而去，他口中兀自喃喃的唸著岳飛所作〈滿江紅〉中的句子：「靖康恥，猶未雪；臣子恨，何時滅？……」

郭嘯天付了酒錢，和楊鐵心並肩回家。他兩人比鄰而居，行得十餘丈，便到了家門口。

郭嘯天的渾家李氏正在趕雞入籠，笑道：「哥兒倆又喝飽了酒啦。楊叔叔，你跟嫂子一起來我家吃飯吧，咱們宰一隻雞。」

楊鐵心笑道：「好，今晚又擾嫂子的。我家裏那個養了這許多雞鴨，只白費糧食，不捨得殺他一隻兩隻，老是來吃你的。」李氏道：「你嫂子就是心好，說這些雞鴨從小養大的，說甚麼也狠不下心來宰了。」楊鐵心笑道：「我說讓我來宰，她就哭哭啼啼的，也真好笑。今兒晚我去打些野味，明兒還請大哥大嫂。」郭嘯天道：「自己兄弟，說甚麼還請不還請？今兒晚咱哥兒一起去打。」

當晚三更時分，郭楊二人躲在村西七里的樹林子中，手裏拿著弓箭獵叉，只盼有隻野豬或是黃麖夜裏出來覓食。兩人已等了一個多時辰，始終不聽到有何聲息。正有些不耐煩了，忽聽得林外傳來一陣鐸鐸鐸之聲，兩人心中一凜，均覺奇怪：「這是甚麼？」

便在此時，忽聽得遠處有幾人大聲吆喝：「往那裏走？」「快給我站住！」接著黑影晃動，一人閃進林中，月光照在他身上，郭楊二人看得分明，不由得大奇，原來那人撐著兩根拐杖，卻是村頭開小酒店的那跛子曲三。只見他左拐在地下一撐，發出鐸的一聲，便即飛身而起，躲在樹後，這一下實是高明之極的輕身功夫。郭楊兩人不約而同的伸出一手，互握了一下，都驚詫萬分：「我們在牛家村住了三年，全不知這跛子曲三武功竟如此了得！」躲在長草之中，不敢稍動。

只聽得腳步聲響，三個人追到林邊，低聲商議了幾句，便一步步踏入林來。三人都是武官裝束，手中青光閃爍，各握單刀。一人大聲喝道：「兀那跛子，老子見到你了，還不跪下投降？」曲三只躲在樹後不動。三名武官揮動單刀，呼呼虛劈，漸漸走近，突然間波的一聲，曲三右拐從樹後戳出，正中一名武官胸口，勢道勁急。那武官一下悶哼，便向後飛了出去，摔在地下。另外兩名武官揮動單刀，向曲三砍去。

曲三右拐在地下一撐，向左躍開數尺，避開了兩柄單刀，左拐向一名武官面門點去。那武官武功也自不弱，挺刀擋架。曲三不讓他單刀碰到拐杖，左拐收回著地，右拐掃向另一名武官腰間。只見他雙拐此起彼落，快速無倫，雖然一拐須得撐地支持身子，只餘一拐空出來對敵，卻絲毫不落下風。

郭楊二人見他背上負著個包裹，甚是累贅，鬥了一會，一名武官鋼刀砍去，削在他包裹之上，噹啷一聲，包裹破裂，散出無數物事。曲三乘他歡喜大叫之際，右拐揮出，啪的一聲，那武官頂門中拐，撲地倒了。餘下那人大駭，轉身便逃。他腳步甚快，頃刻間奔出數丈。曲三右手往懷中一掏，跟著揚手，月光下只見一塊圓盤似的黑物飛將出去，托的一下輕響，嵌入了那武官後腦。那武官慘聲長叫，單刀脫手飛出，雙手亂舞，仰天緩緩倒下，扭轉了幾下，就此不動，眼見是不活了。

郭楊二人見跛子曲三於頃刻之間連斃三人，武功之高，生平從所未見，心中都是怦怦亂跳，大氣也不敢喘上一口，均想：「這人擊殺命官，犯下了滔天大罪。我們倘若給他發覺，只怕他要殺人滅口，我兄弟倆可萬萬不是敵手。」

卻見曲三轉過身來，緩緩說道：「郭兄，楊兄，請出來吧！」郭楊二人大驚，只得從草叢中長身而起，手中緊緊握住了獵叉。楊鐵心向郭嘯天手中獵叉瞧了一眼，隨即踏上兩步。曲三微笑道：「楊兄，你使楊家槍法，這獵叉還將就用得。你義兄使的是一對短戟，兵刃可太不就手了，因此你擋在他身前。好好，有義氣！」楊鐵心給他說穿了心事，不由得有些手足無措。曲三又道：「郭兄，就算你有雙戟在手，你們兩位合力，鬥得過我嗎？」郭嘯天搖頭道：「鬥不過！我兄弟倆有眼無珠，跟你老兄在牛家村同住了一年有餘，全沒瞧出你老兄是位身懷絕技的高手。」原來曲三是一年多之前，因死了妻子，不願再在原地住，搬到牛家村來開了家小酒店。

曲三搖搖頭，嘆了口氣，說道：「我雙腿已廢，還說得上甚麼絕技不絕技？」顯得意興闌珊，又道：「若在當年，要料理這三個宮中的帶刀侍衛，又怎用得著如此費事？唉，不中用了，不中用了。」郭楊二人對望一眼，不敢接口。曲三道：「請兩位幫我跛子一個忙，將屍首埋了，行不行？」郭楊二人又對望一眼，楊鐵心道：「行！」

二人用獵叉在地下掘了個大坑，將三具屍體搬入。搬到最後一具時，楊鐵心見那黑色盤形之物兀自嵌在那武官後腦，深入數寸，右手運勁，拔了出來，著手重甸甸地，原來是個鐵鑄的八角形八卦，在屍身上拭去了血漬，拿過去交給曲三。

曲三道：「勞駕！」將鐵八卦收入囊中，解下外袍攤在地下，撿起散落的各物，一一放入袍中包起。郭楊二人搬土掩埋屍首，斜眼看去，見有三個長長的卷軸，另有不少亮晶晶的金器玉器。曲三留下一把金壺、一隻金杯不包入袍中，分別交給郭楊二人，道：「這些物事，是我從臨安皇宮中盜來的。皇帝害苦了百姓，拿他一些從百姓身上搜括來的金銀，算不得是賊贓。這兩件金器，轉送給了兩位。」

郭楊二人聽說他竟敢到皇宮中去劫盜大內財物，不由得驚呆了，都不敢伸手去接。

曲三厲聲道：「兩位是不敢要呢？還是不肯要？」郭嘯天道：「我們無功不受祿，不能受你的東西。至於今晚之事，我兄弟倆自然決不洩漏一字半句，老兄儘管放心。」

曲三道：「哼，我怕你們洩漏了秘密？你二人的底細，我若非早就查得清清楚楚，今晚豈能容你二位活著離開？郭兄，你是梁山泊好漢地佑星賽仁貴郭盛的後代，使的是家傳戟法，只不過變長為短，化單為雙。楊兄，你祖上楊再興是岳爺爺麾下的名將。你二位是忠義之後，北方淪陷，你二人流落江湖，其後八拜為交，義結金蘭，一起搬到牛家村來住。是也不是？」

郭楊二人聽他將自己身世來歷說得一清二楚，更覺驚訝，只得點頭稱是。

曲三道：「你二位的祖宗郭盛和楊再興，本來都是綠林好漢，後來才歸順朝廷，爲大宋出力。劫盜不義之財，你們的祖宗都幹過了的。這兩件金器，到底收是不收？」楊鐵心尋思：「倘若不收，定要得罪了他。」雙手接過，說道：「多謝了！」

曲三霽然色喜，提起包裹縛在背上，說道：「回去吧！」

三人並肩出林。曲三道：「今晚大有所獲，得到了道君皇帝所畫的兩幅畫，又有他寫的一張字。這傢伙做皇帝不成，翎毛丹青，瘦金體的書法，卻委實妙絕天下。」

郭楊二人也不懂甚麼叫作「翎毛丹青」與「瘦金體書法」，只唯唯而應。

走了一會，楊鐵心輕聲道：「日間聽那說話的先生言道，我大宋半壁江山，都送在這道君皇帝手裏，他畫的畫、寫的字，又是甚麼好東西了？老兄何必干冒大險，巴巴的到皇宮去盜了出來？」曲三微笑道：「這個你就不懂了。」郭嘯天道：「這道君皇帝既然畫得一筆好畫，寫得一手好字，定是聰明得緊的，只可惜他不專心做皇帝。我小時候聽爹爹說，一個人不論學文學武，只能專心做一件事，倘若東也要抓，西也要摸，到頭來少不免一事無成。」

曲三道：「資質尋常的，當然是這樣，可是天下儘有聰明絕頂之人，文才武功，琴棋書畫，算數韜略，以至醫卜星相，奇門五行，無一不會，無一不精！只不過你們見不著罷了。」說著抬起頭來，望著天邊一輪殘月，長嘆一聲。

月光映照下，郭楊二人見他眼角邊忽然滲出了幾點淚水。

郭楊二人回到家中，將兩件金器深深埋入後院地下，對自己妻室也不吐露半句。兩人此後一如往日，耕種打獵為生，閒來習練兵器拳腳，便只兩人相對之時，也決不提及此事。兩人有時也仍去小酒店對飲幾壺，那跛子曲三仍燙上酒來，端來蠶豆、花生等下酒之物，然後一蹺一拐的走開，坐在門邊，對著大江自管默默想他的心事，那晚林中夜鬥，似乎從來就不曾有過這回事。郭楊二人照樣會鈔，一如往日，只是瞧向他的眼色，自不免帶上了幾分敬畏之意。他那個五六歲的小女兒，也常常捉雞、追狗，跟爹爹胡言亂語一番。曲三沒了妻室，要照顧這樣一個小女兒，可著實不易。

秋盡冬來，過一天冷似一天。這一日晚間颳了半夜北風，便下起雪來。第二日下得更大，銀絮飛天，瓊瑤匝地，四下裏都白茫茫地。楊鐵心跟渾家包氏說了，今晚整治酒肴，請義兄夫婦過來飲酒賞雪。吃過中飯後，他提了兩個大葫蘆，到村頭酒店去沽酒，到得店前，卻見一對板門關得緊緊地，酒帘也收了起來。

楊鐵心打了幾下門，叫道：「曲三哥，跟你沽三斤酒。」卻不聽得應聲。走到窗邊向內一張，見桌上灰塵積得厚厚地，心想：「幾天沒到村頭來，原來曲三不在家。可別出了事才好。」但見他那小女兒坐在地下，口中唱著兒歌，在獨自玩弄泥巴。楊鐵心心想這女孩顛顛傻傻，平日裏儘胡說八道，料想問不出甚麼，便衝風冒雪，到五里外的紅梅村去買了酒，就便又買了一隻雞，回到家來，殺了雞要渾家整治。

他渾家包氏，閨名惜弱，是紅梅村私塾中教書先生的女兒，嫁了給楊鐵心還只一年。當晚包氏將一隻雞和著白菜、豆腐、粉絲放入大瓦罐中，在炭火上熬著，再切了一盤臘魚臘肉。到得傍晚，到隔壁去請郭嘯天夫婦飲酒。

郭嘯天欣然過來。他渾家李氏卻因有了身孕，這幾日只是嘔酸，吃了東西就吐，便推辭不來，好在她身子壯健，也無別礙。李氏的閨名單字一個萍字，包惜弱和她有如姊妹一般，兩人在房中說了好一陣子話。包惜弱給她泡了壺熱茶，這才回家來張羅，卻見丈夫和郭嘯天把炭爐搬在桌上，燙了酒，兩人早在吃喝了。

郭嘯天道：「弟妹，我們不等你了。快來請坐。」郭楊二人交好，又都是豪傑之士，鄉下人家更不講究甚麼男女避嫌的禮法。包惜弱微笑答應，在炭爐中添了些炭，拿一隻酒杯來斟了酒，坐在丈夫下首。郭嘯天見菜好，三人吃得熱鬧，回家去把妻子也拉了來。郭楊二人說不多久，便即拍桌大罵。李萍笑問：「又有甚麼事，惹得哥兒倆生氣了？」楊鐵心道：「我們正在說臨安朝廷中的混帳事。」

郭嘯天道：「昨兒我在衆安橋頭喜雨閣茶樓，聽人說到韓侂胄這賊丞相的事。那人說得有頭有尾，想來不假。他說不論那一個官員上書稟報，公文上要是不註明『並獻某物』的字樣，這賊丞相壓根兒就不瞧他的文書。眞正豈有此理！」楊鐵心嘆道：「有這樣的皇帝，就有這樣的丞相；有這樣的丞相，就有這樣的官吏。臨安湧金門外的黃大哥跟我說，有一日他正在山邊砍柴，忽然見到大批官兵擁著一羣官兒們過來，卻是韓丞相帶了百官到郊外遊樂，他自管砍柴，也不理會。忽聽得那韓侂胄歎道：『這裏竹籬茅舍，眞是絕妙的山野風光，就可惜少了些雞鳴犬吠之聲！』他話剛說完不久，忽然草叢裏汪汪的叫了起來。」包惜弱笑道：「這狗兒倒會湊趣！」楊鐵心道：「是啊，眞會湊趣。那狗子叫了一會，忽然草叢中又有公雞的啼聲，跟著一個人從草叢裏鑽將出來，你道是甚麼狗子？甚麼公雞？卻原來是咱們臨安府的堂堂府尹趙大人。」包惜弱笑彎了腰，直叫：「啊喲！」郭嘯天道：「趙大人這一扮狗叫雞啼，指日就要高升。」楊鐵心道：「這個自然。」

四人喝了一會酒，見門外雪下得更大了。熱酒下肚，四人身上都暖烘烘地，李萍有孕，不敢多飲，只是湊興，略略沾唇。忽聽得東邊大路上傳來一陣踏雪之聲，腳步起落極快，四人轉頭望去，見是個道士。

那道士頭戴斗笠，身披簑衣，全身罩滿了白雪，背上斜插一柄長劍，劍把上黃色絲絛在風中筆直揚起，風雪滿天，大步獨行，氣概非凡。郭嘯天道：「這道士身上很有功夫，看來也是條好漢。只沒個名堂，不好請教。」楊鐵心道：「不錯，咱們請他進來喝幾杯，交交這個朋友。」兩人都生性好客，當即離座出門，見那道人走得好快，晃眼間已在十餘丈外，卻也不是發足奔跑，如此輕功，實所罕見。

兩人對望了一眼，都感驚異。楊鐵心揚聲大叫：「道長，請留步！」喊聲甫歇，那道人倏地回身，點了點頭。楊鐵心道：「天凍大雪，道長何不過來飲幾杯解解寒氣？」

那道人冷笑一聲，健步如飛，頃刻間來到門外，臉上竟盡是鄙夷不屑之色，冷然道：「叫我留步，是何居心？爽爽快快說出來罷！」

楊鐵心心想我們好意請你喝酒，你這道人卻恁地無禮，揚頭不睬。郭嘯天抱拳道：

「我們兄弟正自烤火飲酒，見道長冒寒獨行，斗膽相邀，衝撞莫怪。」

那道人雙眼一翻，朗聲道：「好好好，喝酒就喝酒！」大踏步進來。

楊鐵心更是氣惱，伸手抓住他左腕，往外一帶，喝道：「還沒請教道長法號。」忽覺那道人的手滑如游魚，竟從自己掌中溜出，知道不妙，正待退開，突然手腕上一緊，已給道人反手抓住，霎時之間，便似讓一個鐵圈牢牢箍住，又疼又熱，疾忙運勁抵禦，不料整條右臂已酸痲無力，腕上奇痛徹骨。

郭嘯天見義弟忽然滿臉脹得通紅，知他吃虧，心想本是好意結交，若貿然動手，反得罪了江湖好漢，忙搶過去道：「道長請這邊坐！」那道人又冷笑兩聲，放脫楊鐵心手腕，走到堂上，大模大樣居中而坐，說道：「你兩個明明是山東大漢，卻躲在這裏假扮臨安鄉農，只可惜滿口山東話卻改不了。莊稼漢又怎會武功？」說話也是山東口音。

楊鐵心又窘又怒，走進內室，在抽屜裏取了一柄匕首放在懷裏，這才回到外堂，篩了三杯酒，自己乾了一杯，默然不語。

那道人眼望門外大雪，既不飲酒，也不說話，微微冷笑。郭嘯天見他滿臉敵意，知他疑心酒中作了手腳，取過道人面前酒杯，將杯中酒一口乾了，說道：「酒冷得快，給道長換一杯熱的。」說著又斟了一杯，那道人接過一口喝了，說道：「酒裏就有蒙汗藥，也迷我不倒。」楊鐵心更加焦躁，發作道：「我們好意請你飲酒，難道起心害你？你這道人說話不三不四，快請出去吧。我們的酒不會酸了，菜又不會臭了沒人吃。」

那道人「哼」了一聲，也不理會，取過酒壺，自斟自酌，連乾三杯，忽地解下簑衣斗笠，拋在地下。楊郭兩人細看道人時，只見他三十來歲年紀，雙眉斜飛，臉色紅潤，方面大耳，目光炯炯。他跟著解下背上革囊，側過一倒，咚的一聲，楊郭二人跳起身來。原來革囊中滾出來的，竟是個血肉模糊的人頭。

包惜弱驚叫：「哎唷！」逃進內堂，李萍也跟了進去。楊鐵心伸手去摸懷中匕首，那道人將革囊又是一抖，跌出兩團血肉模糊的東西來，一塊是心，一塊是肝，看來不像是豬心豬肝，只怕便是人心人肝。楊鐵心喝道：「好賊道！」匕首出懷，疾向那道人胸口刺去。道人冷笑道：「鷹爪子，動手了嗎？」左手掌緣在他手腕上一擊。楊鐵心腕上一陣酸麻，五指無力，匕首已給他夾手奪去。

郭嘯天看得大驚，心想義弟是名將之後，家傳的武藝，平日較量武功，自己尚稍遜他一籌，這道人竟視他有如無物，剛才這一手顯然是江湖上相傳的「空手奪白刃」絕技，這功夫只曾聽聞，可從來沒見過，惟恐義弟受傷，俯身舉起板凳，只待道人匕首刺來，便舉凳去擋。

不料那道人並不理會，拿起匕首一陣亂剁，把人心人肝切成碎塊，一聲長嘯，聲震屋瓦，提起右手，揮掌劈落，騰的一聲，桌上酒杯菜盆都震得跳了起來，那人頭已給他手掌擊得頭骨碎裂，連桌子中間也裂開一條大縫。

兩人正自驚疑不定，那道人喝道：「無恥鼠輩，道爺今日大開殺戒了！」

楊鐵心怒極，那裏還忍耐得住，抄起靠在屋角裏的鐵槍，搶到門外雪地裏，叫道：「來來來，教你知道楊家槍法的厲害。」

那道人微微冷笑，說道：「憑你這公門鼠輩，也配使楊家槍！」縱身出門。

郭嘯天奔回家去提了雙戟，見那道人空手站在當地，袍袖在朔風裏獵獵作響。楊鐵心喝道：「拔劍吧！」那道人道：「兩個鼠輩一齊上來，道爺也只空手對付。」

楊鐵心使個旗鼓，一招「毒龍出洞」，槍上紅纓抖動，捲起碗大槍花，往道人心口直搠過去。那道人一怔，讚道：「好！」斜身避向左側，左掌翻轉，逕自來抓槍頭。

楊鐵心在這桿槍上曾下過苦功，已頗得祖傳技藝。楊家槍非同小可，北宋山後楊老令公、楊六郎等爲時已久，槍法失傳，不去說他；南宋名將楊再興，學的也是家傳楊家槍法，當年楊再興憑一桿鐵槍，率領三百宋兵在小商橋大戰金兵四萬，奮力殺死敵兵二千餘名，刺殺萬戶長撒八孛堇、千戶長、百戶長一百餘人，其時金兵箭來如雨，他身上每中一枝敵箭，便隨手折斷箭桿再戰，最後馬陷泥中，這才力戰殉國。金兵焚燒他的屍身，竟燒出鐵箭頭二升有餘。這一仗殺得金兵又敬又怕，楊家槍法威震中原。

楊鐵心雖不及先祖威勇，卻也已頗得槍法心傳，只見他攢、刺、打、挑、攔、搠、架、閉，槍尖銀光閃閃，槍纓紅光點點，好一路槍法！

楊鐵心把那槍使發了，招數靈動，變幻巧妙。但那道人身隨槍走，趨避進退，卻那裏刺得著他半分？七十二路楊家槍法堪堪使完，楊鐵心不禁焦躁，倒提鐵槍，回身便走，那道人果然發足追來。楊鐵心大喝一聲，雙手抓住槍柄，斗然間擰腰縱臂，回身出槍，直刺道人面門，這一槍剛猛狠疾，正是楊家槍法中臨陣破敵、屢殺大將的一招「回馬槍」。當年楊再興身爲大盜，在降宋之前與岳飛對敵，曾以這一招刺殺岳飛之弟岳翻，端的厲害無比。

那道人見一瞬間槍尖已到面門，叫聲：「好槍法！」雙掌合攏，啪的一聲，已把槍尖夾在雙掌之間。楊鐵心猛力挺槍往前疾送，竟紋絲不動，不由得大驚，奮起平生之力往裏回奪，槍尖卻如已鑄在一座鐵山之中，那裏更拉得回來？他脹紅了臉連奪三下，槍尖始終脫不出對方雙掌挾持。那道人哈哈大笑，忽然提起右掌，快如閃電般在槍身中間一擊，格的一聲，楊鐵心只覺虎口劇痛，急忙撒手，鐵槍已摔落雪地。

那道人笑道：「你使的果然是楊家槍法，得罪了。請教貴姓。」楊鐵心驚魂未定，隨口答道：「在下便姓楊，草字鐵心。」道人道：「楊再興楊將軍是閣下祖上嗎？」楊鐵心道：「那是先曾祖。」

那道人肅然起敬，抱拳道：「適才誤以爲兩位乃是歹人，多有得罪，卻原來竟是忠良之後，當眞失敬，請教這位高姓。」這時郭嘯天已搶到兩人身邊，拄戟在地，說道：「在下姓郭，賤字嘯天。」楊鐵心道：「他是我義兄，是梁山泊好漢賽仁貴郭盛頭領的後人。」那道人道：「貧道可眞魯莽了，這裏謝過。」說著又施一禮。

郭嘯天與楊鐵心躬身還禮，說道：「好說，好說，請道長入內再飲三杯。」楊鐵心一面說，一面拾起鐵槍。道人笑道：「好！正要與兩位喝個痛快！」

包惜弱與李萍掛念楊鐵心與人爭鬥，提心吊膽的站在門口觀看，見三人釋兵言歡，心中大慰，忙入內整治杯盤。

三人坐定，郭楊二人請教道人法號。道人道：「貧道姓丘名處機……」楊鐵心叫了一聲：「啊也！」跳起身來。郭嘯天也吃了一驚，叫道：「遮莫不是長春子麼？」丘處機笑道：「這是道侶相贈的賤號，貧道愧不敢當。」郭嘯天道：「原來是全眞派大俠長春子，眞是有幸相見。」兩人撲地便拜。

丘處機急忙扶起，笑道：「今日我手刃了一個奸人，官府追得甚緊，兩位忽然相招飮酒，這裏是帝王之都，兩位又不似是尋常鄉民，是以起了疑心。」郭嘯天道：「我這兄弟性子急躁，進門時試了道長一手，那就更惹道長起疑了。」丘處機道：「常人手上那有如此勁力？我只道兩位必是官府鷹犬，喬裝改扮，在此等候，要捉拿貧道。適才言語無禮，委實魯莽得緊。」楊鐵心笑道：「不知不怪。」三人哈哈大笑。

三人喝了幾杯酒。丘處機指著地下血肉模糊的人頭，說道：「這人名叫王道乾，是個大漢奸。去年皇帝派他去向金主慶賀生辰，他竟跟金人勾結，圖謀侵犯江南。貧道追了他十多天，才把他幹了。」楊郭二人久聞長春子丘處機武功卓絕，爲人俠義，這時見他一片熱腸，爲國除奸，更是敬仰。兩人乘機向他討教些功夫，丘處機直言無隱。

楊家槍法乃兵家絕技，用於戰場上衝鋒陷陣，固所向無敵，當者披靡，但以之與江湖上武學高手對敵，畢竟尙有不足。丘處機內外兼修，武功雖未登峯造極，卻也已臻甚高境界，楊鐵心又如何能與他拆上數十招之多？卻是丘處機見他出手不凡，暗暗稱奇，有意引得他把七十二路槍法使完，以便確知他是否楊家嫡傳，倘若眞的對敵，數招之間就已把他鐵槍震飛了；當下說明這路槍法的招數本意用於馬上，若爲步戰，須當更求變化，不可拘泥成法。楊郭二人聽得不住點頭稱是。楊家槍是傳子不傳女的絕藝，丘處機所知雖博，卻也不明槍法中的精奧，當下也向楊鐵心請教了幾招。

三人酒酣耳熱，言談投機。楊鐵心道：「我們兄弟兩人得遇道長，眞是平生幸事。道長可能在舍下多盤桓幾日麼？」丘處機正待答話，忽然臉色一變，說道：「有人來找我了。不管遇上甚麼事，你們無論如何不可出來，知道麼？」郭楊二人點頭答應。

丘處機俯身拾起人頭，開門出外，飛身上樹，躲在枝葉之間。

郭楊二人見他舉動奇特，茫然不解。這時只聽得門外朔風虎虎，過了一陣，西面傳來隱隱的馬蹄之聲，楊鐵心道：「道長的耳朵好靈。」又想：「這位道長的武功果然是高得很了，但若與那跛子曲三相比，卻不知是誰高誰下？」又過一會，馬蹄聲漸近，只見風雪中十餘騎急奔而來，乘客都是黑衣黑帽，直衝到門前。

當先一人突然勒馬，叫道：「足跡到此爲止。剛才有人在這裏動過手。」後面數人翻身下馬，察看雪地上的足跡。

爲首那人叫道：「進屋去搜！」便有兩人下馬，來拍楊家大門。突然間樹上擲下一物，砰的一聲，正打在那人頭頂。這一擲勁力奇大，那人竟爲此物撞得腦漿迸裂而死。衆人一陣大嘩，幾個人圍住了大樹。一人拾起擲下之物，驚叫：「王大人的頭！」

爲首那人抽出長刀，大聲吆喝，十餘人把大樹團團圍住。他叫出一聲口令，五個人彎弓搭箭，五枝羽箭齊向丘處機射去。

楊鐵心提起鐵槍要出屋助戰，郭嘯天一把拉住，低聲道：「道長叫咱們別出去。要是他寡不敵衆，咱們再出手不遲。」話聲甫畢，只見樹上一枝羽箭飛將下來，卻是丘處機閃開四箭，接住了最後一箭，以甩手箭手法投擲下來，只聽得「啊」的一聲，一名黑衣人中箭落馬，滾入草叢。

丘處機拔劍躍下，劍光起處，兩名黑衣人已然中劍。爲首的黑衣人叫道：「好賊道，原來是你！」唰唰唰三枝短弩隨手打出，揮動長刀，勒馬衝來。丘處機劍光連閃，又兩人中劍落馬。楊鐵心只看得張大了口合不攏來，心想自己也練過了十多年武藝，這位道爺出劍如此快法，別說抵擋，連瞧也沒能瞧清楚，剛才如不是他手下容情，自己早就送了性命了。

但見丘處機來去如風，正和騎馬使刀那人相鬥，那使刀的也甚了得，一柄刀遮架砍劈，甚爲威猛，他下屬紛紛上前助戰。再鬥一陣，郭楊兩人已看出丘處機存心與那使刀軍官纏鬥，捉空兒或出掌擊、或以劍刺，殺傷對方一人，用意似要把全部來敵盡數殲滅，生怕傷了爲頭之人，餘黨一鬨而散，那就不易追殺了。

只過半頓飯時間，來敵已只賸下六七名。那使刀的知道不敵，撮唇唿哨，撥轉馬頭就逃。丘處機左掌前探，拉住他馬尾，手上使勁，身子倏地飛起，還未躍上馬背，一劍已從他後心插進，前胸穿出。丘處機抛下敵屍，勒韁控馬，四下兜截趕殺，但見鐵蹄翻飛，劍光閃爍，驚呼駭叫聲中，一個個屍首倒下，鮮血把白雪皚皚的大地片片染紅。

丘處機提劍四顧，惟見一匹匹空馬四散狂奔，再無一名敵人賸下，他哈哈大笑，向郭楊二人招手道：「殺得痛快麼？」

郭楊二人開門出來，神色間驚魂未定。郭嘯天道：「道長，那是些甚麼人？」丘處機道：「你在他們身上搜搜。」

郭嘯天往那持刀人身上抄摸，掏出一件公文來，抽出來看時，卻是那裝狗叫的臨安府趙府尹所發的密令，內稱大金國使者在臨安府坐索殺害王道乾的兇手，著令捕快會同大金國人員，剋日拿捕兇手歸案。郭嘯天正看得憤怒，那邊楊鐵心也叫了起來，手裏拿著幾塊從屍身上撿出來的腰牌，上面刻著金國文字，卻原來這批黑衣人中，有好幾人竟是金兵。

郭嘯天道：「敵兵到咱們國境內任意逮人殺人，我大宋官府竟要聽他們使者的號令，那還成甚麼世界？」楊鐵心嘆道：「大宋皇帝既向金國稱臣，我文武百官還不都成了金人的奴才嗎？」丘處機恨恨的道：「出家人本來不可濫殺，可是一見了害民奸賊、敵國仇寇，貧道便不能手下留情。」郭楊二人齊聲道：「殺得好，殺得好！」

小村中居民本少，天寒大雪，更無人外出，就算有人瞧見打鬥，也早逃回家去閉戶不出，誰敢過來察看詢問？楊鐵心取出鋤頭鐵鍬，三人把十餘具屍首埋入江邊土中。

李萍和包惜弱拿了掃帚掃除雪上血跡，掃了一會，包惜弱突覺血腥氣直衝胸臆，眼前金星亂冒，呀的一聲，坐倒雪地。楊鐵心吃了一驚，忙搶過扶起，連聲問道：「怎麼？」包惜弱閉目不答。楊鐵心見她臉如白紙，手足冰冷，不禁驚惶。

丘處機過來拿住包惜弱右手手腕，搭了搭脈搏，大聲笑道：「恭喜，恭喜！」楊鐵心愕然問道：「甚麼？」這時包惜弱「嚶」的一聲，醒了過來，見三個男人站在身周，不禁害羞，李萍扶著她回進屋內，給她斟茶。

丘處機微笑道：「尊夫人有喜啦！」楊鐵心喜道：「當眞？」丘處機笑道：「貧道平生所學，稍足自慰的只有三件。第一是醫道，煉丹不成，於藥石倒因此所知不少。第二是做幾首歪詩，第三才是這幾手不成章法的武藝。」郭嘯天道：「道長這般驚人武功倘若仍算不成章法，我兄弟倆只好說是小孩兒舞竹棒了！」三人一面說笑，一面掃雪滅跡。掃雪完畢後入屋重整杯盤。丘處機今日殺了不少金人，大暢心懷，意興甚豪。

楊鐵心想到妻子有了身孕，笑吟吟的合不攏口來，心想：「這位道長會做詩，那是文武雙全了。」說道：「郭大嫂也懷了孩子，就煩道長給取兩個名字好麼？」丘處機微一沉吟，說道：「郭大哥的孩子就叫郭靖，楊二哥的孩子叫作楊康，不論男女，都可用這兩個名字。」郭嘯天道：「好，道長的意思是叫他們不忘靖康之恥，要記得二帝被虜之辱。」

丘處機道：「正是！」伸手入懷，摸出兩柄短劍來，放在桌上。這對劍長短形狀完全相同，都是綠皮鞘、金呑口、烏木的劍柄。他拿起楊鐵心的那柄匕首，以匕尖在一把短劍的劍柄上刻了「郭靖」兩字，在另一把短劍上刻了「楊康」兩字。

郭楊二人見他運匕如飛，比常人寫字還要迅速，剛明白他的意思，丘處機已刻完了字，笑道：「客中沒帶甚麼東西，這對短劍，就留給兩個還沒出世的孩子吧。」郭楊兩人謝了接過，抽劍出鞘，只覺冷氣森森，劍刃鋒利之極。

丘處機道：「這對短劍是我無意之中得來的，雖然鋒銳，但劍刃短了，貧道不合使，將來孩子們倒可用來殺敵防身。十年之後，貧道如尙苟活人世，必當再來，傳授孩子們幾手功夫，如何？」郭楊二人大喜，連聲稱謝。丘處機道：「金兵強據北方，對百姓暴虐殘殺，民心不附，其勢必不可久。兩位好自爲之吧。」舉杯飲盡，開門走出。郭楊二人待要相留，卻見他邁步如飛，在雪地裏早去得遠了。

郭嘯天嘆道：「高人俠士總是這般來去飄忽，咱們今日雖有幸會見，想乘機討教，卻是無緣。」楊鐵心笑道：「大哥，道長今日殺得好痛快，也給咱們出了口悶氣。」拿著短劍，拔出鞘來摩挲劍刃，忽道：「大哥，我有個傻主意，你瞧成不成？」

郭嘯天道：「怎麼？」楊鐵心道：「要是咱們的孩子都是男兒，那麼讓他們結爲兄弟，倘若都是女兒，就結爲姊妹……」郭嘯天搶著道：「若是一男一女，那就結爲夫妻。」兩人伸手相握，哈哈大笑。

李萍和包惜弱從內堂出來，笑問：「甚麼事樂成這個樣子？」楊鐵心把剛才的話說了。兩位夫人聽了，心中都甚樂意，不住叫好。

楊鐵心道：「咱們先把這對短劍掉換了再說，就算是文定之禮。如是兄弟姊妹，咱們再換回來。要是小夫妻麼……」郭嘯天笑道：「那麼對不起得很，兩柄劍都到了做哥哥的家裏啦！」包惜弱笑道：「說不定都到做兄弟的家裏呢。」當下郭楊二人換過了短劍，分別交由李萍與包惜弱收好，郭氏夫婦告別回家。其時指腹爲婚，事屬尋常，兩個孩子未出娘胎，雙方父母往往已代他們定下了終身大事。

楊鐵心把玩短劍，自斟自飲，不覺大醉。包惜弱將丈夫扶上了床，收拾杯盤，見天色已晚，到後院去收雞入籠，待要去關後門，只見雪地裏點點血跡，橫過後門。她吃了一驚，心想：「原來這裏還有血跡沒打掃乾淨，要是給官府公差見到，豈不是天大禍事？」忙拿了掃帚，出門掃雪。

那血跡直通到屋後林中，雪地上留著有人爬動的痕跡，包惜弱愈加起疑，跟著血跡走進松林，轉到一座舊墳之後，只見地下黑黝黝的一團物事。

包惜弱走近看時，赫然是具屍首，身穿黑衣，便是剛才來捉拿丘處機的人衆之一，想是他受傷之後，當時未死，爬到了這裏。她正待回去叫醒丈夫出來掩埋，忽然轉念：「別鬼使神差的，偏偏有人這時過來撞見。」鼓起勇氣，過去拉那屍首，想拉入草叢之中藏起，再去叫丈夫。不料她伸手一拉，那屍首忽然扭動，跟著出聲呻吟。

包惜弱這一下嚇得魂飛天外，只道是殭屍作怪，轉身要逃，可是雙腳就如釘在地上一般，再也動彈不得。隔了半晌，那屍首並不再動，她拿掃帚去輕輕碰觸一下，那屍首又呻吟了一下，聲音甚爲微弱。她才知此人未死。定睛看時，見他背後肩頭中了一枝狼牙利箭，深入肉裏，箭枝上染滿了血污。天空雪花兀自不斷飄下，那人全身已罩上了薄薄一層白雪，只須過得半夜，便凍也凍死了。

她自幼便心地仁慈，只要見到受了傷的麻雀、田雞、甚至蟲豸螞蟻之類，必定帶回家來妥爲餵養，直到傷愈，再放回田野，倘若醫治不好，就會整天不樂，這性情大了仍然不改，以致屋子裏養滿了諸般蟲蟻、小禽小獸。她父親是個屢試不第的村學究，按著她性子給她取個名字，叫作惜弱。紅梅村包家老公雞老母雞特多，原來包惜弱飼養雞雛之後，決不肯宰殺一隻，父母要吃，只有到市上另買，家裏每隻小雞都得享天年，壽終正寢。她嫁到楊家以後，楊鐵心對這位如花似玉的妻子甚爲憐愛，事事順著她性子，楊家後院自然也是小鳥小獸的天下了。後來楊家的小雞小鴨也慢慢變成了大雞大鴨，只是她嫁來未久，家中尚未出現老雞老鴨，但大勢所趨，日後自必如此。

這時她見這人奄奄一息的伏在雪地之中，慈念登起，明知此人並非好人，但眼睜睜的見他痛死凍死，無論如何不忍。她微一沉吟，急奔回屋，要叫醒丈夫商量，無奈楊鐵心大醉沉睡，推他只是不動。

包惜弱心想，還是救了那人再說，當下撿出丈夫的止血散金創藥，拿了小刀碎布，在灶上提了半壺熱酒，又奔到墳後。那人仍伏著不動。包惜弱扶他起來，把半壺熱酒給他慢慢灌入嘴裏。她自幼醫治小鳥小獸慣了的，對醫傷倒也有點兒門道，見這一箭射得甚深，胡亂拔出，只怕當時就會噴血斃命，但如不把箭拔出，終不可治，於是咬緊牙關，用鋒利小刀割開箭旁肌肉，拿住箭桿，奮力提出。那人慘叫一聲，暈了過去，創口鮮血直噴，只射得包惜弱胸前衣襟上全是血點，那枝箭終於拔出了。

包惜弱心中突突亂跳，忙拿止血散按在創口，用布條緊緊紮住。過了一陣，那人悠悠醒轉，可是疲弱無力，連哼都哼不出聲。

包惜弱嚇得手酸足軟，實在扶不動這大男人，靈機一動，回家拿了塊門板，把那人拉到板上，然後在雪地上拖動門板，就像雪車般將他拖回家中，放入柴房。

她忙了半日，這時心神方定，換下污衣，洗淨手臉，從瓦罐中倒出一碗適才沒喝完的雞湯，一手拿了燭台，再到柴房去瞧那漢子。見那人呼吸細微，並未斷氣。包惜弱心中甚慰，把雞湯餵他。那人喝了半碗，忽然劇烈咳嗽。

包惜弱吃了一驚，舉燭台瞧去，燭光下見這人眉清目秀，鼻樑高聳，竟是個相貌俊美的青年男子。她臉上一熱，左手微顫，晃動了燭台，幾滴燭油滴在那人臉上。

那人睜開眼來，驀見一張芙蓉秀臉，雙頰暈紅，星眼如波，眼光中又是憐惜，又是羞澀，當前光景，宛在夢中，不禁看得呆了。包惜弱低聲道：「好些了嗎？把這碗湯喝了吧。」那人伸手要接，但手上無力，險些把湯全倒在身上。包惜弱搶住湯碗，這時救人要緊，只得用調羹餵著他一口一口的喝了。

那人喝了雞湯後，眼中漸漸現出光采，凝望著她，顯是不勝感激。包惜弱倒給他瞧得有些不好意思了，拿了幾捆稻草給他蓋上，持燭回房。

這一晚再也睡不安穩，連做了幾個噩夢，忽見丈夫挺槍把柴房中那人刺死，又見那人提刀殺了丈夫，卻來追逐自己，四面都是深淵，無處可以逃避，幾次從夢中驚醒，嚇得身上全是冷汗。待得天明起身，丈夫早已下床，只見他拿著鐵槍，正用磨刀石磨礪槍頭，包惜弱想起夜來夢境，心驚膽戰，忙走去柴房，推開門來，一驚更甚，裏面只賸亂草一堆，那人已不知去向。

她奔到後院，只見後門虛掩，雪地裏赫然是一行有人連滾帶爬向西而去的痕跡。她望著那痕跡，不覺怔怔的出了神。過了良久，一陣寒風撲面吹來，忽覺腰酸骨軟，甚是困倦。回到前堂，楊鐵心已燒好了白粥，放在桌上，笑道：「你瞧，我燒的粥還不錯吧？」包惜弱知丈夫因自己懷孕，是以特加體惜，一笑而坐，端起粥碗吃了起來。她想若把昨晚之事告知丈夫，他嫉惡如仇，定會趕去將那人刺死，豈不是救人沒救徹？當下絕口不提。

這日午後，楊鐵心與妻子閒談，說起賣酒的曲三出了門，留下個小女兒孤苦可憐，沒人照顧。包惜弱心下不忍，帶了些糕餅前去探視，過了好幾個時辰才回，說道那女孩沒飯吃，餓得很了。她有了身孕，無力照顧，已將她帶到紅梅村娘家，託她母親照看幾天，等曲三回家才送回。楊鐵心知道曲三英雄，得能助他一臂之力，頗以為喜。

忽忽臘盡春回，轉眼間過了數月，包惜弱腰圍漸粗，愈來愈感慵困，於那晚救人之事也漸漸淡忘了。

這日楊氏夫婦吃過晚飯，包惜弱在燈下給丈夫縫套新衫褲。楊鐵心打好了兩雙草鞋，把草鞋掛到牆上，記起日間耕田壞了犁頭，對包惜弱道：「犁頭損啦，明兒叫東村的張木兒加一斤半鐵，打一打。」包惜弱道：「好！」楊鐵心瞧著妻子，說道：「我衣衫夠穿啦！你身子弱，又有了孩子，好好兒多歇歇，別再給我做衣裳。」包惜弱轉過頭來一笑，卻不停針。楊鐵心走過去，輕輕拿起她針線。包惜弱這才伸了個懶腰，熄燈上床。

睡到午夜，包惜弱矇矓間忽覺丈夫陡然坐起身來，一驚而醒，只聽得遠處隱隱有馬蹄之聲，聽聲音是從西面東來，過得一陣，東邊也傳來了馬蹄聲，接著北面南面都有了蹄聲。包惜弱坐起身來，道：「怎麼四面都有馬來？」楊鐵心匆匆下床穿衣，片刻之間，四面蹄聲越來越近，村中犬兒都吠叫起來。楊鐵心道：「咱們給圍住啦！」包惜弱驚道：「幹甚麼呀？」楊鐵心道：「不知道。」叫妻子把丘處機所贈短劍放在懷裏，道：「你帶著防身！」從牆上摘下一桿鐵槍握住。

這時東南西北人聲馬嘶，已亂成一片，楊鐵心推開窗子外望，只見大隊兵馬已把村子團團圍住，衆兵丁手裏高舉火把，七八名武將騎在馬上往來奔馳。

只聽得衆兵丁齊聲叫喊：「捉拿反賊，莫讓反賊逃了！」楊鐵心尋思：「是來捉拿曲三麼？曲三已有幾個月不在村裏了，幸好他不在，否則的話，他武功再強，也敵不過這許多兵馬。」忽聽一名武將高聲叫道：「郭嘯天、楊鐵心兩名反賊，快快出來受縛納命。」

楊鐵心大吃一驚，包惜弱更嚇得臉色蒼白。楊鐵心低聲道：「官家不知為了何事，竟來誣害良民。跟官府是辯不清楚的，咱們只好逃命。你別慌，憑我這桿槍，定能保你衝出重圍。」他一身武藝，又是在江湖上闖蕩過的，這時臨危不亂，從壁上摘下長弓，斜負在背上，在腰間掛上箭袋，握住妻子右手。

包惜弱道：「我來收拾東西。」楊鐵心道：「還收拾甚麼？統通不要了。」包惜弱心中一酸，垂下淚來，顫聲道：「我們這家呢？」楊鐵心道：「咱們只要留得性命，我和你自可在別地重整家園。」包惜弱道：「這些小雞小貓呢？」楊鐵心嘆道：「傻孩子，還顧得到牠們麼？」頓了一頓，安慰她道：「官兵又怎會跟你的小雞小貓兒為難。」

包惜弱道：「他們要吃雞。」

一言方畢，窗外火光閃耀，衆兵已點燃了兩間草房，又有兩名兵丁高舉火把來燒楊家屋簷，口中大叫：「郭嘯天、楊鐵心兩個反賊再不出來，便把牛家村燒成白地。」

楊鐵心怒氣塡膺，開門走出，大聲喝道：「我就是楊鐵心！你們幹甚麼？」

兩名兵丁嚇了一跳，丟下火把轉身退開。

火光中一名武官拍馬走近，叫道：「好，你是楊鐵心，跟我見官去。拿下了！」四五名兵丁兩旁擁上。楊鐵心倒轉槍來，一招「白虹經天」，把三名兵丁掃倒在地，又是一招「春雷震怒」，槍柄挑起一兵，擲入了人堆，喝道：「要拿人，先得說說我又犯了甚麼罪。」

那武官罵道：「大膽反賊，竟敢拒捕！」他口中叫罵，但也畏懼對方武勇，不敢逼近。他身後另一名武官叫道：「好好跟老爺過堂去，免得加重罪名。有公文在此。」楊鐵心道：「拿來我看！」那武官道：「還有一名郭犯呢？」

郭嘯天從窗口探出半身，彎弓搭箭，喝道：「郭嘯天在這裏。」箭頭對準了他。

那武官心頭發毛，只覺背脊上一陣陣的涼氣，叫道：「你把箭放下，我讀公文給你們聽。」郭嘯天厲聲道：「快讀！」把弓扯得更滿了。那武官無奈，拿起公文大聲讀道：「臨安府牛家村村民郭嘯天、楊鐵心二犯，勾結巨寇，圖謀不軌，著即拿問，嚴審法辦。」郭嘯天道：「甚麼衙門的公文？」那武官道：「是臨安府府尹大人的手諭。」

郭楊二人都是一驚，均想：「甚麼事這等厲害？難道丘道長殺死官差的事發了？」郭嘯天道：「誰的首告？有甚麼憑據？」那武官道：「我們只管拿人，你們到府堂上自己分辯去。」楊鐵心叫道：「臨安府專害無辜好人，誰不知道？我們可不上這個當。」彎弓搭箭，箭尖對準了那武官。領隊的武官叫道：「抗命拒捕，罪加一等。」

楊鐵心轉頭對妻子道：「你快多穿件衣服，我奪他的馬給你。待我先射倒將官，兵卒自然亂了。」鬆手放弦，弦聲響處，箭發流星，正中那武官胸膛。那武官啊喲一聲，撞下馬來，眾兵丁齊聲發喊，另一名武官叫道：「拿反賊啊！」眾兵丁紛紛衝來。郭楊二人箭如連珠，轉瞬間射倒六七名兵丁，但官兵勢眾，在武官督率下衝到兩家門前。

楊鐵心大喝一聲，疾衝出門，鐵槍起處，官兵驚呼倒退。他縱到一個騎白馬的武官身旁，挺槍刺去，那武官舉槍擋架。楊家槍法變化靈動，楊鐵心槍桿下沉，那武官腿上早著。他舉槍挑起，那武官一個觔斗倒翻下馬。

楊鐵心槍桿在地下一撐，飛身躍上馬背，雙腿力夾，那馬一聲長嘶，於火光中向屋門奔去。楊鐵心挺槍刺倒門邊一名兵丁，俯身伸臂，把包惜弱抱上馬背，高聲叫道：「大哥，跟著我來！」郭嘯天舞動雙戟，保護著妻子李萍，從人叢中衝殺出來。

官兵見二人勢兇，攔阻不住，紛紛放箭。

楊鐵心縱馬奔到李萍身旁，叫道：「大嫂，快上馬！」說著躍下馬來。李萍急道：「使不得。」楊鐵心那裏理她，一把將她攔腰抱起，放上馬背。義兄弟兩人跟在馬後，且戰且走，落荒而逃。

走不多時，突然前面喊聲大作，又是一彪軍馬衝殺過來。郭楊二人暗暗叫苦，待要覓路奔逃，前面羽箭颼颼射來。包惜弱叫了一聲：「啊喲！」坐騎中箭跪地，把馬背上兩個女子都拋下馬來。楊鐵心道：「大哥，你護著她們，我再去搶馬！」提槍往人叢中衝殺過去。十餘名官兵排成一列，手挺長矛對準了楊鐵心，齊聲吶喊。

郭嘯天眼見官兵勢大，心想：「憑我兄弟二人，逃命不難，但前後有敵，妻子是無論如何救不出了。我們又沒犯法，與其白白在這裏送命，不如上臨安府分辯去。上次丘處機道長殺了官兵和金兵，可沒放走了一個，死無對證，諒官府也不能定我們的罪。再說，那些官差、金兵又不是我們兄弟殺的。」縱聲叫道：「兄弟，別殺了，咱們就跟他們去！」楊鐵心一呆，拖槍回來。

帶隊的軍官下令停箭，命兵士四下圍住，叫道：「拋下兵器弓箭，饒你們不死。」

楊鐵心道：「大哥，別中了他們奸計。」郭嘯天搖搖頭，把雙戟往地下一拋。楊鐵心見愛妻嚇得花容失色，心下不忍，嘆了口氣，也把鐵槍和弓箭擲在地下。郭楊二人的兵器剛離手，十餘枝長矛的矛頭立刻刺到了四人身旁。八名士兵走將過來，兩個服侍一個，將四人反手縛住。

楊鐵心嘿嘿冷笑，昂頭不理。帶隊的軍官舉起馬鞭，唰的一鞭，擊在楊鐵心臉上，罵道：「大膽反賊，當眞不怕死麼？」這一鞭只打得他自額至頸，長長一條血痕。楊鐵心怒道：「好，你叫甚麼名字？」那軍官怒氣更熾，鞭子如雨而下，叫道：「老爺行不改姓，坐不改名，姓段名天德，上天有好生之德的天德。記住了麼？你到閻王老子那裏去告狀吧。」楊鐵心毫不退避，圓睜雙眼，凝視著他。段天德喝道：「老爺額頭有刀疤，臉上有青記，都記住了！」說著又是一鞭。

包惜弱見丈夫如此受苦，哭叫：「他是好人，又沒做壞事。你……你幹麼要這樣打人呀？你……你怎麼不講道理？」

楊鐵心一口唾沫，呸的一聲，正吐在段天德臉上。段天德大怒，拔出腰刀，叫道：「先斃了你這反賊！」舉刀摟頭砍將下來。楊鐵心向旁閃過，身旁兩名士兵長矛前挺，抵住他的兩脅。段天德又是一刀，楊鐵心無處可避，只得向後急縮。那段天德倒也有幾分武功，一刀不中，隨即向前一送，他使的是柄鋸齒刀，這一下便在楊鐵心左肩上鋸了一道口子，接著第二刀又劈將下來。

郭嘯天見義弟性命危殆，忽地縱起，飛腳往段天德面門踢去。段天德吃了一驚，收刀招架。郭嘯天雖雙手遭縛，腿上功夫仍頗了得，身子未落，左足收轉，右足飛出，正踢在段天德腰裏。

段天德劇痛之下，怒不可遏，叫道：「亂槍戳死了！上頭吩咐了的，反賊倘若拒捕，格殺勿論。」眾兵舉矛齊刺。郭嘯天接連踢倒兩兵，終是雙手遭縛，轉動不靈，身子閃讓長矛，段天德自後趕上，手起刀落，把他一隻右膀斜斜砍了下來。

楊鐵心正自力掙雙手，急切無法脫縛，突見義兄重傷倒地，心中急痛之下，身上忽然生出一股巨力，大喝一聲，繩索綳斷，揮拳打倒一名兵士，搶過一柄長矛，展開了楊家槍法，這時候一夫拚命，萬夫莫當。長矛起處，登時搠翻兩名官兵。段天德見勢頭不好，先自退開。楊鐵心這時一切都豁出去了，東挑西打，頃刻間又戳死數兵。衆官兵見他兇猛，心下都怯了，發一聲喊，四下逃散。

楊鐵心也不追趕，扶起義兄，見他斷臂處血流如泉湧，全身已成了個血人，不禁垂下淚來。郭嘯天咬緊牙關，叫道：「兄弟，別管我……快，快走！」楊鐵心道：「我去搶馬，拚死救你出去。」郭嘯天道：「不……不……」暈了過去。

楊鐵心脫下衣服，要給他裹傷，但段天德這一刀將他連肩帶胸的砍下，創口佔了半個身子，竟沒法包紮。郭嘯天悠悠醒來，叫道：「兄弟，你去救你弟婦與你嫂子，我……我……不成了……」說著氣絕而死。

楊鐵心和他情逾骨肉，見他慘死，滿腔悲憤，腦海中一閃，便想到了兩人結義時的那句誓言：「但願同年同月同日死。」抬頭四望，自己妻子和郭大嫂在混亂中都已不知去向。他大聲叫道：「大哥，我去給你報仇！」挺矛向官兵隊裏衝去。

官兵這時又已列成隊伍，段天德傳下號令，箭如飛蝗般射來。楊鐵心渾不在意，撥箭疾衝。一名武官手揮大刀，當頭猛砍，楊鐵心身子一矮，突然鑽到馬腹之下。那武官大刀砍空，正待回馬，後心已給長矛刺進。楊鐵心擲開屍首，跳上馬背，舞動長矛。衆官兵那敢接戰，四下奔逃。

他趕了一陣，只見一名武官抱著一個女子，騎在馬上疾馳。楊鐵心飛身下馬，橫矛桿打倒一名兵士，在他手中搶過弓箭，火光中看準那武官坐騎，颼的一箭射去，正中馬臀，馬腿前跪，馬上兩人滾下地來。楊鐵心再是一箭，射死武官，搶將過去，只見那女子在地下掙扎著坐起身來，正是自己妻子。

包惜弱乍見丈夫，又驚又喜，撲到了他懷裏。楊鐵心問道：「大嫂呢？」包惜弱道：「在前面，給……給官兵捉去啦！」楊鐵心道：「你在這裏等著，我去救她。」包惜弱驚道：「後面又有官兵追來啦！」

楊鐵心回過頭來，果見一隊官兵手舉火把趕來。楊鐵心咬牙道：「大哥已死，我無論如何要救大嫂出來，保全郭家骨肉。天可憐見，你我將來還有相見之日。」

包惜弱緊緊摟住丈夫脖子，死不放手，哭道：「咱們永遠不能分離，你說過的，咱們就是要死，也死在一塊！是麼？你說過的。」

楊鐵心心中一酸，抱住妻子親了親，硬起心腸拉脫她雙手，挺矛往前急追，奔出數十步回頭一望，只見妻子哭倒在塵埃之中，後面官兵已趕到她身旁。

楊鐵心伸袖子一抹臉上的淚水、汗水、血水，生死置之度外，身當此時，以救義嫂為先，趕了一陣，又奪到匹馬，抓住一名官兵喝問，得知李氏正在前面。

他縱馬疾馳，忽聽得道旁樹林一個女人聲音大叫大嚷，急忙兜轉馬頭，衝入林中，只見李氏雙手已自脫縛，正跟兩名兵士廝打。她是農家女子，身子壯健，雖不會武藝，但拚命蠻打，自有一股剛勇，那兩名兵士又笑又罵，一時卻也奈何她不得。楊鐵心更不打話，衝上去一矛一個，戳死了兩兵，把李氏扶上坐騎，兩人同乘，回馬再去找尋妻子。

奔到與包氏分手之處，卻已無人。此時天色微明，他下馬察看，只見地下馬蹄印雜沓，尚有人身拖曳的痕跡，想是妻子又給官兵擄去了。

楊鐵心急躍上馬，雙足在馬腹上亂踢，那馬受痛，騰身飛馳。趕得正急間，忽然道旁號角聲響，衝出十餘名黑衣武士。當先一人舉起狼牙棒往他頭頂猛砸下來。楊鐵心舉矛格開，還了一矛。那人回棒橫掃，棒法奇特，似非中原武術所使家數。

楊鐵心以前與郭嘯天談論武藝，知道當年梁山泊好漢中有一位霹靂火秦明，狼牙棒法天下無雙，但除他之外，武林豪傑使這兵刃的向來極少，因狼牙棒份量沉重，若非有極大膂力，不易運用自如。只金兵將官卻甚喜用，以金人生長遼東苦寒之地，身強力大，兵器沉重，則陣上多佔便宜。當年金兵入寇，以狼牙棒砸擊大宋軍民。眾百姓氣憤之餘，忽然說起笑話來。某甲道：「金兵有甚麼可怕，他們有一物，咱們自有一物抵擋。」某乙道：「金兵有金兀朮。」甲道：「咱們有韓少保。」乙道：「金兵有拐子馬。」甲道：「咱們有麻札刀。」乙道：「金兵有狼牙棒。」甲道：「咱們有天靈蓋。」那天靈蓋是頭頂的腦門，金兵狼牙棒打來，大宋百姓只好用天靈蓋去抵擋，笑謔之中實含無限悲憤。

這時楊鐵心和那使狼牙棒的鬥了數合，想起以前和郭嘯天的談論，越來越疑心，瞧這人棒法招術，明明是金兵將官，怎地忽然在此現身？又鬥數合，槍招加快，挺矛把那人刺於馬下。餘眾大驚，發喊逃散。

楊鐵心轉頭去看騎在身後的李氏，要瞧她在戰鬥之中有無受傷，突然間樹叢中射出一枝冷箭，楊鐵心不及閃避，這一箭直透後心。李氏大驚，叫道：「叔叔，箭！箭！」

楊鐵心心中一涼：「不料我今日死在這裏！但死前先得把賊兵殺散，好讓大嫂逃生。」搖矛狂呼，往人多處直衝過去，背上箭傷劇痛，眼前突然漆黑，昏暈在馬背之上。

當時包惜弱給丈夫推開，心中痛如刀割，轉眼間官兵追了上來，待要閃躲，早讓幾名士兵擁上一匹坐騎。一個武官舉起火把，向她臉上仔細打量了一會，點頭說道：「是她！瞧不出那兩個蠻子倒有點本事，傷了咱們不少兄弟。」另一名武官笑道：「現下總算大功告成，這趟辛苦，每人總有十幾兩銀子賞賜罷。」那武官道：「哼，只盼上頭少剋扣些。」轉頭對號手道：「收隊罷！」那號兵舉起號角，嗚嗚嗚的吹了起來。

包惜弱呑聲飲泣，心中只掛念丈夫，不知他性命如何。這時天色已明，路上漸有行人，百姓見到官兵隊伍，都遠遠躲開。包惜弱起初擔心官兵無禮，那知衆武官居然言語舉止之間頗爲客氣，這才稍稍放心。

行不數里，忽然前面喊聲大振，十餘名黑衣人手執兵刃，從道旁衝殺出來，當先一人喝道：「無恥官兵，殘害良民，統通下馬納命。」帶隊的武官大怒，喝道：「何方大膽匪徒，在京畿之地作亂？快快滾開！」一衆黑衣人更不打話，衝入官兵隊裏，雙方混戰起來。官兵雖然人多，但黑衣人個個武藝精熟，一時之間殺得不分勝負。

包惜弱暗暗歡喜，心想：「莫不是鐵哥的朋友們得到訊息，前來相救？」混戰中一箭飛來，正中包惜弱坐騎的後臀，那馬負痛，縱蹄向北疾馳。

包惜弱大驚，雙臂摟住馬頸，只怕掉下馬來。只聽後面蹄聲急促，一騎馬追來。轉眼間一匹黑馬從身旁掠過，馬上乘客手持長索，在空中轉了幾圈，呼的一聲，長索飛出，索上繩圈套住了包惜弱的坐騎，兩騎馬並肩而馳。那人漸漸收短繩索，兩騎馬奔跑也緩慢了下來，再跑數十步，那人唿哨一聲，他所乘黑馬收腳站住。包惜弱的坐騎給黑馬一帶，無法向前，一聲長嘶，前足提起，人立起來。

包惜弱勞頓了大半夜，又是驚恐，又是傷心，這時再也拉不住韁，雙手一鬆，跌下馬來，暈了過去。

昏睡中也不知過了多少時候，等到悠悠醒轉，只覺似是睡在柔軟的床上，又覺身上似蓋了棉被，甚覺溫暖，她睜開眼睛，首先入眼的是青花布帳的帳頂，原來果是睡在床上。她側頭望時，見床前桌上點著油燈，似有個黑衣男子坐在床沿。

那人聽得她翻身，忙站起身來，輕輕揭開了帳子，低聲問道：「睡醒了嗎？」包惜弱神智尚未全復，只覺這人依稀似曾相識。那人伸手在她額頭一摸，輕聲道：「燒得好燙手，醫生快來啦。」包惜弱迷迷糊糊的重又入睡。

過了一會，似覺有醫生給她把脈診視，又有人餵她喝藥。她只是昏睡，夢中突然驚醒大叫：「鐵哥，鐵哥！」隨覺有人輕拍她肩膀，低語撫慰。

她再次醒來時已是白天，忍不住出聲呻吟。一個人走近前來，揭開帳子。這時面面相對，包惜弱看得分明，不覺吃了一驚，這人面目清秀，嘴角含笑，正是幾個月前她在雪地裏所救的那垂死青年。

包惜弱道：「這是甚麼地方，我當家的呢？」那青年搖搖手，示意不可作聲，低聲道：「外邊官兵追捕很緊，咱們現下是借住在一家鄉農家裏。小人斗膽，謊稱是娘子的丈夫，娘子可別露了形跡。」包惜弱臉一紅，點了點頭，又問：「我當家的呢？」那人道：「娘子身子虛弱，待大好之後，小人再慢慢告知。」

包惜弱大驚，聽他語氣，似乎丈夫已遭不測，雙手緊緊抓住被角，顫聲道：「他……他……怎麼了？」那人只勸道：「娘子心急無益，身子要緊。」包惜弱道：「他……他可是死了？」那人滿臉無可奈何之狀，點了點頭，道：「楊爺不幸，給賊官兵害死了。」說著搖頭嘆息。包惜弱傷痛攻心，暈了過去，良久醒轉，放聲大哭。

那人細聲安慰。包惜弱抽抽噎噎的道：「他……他怎麼去世的？」那人道：「楊爺可是二十來歲年紀，身長膀闊，手使一柄長矛的麼？」包惜弱道：「正是。」那人道：「我昨日見到他和官兵相鬥，殺了好幾個人，可惜……唉，可惜一名武官偷偷繞到他身後，出槍刺進了他背脊。」

包惜弱夫妻情重，又暈了過去，這一日水米不進，決意要絕食殉夫。那人也不相強，整日只斯斯文文的和她說話解悶。包惜弱到後來有些過意不去了，問道：「相公高姓大名？怎會知道我有難而來打救？」那人道：「小人姓顏，名烈，昨天和幾個朋友經過這裏，正遇到官兵逞兇害人。小人路見不平，出手相救，不料老天爺有眼，所救的竟是我的大恩人，也真是天緣巧合了。」

包惜弱聽到「天緣巧合」四字，臉上一紅，轉身向裏，不再理他，心下琢磨，忽然起了疑竇，轉身說道：「你和官兵本來是一路的。」顏烈道：「怎……怎麼？」包惜弱道：「那日你不是和官兵同來捉拿那位道長，這才受傷的麼？」顏烈道：「那日也眞是冤枉。小人從北邊來，要去臨安府，路過貴村，那知道無端端一箭射來，中了肩背。如不是娘子大恩相救，眞死得不明不白。到底他們要捉甚麼道士呀？道士捉鬼，官兵卻捉道士，眞一塲胡塗。」說著笑了起來。

包惜弱道：「啊，原來你是路過，不是他們一夥。我還道你也是來捉那道長的，那天還眞不想救你呢。」當下便述說官兵怎樣前來捉拿丘處機，他又怎樣殺散官兵。

包惜弱說了一會，卻見他怔怔的瞧著自己，臉上神色痴痴迷迷，似乎心神不屬，當即住口。顏烈陪笑道：「對不住。我在想咱們怎生逃出去，可別再讓官兵捉到。」

包惜弱哭道：「我……我丈夫既已過世，我還活著幹甚麼？你一個人走吧。」

顏烈正色道：「娘子，官人爲賊兵所害，含冤莫白，你不設法爲他報仇，卻只一意尋死。官人生前是英雄豪傑之士，他在九泉之下，只怕也不能瞑目罷？」

包惜弱道：「我一個弱女子，又怎有報仇的能耐？」顏烈義憤於色，昂然道：「娘子要報殺夫之仇，這件事著落在小人身上。你可知道仇人是誰？」包惜弱想了一下，說道：「統率官兵的將官名叫段天德，他額頭有個刀疤，臉上有塊青記。」顏烈道：「既有姓名，又有記認，他就逃到天涯海角，也非報此仇不可。」他出房去端來一碗稀粥，碗裏有個剝開了的鹹蛋，說道：「你不愛惜身子，怎麼報仇呀？」包惜弱心想有理，接過碗來慢慢吃了。悲痛之中，迷迷糊糊的睡去。

次日早晨，包惜弱整衣下床，對鏡梳好了頭髻，找到塊白布，剪了朵白花插在鬢邊，爲丈夫帶孝，但見鏡中紅顏如花，夫妻卻已人鬼殊途，悲從中來，又痛哭起來。

顏烈從外面進來，待她哭聲稍停，柔聲道：「外面道上官兵都已退了，咱們走吧。」包惜弱隨他出屋。顏烈摸出一錠銀子給了屋主，把兩匹馬牽了過來。包惜弱所乘的馬本來中了一箭，這時顏烈已把箭創裹好。

包惜弱道：「到那裏去呀？」顏烈使個眼色，要她在人前不可多問，扶她上馬，兩人並轡向北。走出十餘里，包惜弱又問：「你帶我到那裏去？」顏烈道：「咱們先找個隱僻的所在住下，避一避風頭。待官家追拿得鬆了，小人再去找尋官人的屍首，好好爲他安葬，然後找到段天德那奸賊，殺了爲官人報仇。」

包惜弱性格柔和，自己本少主意，何況大難之餘，孤苦無依，聽他想得週到，心中好生感激，道：「顏相公，我……我怎生報答你才好？」顏烈凜然道：「我性命是娘子所救，小人這一生供娘子驅使，就粉身碎骨，赴湯蹈火，那也應該的。」包惜弱道：「只盼儘快殺了那大壞人段天德，給鐵哥報了大仇，我這就從他於地下。」想到這裏，又垂下淚來。

兩人行了一日，晚上在長安鎭上投店歇宿。顏烈自稱夫婦二人，要了一間房。包惜弱心中惴惴不安，吃晚飯時一聲不作，暗自撫摸丘處機所贈的那柄短劍，心中打定了主意：「要是他稍有無禮，我就用劍自殺。」

顏烈命店伴拿了兩捆稻草入房，等店伴出去，閂上了房門，把稻草鋪在地下，自己倒在稻草之中，身上蓋了一張氈毯，對包惜弱道：「娘子請安睡吧！」說著閉上了眼。

包惜弱的心怦怦亂跳，想起故世的丈夫，當眞柔腸寸斷，獃獃的坐了大半個時辰，長長歎了口氣，也不熄滅燭火，手中緊握短劍，和衣倒在床上。

次日包惜弱起身時，顏烈已收拾好馬具，命店伴安排早點。包惜弱暗暗感激他是至誠君子，防範之心登時消了大半。待用早點時，見是一碟雞炒乾絲，一碟火腿，一碟香腸，一碟燻魚，另有一小鍋清香撲鼻的香粳米粥。她出生於清貧之家，自歸楊門，以務農爲生，平日吃早飯只幾根鹹菜，半塊乳腐，除了過年過節、喜慶宴會之外，那裏吃過這樣考究的飲食？食用之時，心裏頗感不安。

待得吃完，店伴送來一個包裹。這時顏烈已走出房去，包惜弱問道：「這是甚麼？」店伴道：「相公今日一早出去買來的，是娘子的替換衣服，相公說，請娘子換了上道。」說罷放下包裹，走出房去。包惜弱打開包裹看時，不覺呆了，見是一套全身縞素衣裙，白鞋白襪固一應俱全，連內衣、小襖以及羅帕、汗巾等等也都齊備，心道：「難爲他一個年輕男子，怎想得如此週到？」換上內衣之時，想到是顏烈親手所買，不由得滿臉紅暈。她半夜倉卒離家，衣衫本已不整，再加上一夜糾纏奔逃，更已滿身破損塵污，換上衣衫後裏外一新，精神也不覺爲之稍振。待得顏烈回房，見他身上也已換得光鮮煥然。

兩人縱馬上道，有時一前一後，有時並轡而行。這時正是江南春日將盡，道旁垂柳拂肩，花氣醉人，田中禾苗一片新綠。

顏烈爲了要她寬懷減愁，不時跟她東談西扯。包惜弱的父親是個小鎮上的不第學究，只稍有學識，丈夫和義兄郭嘯天卻都是粗豪漢子，她一生之中，實從未遇到過如此吐屬俊雅、才識博洽的男子，但覺他一言一語無不含意雋妙，心中暗暗稱奇。只眼見一路北去，離臨安越來越遠，他卻絕口不提如何爲己報仇，更不提安葬丈夫，忍不住道：「顏相公，我夫君的屍身，不知落在那裏？」

顏烈道：「非是小人不肯去尋訪尊夫屍首，爲他安葬，實因前日救娘子時殺了官兵，眼下正是風急火旺的當口，我只要在臨安左近一現身，非遭官兵毒手不可。眼下官府到處追拿娘子，說道尊夫殺官造反，罪大惡極，拿到他的家屬，男的斬首，女的充作官妓。小人死不足惜，但若娘子沒人保護，給官兵拿了去，遭遇必定極慘。小人身在黃泉之下，也要傷心含恨了。」包惜弱聽他說得誠懇，點了點頭。顏烈道：「我仔細想過，眼下最要緊的，是爲尊夫收屍安葬。咱們到了嘉興，我便取出銀子，托人到臨安去妥爲辦理。倘若娘子定要我親自去辦這才放心，那麼在嘉興安頓好娘子之後，小人冒險前往便了。」包惜弱心想要他甘冒大險，於理不合，說道：「相公如能找到妥當可靠的人去辦，那也一樣。」又道：「我丈夫有個姓郭的義兄，同時遭難，敢煩相公一併爲他安葬，我……我……」說著垂下淚來。

顏烈道：「此事容易，娘子放心便是。倒是報仇之事，段天德那賊子是朝廷武將，要殺他著實不易，此刻他又防備得緊，只有慢慢的等候機會。」包惜弱只想殺了仇人之後，便自殺殉夫。顏烈這番話雖句句都屬實情，卻不知要等到何年何日，心下一急，哭出聲來，抽抽噎噎的道：「我也不想要報甚麼仇了。我當家的如此英雄，尚且被害，我……我一個弱女子，又……又有甚麼能耐？我一死殉夫便是。」

顏烈沉吟半晌，似也十分為難，終於說道：「娘子，你信得過我麼？」包惜弱點了點頭。顏烈道：「眼下咱們只有前去北方，方能躲避官兵追捕。大宋官兵不能追到北邊去捉人。咱們只要過了淮河，就沒多大凶險了。待事情冷下來之後，咱們再南下報仇雪恨。娘子放心寬懷，官人的血海沉冤，自有小人一力承擔。」

包惜弱大為躊躇：自己家破人亡，舉目無親，如不跟隨他去，孤身一個弱女子又到那裏去安身立命？那晚親眼見到官兵殺人放火的兇狠模樣，若落入了他們手中，給充作官妓，那眞求生不能、求死不得了。但此人非親非故，自己是個守節寡婦，如何可隨一個青年男子同行？此刻倘若舉刃自刎，此人必定阻攔。只覺去路茫茫，來日大難，思前想後，當眞柔腸百轉。她連日悲傷哭泣，這時卻連眼淚也幾乎流乾了。

顏烈道：「娘子如覺小人的籌劃不妥，但請吩咐，小人無有不遵。」包惜弱見他十分遷就，心中反覺過意不去，除非此時自己立時死了，一了百了，否則實在也無他法，無可奈何之下，只得低頭道：「你瞧著辦吧。」

顏烈大喜，說道：「娘子的活命大德，小人終身不敢忘記，娘子……」包惜弱道：「這事以後別再提啦。」顏烈道：「是，是。」

當晚兩人在烏墩鎭一家客店中宿歇，仍同處一室。自從包惜弱答允同去北方之後，顏烈的言談舉止，已不如先前拘謹，時時流露出喜不自勝之情。包惜弱隱隱覺得有些不妥，但見他並無絲毫越禮，心想他不過是感恩圖報，料來不致有何異心。

次日午後，兩人到了嘉興府。那是浙西大城，絲米集散之地，自來就十分繁盛，古稱秀州，五代石晉時改名嘉禾郡，南宋時孝宗誕生於此，即位後改名嘉興，意謂龍興之地。地近京師臨安，市肆興旺。

顏烈道：「咱們找一家客店歇歇吧。」包惜弱一直在害怕官兵追來，道：「天色尚早，還可趕道呢。」顏烈道：「這裏的店鋪不錯，娘子衣服舊了，得買幾套來替換。」包惜弱一呆，說道：「這不是昨天才買的麼？怎麼就舊了？」顏烈道：「道上塵多，衣服穿一兩天就不光鮮啦。再說，像娘子這般容色，豈可不穿世上頂頂上等的衣衫？」

包惜弱聽他誇獎自己容貌，內心竊喜，低頭道：「我是在熱喪之中……」顏烈忙道：「小人理會得。」包惜弱就不言語了。她容貌秀麗，但丈夫楊鐵心從來沒這般當面讚美，低下頭偷眼向顏烈瞧去，見他並無輕薄神色，一時心中栗六，也不知是喜是愁。

顏烈問了途人，逕去當地最大的「秀水客棧」投店。漱洗罷，顏烈與包惜弱一起吃了些點心，兩人相對坐在房中。包惜弱想要他另要一間客房，卻又不知如何啓齒才好，臉上一陣紅一陣白，心事重重。

過了一會，顏烈道：「娘子請自寬便，小人出去買了物品就回。」包惜弱點了點頭，道：「相公可別太多花費了。」顏烈微笑道：「就可惜娘子在服喪，不能戴用珠寶，要多花錢也花不了。」

韓寶駒左足勾住馬鐙，
雙手及右足托住了銅缸，
使它端端正正的放在馬鞍之上，不致傾側。
那黃馬跑得又快又穩，上樓如馳平地。

第二回

江南七怪

顏烈跨出房門，過道中一個中年士人拖著鞋皮，踢躂踢躂的直響，一路打著哈欠迎面過來。那士人似笑非笑，擠眉弄眼，一副憊懶神氣，全身油膩，衣冠不整，滿面都是污垢，看來少說也有十多天沒洗臉了，拿著一柄破爛的油紙黑扇，邊搖邊行。

顏烈見這人衣著明明是個斯文士子，卻如此骯髒，不禁皺了眉頭，加快腳步，只怕沾到了那人身上污穢。突聽那人乾笑數聲，聲音刺耳，經過他身旁時，順手伸出摺扇，往他肩頭拍落。顏烈一讓，竟沒避開，不禁大怒，喝道：「幹甚麼？」

那人又是幾聲乾笑，踢躂踢躂的向前去了，只聽他走到過道盡頭，對店小二道：「喂，夥計啊，你別瞧大爺身上破破爛爛，大爺可有的是銀子。有些小子偏邪門著哪，他就是仗著身上光鮮唬人。招搖撞騙，勾引婦女，吃白食，住白店，全是這等小子，你得多留著點兒神。穩穩當當的，讓他先交了房飯錢再說。」也不等那店小二答腔，便踢躂踢躂的走了。

顏烈更加心頭火起，心想好小子，這話不是衝著我來麼？那店小二聽那人一說，斜眼向他看了眼，不禁起疑，走到他跟前，哈了哈腰，陪笑道：「您老別見怪，不是小的無禮……」顏烈知他意思，哼了一聲道：「把這銀子給存在櫃上！」伸手往懷裏一摸，不禁呆了。他囊裏本來放著四五十兩銀子，一探手，竟已空空如也。店小二見他臉色尷尬，一隻手在懷裏躭著，摸不出銀兩，只道窮酸的話不錯，神色登時不如適才恭謹，挺腰凸肚的道：「怎麼？沒帶銀子麼？」

顏烈道：「你等一下，我回房去拿。」他只道匆匆出房，忘拿銀兩，那知回入房中打開包裹一看，包裹幾十兩金銀盡已不翼而飛。這批金銀如何失去，自己竟沒半點因頭，那倒奇了，尋思：「適才包氏娘子出去解手，我也去了茅房一陣，前後不到一柱香時分，怎地便有人進房來做了手腳？嘉興府的飛賊倒眞厲害。」

店小二在房門口探頭探腦的張望，見他銀子拿不出來，發作道：「這女娘是你原配妻子嗎？要是拐帶人口，可要連累我們呢！」包惜弱又羞又急，滿臉通紅。顏烈一個箭步縱到門口，反手一掌，只打得店小二滿臉是血，還打落了幾枚牙齒。店小二捧住臉大嚷大叫：「好哇！住店不給錢，還打人哪！」顏烈在他屁股上再加一腳，店小二一個觔斗翻了出去。

包惜弱驚道：「咱們快走吧，不住這店了。」顏烈笑道：「別怕，沒了銀子問他們拿。」端了張椅子坐在房門口。過不多時，店小二領了十多名潑皮，掄棍使棒，衝進院子來。顏烈哈哈大笑，喝道：「你們想打架？」忽地躍出，順手搶過一根桿棒，指東打西，轉眼間打倒了四五個。那些潑皮平日只靠逞兇使狠，欺壓良善，這時見勢頭不對，拋下棍棒，一窩蜂的擠出院門，躺在地下的連爬帶滾，惟恐落後。

包惜弱早嚇得臉上全無血色，顫聲道：「事情鬧大了，只怕驚動了官府。」顏烈笑道：「我正要官府來。」包惜弱不知他用意，只得不言語了。

過不半個時辰，外面人聲喧嘩，十多名衙役手持鐵尺單刀，闖進院子，把鐵鍊抖得嗆啷嗆啷亂響，亂嘈嘈的叫道：「拐賣人口，還要行兇，這還了得？兇犯在那裏？」顏烈端坐椅上不動。衆衙役見他衣飾華貴，神態儼然，倒也不敢貿然上前。帶頭的捕快喝道：「喂，你叫甚麼名字？到嘉興府來幹甚麼？」顏烈道：「你去叫蓋運聰來！」

蓋運聰是嘉興府的府尹，衆衙役聽他直斥上官姓名，都又驚又怒。那捕快道：「你失心瘋了麼？亂呼亂叫蓋太爺的大號。」顏烈從懷裏取出一封信來，往桌上一擲，抬頭向著屋頂，說道：「你拿去給蓋運聰瞧瞧，看他來是不來？」那捕快取過信件，見了封皮上的字，吃了一驚，但不知眞僞，低聲對衆衙役道：「看著他，別讓他跑了。」隨即飛奔而出。

包惜弱坐在房中，心裏怦怦亂跳，臉色慘白。

過不多時，又湧進數十名衙役，兩名官員全身公服，搶上來向顏烈跪倒行禮，稟道：「卑職嘉興府蓋運聰、嘉興縣姜文通，磕見大人。卑職不知大人駕到，未曾遠迎，請大人恕罪。」顏烈擺了擺手，微微欠身，說道：「兄弟在貴縣失竊了些銀子，請兩位勞神查一查。」蓋運聰忙道：「是，是。」手一擺，兩名衙役托過兩隻盤子，一盤黃澄澄的全是金子，一盤白晃晃的則是銀子。

蓋運聰道：「卑職治下竟有奸人膽敢盜竊大人使費，全是卑職之罪，這點戔戔之數，先請大人賞收。」顏烈笑著點點頭，蓋運聰又把那封信恭恭敬敬的呈上，說道：「卑職已打掃了行台，恭請大人與夫人的憲駕。」顏烈道：「還是這裏好，我喜歡清清靜靜的，你們別來打擾囉唆。」說著臉色一沉。蓋運聰與姜文通忙道：「是，是！大人還需用甚麼，請儘管吩咐，好讓卑職辦來孝敬。」顏烈抬頭不答，連連擺手。蓋姜二人忙率領衙役退了出去。

幾個頭，拉著店小二出去。

那店小二早嚇得面無人色，由掌櫃的領著過來磕頭賠罪，只求饒了一條性命，打多少板子屁股也是心甘。顏烈從盤中取過一錠銀子，擲在地上，笑道：「賞你吧，快給我滾。」那店小二還不敢相信，掌櫃的見顏烈臉無惡意，怕他不耐煩，忙撿起銀子，磕了幾個頭，拉著店小二出去。

包惜弱兀自心神不定，問道：「這封信是甚麼法寶？怎地做官的見了，竟怕成這個樣子。」顏烈笑道：「本來我又管不著他們，這些做官的自己沒用。趙擴手下儘用這些膿包，江山不失，是無天理了。」包惜弱道：「趙擴，那是誰？」顏烈道：「那就是當今的慶元皇帝。」（按：慶元皇帝即後來稱為寧宗的南宋第四任皇帝，年號有慶元、嘉泰、開禧、嘉定。）包惜弱吃了一驚，忙道：「小聲！聖上的名字，怎可隨便亂叫？」顏烈見她關心自己，很是高興，笑道：「我叫卻是不妨。到了北邊，咱們不叫他趙擴叫甚麼？」包惜弱道：「北邊？」顏烈點了點頭，正要說話，突然門外蹄聲急促，數十騎馬停在客店門口。包惜弱雪白的臉頰上本已透出些血色，聽到蹄聲，立時想起那晚官兵捕拿之事，登時臉色又轉蒼白。顏烈卻眉頭一皺，好似頗不樂意。

只聽得靴聲橐橐，院子裏走進數十名錦衣軍士，見到顏烈，個個臉有喜色，齊叫：「王爺！」跪下行禮。顏烈微笑說道：「你們終於找來啦。」包惜弱聽他們叫他「王爺」，更加驚奇萬分。那些大漢站起身來，個個虎背熊腰，甚是剽健。

顏烈擺了擺手道：「都出去吧！」眾軍士齊聲唱喏，魚貫而出。顏烈轉頭對包惜弱道：「你瞧我這些下屬，跟宋兵比起來怎樣？」包惜弱奇道：「難道他們不是宋兵？」

顏烈笑道：「現今我對你實說了吧，這些都是大金國的精兵！」說罷縱聲長笑，神情得意之極。

包惜弱顫聲道：「那麼……你……你也是……」

顏烈笑道：「不瞞娘子說，在下的姓氏上還得加多一個『完』字，名字中加多一個『洪』字。在下完顏洪烈，大金國六王子，封爲趙王的，便是區區了。」

包惜弱自小聽父親說起金國蹂躪我大宋河山之慘、大宋皇帝如何讓他們擄去不得歸還、北方百姓如何給金兵殘殺虐待，自嫁了楊鐵心後，丈夫對金國更切齒痛恨，那知道這幾天中與自己朝夕相處的竟是個金國王子，驚駭之餘，說不出話來。

完顏洪烈見她臉上變色，笑聲頓歛，說道：「我久慕南朝繁華，是以去年求父皇派我到臨安來，作爲祝賀元旦的使者。再者，宋主尙有幾十萬兩銀子的歲貢沒依時獻上，父皇要我前來追討。」包惜弱道：「歲貢？」完顏洪烈道：「是啊，宋朝求我國不要進攻，每年進貢銀兩絹疋，可是他們常說甚麼稅收不足，總不肯爽爽快快的一次繳足。這次我對韓侂冑不客氣了，跟他說，如不在一個月之內繳足，我親自領兵來取，不必再費他心了。」包惜弱道：「韓丞相又怎樣說？」完顏洪烈道：「他有甚麼說的？我人未離臨安府，銀子絹疋早送過江去啦，哈哈！」包惜弱蹙眉不語。完顏洪烈道：「催索銀絹甚麼的，本來也不須我來，派一個使臣就已足夠。我本意是想瞧瞧南朝的山川形勝，人物風俗，想不到竟與娘子相識，還蒙救了性命，眞是三生有幸。」包惜弱心頭思潮起伏，茫然失措，默然不語。

完顏洪烈道：「我給娘子買衣衫去。」包惜弱低頭道：「不用啦。」完顏洪烈笑道：「韓丞相私下另行送給我的金銀，如買了衣衫，娘子一千年也穿著不完。娘子別怕，客店四周有我親兵好好守著，決沒歹人敢來傷你。」說著揚長出店。

包惜弱追思自與他相見以來的種種經過，他是大金國王子，對自己一個平民寡婦如此低聲下氣，多半用意不善。丈夫慘遭非命，撇下自己一個弱女子處此尷尬境地，本來該當脫身離去，但天地茫茫，卻又到那裏去？六神無主，只好伏枕痛哭。

完顏洪烈懷了金銀，逕往鬧市走去，見城中居民人物溫雅，雖販夫走卒，形貌亦多俊秀不俗，心中暗暗稱羨。

突然間前面蹄聲急促，一騎馬急奔而來。市街本不寬敞，加之行人擁擠，街旁又擺滿了賣物的攤頭擔子，如何可以馳馬？完顏洪烈忙往街邊閃讓，轉眼之間，見一匹黃馬從人叢中直竄出來。那馬神駿異常，身高膘肥，竟是罕見的良馬。完顏洪烈暗暗喝了聲采，瞧那馬上乘客，不覺啞然。

那馬如此神采，騎馬之人卻是個又矮又胖的猥葸漢子，乘在馬上猶如個大肉團一般。此人手短足短，似沒脖子，一個頭大得出奇，卻又縮在雙肩之中。說也奇怪，那馬在人堆裏發足急奔，竟不碰到一人、亦不踢翻一物，只見牠出蹄輕盈，縱躍自如，跳過瓷器攤，跨過青菜擔，每每在間不容髮之際閃讓行人而過，鬧市疾奔，竟與曠野馳騁無異。完顏洪烈不自禁的喝了一聲采：「好！」

那矮胖子聽得喝釆，回頭望了一眼。完顏洪烈見他滿臉都是紅色的酒糟粒子，一個酒糟鼻又大又圓，就如一隻紅柿子黏在臉上，心想：「這匹馬好極，我出高價買下來吧。」就在這時，街頭兩個小孩遊戲追逐，橫過馬前。那馬出其不意，吃驚提足，眼見左足將要踢到小孩身上，那矮胖子一提轡繩，躍離馬鞍，那馬身上一輕，倏然躍起，在兩個小孩頭頂飛越而過，那矮胖子隨又輕飄飄的落上馬背。

完顏洪烈一呆，心想這矮子騎術如此精絕，我大金國善乘之人雖多，卻未有及得上的，眞是人不可以貌相。如聘得此人回京教練騎兵，我手下的騎士定可縱橫天下。這比之購得一匹駿馬又好過萬倍了。他這次南來，何處可以駐兵，何處可以渡江，看得仔仔細細，一一暗記在心，甚至各地州縣長官的姓名才能，也詳爲打聽。此時見到這矮胖子騎術精妙，心想南人朝政腐敗，如此奇士棄而不用，遺諸草野，何不楚材晉用？決意以重金聘他去燕京作馬術教頭。

他心意已決，發足疾追，只怕那馬腳力太快，追趕不上，正要出聲呼叫，見那乘馬奔到大街轉彎角處，忽然站住。完顏洪烈又覺驚奇，馬匹疾馳，必須逐漸放慢腳步方能停止，此馬竟能在急行之際陡然收步，實前所未睹，就算武功高明之人，也未必能在發力狂奔之時如此神定氣閒的驀地站定。只見那矮胖子飛身下馬，鑽入一家店內。

完顏洪烈快步走近，見店中直立一塊大木牌，上寫「太白遺風」四字，卻是一家酒樓，再抬頭看，樓頭一塊極大的金字招牌，寫著「醉仙樓」三個大字，字跡勁腴，旁邊寫著「東坡居士書」五個小字，原來是蘇東坡所題。完顏洪烈見這酒樓氣派豪華，心想：「他來到酒樓，便先請他大吃大喝一番，乘機結納，正再好不過。」忽見那矮胖子從樓梯上奔下，手裏托著一隻酒罈，走到馬前。完顏洪烈當即閃在一旁。

那矮胖子站在地下，更加顯得臃腫難看，身高不過三尺，膀闊幾乎也有三尺，那馬偏偏腿長身高，他頭頂不過剛齊到馬鐙。只見他把酒罈放在馬前，伸掌在酒罈肩上輕擊數掌，隨手提起，已把酒罈上面一小半的罈身揭下，那酒罈便如是一個深底的瓦盆。黃馬前足揚起，長聲歡嘶，俯頭飲酒。完顏洪烈聞得酒香，竟是浙江紹興的名釀女兒紅，從這酒香辨來，少說也是十年的陳酒。

那矮胖子轉身入內，手一揚，噹的一聲，將一大錠銀子擲在櫃上，說道：「給開三桌上等酒菜，兩桌葷的，一桌素的。」掌櫃的笑道：「是啦，韓三爺。今兒有松江來的四鰓鱸魚，下酒再好沒有。這銀子您韓三爺先收著，慢慢再算。」矮胖子白眼一翻，怪聲喝道：「怎麼？喝酒不用錢？你當韓老三是光棍混混，吃白食麼？」掌櫃笑嘻嘻的也不以爲忤，大聲叫道：「夥計們，加把勁給韓三爺整治酒菜哪！」眾夥計裏裏外外一疊連聲的答應。

完顏洪烈心想：「這矮胖子穿著平常，出手卻甚豪闊，眾人對他又如此奉承，看來是嘉興府一霸。要聘他北上去做馬術教頭，只怕要費點周折了。且看他請些甚麼客人，相機行事。」拾級登樓，揀了窗邊一個座兒坐下，要了一斤酒，隨意點了幾樣菜。

這醉仙樓正在南湖之旁，湖面輕煙薄霧，幾艘小舟蕩漾其間，半湖水面都浮著碧油油的菱葉，他放眼觀賞，登覺心曠神怡。這嘉興是古越名城，所產李子甜香如美酒，因此春秋時這地方稱為檇李。當年越王勾踐曾在此大破吳王闔閭，正是吳越間的來往必經之地。當地南湖中又有一項名產，是綠色的沒角菱，菱肉鮮甜嫩滑，清香爽脆，為天下之冠，湖中菱葉特多。其時正當春深，碧水翠葉，宛若一泓碧琉璃上鋪滿了一片片翡翠。

完顏洪烈正賞玩風景，忽見湖心中一葉漁舟如飛般划來。這漁舟船身狹長，船頭高高翹起。完顏洪烈初時也不在意，但轉眼之間，只見那漁舟已趕過了遠在前頭的小船，竟快得出奇。片刻間漁舟漸近，見舟中坐著一人，舟尾划槳的穿了一身簑衣，卻是個女子。她伸槳入水，輕輕巧巧的一扳，漁舟就箭也似的射出一段路，船身幾如離水飛躍，看來這一扳之力少說也有一百來斤，女子而有如此勁力已甚奇怪，而一枝木槳又怎受得起如此大力？

只見她又是數扳，漁舟已近酒樓，日光照在槳上，亮晃晃的原來是一柄包黃銅的鐵槳。那漁女把漁舟繫在酒樓下石級旁的木樁上，輕躍登岸。坐在船艙裏的漢子挑了一擔粗柴，也跟著上來。兩人逕上酒樓。漁女向那矮胖子叫了聲：「三哥！」在他身旁坐下。矮胖子道：「四弟、七妹，你們來得早！」

完顏洪烈側眼打量那兩人時，見那女子大約十七八歲年紀，身形苗條，大眼睛，長睫毛，皮膚如雪，正是江南水鄉的俊美人物。她左手倒提鐵槳，右手拿了簑笠，露出一頭烏雲般的秀髮。完顏洪烈心想：「這姑娘雖不及我那包氏娘子美貌，卻另有一般天然風姿。」

那挑柴的漢子二十八九歲年紀，一身青布衣褲，腰裏束了條粗草繩，足穿草鞋，粗手大腳，神情木訥。他放下擔子，把扁擔往桌旁一靠，嘰嘰數聲，一張八仙桌竟給扁擔推動了數寸。完顏洪烈一怔，瞧那條扁擔也無異狀，通身黑油油地，中間微彎，兩頭各有一個突起的鞘子。這扁擔如此沉重，料想必是精鋼所鑄。那人腰裏插了一柄砍柴用的短斧，斧刃上有幾個缺口。

兩人剛坐定，樓梯上腳步聲響，上來兩人。那漁女叫道：「五哥、六哥，你們一起來啦。」前面一人身材魁梧，胖大異常，少說也有二百三四十斤，圍著一條長圍裙，全身油膩，敞開衣襟，露出毛茸茸的胸膛，袖子捲得高高的，手臂上全是寸許長的黑毛，腰間皮帶上插著柄尺來長的尖刀，瞧模樣是個殺豬宰羊的屠夫。後面那人五短身材，頭戴小氈帽，白淨面皮，手裏提著一桿秤，一個竹簍，似是個小商販。完顏洪烈暗暗稱奇：「瞧頭上三人都是身有武功之人，怎麼這兩個市井小人卻又跟他們兄弟相稱？」

忽聽街上傳來一陣登登登之聲，似是鐵物敲擊石板，跟著敲擊聲響上樓梯，上來一個衣衫襤褸的漢子，右手握著一根粗大鐵杖。只見他三十來歲年紀，尖嘴削腮，臉色灰撲撲地，雙目翻白，是個盲人。坐在桌邊的五人都站了起來，齊叫：「大哥。」漁女在一張椅子上輕輕一拍，道：「大哥，你座位在這裏。」那瞎子道：「好。二弟還沒來麼？」那屠夫模樣的人道：「二哥已到了嘉興，這會兒也該來啦。」漁女笑道：「這不是來了嗎？」只聽得樓梯上一陣蹋躂蹋躂拖鞋皮聲響。

完顏洪烈一怔，只見樓梯口先探上一柄破爛污穢的油紙扇，先搧了幾搧，接著一個窮酸搖頭晃腦的踱了上來，正是適才在客店中相遇的那人。完顏洪烈心想：「我的銀兩必是此人偷了去……」心頭正自火冒，那人咧嘴向他一笑，伸伸舌嘴，裝個鬼臉，轉頭跟衆人招呼，原來便是他們的二哥。

完顏洪烈尋思：「看來這些人個個身懷絕技，倘若能收爲己用，實是極大臂助。那窮酸偷我金銀，小事一樁，不必計較，且瞧一下動靜再說。」那窮酸喝了一口酒，搖頭擺腦的吟道：「不義之財……放他過，……玉皇大帝……發脾氣！」口中高吟，伸手從懷裏掏出一錠錠金銀，整整齊齊的排在桌上，一共掏出八錠銀子，兩錠金子。

完顏洪烈瞧那些金銀的色澤形狀，正是自己所失卻的，心下不怒反奇：「他入房去偷我金銀倒也不難，但他只用扇子在我肩頭一拍，便將我懷中銀錠都摸去了，當時我竟一無所覺。這妙手空空之技，確也罕見罕聞。」

看這七人情狀，似乎他們作東，邀請兩桌客人前來飲酒，因賓客未到，七人只喝清酒，菜肴並不開上席來。但另外兩桌上各只擺設一副杯筷，那麼客人只有兩個了。完顏洪烈尋思：「這七個怪人請客，不知請的又是何等怪客？」

過了一盞茶時分，只聽樓下有人唸佛：「阿彌陀佛！」那瞎子道：「焦木大師到啦！」站起身來，其餘六人也都肅立相迎。又聽得一聲：「阿彌陀佛！」一個形如槁木的枯瘦和尚上了樓梯。這和尚五十來歲年紀，身穿黃麻僧衣，手裏拿著一段木柴，木柴的一頭已燒成焦黑，不知有何用處。

和尚向七人打個問訊，那窮酸引他到一桌空席前坐下。和尚欠身道：「那人尋上門來，小僧自知不是他對手，多蒙江南七俠仗義相助，小僧感激之至。」

那瞎子道：「焦木大師不必客氣。我七兄弟多承大師平日眷顧，大師有事，我兄弟豈能袖手？何況那人自恃武功了得，無緣無故的來跟大師作對，渾不把江南武林中人放在眼裏。就是大師不來通知，我們兄弟知道了也決不能干休……」

話未說完，只聽得樓梯格格作響，似是一頭龐然巨獸走上樓來，聽聲音若非巨象，便是數百斤的一頭大水牛。

樓下掌櫃與眾酒保一疊連聲的驚叫起來：「喂，這笨傢伙不能拿上去！」「樓板要給你踏穿啦。」「快，快，攔住他，叫他下來！」但格格之聲更加響了。

完顏洪烈眼前一花，只見一個道人手托一口極大銅缸，邁步走上樓來，定睛看時，只嚇得心中突突亂跳，這道人正是長春子丘處機。

完顏洪烈這次奉父皇之命出使宋廷，要乘機陰結宋朝大官，以備日後入侵時作為內應。陪他從中都南來的宋朝使臣王道乾趨炎附勢，貪圖重賄，已暗中投靠金國，到臨安後為他拉攏奔走。不料王道乾突然給一個道人殺死，連心肝首級都不知去向。完顏洪烈大驚之餘，生怕自己陰謀已為這道人查覺，當即帶同親隨，由臨安府的捕快兵役領路，親自追拿刺客。追到牛家村時與丘處機遭遇，這道人武功極高，完顏洪烈尚未出手，就給他一枝甩手箭打中肩頭，所帶來的兵役隨從給他殺得乾乾淨淨。完顏洪烈如不是在混戰中及早逃開，又得包惜弱相救，一個金國王子就此葬身在這小村之中了。

完顏洪烈定了定神，見他目光只在自己臉上掠過，便全神貫注的瞧著焦木和那七人，顯然並未認出自己，料想那日自己剛從人叢中探身出來，便給他羽箭擲中摔倒，並未看清楚自己面目，便稍寬心，再看他所托的那口大銅缸時，更不禁大吃一驚。

這銅缸是廟宇中常見之物，用來焚燒紙錠表章，直徑四尺有餘，只怕足足有三百來斤，缸中溢出酒香，顯是裝了美酒，份量自必更加沉重，但他托在手裏，卻也不見得如何吃力。他每跨一步，樓板就喀喀亂響。樓下這時早已亂成一片，掌櫃、酒保、廚子、打雜的、眾酒客紛紛逃出街去，只怕樓板給他壓破，砸下來打死了人。

焦木和尚冷然道：「道兄惠然駕臨，卻何以取來了小廟的燒香化紙銅缸？衲子給你引見江南七俠！」丘處機舉起左手為禮，說道：「適才貧道到寶剎奉訪，寺裏師父言道，大師邀貧道來醉仙樓相會。貧道心下琢磨，大師定是請下好朋友來了，果然如此。久聞江南七俠威名，今日有幸相見，足慰平生之願。」

焦木和尚向七俠道：「這位是全真派長春子丘道長，各位都是久仰的了。」轉過頭來，向丘處機道：「這位是七俠之首，飛天蝙蝠柯鎮惡柯大俠。」說著伸掌向那瞎子身旁一指，跟著依次引見。完顏洪烈在旁留神傾聽，暗自記憶。第二個便是偷他銀兩的那骯髒窮酸，名叫妙手書生朱聰。最先到酒樓來的騎馬矮胖子是馬王神韓寶駒，排行第三。挑柴擔的鄉農排行第四，名叫南山樵子南希仁。第五是那身材粗壯、屠夫模樣的大漢，叫作笑彌陀張阿生。那小商販模樣的後生姓全名金發，綽號鬧市俠隱。那漁女是越女劍韓小瑩，江南七俠中年紀最小。

焦木引見之時，丘處機逐一點首為禮，右手卻一直托著銅缸，竟似不感疲累。

酒樓下衆人見一時無事，有幾個大膽的便悄悄踅上來瞧熱鬧。

柯鎭惡道：「我七兄弟人稱『江南七怪』，不過是怪物而已，『七俠』甚麼的，卻不敢當。我兄弟久仰全眞七子威名，素聞長春子行俠仗義，更是欽慕。這位焦木大師爲人最是古道熱腸，不知如何無意中得罪了道長？道長要是瞧得起我七兄弟，便讓我們做做和事老。兩位雖然和尙道士，所拜的菩薩不同，但總都是出家人，又都是武林一脈，大家盡釋前愆，一起來喝一杯如何？」

丘處機道：「貧道和焦木大師素不相識，無冤無仇，只要他交出兩個人來，改日貧道自會到法華禪寺負荊請罪。」柯鎭惡道：「交甚麼人出來？」丘處機道：「貧道有兩個朋友，受了官府和金兵的陷害，不幸死於非命。他們遺下的寡婦孤苦無依。柯大俠，你們說貧道該不該理？」完顏洪烈聽了，端在手中的酒杯一晃，潑出了些酒水。只聽柯鎭惡道：「別說是道長朋友的遺孀，就是素不相識之人，咱們既然知道了，也當量力照顧，那是義不容辭之事。」丘處機大聲道：「是呀！我就是要焦木大師交出這兩個身世可憐的女子來！他是出家人，卻何以將兩個寡婦收在寺裏，定是不肯交出？七位是俠義之人，請評評這道理看！」

此言一出，不但焦木與江南七怪大吃一驚，完顏洪烈在旁也暗自詫異，心想：「難道他說的不是楊郭二人的妻子，另有旁人？」

焦木本就臉色焦黃，這時更加氣得黃中泛黑，一時說不出話來，結結巴巴的道：「你……你……胡言亂道……胡言……」

丘處機大怒，喝道：「你也是武林中知名人物，竟敢如此爲非作歹！」右手一送，一口數百斤重的銅缸連酒帶缸，向著焦木飛去。焦木縱身躍開避過。

站在樓頭瞧熱鬧的人嚇得魂飛天外，你推我擁，一連串骨碌碌的衝下樓去。

笑彌陀張阿生估量這銅缸雖重，自己儘可接得住，搶上一步，運氣雙臂，叫一聲：「好！」待銅缸飛到，雙臂運勁，托住缸底，肩背肌肉墳起，竟把銅缸接住了，雙臂上挺，將銅缸高舉過頂，但腳下使力太巨，喀喇一聲，左足在樓板上踏穿了個洞，樓下衆人又大叫起來。張阿生上前兩步，雙臂微曲，一招「推窗送月」，將銅缸向丘處機擲去。

丘處機伸右手接過，笑道：「江南七怪名不虛傳！」隨即臉色一沉，向焦木喝道：「那兩個女子怎樣了？你把她兩個婦道人家強行收藏在寺，到底是何居心？你這賊和尚只要碰了她們一條頭髮，我把你拆骨揚灰，把你法華寺燒成白地！」

朱聰扇子一搧，搖頭晃腦的道：「焦木大師是有道高僧，怎會做這等無恥之事？道長定是聽信小人的謠言了。虛妄之極矣，決不可信也！」

丘處機怒道：「貧道親眼見到，怎麼會假？」江南七怪都是一怔。焦木道：「你就算要到江南來揚萬立威，又何必敗壞我的名頭……你……你……到嘉興府四下裏去打聽打聽，我焦木和尚豈能做這等歹事？」丘處機冷笑道：「好呀，你邀了幫手，便想倚多取勝。這件事我是管上了，決計放你不過。你清淨佛地，窩藏良家婦女，已大大不該，何況這兩個女子的丈夫乃忠良之後，慘遭非命。」

柯鎭惡道：「道長說焦木大師收藏了那兩個女子，而大師卻說沒有。咱們大夥兒到法華寺去瞧個明白，到底誰是誰非，不就清楚了？兄弟眼睛雖然瞎了，可是別人眼睛不瞎啊。」六兄妹齊聲附和。

丘處機冷笑道：「搜寺？貧道早就裏裏外外搜了個遍，可是明明見到那個女人進去，人卻又不見了。無法可想，只有要和尚交出人來。」朱聰道：「原來那兩個女子不是人。」丘處機一楞，道：「甚麼？」朱聰一本正經的道：「她們是仙女，不是會隱身法，就是借土遁遁走啦！」餘下六怪聽了，都不禁微笑。

丘處機怒道：「好啊，你們消遣貧道來著。江南七怪今日幫和尚幫定了，是不是？」

柯鎮惡凜然道：「我們本事低微，在全眞派高手看來，自不足一笑。可是我七兄弟在江南也還有點小小名頭，知道我們的人，都還肯說一句：江南七怪瘋瘋顛顛，卻不是貪生怕死之徒。我們不敢欺壓旁人，可也不能讓旁人來欺壓了。」

丘處機道：「江南七俠名聲不壞，這個貧道早有聽聞。各位事不干己，不用趕這淌渾水。我跟和尚的事，讓貧道自行跟他了斷，現下恕不奉陪了。和尚，跟我走吧。」說著伸左手來拿焦木手腕。焦木手腕斜揮，把他這一拿化解了開去。

馬王神韓寶駒見兩人動上了手，大聲喝道：「道士，你到底講不講理？」丘處機道：「韓三爺，怎樣？」韓寶駒道：「我們信得過焦木大師，他說沒有就是沒有。武林中鐵錚錚的好漢子，難道誰還能撒謊騙人？」丘處機道：「他不會撒謊，莫非丘某就會沒來由的撒謊冤他？丘某親眼目睹那女子進了他寺廟，倘若看錯了人，我挖出這對招子來給你。我找這和尚是找定了。七位插手也是插定了，是不是？」江南七怪齊聲道：

「不錯。」

丘處機道：「好，我敬七位每人一口酒。各位喝了酒再動手吧。」說著右手一沉，放低銅缸，在缸裏喝了一大口酒，叫道：「請吧！」手一抖，銅缸又向張阿生飛來。

張阿生心想：「要是再像剛才那樣把銅缸舉在頭頂，怎能喝酒？」當即退後兩步，雙手擋在胸口，待銅缸飛到，雙手向外一分，銅缸正撞在胸口。他生得肥胖，胸口纍纍的都是肥肉，猶如一個軟墊般托住了銅缸，隨即運氣，胸肌向外彈出，已把銅缸飛來之勢擋住，雙手合圍，緊緊抱住了銅缸，低頭在缸裏喝了一大口酒，讚道：「好酒！」雙手突然縮回，抵在胸前，銅缸尚未下落，已使一招「雙掌移山」，把銅缸猛推出去。這一招勁道既足，變招又快，的是外家高明功夫。完顏洪烈在一旁看得暗暗心驚。

丘處機接回銅缸，也喝了一大口，叫道：「貧道敬柯大哥一缸酒！」順手將銅缸向柯鎮惡擲去。

完顏洪烈心想：「這人眼睛瞎了，又如何接得？」卻不知柯鎮惡位居江南七怪之首，武功也爲七人之冠，他聽辨細微暗器尚且不差釐毫，這口巨大的銅缸擲來時呼呼生風，自辨得清楚，他意定神閒的坐著，恍如未覺，直至銅缸飛臨頭頂，這才右手挺舉，一根鐵杖已頂在缸底。那銅缸在鐵杖上的溜溜轉得飛快，猶如耍盤子的人用竹棒頂住了瓷盤玩弄一般。突然間鐵杖略歪，銅缸微側，眼見要跌下來打在他頭頂，這一下還不打得腦漿迸裂？那知銅缸稍側，卻不跌落，缸中酒水如一條線般射將下來。柯鎮惡張口接住，上面的酒不住傾下，他骨都骨都的大口吞飲，飲了三四口，餘酒濺在衣上，鐵杖稍挪，又已頂在缸底正中，隨即向上挺送，銅缸飛起。他揮杖橫擊，噹的一聲巨響，震耳欲聾，那缸便向丘處機飛去，嗡嗡聲好一陣不絕。

丘處機笑道：「柯大俠平時一定愛玩頂盤子。」隨手接住銅缸。柯鎮惡冷冷的道：「小弟幼時家貧，靠這玩意兒做叫化子討飯。」丘處機道：「貧賤不能移，此之謂大丈夫。我敬南四哥一缸！」低頭在缸中喝一口酒，將銅缸向南山樵子南希仁擲去。

南希仁一言不發，待銅缸飛到，舉起扁擔在空中擋住，噹的一聲，銅缸在空中受阻，落了下來。南希仁伸手在缸裏抄了一口酒，就手吃了，扁擔打橫，右膝跪倒，扁擔擱在左膝之上，右手在扁擔一端扳落，扁擔另一端托住銅缸之底，扳起銅缸，又飛在空中。

他正待用扁擔將銅缸推還給丘處機，鬧市俠隱全金發笑道：「兄弟做小生意，愛佔小便宜，就不費力的討口酒吃吧。」搶到南希仁身邊，待銅缸再次落下時，也抄一口酒吃了，忽地躍起，雙足抵住缸邊，空中用力，雙腳力撐，身子如箭般向後射出，那銅缸也給他雙腳蹬了出去。他和銅缸從相反方向飛出，銅缸逕向丘處機飛去。他身子激射到板壁之上，輕輕滑下。妙手書生朱聰搖著摺扇，不住口的道：「妙哉，妙哉！」

丘處機接住銅缸，又喝了一大口酒，說道：「妙哉，妙哉！貧道敬二哥一缸。」朱聰狂叫起來：「啊喲，使不得，小生手無縛雞之力，肚無杯酒之量，不壓死也要醉死……」呼叫未畢，銅缸已向他當頭飛到。朱聰大叫：「壓死人啦，救命，救……」伸扇子在缸中一撈，送入口中，倒轉扇柄，抵住缸邊往外送出，騰的一聲，樓板已給他蹬破一個大洞，身子從洞裏掉了下去，「救命，救命」之聲，不住從洞裏傳將上來。

衆人都知他是裝腔作勢，誰也不覺驚訝。完顏洪烈見他扇柄稍抵，銅缸便已飛回，小小一柄摺扇，所發勁力竟不弱於南希仁那根沉重的鋼鐵扁擔，暗自駭異。

越女劍韓小瑩叫道：「我來喝一口！」右足一點，身子如飛燕掠波，倏地在銅缸上空躍過，頭一低，已在缸中吸到了一口酒，輕飄飄的落在對面窗格之上。她擅於劍法輕功，膂力卻非所長，心想輪到這口笨重已極的銅缸向自己擲來，接擋固是無力，要擲還給這個道士更萬萬不能，是以乘機施展輕功吸酒。

這時那銅缸仍一股勁的往街外飛出，街上人來人往，落將下來，勢必釀成極大災禍。丘處機暗暗心驚，正擬躍到街上去接住。只聽呼的一聲，韓寶駒從身旁斜刺掠過，口中一聲唿哨，樓下那匹黃馬奔到了街口。樓上衆人都搶到窗口觀看，只見空中一個肉團和銅缸一撞，銅缸下墮之勢變爲向前斜落，肉團和銅缸雙雙落上黃馬馬鞍。那黃馬馳出數丈，稍卸重壓勁力，轉身直奔上樓，雖踏斷了不少梯級，卻未蹶躓。

馬王神韓寶駒身在馬腹之下，左足勾住蹬子，雙手及右足卻托住銅缸，使它端端正正的放在馬鞍之上，不致傾側。那黃馬跑得又快又穩，上樓如馳平地。韓寶駒翻身上馬，探頭在缸中喝了一大口酒，左臂一振，把銅缸推落樓板，哈哈大笑，一提韁，那黃馬倏地從窗口竄了出去，猶如天馬行空，穩穩當當的落在街心。韓寶駒躍下馬背，和朱聰挽手上樓。

丘處機道：「江南七俠果然名不虛傳！個個武功高強，貧道甚爲佩服。衝著七位的金面，貧道再不跟這和尚爲難，只要他交出那兩個可憐的女子，就此既往不咎。」

柯鎮惡道：「丘道長，這就是你的不是了。這位焦木大師數十年清修，乃是有道高僧，我們素來敬佩。法華寺也是嘉興府有名的佛門善地，怎麼會私藏良家婦女？」丘處機道：「天下之大，儘有欺世盜名之輩。」韓寶駒怒道：「如此說來，道長是不信我們的話了？」丘處機道：「我寧可信自己眼睛。」韓寶駒道：「道長要待怎樣？」他身子雖矮，但話聲響亮，說來自有一股威猛之氣。

丘處機道：「此事與七位本來無干，既然橫加插手，必然自恃技藝過人。貧道不才，只好和七位見個高下，倘若不敵，聽憑各位如何了斷便了。」柯鎮惡道：「道長既一意如此，就請劃下道兒來罷。」

丘處機微一沉吟，說道：「我和各位向無仇怨，江南七怪乃英俠之士，貧道素來敬仰，動刀動拳，不免傷了和氣。這樣罷。」大聲叫道：「酒保，拿十四個大碗來！」

酒保本來躲在樓下，這時見樓上再無動靜，聽得叫喚，忙不迭的將大碗送上樓來。

丘處機命他把大碗都到銅缸中舀滿了酒，在樓上排成兩列，向江南七怪說道：「貧道和各位鬥鬥酒量。各位共喝七碗，貧道一人喝七碗，喝到分出勝負爲止。這法兒好不好？」

韓寶駒與張阿生等都是酒量極宏之人，首先說好。柯鎮惡卻道：「我們以七敵一，勝之不武，道長還是另劃道兒吧。」丘處機道：「你怎知一定能勝得了我？」

越女劍韓小瑩雖是女子，生性卻十分豪爽，亢聲說道：「好，先比了酒量再說。這般小覷我們七兄弟的，小妹倒第一次遇上。」說著端起一碗酒來，骨都骨都的便喝了下去。她這碗酒喝得急了，頃刻之間，雪白的臉頰上泛上了桃紅。

丘處機道：「韓姑娘眞是女中丈夫。大家請罷！」七怪中其餘六人各自舉碗喝了。丘處機碗到酒乾，頃刻間連盡七碗，每一碗酒都只咕的一聲，便自口入肚，在咽喉間竟然不稍停留。酒保興高采烈，大聲叫好，忙又裝滿了十四碗。八人又都喝了。

喝到第三個十四碗時，韓小瑩畢竟量窄，喝得半碗，右手微微發顫。張阿生接過她手中半碗酒來，道：「七妹，我代你喝了。」韓小瑩道：「道長，這可不可以？」丘處機道：「行，誰喝都一樣。」再喝一輪，全金發也敗了下去。

七怪見丘處機連喝二十八碗酒，竟面不改色，神態自若，盡皆駭然。完顏洪烈在一旁瞧著，更撟舌不下，心裏計較：「最好這老道醉得昏天黑地，那江南七怪乘機便將他殺了。」

全金發心想己方還賸下五人，然而五人個個酒量兼人，每人再喝三四碗酒還可支持，難道對方的肚子裏還裝得下二十多碗酒？就算他酒量當眞無底，肚量卻總有限，料想勝算在握，正自高興，無意中在樓板上一瞥，只見丘處機雙足之旁濕了好大一攤，不覺一驚，在朱聰耳邊道：「二哥，你瞧這道士的腳。」朱聰一看，低聲道：「不好，他是用內功把酒水從腳上逼了出來。」全金發低聲道：「不錯，想不到他內功這等厲害，那怎麼辦？」

朱聰尋思：「他既有這門功夫，便再喝一百碗也不打緊。須得另想計較。」退後一步，突然從先前踹破的樓板洞中摔了下去，只聽他大叫：「醉了，醉了！」又從洞中躍上。又喝了一巡酒，丘處機足旁全是水漬，猶如有一道清泉從樓板上汩汩流出。這時南希仁、韓寶駒等也都瞧見了，見他內功如此精深，都暗自欽服。

韓寶駒把酒碗往桌上一放，便欲認輸。朱聰向他使個眼色，對丘處機道：「道長內功出神入化，我們佩服之極。不過我們五個拚你一個，總似乎不大公平。」丘處機一怔，道：「朱二哥瞧著該怎麼辦？」朱聰笑道：「還是讓兄弟一對一的跟道長較量下去吧。」

此言一出，衆人都覺奇怪，眼見五人與他鬥酒都已處於必敗之地，怎麼他反而要獨自抵擋？但六怪都知這位兄弟雖言語滑稽，卻滿肚子是詭計，行事往往高深莫測，他既這麼說，必另有詐道，當下都不作聲。

丘處機呵呵笑道：「江南七俠當眞要強得緊。這樣吧，朱二哥陪著我喝乾了缸中之酒，只要不分勝敗，貧道就算輸了，好不好？」

這時銅缸中還賸下小半缸酒，無慮數十大碗，只怕要廟裏兩個彌勒佛的大肚子，才分裝得下。但朱聰毫不在意，笑道：「兄弟酒量雖然不行，但當年南遊，卻也曾勝過幾樣厲害傢伙，乾啊！」他右手揮舞破扇，左手大袖飄揚，一面說，一面喝酒。

丘處機跟著他一碗一碗的喝下去，問道：「甚麼厲害傢伙？」朱聰道：「兄弟有一次到天竺國，天竺王子拉了一頭大水牛出來，和我鬥飲烈酒，結果居然不分勝敗。」

丘處機知他是說笑話罵人，「呸」了一聲，但見他指手劃腳，胡言亂語，把酒一碗一碗的灌下肚去，手足之上又沒酒水滲出，顯然不是以內功逼發，但見他腹部隆起了一大塊，難道他肚子眞能伸縮自如，頗感奇怪，又聽他道：「兄弟前年到暹羅國，哈，這一次更加不得了。暹羅宰相牽了一頭大白象和我鬥酒，這蠢傢伙喝了七缸，你道我喝了幾缸？」

丘處機明知他是說笑，但見他神態生動，說得酣暢淋漓，不由得隨口問了一句：「幾缸？」朱聰神色突轉嚴重，壓低了聲音，正色道：「九缸！」忽然間又放大了聲音道：「快喝，快喝！」

但見他手舞足蹈，似醉非醉，如瘋非瘋，便在片刻之間，與丘處機兩人把銅缸中的酒喝到了底。韓寶駒等從來不知他竟有偌大酒量，無不驚喜交集。

丘處機大拇指一翹，說道：「朱兄眞是奇人，貧道拜服！」

朱聰笑道：「道長喝酒用的是內功，兄弟用的卻是外功，乃體外之功。你請看吧！」說著哈哈大笑，忽地倒翻一個觔斗，手裏已提著一隻木桶，隨手一晃，酒香撲鼻，桶裏裝的竟是半桶美酒。這許多人個個武功高強，除柯鎭惡外，無不眼光銳利，但竟沒瞧清楚這木桶是從那裏來的，再看朱聰的肚子時，卻已扁平如常，顯然這木桶本來是藏在他大袍子底下。江南七怪縱聲大笑，丘處機不禁變色。

要知朱聰最善於雞鳴狗盜、穿窬行竊之技，是以綽號叫做「妙手書生」。他這袍內藏桶之術，一直流傳至今。魔術家表演之時，空身走出台來，一個觔斗，手中多了一缸金魚，再一個觔斗，台上又多了一碗清水，可以變到滿台數十碗水，每一碗水中都有一尾金魚游動，令觀衆個個看得目瞪口呆，嘆爲觀止，即是師法這門妙術。朱聰第二次摔落樓下，便是將一隻木桶藏入了袍底，喝酒時胡言亂語，揮手揚扇，旨在引開丘處機的目光。魔術家變戲法之時，在千百對眼睛的睽睽注視之下，尚且不讓人瞧出破綻，那時丘處機絲毫沒防到他會使這般手法，竟未看出他使用妙技，將一大碗一大碗的酒都倒入了藏在袍內的木桶之中。

丘處機道：「哼，你這個怎麼算是喝酒？」朱聰笑道：「你難道算是喝酒了？我的酒喝在桶內，你的酒喝在地下，那又有甚麼分別？」

他一面說，一面踱來踱去，忽然一不小心踏在丘處機足旁的酒漬之中，一滑之下，向丘處機身上跌去。丘處機隨手扶了他一把。朱聰向後一躍，踱了一個圈子，叫道：「好詩，好詩！自古中秋……月最明，涼風屆候……夜彌清。一天……氣象沉銀漢，四海魚龍……躍水精……」拖長了聲音，朗聲唸誦起來。

丘處機一怔：「這是我去年中秋寫的一首未成律詩，放在身邊，擬待續成下面四句，從沒給別人看過，他怎知道？」伸手往懷裏摸去，錄著這半首詩的那張紙箋果眞已不知去向。

朱聰笑吟吟的攤開詩箋，放在桌上，笑道：「想不到道長武功蓋世，文才也如此雋妙，佩服，佩服。」原來他剛才故意一滑一跌，已施展妙手空空之技，把丘處機衣袋內的這張紙條摸了出來。

丘處機尋思：「適才他伸手到我懷裏，我竟絲毫不覺，倘若他不是盜我詩箋，而是用匕首戳上一刀，此刻我那裏還有命在？顯然他手下留情了。」言念及此，心意登平，說道：「朱二俠既陪著貧道一起幹光了這一缸酒，貧道自當言而有信，甘拜下風。今日醉仙樓之會，是丘處機栽在江南七俠手下了。」

江南七怪齊聲笑道：「不敢，不敢。這玩意兒是當不得眞的。」朱聰又道：「道長內功深湛，我們萬萬不及。」

丘處機道：「貧道雖然認輸，但兩個朋友所遺下的寡婦卻不能不救。」舉手行禮，托起銅缸，說道：「貧道這就去法華寺要人。」柯鎭惡怒道：「你既已認輸，怎地又跟焦木大師糾纏不清？」丘處機道：「扶危解困，跟輸贏可不相干。柯大俠，倘若你朋友不幸遭難，遺孀受人欺辱，你救是不救？」說到這裏，突然變色，叫道：「好傢伙，還約了人啦，就算千軍萬馬，你道爺便豁出了性命不要，也不能就此罷手。」

張阿生道：「就是咱們七兄弟，還用得著約甚麼人？」柯鎭惡卻也早聽到有數十人奔向酒樓而來，還聽到他們兵刃弓箭互相碰撞之聲，當即站起，喝道：「大家退開，抄傢生！」張阿生等搶起兵器，只聽得樓梯上腳步聲響，數十人搶上樓來。

衆人回頭看時，見數十名大漢都身穿金兵裝束。丘處機本來敬重江南七怪的爲人，只道他們爲焦木和尙一時欺蒙，是以說話行事始終留了餘地，這時忽見大批金兵上來，心頭怒極，大叫：「焦木和尙，江南七怪，你們居然去搬金寇，還有臉面自居甚麼俠義道？」韓寶駒怒道：「誰搬金兵來著？」

那些金兵正是完顏洪烈的侍從。他們見王爺出外良久不歸，一路尋來，聽說醉仙樓上有人兇殺惡鬥，生怕王爺遇險，急急趕到。

丘處機哼了一聲，道：「好啊，好啊！貧道恕不奉陪了！這件事咱們可沒了沒完。」手托銅缸，大踏步走向梯口。

柯鎮惡站起身來，叫道：「丘道長，您可別誤會！」丘處機邊走邊道：「我誤會？你們是英雄好漢，幹麼要約金兵來助拳？」柯鎮惡道：「我們可沒有約。」丘處機道：「我又不是瞎子！」柯鎮惡眼睛盲了，生平最忌別人譏諷他這缺陷，鐵杖一擺，搶上前去，喝道：「瞎子便怎樣？」丘處機更不打話，左手抬起，啪的一掌，正中一名金兵的頂門。那兵登時腦漿迸裂而死。丘處機道：「這便是榜樣！」袍袖一拂，逕自下樓。

衆金兵見打死了同伴，一陣大亂，早有數人挺矛向丘處機後心擲下。他頭也不回，就似背後生著眼睛，伸手一一撥落。衆金兵正要衝下，完顏洪烈疾忙喝住，轉身對柯鎮惡道：「這惡道無法無天，各位請過來共飲一杯，商議對付之策如何？」柯鎮惡聽得他呼喝金兵之聲，知他是金兵頭腦，喝道：「他媽的，滾開！」完顏洪烈一愕。韓寶駒道：「咱大哥叫你滾開！」右肩聳出，正撞在他左胯之上。完顏洪烈一個踉蹌，退開數步。江南七怪和焦木和尚奔躍下樓。

朱聰走在最後，經過完顏洪烈身旁時，伸扇又在他肩頭一拍，笑道：「你拐帶的女子賣掉了麼？賣給我怎樣？哈哈！」說著急步下樓。朱聰先前雖不知完顏洪烈的來歷，但在客店之中看到他對待包惜弱的模樣，已知他二人不是夫婦，又聽他自誇豪富，便盜了他金銀，小作懲戒。此刻既知他是金兵頭腦，不取他的金銀，那裏還有天理？

完顏洪烈伸手往懷裏一摸，帶出來的幾錠金銀果然又都不翼而飛。他想這些人個個武功驚人，請那矮胖子去做馬術教頭之事那也免開尊口了，若再給他們發見包氏娘子竟在自己這裏，更是天大禍事，幸得此刻丘處機與七怪誤會未釋，再不快走，連命也得送在這裏，趕回客店，帶同包惜弱連夜向北，回金國的中都大興府而去。

原來那日丘處機殺了漢奸王道乾，在牛家村結識郭嘯天、楊鐵心兩人，又將前來追捕的金兵和吏役殺得一個不賸，心下暢快，到得臨安後，連日在湖上賞玩風景。西湖邊上的葛嶺乃晉時葛洪煉丹之處，爲道家勝地。丘處機上午到處漫遊，下午便在葛嶺道觀中修練內功，研讀道藏。

這日走過清河坊前，忽見數十名官兵在街上狼狽經過，甩盔曳甲，折弓斷槍，顯見是吃了敗仗逃回來的。他心下奇怪，暗想：「此時並沒和金國開仗，又沒聽說左近有盜賊作亂，不知官兵是在那裏吃了這虧？」詢問街上百姓，衆人也茫然不知。他好奇心起，遠遠跟隨，見衆官兵進了威果第六指揮所的營房。

到了夜間，他悄悄摸進指揮所內，抓了一名官兵出來，拖到旁邊小巷中喝問。那官兵正睡得胡裏胡塗，突然利刃加頸，那敢有絲毫隱瞞，當即把牛家村捉拿郭、楊二人之事照實說了。丘處機不迭聲的叫苦，只聽那兵士說，郭嘯天已當場格斃，楊鐵心身受重傷，不知下落，多半也是不活的了；又說郭楊二人的妻子倒活捉了來，可是走到半路，竟有一彪人馬衝出來，胡裏胡塗打了一場，官兵吃了老大的虧。丘處機只聽得悲憤無已，但想那小兵奉命差遣，身不由己，也不拿他出氣，只問：「你們上官是誰？」那小官道：「指揮大人他……他……姓段……官名……官名叫作天德。」丘處機放了小兵，摸到指揮所內去找那段天德，卻遍尋不獲。

次日一早，指揮所前的竿子上高高掛出一顆首級，號令示衆。丘處機看時，赫然便是新交朋友郭嘯天的頭顱，心中又難過，又氣惱，心道：「丘處機啊丘處機，這兩位朋友是忠義之後，好意請你飲酒，你卻累得他們家破人亡。你若不爲他們報仇雪恨，還稱得上是甚麼男子漢大丈夫？」憤恨中拾起一塊石頭，把指揮所前的旗桿石打得石屑紛飛。

好容易守到半夜，他爬上長竿，把郭嘯天的首級取下，奔到西湖邊上，挖了一坑，把首級埋了，拜了幾拜，洒淚祝禱：「貧道當日答允傳授兩位後裔武藝，貧道生平言出必踐，如不將你們的後人調教爲英雄人物，他日黃泉之下，沒面目跟兩位相見。」心下盤算，首先要找到那段天德，殺了他爲郭楊兩人報仇，然後去救出兩人妻子，妥善安頓，天可憐見生下兩個遺腹子來，好給兩位好漢留下後代。

他接連兩晚暗闖威果第六指揮所，卻都未能找到指揮使段天德。想是此人貪圖安逸、不守軍紀，不宿在營房之中與士卒同甘同苦。第三日辰牌時分，他逕到指揮所轅門之外，大聲喝道：「段天德在那裏，快給我滾出來！」

段天德爲了郭嘯天的首級被盜，正在營房中審訊郭嘯天的妻子李萍，要她招認丈夫有甚麼大膽不法的朋友，忽聽得營外鬧成一片，探頭從窗口向外張望，只見一個長大道士威風凜凜的手提兩名軍士，橫掃直劈，只打得衆兵丁叫苦連天。軍佐一疊連聲的喝叫：「放箭！」倉卒之際，衆官兵有的找到了弓，尋不著箭，有的拿到了箭，卻又不知弓在何處。

段天德大怒，提起腰刀，直搶出去，喝道：「造反了麼？」揮刀往丘處機腰裏橫掃過去。丘處機見是一名軍官，拋下手中軍士，不閃不架，左手探出，搶前抓住了他手腕，喝問：「段天德這狗賊在那裏？」

段天德手上劇痛，全身酸麻，忙道：「道爺要找段大人麼？他……他在西湖船裏飲酒，也不知今天回不回來。」丘處機信以爲眞，鬆開了手。段天德向兩名軍士道：「你們快帶領這位道爺，到湖邊找段指揮去。」兩名軍士尙未領悟，段天德喝道：「快去，快去，莫惹道爺生氣。」兩名軍士這才會意，轉身走出。丘處機跟了出去。

段天德那裏還敢停留，忙帶了幾名軍士，押了李萍，急奔雄節第八指揮所來。那指揮使和他是酒肉至交，聞訊大怒，正要點兵去擒殺惡道，突然營外喧嘩聲起，報稱一個道士打了進來，想必帶路的軍士受逼不過，將段天德的常到之處說了出來。

段天德是驚弓之鳥，也不多說，帶了隨從與李萍便走，這次是去投城外全捷第二指揮所。那指揮所地處偏僻，丘處機一時找他不到。段天德驚魂稍定，想起那道人在千百軍士中橫衝直撞的威勢，當眞不寒而慄。這時手腕起始劇痛，越腫越高，找了個軍營中的跌打醫生來一瞧，腕骨竟給揑斷了兩根。上了夾板敷藥之後，當晚不敢回家，便住在全捷第二指揮所內。睡到半夜，營外喧擾起來，說是守崗的軍士忽然不見了。

段天德驚跳起來，心知那軍士定是給道士擄了去逼問，自己不論躲往何處軍營，他總能找上門來，打是打不過，躲又躲不開，那可如何是好？這道士已跟自己朝過了相，只衝著自己一人而來，軍營中官兵雖多，卻未必能保護周全。惶急中突然想起，伯父在雲棲寺出家，他武功了得，不如投奔他去；又想那道士找自己為難，定與郭嘯天一案有關，如把李萍帶在身邊，危急時以她為要挾，那惡道便不敢貿然動手，當下逼迫李萍換上軍士裝束，拉著她從營房後門溜了出去，黑夜中七高八低的往雲棲寺來。

他伯父出家已久，法名枯木，是雲棲寺的住持，以前本是軍官，武功出自浙閩交界處仙霞派的嫡傳，屬於少林派旁支。他素來不齒段天德為人，不與交往，見他夤夜狼狽逃來，甚為詫異，冷冷的問道：「你來幹甚麼？」

段天德知道伯父一向痛恨金兵，要是說了實情，自認會同金兵去捕殺郭楊二人，只怕伯父立時便殺了自己，因此在路上早已想妥了一套說辭，見伯父神色不善，忙跪下磕頭，連稱：「姪兒給人欺侮了，求伯父作主。」

枯木道：「你在營裏當官，不去欺侮別人，人家已謝天謝地啦，又有誰敢欺侮你啦？」段天德知道越將自己說得不堪，越易取信，連稱：「姪兒該死，該死。前日姪兒和幾個朋友，到清冷橋西的瓦子去玩耍……」枯木鼻中哼了一聲，臉色登時大為不愉。原來宋朝的妓院稱為「瓦舍」，或稱「瓦子」，取其「來時瓦合，去時瓦解」之義，意思是說易聚易散。

段天德又道：「姪兒有個素日相好的粉頭，這天正在唱曲子陪姪兒飲酒，忽然有個道人進來，說聽她曲子唱得好，定要叫她過去相陪……」枯木怫然不悅，道：「胡說！出家人又怎會到這等下流所在去？」段天德道：「是啊，姪兒當下就出言嘲諷，命他出去。那道人兇惡得緊，反罵姪兒指日就要身首異處，卻在這裏胡鬧。」枯木道：「甚麼身首異處？」段天德道：「他說金兵不日渡江南下，要將咱們大宋官兵殺得乾乾淨淨。」

枯木勃然怒道：「他如此說來？」段天德道：「是。也是姪兒脾氣不好，跟他爭吵，說道金兵倘若渡江南下，我們拚命死戰，也未必便輸了。」這句話好生迎合枯木的心意，只聽得他連連點頭，覺得這姪兒自從出得娘胎，惟有這句話最像人話。段天德見他點頭，心下暗喜，說道：「兩人說到後來，便打將起來，姪兒不是這惡道的敵手。他一路追趕，姪兒無處逃避，只得來向伯父求救。」枯木搖頭道：「我是出家人，不來理會你們這些爭風吃醋的醜事。」段天德哀求道：「只求伯父救命，以後決不敢了。」

枯木想起兄弟昔日之情，又惱那道人出言無狀，便道：「好，你就在寺裏客舍住幾日避他一避。可不許胡鬧。」段天德連連答應。枯木嘆道：「一個做軍官的，卻如此沒用。當眞金兵渡江來攻，那如何得了？唉，想當年，我……」

李萍受了段天德的挾制威嚇，在一旁聽著他肆意撒謊，卻不敢出一句聲。

這天下午申牌時分，知客僧奔進來向枯木稟報：「外面有個道人，大叫大嚷的好不兇惡，口口聲聲要段……段長官出去。」

枯木把段天德叫來。段天德驚道：「是他，正是他。」枯木道：「這道人如此兇狠，他是那一門那一派的？」段天德道：「不知是那裏來的野道士，也不見武功有甚麼了不起，只不過膂力大些，姪兒無用，抵敵不住。」枯木道：「好，我去會會。」來到大殿。

丘處機正要闖進內殿，監寺拚命攔阻，卻攔不住。枯木走上前去，在丘處機臂上輕輕一推，潛用內力，想把他推出殿去，那知這一推猶如碰在棉花堆裏，心知不妙，正想收力，已來不及了，身不由主的直跌出去，蓬的一聲，背心撞上供桌，喀喇喇幾聲響，供桌給撞塌了半邊，桌上香爐、燭台紛紛跌落。

枯木大驚，叫道：「道長光臨敝寺，有何見教？」丘處機道：「我來找一個姓段的惡賊。」枯木自知不是他敵手，說道：「出家人慈悲為懷，道長何必跟俗人一般見識？」

丘處機不理，大踏步走向殿內。這時段天德早已押著李萍躲入密室。雲棲寺香火甚盛，其時正是春天進香季節，四方來的善男信女絡繹不絕。丘處機不便強搜，冷笑數聲，退了出去。

段天德從隱藏之處出來。枯木怒道：「甚麼野道士了？如不是他手下容情，我一條老命早不在了。」段天德道：「這惡道多半是金人派來的細作，否則怎麼定要跟咱們大宋軍官為難？」知客僧回來稟報，說道人已經走了。枯木道：「他說些甚麼？」知客僧道：「他說本寺若不交出那個……那個段長官，他決不罷休。」

枯木向段天德怒視一眼，說道：「你說話不盡不實，我也難以深究。只是這道人武功實在太強，你若落入他手，性命終究難保。」沉吟半晌，道：「你在這裏不能躭了。我師弟焦木禪師功力遠勝於我，只有他或能敵得住這道人，你到他那裏去避一避吧。」

段天德討了書信，連夜僱船往嘉興來，投奔法華寺住持焦木大師。

焦木怎知他攜帶的隨從竟是個女子，既有師兄書信，便收留了。那知丘處機查知蹤跡，跟著追來，在法華寺牆外窺向後園，正見到段天德拉著李萍，李萍怒罵，和他廝打，丘處機認出是郭嘯天的遺孀，躍進後園要救人時，段天德已將李萍拉入了地窖。丘處機還道包惜弱也給藏在寺內，遍尋不見，定要焦木交出人來。他是親眼所見，不管焦木如何解說，他總是不信。兩人越說越僵，丘處機一顯武功，焦木知道難敵，他與江南七怪素來交好，便約丘處機在醉仙樓上見面。丘處機那口大銅缸，便是從法華寺裏取來的。待得在醉仙樓頭撞到金兵，丘處機誤會更深。

焦木於此中實情，所知自甚有限，與江南七怪出得酒樓，同到法華寺，說了師兄枯木禪師薦人前來之事，又道：「素聞全眞七子武功了得，已得當年重陽眞人眞傳，其中長春子尤爲傑出，果然名不虛傳。這人雖魯莽了些，但看來也不是無理取鬧之人，與老衲無怨無仇，中間定有重大誤會。」

全金發道：「還是把令師兄薦來的那兩人請來，仔細問問。」焦木道：「不錯，我也沒好好盤問過他們。」正要差人去請段天德，柯鎭惡道：「那丘處機性子好不暴躁，一上來便聲勢洶洶，渾沒把咱們江南武林人物瞧在眼裏。他全眞派在北方稱雄，到南方來也想橫行霸道，那可不成。這誤會要是解說不了，不得不憑武功決勝，咱們一對一的跟他動手，誰也抵擋不住。他是善者不來，來者不善……」朱聰道：「咱們跟他來個一擁齊上！」韓寶駒道：「八人打他一個？未免不是好漢。」全金發道：「咱們又不是要傷他性命，只不過叫他平心靜氣的聽焦木大師說個清楚。」韓小瑩道：「江湖上傳言出去，說焦木大師和江南七怪以多欺少，豈不是壞了咱們名頭？」

八人議論未決，忽聽得大殿上震天價一聲巨響，似是兩口巨鐘互相撞擊，衆人耳中嗡嗡嗡的好一陣不絕。柯鎮惡一躍而起，叫道：「來啦！」

八人奔至大殿，又聽得一聲巨響，還夾著金鐵破碎之聲。只見丘處機托著銅缸，正在敲撞大殿上懸著的那口鐵鐘，數擊之下，銅缸已出現裂口。那道人鬚髯戟張，圓睜雙眼，怒不可抑。江南七怪不知丘處機本來也非如此蠻不講理之人，只因他連日追尋段天德不得，怒火與日俱增，更將平素憎恨金兵之情，加在一起。七怪卻道他恃強欺人，決意和他大拚一場。全眞七子威名越盛，七怪越不肯忍讓，倘若丘處機只是個無名之輩，反易於分說了。

韓寶駒叫道：「七妹，咱兄妹先上。」他是韓小瑩的堂兄，性子最急，唰的一聲，腰間一條金龍鞭已握在手中，一招「風捲雲殘」，疾往丘處機托著銅缸的右手手腕上捲去。韓小瑩也抽出長劍，逕往丘處機後心刺到。丘處機前後受敵，右手迴轉，噹的一聲，金龍鞭打上銅缸，同時身子略側，已讓過了後心來劍。

古時吳越成仇，越王勾踐臥薪嘗膽，相圖吳國。吳王手下大將伍子胥，聯同軍師孫武子，訓練的士卒精銳異常，指揮得宜，越兵便不敵吳卒。有一日越國忽然來了個美貌少女，劍術精妙，越國大臣范蠡便請她教導越兵劍法，終於以此滅了吳國。嘉興是當年吳越交兵之處，這套越女劍法就在此流傳下來。越國處女當日教給兵卒的劍法旨在上陣決勝，斬將刺馬頗爲有用，但以之與江湖上武術名家相鬥，就嫌不夠輕靈翔動。到得唐朝末葉，嘉興出了一位劍術名家，依據古劍法要旨而再加創新，於鋒銳之中另蘊複雜變化。韓小瑩從師父處學得了，雖造詣未精，劍招卻已頗爲不凡，她的外號「越女劍」便由劍法之名而得。

數招一過，丘處機看出她劍法奧妙，當下以快打快。她劍法快，丘處機出手更快，片刻之間，韓小瑩倏遇險招，給逼得退到了佛像之旁。

南山樵子南希仁和笑彌陀張阿生一個手持純鋼扁擔，一個挺起屠牛尖刀，上前夾攻。酣戰中丘處機突飛左掌，往張阿生面門劈到。張阿生後仰相避，那知他這一招乃是虛招，右足突然飛出，張阿生手腕一疼，尖刀脫手飛出，他拳術上造詣遠勝兵刃，尖刀脫手，竟不在意，左腿略挫，右掌虛晃，呼的一聲，左拳猛擊而出，勁雄勢急。

丘處機讚道：「好！」側身避開，連叫：「可惜！可惜！」張阿生問道：「可惜甚麼？」丘處機道：「可惜你一身好功夫，卻自甘墮落，既與惡僧爲伍，又去作金兵走狗。」張阿生大怒，喝道：「蠻不講理的賊道士，你才作金兵走狗！」呼呼呼連擊三拳。丘處機身子後縮，銅缸斜轉，噹噹兩聲，張阿生接連兩拳都打上了銅缸。

朱聰見己方四人聯手，仍處下風，向全金發一招手，二人從兩側攻上。全金發使的是一桿大鐵秤，秤桿使的是長槍和桿棒路子，秤鈎飛出去可以鈎人，猶如飛抓，秤錘則是一個鏈子錘，一件兵器有三般用途。朱聰擅於點穴之術，破油紙扇的扇骨乃是鋼鑄，將扇子當作了點穴橛，在各人兵器飛舞中找尋對方穴道。

丘處機的銅缸迴旋轉側，宛如一個大盾牌，擋在身前，各人的兵器又怎攻得進去？他左手擒拿劈打，卻又乘隙反襲。那沉重的銅缸拿在手中，身法雖難靈動，但以寡敵眾，由此而盡擋敵人來招，畢竟利勝於弊。

焦木見眾人越打越猛，心想時刻一久，雙方必有損傷，急得大叫：「各位住手，請聽我一言。」但眾人鬥發了性，卻那裏收得住手？

丘處機喝道：「下流東西，誰來聽你胡說？瞧我的！」突然間左手拳掌並用，變化多端，連下殺手，酣鬥中驀地飛出一掌，猛向張阿生肩頭劈去，這一掌「天外飛山」去勢奇特，迅捷異常，眼見張阿生無法避開。焦木叫道：「道長休下殺手！」

但丘處機與六人拚鬥，對方個個都是能手，實已頗感吃力，鬥得久了，只怕支持不住，而且對方尚有兩人虎視在旁，隨時都會殺入，那時自己只怕要葬身在這江南古剎之中了，此刻好容易抓到敵方破綻，豈肯容情，這一掌竟使上了十成力。

張阿生練就了一身鐵布衫橫練功夫，在屠房裏常脫光衣衫，與蠻牛相撞角力為戲，全身又粗又硬，直如包了一層牛皮相似。他知對方這掌劈下來非同小可，但既已閃架不及，運氣於肩，猛喝一聲：「好！」硬接了他這一掌，只聽得喀喇一聲，上臂竟給他蘊蓄全眞派上乘內功的這一掌生生擊斷。

朱聰一見大驚，鐵骨扇穿出，疾往丘處機「璇璣穴」點去，這招以攻為守，生怕五弟受傷之後，敵人繼續追擊。

丘處機打傷一人，精神一振，在兵器叢中單掌猶如鐵爪般連續進招。全金發「啊喲」聲中，秤錘已給他抓住。丘處機迴力急奪，全金發力氣不及，讓他拉近了兩尺。丘處機側過銅缸，擋在南希仁與朱聰面前，左掌發勁，往全金發天靈蓋直擊下去。

韓寶駒與韓小瑩大驚，雙雙躍起，兩般兵刃疾向丘處機頭頂擊落。丘處機只得閃身避開。全金發乘機竄出，這一下死裏逃生，只嚇得全身冷汗，但腰眼裏還是給踹中了一腳，劇痛徹骨，滾在地上再也站不起來。

焦木本來不想出手，只盼設法和丘處機說明誤會，可是眼見邀來相助的朋友紛紛受傷，自己是正主兒，不能不上，捲起袍袖，挺出一段烏焦的短木，往丘處機腋下點去。丘處機心想：「原來這和尚也是個點穴能手，出手不凡。」凝神對付。

柯鎮惡聽得五弟六弟受傷不輕，挺起鐵杖，便要上前助戰。全金發叫道：「大哥，發鐵菱吧！打『晉』位，再打『小過』！」叫聲未歇，颼颼兩聲，兩件暗器一先一後往丘處機眉心與右胯飛到。

丘處機吃了一驚，心想目盲之人也會施發暗器，而且打得部位如此之準，眞是罕見罕聞，雖有旁人以伏羲六十四卦的方位指點，終究也算甚難，銅缸斜轉，噹噹兩聲，兩隻鐵菱都落入了缸內。這鐵菱是柯鎮惡的獨門暗器，四面有角，就如菱角一般，但尖角鋒銳，可不似他故鄉南湖中的沒角菱了，這是他雙眼未盲之時所練成的絕技，暗器既沉，手法又準。丘處機接了兩隻鐵菱，銅缸竟然晃動，心道：「這瞎子好大手勁！」

這時韓氏兄妹、朱聰、南希仁等都已避在一旁。全金發不住叫喚：「打『中孚』、打

『離』位！……好，現下道士踏到了『明夷』……」他這般呼叫方位，跟柯鎮惡是多年來練熟了的，以自己一對眼睛代作義兄之眼，六兄妹中也只他一人有此能耐。

柯鎮惡聞聲發菱，猶如親見，霎時間接連打出了十幾枚鐵菱，把丘處機逼得不住倒退招架，再無還手餘暇，可是也始終傷他不到。

柯鎮惡心念一動：「他聽到了六弟的叫喊，先有了防備，自然打他不中了。」這時全金發聲音越來越輕，叫聲中不住夾著呻吟，想是傷痛甚烈，而張阿生竟一聲不作，不知生死如何。只聽全金發道：「打……打……他……『同人』。」柯鎮惡這次卻不依言，雙手一揚，四枚鐵菱一齊飛出，兩枚分打「同人」之右的「節」位、「損」位，另外兩枚分打「同人」之左的「豐」位、「離」位。

丘處機向左跨一大步，避開了「同人」的部位，沒料到柯鎮惡竟會突然用計，只聽兩個人同聲驚呼。

丘處機右肩中了一菱，另外對準「損」位發出的一菱，卻打在韓小瑩背心。

柯鎮惡又驚又喜，喝道：「七妹，快來！」韓小瑩知大哥的暗器餵得有毒，忙搶到他身邊。柯鎮惡從袋裏摸出一顆黃色藥丸，塞在她口裏，道：「去睡在後園子泥地上，不可動彈，等我來給你治傷。」

丘處機中了一菱，並不如何疼痛，忽覺傷口隱隱發麻，不覺大驚，知暗器有毒，心裏寒了，不敢戀戰，運勁出拳，往南希仁面門猛擊過去。

南希仁見來勢猛惡，立定馬步，橫過純鋼扁擔，一招「鐵鎖橫江」，攔在前面。丘處機並不收拳，揚聲吐氣，嘿的一聲，一拳打在扁擔正中。南希仁全身大震，雙手虎口迸裂，鮮血直流，噹啷聲響，扁擔跌落。丘處機情急拚命，這一拳使上了全力。南希仁立受內傷，腳步虛浮，突然眼前金星亂冒，喉口發甜，哇的一聲，鮮血直噴。

丘處機雖又傷一人，但肩頭越來越痲，托著銅缸甚感吃力，大喝聲中，左腿橫掃。韓寶駒躍起避開。丘處機叫道：「往那裏逃？」右手推出，銅缸從半空中罩將下來。韓寶駒身在空中，無處用力，只翻了半個觔斗，巨缸已罩到頂門，他怕傷了身子，當即雙手抱頭縮成一團，砰嘭大響，銅缸已端端正正的把他罩住。

丘處機拋出銅缸，當即抽劍在手，點足躍起，伸劍割斷了巨鐘頂上的粗索，左掌推處，那千餘斤重的巨鐘震天價一聲，壓上銅缸。韓寶駒再有神力，也爬不出來了。丘處機這兩下使力大了，只感手足酸軟，額頭上黃豆般的汗珠一顆顆滲出來。

柯鎮惡叫道：「快拋劍投降，再挨得片刻，你性命不保。」

丘處機心想那惡僧與金兵及官兵勾結，寺中窩藏婦女，行爲奸惡，江南七怪既與他一夥，江湖上所傳俠名也必不確，丘某寧教性命不在，豈能向奸人屈膝？長劍揮動，向外殺出。江南七怪中只賸下柯鎮惡、朱聰兩人不傷，餘人存亡不知，這時怎能容他脫身出寺？柯鎮惡擺動鐵杖，攔門阻敵。

丘處機奪路外闖，長劍勢挾勁風，逕刺柯鎮惡面門。飛天蝙蝠柯鎮惡聽聲辨形，舉杖擋格。杖劍相交，丘處機險些拿劍不住，不覺大驚，心道：「這瞎子內力如此深厚，難道功力在我之上？」接著一劍，又與對方鐵杖相交，這才發覺原來右肩受傷減力，並非對方特別厲害，倒是自己勁力不濟，當即劍交左手，使開一套學成後從未在臨敵時用過的「同歸劍法」，劍光閃閃，招招指向柯鎮惡、朱聰、焦木三人要害，竟自不加防守，一味凌厲進攻。

這路「同歸劍法」取的是「同歸於盡」之意，每一招都猛攻敵人要害，招招狠，劍劍辣，純是把性命豁出去了的打法，雖是上乘劍術，倒與流氓潑皮耍無賴的手段同出一理。原來全眞派有個大對頭，長住西域，爲人狠毒，武功極高，遠在全眞七子之上。當年只有他們師父才制他得住，現今師尊逝世，此人一旦重來中原，只怕全眞派有覆滅之虞。全眞派有個「天罡北斗陣法」，足可與之匹敵，但必須七人同使，若倉卒與此人邂逅相逢，未必七人聚齊。這套「同歸劍法」便意在對付這大對頭，然可單獨使用，只盼死傷得一二人與之同歸於盡，因而保全了一衆同門。丘處機此刻身中劇毒，又給三名高手纏住，命在頃刻，只得使出這路不顧一切的武功來。

拆得十餘招，柯鎮惡腿上中劍。焦木大叫：「柯大哥、朱二弟，讓這道人去吧。」就這麼一疏神，丘處機長劍已從他右肋中刺入。焦木驚呼倒地。

這時丘處機也已搖搖欲墜，站立不穩。朱聰紅了雙眼，口中咒罵，繞著他前後遊鬥。再戰數合，柯鎮惡總是眼不能視物，給丘處機聲東擊西，虛虛實實，霍霍霍的連刺七八劍，劍勢來路辨別不清，右腿又中一劍，俯身直跌。

朱聰大罵：「狗道士，賊道士，你身上的毒已行到了心裏啦！你再刺三劍試試。」

丘處機鬚眉俱張，怒睜雙目，左手提劍，踉踉蹌蹌的追來。朱聰輕功了得，在大殿中繞著佛像如飛奔逃。丘處機自知已難支持，歎了口氣，止步不追，只覺眼前一片模糊，定了定神，想找尋出寺的途徑，突然啪的一聲，後心有物撞中，原來是朱聰從腳上脫下來的一隻布鞋，鞋子雖軟，卻帶著內勁。

丘處機身子一晃，眼前似見煙霧騰騰，神智漸失，正收攝心神間，咚的一下，後腦上又吃了一記，這次是朱聰在佛前面抓起的一個木魚。幸得丘處機內功深厚，換了常人，這一下就得送命，但也已打得他眼前一陣發黑，心道：「罷了，罷了，長春子今日死在無恥之徒的手裏！」雙腿痠軟，摔倒在地。

朱聰怕他摔倒後又再躍起，拿起扇子，俯身來點他胸口穴道，突見他左手微動，知道不妙，忙伸右臂在胸前遮擋，只覺小腹上有股大力推來，登時向後直飛出去，人未落地，口中已鮮血狂噴。丘處機所習內功乃先師所授的全眞派正宗武功，雖身子已難動彈，但平日積儲的內力深厚，一掌擊出，確實非同小可。

法華寺中衆僧都不會武藝，也不知方丈竟身懷絕藝，突見大殿中打得天翻地覆，早就個個嚇得躲了起來。過了好一陣，聽得殿上沒了聲響，幾個大膽的小沙彌探頭張望，見地下躺滿了人，殿上到處是血，大驚之下，大呼小叫，跌跌撞撞的忙去找段天德。段天德一直躲在地窖之中，聽衆僧說相鬥雙方人人死傷倒地，不勝之喜，還怕丘處機不在其內，命小沙彌再去看明白那道士有沒有死，等小沙彌回來報稱那道士閉目俯伏，這才放心，拉了李萍奔到大殿。

他在丘處機身上踢了一腳。丘處機微微喘息，尚未斷氣。段天德拔出腰刀，喝道：

「你這賊道追得我好苦，老子今日送你上西天去吧！」

焦木重傷之餘，見段天德要行兇傷人，提氣叫道：「不……不可傷他！」段天德道：「幹甚麼？」焦木道：「他是好人……只是性子急……急，生了誤會……」段天德哈哈大笑，舉起腰刀，向丘處機頂門砍落。丘處機眼見無倖，凝聚內力，發掌擊出，正中段天德右臂，喀喇一聲，臂骨立斷，鋼刀落地。

焦木怒極，奮起平生之力，將手中一段烏焦木頭對準段天德擲去。段天德身子急側，斷臂劇痛，沒能避開，這段焦木正中他嘴角，登時撞下了三顆牙齒。段天德疼極，惡性大發，不敢去跟丘處機爲難，左手拾起腰刀，便往焦木頭上砍去。他身旁一名小沙彌狠命拉住他右臂，另一個去拉他衣領。段天德怒極，左手持刀，將兩名小沙彌砍翻了。

丘處機、焦木和江南七怪武功雖強，這時個個重傷，只有眼睜睜的瞧著他行兇。長春子丘處機一向處事精明，但眼見對方與金兵爲伍，只道是賣國求榮之輩，郭楊二人武功不弱，多半便死於其手，悲憤之下，出手絕不容情。江南七怪之首的柯鎭惡與朱聰本來亦非莽撞之徒，但見丘處機出手狠辣，欺上頭來，雙方誤會深了，一動上手，各不相讓，以致鬥了個兩敗俱傷。

李萍大叫：「惡賊，快住手！」她給段天德拉了東奔西逃，見到這惡賊又欲殺人，再也忍耐不住，當即撲上去狠命廝打。段天德斷了一臂，無力與抗。

各人見她身穿軍士裝束，只道是段天德的部屬，何以反而拚命攔阻他傷人？均感詫異。柯鎭惡眼睛瞎了，耳朵特別靈敏，一聽她叫嚷之聲，便知是女子，嘆道：「焦木和尙，我們都給你害死啦。你寺裏果眞藏著女人！」

焦木一怔，立時醒悟，心想自己一時不察，給這畜生累死，無意中出賣了良友，又氣又急，雙手在地上力撐，和身縱起，雙手箕張，猛向段天德撲去。段天德見他來勢猛惡，大駭避開。焦木重傷後身法呆滯，竟爾一頭撞在大殿柱上，腦漿迸裂，立時斃命。

段天德嚇得魂不附體，那裏還敢停留，拉了李萍，急奔而出。李萍大叫：「救命啊，我不去，救命啊！」終於聲音越來越遠。

朮赤大怒，舉起馬鞭又打。

郭靖滿地打滾，滾到朮赤身邊，

忽地躍起，抱住他的右腿，死命不放。

朮赤用力抖動，那知這孩子抱得極緊，竟抖不下來。

第三回
黃沙莽莽

寺裏僧衆見焦木圓寂，盡皆悲哭。有的便爲傷者包紮傷處，抬入客舍。

忽聽得巨鐘下的銅缸內噹噹噹響聲不絕，不知裏面是何怪物，衆僧面面相覷，手足無措，齊聲口誦《高王經》，不料「救苦救難」、「阿彌陀佛」聲中，缸內響聲不停，最後終於大了膽子，十多個和尚合力用粗索吊起大鐘，剛將銅缸掀起少許，裏面滾出來一個巨大肉團。衆僧大驚，四散逃開。只見那肉團站立在地，呼呼喘氣，卻是韓寶駒。他給罩在銅缸之中，不知後半段的戰局，眼見焦木圓寂，義兄弟個個重傷，急得哇哇大叫。提起金龍鞭便欲向丘處機頭頂擊落。全金發叫道：「三哥，不可！」韓寶駒怒道：「爲甚麼？」全金發腰間劇痛，只道：「千……千萬不可。」

柯鎮惡雙腿中劍，受傷不輕，神智卻仍清明，從懷中摸出解毒藥來，命僧人分別去給丘處機及韓小瑩服下，一面將經過告知韓寶駒。韓寶駒大怒，轉身奔出，要去追殺段天德。柯鎮惡喝住，說道：「那惡徒慢慢再找不遲，你快救助受了內傷的衆兄弟。」

朱聰與南希仁所受內傷甚重。全金發腰間所受的這一腳也著實不輕。張阿生胳臂折斷，胸口受震，一時痛暈過去，醒轉之後，卻無大礙。當下衆人在寺裏養傷。

法華寺監寺派人到臨安雲棲寺去向枯木禪師報信，並爲焦木禪師料理後事。

過了數日，丘處機與韓小瑩身上所中的毒都消解了。丘處機精通醫道，開了藥方給朱聰等人調治，又分別給各人推拿按摩。幸得各人根柢均厚，內傷外傷逐漸痊可，又過數日，已能坐起。這日八人聚集在一間僧房之中，想起受了奸人從中播弄，這許多江湖上的大行家竟至誤打誤殺，個個重傷，還賠了焦木禪師一條性命，都黯然不語。

過了一會，韓小瑩首先說道：「丘道長能幹英明，天下皆知，我們七兄弟也不是初走江湖之人，這次大家竟胡裏胡塗的栽在這無名之輩手裏，流傳出去，定教江湖上好漢恥笑。這事如何善後，還得請道長示下。」

丘處機這幾日也深責自己激於義憤，太過魯莽，如不是這般性急，只消平心靜氣的跟焦木交涉，必可弄個水落石出，便對柯鎮惡道：「柯大哥，你說怎麼辦？」

柯鎮惡脾氣本就怪僻，瞎了雙眼之後更加乖戾，這次七兄弟給丘處機一人打倒，實是生平罕遇的奇恥大辱，再加腿上劍創兀自疼痛難當，氣惱愈甚，冷笑道：「丘道長仗劍橫行天下，怎把別人瞧在眼裏？這事又何必再問我們兄弟？」

丘處機一楞，知他氣憤未消，站起身來向七人團團行了一禮，說道：「貧道無狀，行事胡塗，得罪了各位，確是貧道的不是，這裏向各位謝過，尚請原宥！」

朱聰等都還了禮。柯鎮惡卻裝作不知，冷冷的道：「江湖上的事，我兄弟再也沒面目理會啦。我們在這裏打魚的打魚，砍柴的砍柴，只要道長放我們一馬，不再前來尋事，我們總可安安穩穩的過這下半輩子。」

丘處機給他冷言搶白，臉上微紅，默不作聲，僵了半晌，站起來說道：「貧道這次壞了事，誠心認錯，此後決不敢再向各位囉唣。焦木大師不幸遭難，著落在貧道身上，我必手刃奸徒，出這口惡氣。現下就此別過。」說著又團團行禮，轉身出外。

柯鎮惡喝道：「且慢！」丘處機轉身道：「柯大哥有何吩咐？」柯鎮惡道：「你把我們兄弟個個打得重傷，單憑這麼一句話，就算了事麼？」丘處機道：「柯大哥意思怎樣？貧道只要力所能及，無有不遵。」

柯鎮惡低沉了聲音道：「這口氣我們嚥不下去，還求道長再予賜教。」

江南七怪雖行俠仗義，卻個個心高氣傲，行止怪異，要不怎會得了「七怪」的名頭？他們武功既高，又人多勢衆，在武林中與人爭鬥從未吃過虧。當年與淮陽幫失和動手，七個人在長江邊上打敗了淮陽幫的一百多條好漢，其時韓小瑩年紀尚幼，卻也殺了兩名敵人，江南七怪端的是名震江湖。這一次敗在丘處機一人手裏，自是異常難堪。何況焦木是七怪好友，無端喪生，也可說是由丘處機行事魯莽而起。但法華寺中明明藏著女人，而且確是郭嘯天的遺孀，這一節是己方理虧，江南七怪卻又置之不理了。

丘處機道：「貧道中了暗器，要不是柯大哥賜予解藥，這時早登鬼域。咱們雙方拚鬥了一場，貧道自當認輸。」柯鎮惡道：「既是如此，你把背上長劍留下，作個憑證，免得將來更有紛爭。」他明知此時若再動手，己方只韓氏兄妹能夠下場，勝負之數那也不用提了，但說就此罷休，寧可七怪一齊命喪於他劍底。如留得對方兵刃，這一役江南七怪雖以七敵一，終究還是贏了。

丘處機怒氣上衝，心想：「我給你們面子，已給得十足，又已賠罪認輸，還待怎地？」說道：「這是貧道護身的兵器，就如柯大哥的鐵杖一般。」柯鎮惡大聲道：「你譏笑我眼盲麼？」丘處機道：「不敢。」柯鎮惡怒道：「現下咱們大家受傷，難決勝負。明年今日，請道長再在醉仙樓相會。」

丘處機眉頭一皺，心想這七怪並非歹人，我何苦跟他們爭這閒氣？那日焦木死後，韓寶駒從銅缸中脫身而出，如要殺我，易如反掌。再說這件事總究是自己莽撞了，大丈夫是非分明，錯了便當認錯，但如何擺脫他們糾纏，卻也不易，沉吟了一會兒，心念一動，說道：「各位既要與貧道再決勝負，也無不可，但辦法卻要由貧道規定。否則的話，貧道在醉仙樓頭鬥酒，已輸了給朱二俠；法華寺較量武功，又輸了給七位，連輸兩場。第三場也不必再比了。」

韓寶駒、韓小瑩、張阿生三人當即站起，朱聰等躺臥在床，也昂起頭來，齊聲道：「再比一場，又有何妨？江南七怪跟人較量，時刻與所在，向來任由對方自擇。」

丘處機見他們如此好勝，微微一笑，問道：「不論如何賭法，都能聽貧道的主意？」朱聰與全金發均想就算你有甚麼詭道奸計，也不致就輸了給你，齊聲說道：「由你說好了。」丘處機道：「君子一言？」韓小瑩接口道：「快馬一鞭。」柯鎭惡還在沉吟。丘處機道：「我這主意要是各位覺得不妥，貧道話說在先，就算我輸。」這是擺明了以退爲進，心知七怪要強，決不肯輕易讓他認輸，柯鎭惡果然接口道：「不用言語相激，快說罷。」

丘處機坐了下來，說道：「我這個法子，時候是拖得長些，但賭的卻是眞功夫眞本事，並非單拚一時的血氣之勇。刀劍拳腳上爭先決勝，凡是學武的個個都會。咱們都是武林中的成名人物，決不能再像後生小子們那樣不成器。」

江南七怪都想：「不用刀劍拳腳決勝負，又用甚麼怪法子？難道再來比喝酒？」

丘處機昂然道：「咱們來個大比賽，我一人對你們七位，不但比武功，還得鬥恆心毅力，鬥智巧計謀，這一場大比拚下來，要看到得頭來，到底誰是眞英雄、眞豪傑。」

這番話只聽得江南七怪個個血脈賁張。

韓小瑩道：「快說，快說，越難的事兒越好。」朱聰笑道：「比賽修仙煉丹，畫符捉鬼，我們可不是你道爺的對手。」丘處機也笑道：「貧道也不敢跟朱二俠比賽探囊取物，順手牽羊。」韓小瑩嘻嘻一笑，跟著又一迭連聲的催促：「快說，快說。」

丘處機道：「推本溯源，咱們誤打誤傷，是爲了拯救忠義的後代而起，那麼這件事還得歸結在這上面。」於是把如何結識郭楊二人、如何追趕段天德的經過說了。江南七怪聽在耳中，不住口的痛罵金人暴虐，朝廷職官無恥，心中也均暗佩丘處機俠骨義行，都覺大家心志相同，其實均是同道中人。

丘處機述畢，說道：「那段天德帶出去的，便是郭嘯天的妻子李氏，除了柯大哥與韓家兄妹，另外四位都見到他們了。」柯鎭惡道：「我記得她的聲音，永世不會忘記。」

丘處機道：「很好。至於楊鐵心的妻子包氏，卻不知落在何方。那包氏貧道曾經見過，各位卻不認得。貧道與各位賭的就是這回事。因此法子是這樣……」韓小瑩搶著道：「我們七人去救李氏，你去救包氏，誰先成功誰勝，是不是？」

丘處機微微一笑道：「說到救人嗎，雖然不易，卻也難不倒英雄好漢。貧道的主意卻還要難得多，費事得多。」柯鎭惡道：「還要怎地？」

丘處機道：「那兩個女子都已懷了身孕，救了她們之後，須得好好安頓，待她們產下孩子，然後我教姓楊的孩子，你們七位教姓郭的孩子……」江南七怪聽他越說越奇，都張大了口。韓寶駒道：「怎樣？」丘處機道：「過得一十八年，孩子們都十八歲了，咱們再在嘉興府醉仙樓頭相會，大邀江湖上的英雄好漢，歡宴一場。酒醉飯飽之餘，讓兩個孩子比試武藝，瞧是貧道的徒弟高明呢，還是七俠的徒弟了得？」江南七怪面面相覷，啞口無言。

丘處機又道：「要是七位親自跟貧道比試，就算再勝一場，也不過是以多贏少，也沒太大光彩。待得貧道把全身本事教給了一人，七位也將藝業傳給一人。讓他二人一對一的比拚，那時要是貧道的徒弟得勝，七俠可非得心服口服不可。」

柯鎭惡豪氣充塞胸臆，鐵杖重重在地下一頓，叫道：「好，咱們賭了。」

全金發道：「要是這時候那李氏已給段天德害死，那怎麼辦？」

丘處機道：「這就是賭一賭運氣了。天老爺要貧道得勝，有甚麼可說的？」

韓寶駒道：「好，救孤卹寡，本是俠義道該做之事，就算比你不過，我們總也是作了一件好事。」丘處機大拇指一翹，朗聲道：「韓三爺說得不錯。七位肯承擔將郭氏的孤兒教養成人，貧道先代死去的郭兄謝謝。」說著團團作揖。朱聰道：「你這法子未免過於狡獪。憑這麼幾句話，就要我兄弟爲你費心一十八年？」

丘處機臉上變色，仰天大笑。韓小瑩惱道：「有甚麼好笑？」丘處機道：「我久聞江南七怪大名，江湖上都道七俠急人之難，眞是行俠仗義的英雄豪傑，豈知今日一見，嘿嘿！」韓寶駒與張阿生齊聲問道：「怎樣？」丘處機道：「只怕有點兒有名無實，見面不如聞名！」

江南七怪怒火上沖。韓寶駒在板櫈上猛擊一掌，正待開言，丘處機道：「古來大英雄眞俠士，跟人結交是爲朋友賣命，所謂『不愛其軀，赴士之厄困』，只要是義所當爲，就是把性命交給了他，又算得甚麼？可不曾聽說當年荊軻、聶政，有甚麼斤斤計較。朱家、郭解扶危濟困、急人之難，不見得又討價還價了。貧道雖然不肖，卻也想學一學古人。」聽了這番搶白，朱聰是讀書人，知道史記〈游俠列傳〉上所述古時的俠士行逕，不由得心下慚愧，當即扇子一張，朗聲道：「道長指點得不錯，兄弟知罪了。我們七怪擔當這件事就是。」

丘處機站起身來，說道：「今日是三月廿四，十八年後的今日正午，大夥兒在醉仙樓相會，讓普天下英雄見見，誰是眞正的好漢子！」袍袖一拂，滿室生風，當即揚長出門。

韓寶駒道：「我這就追那段天德去，要是給他躲進了烏龜洞，從此無影無蹤，那可要大費手腳了。」七怪中只他一人沒受傷，當下搶出山門，跨上追風黃名駒，急去追趕段天德和李氏。朱聰急叫：「三弟，三弟，你不認得他們啊！」但韓寶駒性子極急，追風黃又是馬如其名，果眞奔馳如風，早去得遠了。

段天德拉了李萍，向外急奔，回頭見寺裏沒人追趕出來，才稍放心，奔到河邊，見到一艘小船，跳上船頭，舉刀喝令船夫開船。江南水鄉之地，河道密如蛛網，小船是尋常代步之具，猶如北方的馬匹騾車一般，是以向來有「北人乘馬，南人乘船」之說。那船夫見是個惡狠狠的武官，那敢違拗，當即解纜運櫓，搖船出城往北。

段天德心想：「我闖了這個大禍，若回臨安，別的不說，我伯父立時就要取我性命，只得且到北邊去避一避風頭。最好那賊道和江南七怪都傷重身死，我伯父又氣得一命嗚呼，那時再回去作官不遲。」督著船夫一路往北。韓寶駒坐騎腳程雖快，但他儘在旱道上東問西找，自然尋他不著。

段天德連轉了幾次船，更換了身上軍官裝束，勒逼李萍也換了衣衫。十多日後過江來到揚州，投了客店，正想安頓個處所，以作暫居之計，說也湊巧，忽聽到有人在向客店主人打聽自己的蹤跡。段天德大吃一驚，湊眼從門縫中張望，見是一個相貌奇醜的矮胖子和一個美貌少女，兩人都是一口嘉興土音，料想是江南七怪中的人物，幸好揚州掌櫃不大懂兩人言語，雙方一時說不明白，忙拉了李萍，從後門溜出，李萍張口欲叫，段天德伸手按住她嘴，重重打了她一個耳光，忍著自己斷臂劇痛，忙僱船再行。

他不敢稍有停留，沿運河北上，一口氣到了山東境內微山湖畔的利國鎮。

李萍是鄉村貧婦，粗手大腳，容貌本陋，這時肚腹隆起，整日價詈罵啼哭，段天德雖是下流胚子，對之卻不起非禮之念。兩人日常相對，只是相打相罵，沒一刻安寧。段天德的右臂給丘處機打斷了臂骨，雖請跌打醫生接上了骨，一時卻不得便愈，他雖是武官，但武藝低淺，又只剩單臂，李萍出力和他廝打，段天德也極感吃力。

過不了幾天，那矮胖子和那少女又追到了。段天德只想在屋裏悄悄躲過，不料李萍得知來了救星，高聲大叫起來。段天德忙用棉被塞住她嘴，打了她一頓，李萍拚命掙扎呼叫，雖然沒讓韓寶駒、小瑩兄妹發現，卻已驚險之極。

段天德帶了她同逃，本來想以她為質，危急時好令敵人不敢過於緊逼，但眼前情勢已變，心想自己單身一人易於逃脫，留著這潑婦在身邊實是個大大的禍胎，不如一刀殺卻，乾手淨腳，待韓氏兄妹走後，當即拔出刀來。

李萍時時刻刻在找尋機會，要跟這殺夫仇人同歸於盡，但每到晚間睡覺之時，就給他縛住了手足，不得其便，這時見他目露兇光，心中暗暗祝禱：「嘯哥，嘯哥，求你陰靈佑護，讓我殺了這個惡賊。我這就來跟你相會了。」暗暗從懷中取出丘處機所贈的那柄短劍。這短劍她貼肉而藏，倒沒給段天德搜去。

段天德冷笑一聲，舉刀砍將下來。李萍死志已決，絲毫不懼，出盡平生之力，挺短劍向段天德扎去。段天德只覺寒氣直逼面門，回刀一挑，想把短劍打落，那知短劍鋒利已極，只聽得噹啷聲響，腰刀斷了半截，跌在地下，短劍劍頭已抵向自己胸前。段天德大駭，往後便跌，嗤的一聲，胸前衣服已劃破了一條大縫，自胸至腹，割了長長的一條血痕，只要李萍力氣稍大得半分，已遭了破胸開膛之禍。他驚惶之下，忙舉椅子擋住，叫道：「快收起刀子，我不殺你！」李萍這時也已手酸足軟，全身乏力，同時腹內胎兒不住跳動，再也不能跟他廝拚，坐在地下不住喘息，手裏卻緊緊抓住短劍不放。

段天德怕韓寶駒等回頭再來，如獨自逃走，又怕李萍向對頭洩露自己形跡，忙逼著她上船又行，仍沿運河北上，經臨清、德州，到了河北境內。

每次上陸小住，不論如何偏僻，過不多時總有人找尋前來，後來除了那矮胖子與女子之外，又多了個手持鐵杖的盲人。總算這三人不認得他，都是他在暗而對方在明，得能及時躲開，卻也已險象環生。

不久又多了一件大頭痛事，李萍忽然瘋顛，客店之中，旅途之上，時時大聲胡言亂語，引得人人注目，有時扯髮撕衣，怪狀百出。段天德初時還道她迭遭大變，神智迷糊，但過了數日，猛然省悟，原來她是怕追蹤的人失了線索，故意留下形跡，這樣一來，要想擺脫敵人的追蹤可更難了。這時盛暑漸過，金風初動，段天德逃避追蹤，已遠至北國，所帶的銀子也用得快要告罄，而仇人仍窮追不捨，不禁自怨自艾：「老子當初在臨安當官，魚肉老酒，錢財粉頭，那是何等快活，沒來由的貪圖了人家一千兩銀子，到牛家村去殺這賊潑婦的惡強盜老公，卻來受這活罪。」他幾次便欲撇下李萍，自行偷偷溜走，但轉念更想，總是不敢，對她暗算加害，又沒一次成功。這道護身符竟變成了甩不脫、殺不掉的大累贅，反要提心吊膽的防她來報殺夫之仇，當眞苦惱萬分。

不一日來到金國的京城中都大興府，段天德心想大金京師，地大人多，找個僻靜所在躲了起來，只消俟機殺了這潑婦，仇人便有天大本事也找不到自己了。

他滿肚子打的如意算盤，不料剛到城門口，城中走出一隊金兵，不問情由，便將二人抓住，逼令二人挑擔。這時李萍穿了男裝，她身材較爲矮小，金兵給她的擔子輕些。段天德肩頭卻是一副百來斤的重擔，只壓得他叫苦連天。

這隊金兵隨著一名官員一路向北。原來那官是派赴蒙古部族宣示金主敕令的使者。隨行護送的金兵亂拉漢人百姓當腳夫，挑送行李糧食。段天德抗辯得幾句，金兵的皮鞭便夾頭夾腦的抽將下來。這般情形他倒也閱歷甚多，不足爲奇，只不過向來是他以皮鞭抽百姓之頭，今日卻是金兵以皮鞭抽其本人之頭而已。皮鞭無甚分別，腦袋也無甚分別，不過痛的是別人之頭還是自己之頭，這中間卻大有不同了。

這時李萍肚子越來越大，挑擔跋涉，委實疲累欲死，但她決意要手刃仇人，一路上竭力掩飾，不讓金兵發現破綻，好在她自幼務農，習於勞苦，身子又甚壯健，豁出了性命，勉力支撐。數十日中，儘在沙漠苦寒之地行走。

這時雖是十月天時，但北國奇寒，這一日竟滿天洒下雪花，黃沙莽莽，無處可避風雪。三百餘人排成一列，在廣漠無垠的原野上行進。正行之間，突然北方傳來隱隱喊聲，塵土飛揚中只見無數兵馬急衝而來。

衆人正驚惶間，大隊兵馬已擁將過來，卻是一羣敗兵。衆兵將身穿皮裘，也不知是漠北的一個甚麼部族，但見行伍大亂，士衆拋弓擲槍，爭先恐後的急奔，人人臉現驚惶。有的沒了馬匹，徒步狂竄，給後面乘馬的擁將上來，轉眼間倒在馬蹄之下。

金國官兵見敗兵勢大，當即四散奔逃。李萍本與段天德同在一起，衆敗兵猶如潮水般湧來，混亂中段天德已不知去向。李萍拋下擔子，拚命往人少處逃去，幸而人人只管自行逃命，倒也沒人加害。

她跑了一陣，只覺腹中陣陣疼痛，再也支持不住，伏倒在一個沙丘之後，腹中大痛，就此暈了過去。過了良久，悠悠醒轉，昏迷中聽得一陣陣嬰兒啼哭之聲。她尚自迷迷糊糊，不知是已歸地府，還是尚在人間，但嬰兒哭聲越來越響，她身子一動，忽覺胯間暖暖的似有一物。這時已是夜半，大雪初停，一輪明月從雲間鑽了出來，她陡然覺醒，不禁失聲痛哭，原來腹中胎兒已在患難流離之際誕生出來了。

她疾忙坐起，抱起孩兒，見是一個男孩，喜極流淚，當下用牙齒咬斷臍帶，貼肉抱在懷裏。月光下見這孩子濃眉大眼，啼聲洪亮，面目依稀是亡夫的模樣。她雪地產子，本來非死不可，但一見到孩子，竟不知如何忽爾生出一股力氣，掙扎著爬起，躲入沙丘旁的一個淺坑中以蔽風寒，眼瞧嬰兒，想起亡夫，不禁悲喜交集，忍不住放聲大哭。

在沙坑中躲了一晚，到第二天中午，聽得四下無聲，鼓勇出去，只見遍地都是死人死馬，黃沙白雪之中，拋滿了刀槍弓箭，環首四望，竟沒一個活人。

她從死兵的背囊中找到些乾糧吃了，又從死兵身上找到了火刀火石，割了一塊馬肉，生火烤了。剝下死兵的皮裘，一件裹住孩子，自己也穿了一件。好在天時酷寒，屍體不腐，她以馬肉爲食，在戰場上挨了十來天，以乳水餵養孩子，兩人竟活了下來。她精力漸復，抱了孩子，迎著陽光，信步往東走去。這時懷中抱著的是親生孩兒，那恨之切骨的段天德已不知去向，本來的滿腔悲痛憤恨，登時化爲溫柔慈愛。大漠中風沙如刀，她只求不颳到孩兒臉上，自己絲毫不以爲苦。

行了數日，地下草木漸多，這日向晚，忽見前面兩騎馬奔馳而來。乘者見到她的模樣，便勒馬詢問。她連說帶比，將遇到敗兵、雪地產兒的事說了。那兩人是蒙古牧民，雖不懂她言語，但蒙古人生性好客，憐貧卹孤，見她母子可憐，就邀她到蒙古包去飽餐了一頓，好好睡了一覺。蒙古人以遊牧為生，趕了牲口東遷西徙，追逐水草，並無定居，用毛氈搭成帳篷以蔽風雪，就叫做蒙古包。這羣牧民離去時留下了四頭小羊給她。

李萍含辛茹苦的撫養嬰兒，在大漠中熬了下來。她在水草旁用樹枝搭了一所茅屋，畜養牲口，又將羊毛紡條織氈，與牧人交換糧食。蒙古人傳統善待旅客、外人，見她可憐，常送些羊乳、乳酪、羊肉給她。

忽忽數年，孩子已經六歲了。李萍依著丈夫的遺言，給他取名為郭靖。這孩子學話甚慢，有點兒獃頭獃腦，直到四歲時才會說話，好在身子粗壯，筋骨強健，已能在草原上放牧牛羊。母子兩人相依為命，勤勤懇懇，牲口漸繁，生計也過得好些了，又都學會了蒙古話，但母子對話，說的卻仍是臨安故鄉言語。李萍瞧著兒子憨憨的模樣，說著甚麼「羊兒、馬兒」，全帶著自己柔軟的臨安鄉下土音，時時不禁心酸：「你爹是山東好漢，你也該當說山東話才是。只可惜我跟隨你爹的時日太短，沒學會他的捲舌頭說話，沒法教你。」

這一年方當十月，天日漸寒，郭靖騎了一匹小馬，帶了一條牧羊犬出去牧羊。中午時分，空中忽然飛來一頭黑鵰，向羊羣猛撲下來，一頭小羊受驚，向東疾奔而去。郭靖連聲呼喝，那小羊卻頭也不回的急逃。

他忙騎上小馬追去，直追了七八里路，才將小羊趕上，正想牽了小羊回來，突然間前面傳來一陣陣隱隱的轟隆之聲。郭靖吃了一驚，他小小的心中也不知是甚麼，心想或許是打雷。只聽得轟雷之聲愈來愈響，過了一會，又聽得轟隆聲中夾著陣陣人喧馬嘶。

他從未聽到過這般聲音，心裏害怕，忙牽了小馬小羊，走上一個土山，鑽入灌木叢裏，躲好後再探出頭來。

只見遠處塵土蔽天，無數軍馬奔馳而至，領隊的長官發施號令，軍馬排列成陣，東一隊，西一隊，不計其數。衆兵將有的頭上纏了白色頭巾，有的插了五色翎毛。郭靖這時不再害怕，只覺甚是好看。

又過一陣，忽聽左首遠處號角聲響，幾排兵馬衝將過來，當先的將官是個瘦長青年，身披紅色斗篷，高舉長刀，領頭衝鋒。雙方兵馬衝近，廝殺起來。攻過來的那一隊人數較少，不久便抵敵不住，退了下去，後面隨即有援兵抵達，雙方殺聲震天。眼見攻來的兵馬漸漸支持不住，士卒不斷倒斃。忽然數十支號角齊聲吹動，一陣急鼓，進攻的軍士大聲歡呼：「鐵木眞大汗來了，大汗到啦！」雙方軍士手不停鬥，卻不住轉頭向東方張望。

郭靖順著各人眼光望去，只見黃沙蔽天之中，一隊人馬急馳而來，隊中高高舉起一根長桿，桿上掛著幾叢白毛。歡呼聲由遠而近，進攻的兵馬勇氣百倍，先到的兵馬陣腳登時散亂。那長桿直向土山移來，郭靖忙縮向灌木深處，一雙光溜溜的小眼仍往外望，只見一個身材高大的中年漢子縱馬上了土山。他頭戴鐵盔，下頦生了一叢褐色鬍子，雙目一轉，精光四射。郭靖自不知他便是蒙古部落的酋長鐵木眞，就算知道，也不懂「大汗」是甚麼，但覺此人甚有威勢，心裏對他有點害怕。

鐵木眞騎在馬上凝望山下的戰局，身旁有十餘騎隨從。過了一會，那身披紅色斗篷的少年將軍縱馬上山，叫道：「父王，敵兵人數多，咱們退一下吧！」

鐵木眞這時已看清楚雙方形勢，低沉了嗓子道：「你帶隊向東退卻！」他雙眼望著雙方兵馬交戰，口中傳令：「木華黎，你與三王子帶隊向西退卻。博爾朮，你與赤老溫帶隊向北退卻。忽必來，你與速不台帶隊向南退卻。等得見到這裏大纛高舉，號角吹動，一齊回頭衝殺。」眾將齊聲答應，下山率領部屬，片刻之間，蒙古兵四下退散。

敵兵齊聲歡呼，見到鐵木眞的白毛大纛仍豎在山上，四下裏都大叫起來：「活捉鐵木眞，活捉鐵木眞！」密密麻麻的兵馬爭先恐後向土山湧來，都不去理會四下退開的蒙古兵卒。萬馬踐沙揚塵，土山四周湧起了一團團黃霧。

鐵木眞站在土山高處，凜然不動，十餘名勁卒舉起鐵盾，在他四周擋開射來的箭枝。鐵木眞的義弟忽都虎與猛將者勒米率領三千精兵守在土山周圍，箭射刀砍，死守不退。

刀光矛影中殺聲震天。郭靖瞧得又興奮，又害怕。

激戰了半個多時辰，數萬名敵兵輪番衝擊，鐵木眞部下三千精兵已傷亡四百餘名，敵兵也給他們殺傷了千餘名。鐵木眞放眼望去，但見原野上敵軍遺屍遍地，鞍上無人的馬匹四散奔馳，但敵兵射過來的羽箭兀自力道強勁。眼見東北角敵兵攻得尤猛，守軍漸漸抵擋不住，鐵木眞的第三子窩闊台很是焦急，問道：「爹爹，可以舉纛吹號了麼？」鐵木眞雙眼如鷹，一瞬也不瞬的望著山下敵兵，低沉了嗓子道：「敵兵還沒有疲！」

這時東北角上敵軍調集重兵猛攻，豎了三桿黑纛，顯是有三名大將在那裏督戰。蒙古兵漸漸後退。者勒米奔上土山，叫道：「大汗，孩兒們抵擋不住啦！」鐵木眞怒道：「擋不住？你誇甚麼英雄好漢？」

者勒米臉上變色，從軍士手中搶了一柄大刀，荷荷狂叫，衝入敵陣，殺開一條血路，直衝到黑纛之前。敵軍主將見他來勢兇猛，勒馬退開。者勒米手起刀落，將三名持纛大漢一一砍死，敵軍見他如此悍勇，盡皆駭然。者勒米抛下大刀，雙手抱住三桿黑纛回上土山，倒轉了插入土中。蒙古兵歡呼狂叫，將東北角上的缺口又堵住了。

又戰良久，西南角上敵軍中忽有一名黑袍將軍越衆而出，箭無虛發，接連將蒙古兵射倒了十餘人。兩名蒙古將官持矛衝上前去，給他颼颼兩箭，都射倒落馬。鐵木眞誇道：「好箭法！」話聲未畢，那黑袍將軍已衝近土山，弓弦響處，一箭正射在鐵木眞頸上，接著又是一箭，直向鐵木眞肚腹上射來。

鐵木眞左頸中箭，眼見又有箭到，急提馬韁，坐騎倏地人立，這一箭勁力好生厲害，從馬胸插入，直穿沒羽，那馬撲地倒了。蒙古軍見主帥中箭落馬，人人大驚失色。敵軍吶喊聲中，如潮水般衝殺上來。窩闊台爲父親拔出頸中羽箭，撕下衣襟，要爲他裹傷。鐵木眞喝道：「別管我，守住了山口。」窩闊台應命轉身，抽箭射倒了兩名敵兵。

忽都虎從西邊率隊迎戰，只打得箭盡槍折，只得退了回來。者勒米紅了眼，叫道：「忽都虎，像兔子般逃跑麼？」忽都虎笑道：「誰逃呀？我沒了箭。」鐵木眞坐倒在地，從箭袋裏抽出一把羽箭擲過去。忽都虎接過箭來，弓弦連響，對面黑纛下一名將軍中箭落馬。忽都虎猛衝下山，搶過那將軍的駿馬，回上山來。

鐵木眞讚道：「好兄弟，眞有你的！」忽都虎滿身是血，低聲道：「可以舉纛吹號了麼？」鐵木眞伸手按住頸裏創口，鮮血從手掌裏直流出來，說道：「敵軍還沒疲，再支持一會。」忽都虎跪下，求道：「我們甘願為你戰死，但大汗你身子要緊。」

鐵木眞牽過一匹馬來，奮力上鞍，叫道：「大家牢牢守住了！」揮動長刀，劈死了三名衝上土山的敵兵。敵軍忽見鐵木眞重行上馬，不禁氣為之奪，敗退下山，攻勢頓緩。

鐵木眞見敵勢少衰，叫道：「舉纛，吹號！」

蒙古兵大叫聲中，一名衛士站上馬背，將白毛大纛高高舉起，號角嗚嗚吹動。四下裏殺聲震天，遠處一排排蒙古兵勢若奔雷般衝將過來。

敵軍人數雖衆，但都聚集在土山四周圍攻，外圍的隊伍一潰，中間你推我擠，亂成一團。那黑袍將軍見勢頭不對，大聲喝令約束，但陣勢已亂，士無鬥志，不到半個時辰，大軍已給衝得散亂，大股退卻，小股逃散，頃刻間土崩瓦解。那黑袍將軍騎了一匹黑馬，落荒而走。

鐵木眞叫道：「抓住這賊子的，賞黃金三斤。」數十名蒙古健兒大呼追去。那黑袍將軍箭無虛發，當者落馬，一口氣射倒了十餘人。餘人不敢迫近，見他催馬急奔，竟爾逃去。

郭靖躲在樹叢中遙遙望見，小心靈中對那黑袍將軍好生欽仰。

這一仗鐵木眞大獲全勝，把世仇泰亦赤兀部的主力殲滅大半，料得從此不足為患，回想當年為泰亦赤兀部所擒，痛受毆辱，頸帶木枷，在大草原上委頓蹣跚，瀕臨死亡，這場大仇今日方雪，頸中創口兀自流血不止，但心中歡暢，忍不住仰天長笑。眾將士歡聲動地，擁著大汗收兵凱旋。

郭靖待大眾走遠，清理戰場的士卒也因天黑歸去，這才從樹叢中溜將出來，回到家裏時已是半夜，母親正急得猶如熱鍋上的螞蟻，不知如何是好，見兒子回來，喜從天降。郭靖說起剛才所見，雖結結巴巴的口齒不清，卻也說了個大概。李萍見他眉飛色舞，說到雙方交戰時並無懼色，心想孩子雖小，人又蠢笨，終是將門之後，倒也大有父風，不禁又喜又悲。

第三日早上，李萍拿了手織的兩條毛氈，到三十里外的市集去換糧食。郭靖自在門外放羊，想起前日在土山上所見的惡戰，覺得好玩之極，舉起趕羊的鞭子，騎在馬背上使將起來，口中大聲吆喝，驅趕羊羣，儼然是大將軍領兵打仗一般。

正玩得高興，忽聽得東邊馬蹄聲響，一匹馬慢慢踱來，馬背一人俯首伏在鞍上。那馬踱到臨近，停了腳步，馬上那人抬起頭來。郭靖嚇了一跳，不禁驚叫出聲。

只見那人滿臉都是泥沙血污，正是前日所見的那個黑袍將軍。他左手拿著一柄刀頭已斷的半截馬刀，刀上凝結了紫紅的血漬，力斃追敵的弓箭卻已不知去向，想是前日逃脫後又曾遭遇過敵人。右頰上老大一個傷口，正不住流血，馬腿上也受了傷。他身子搖晃，眼中佈滿紅絲，嘶嗄了聲音叫道：「水，水……給我水？」

郭靖忙進屋去，在水缸裏舀了一碗清水，捧到門口。那人夾手奪過，骨都骨都全喝了下去，說道：「再拿一碗來！」郭靖又去倒了一碗。那人喝到一半，臉上血水滴在碗裏，半碗清水全成紅色。那人哈哈一笑，忽然臉上筋肉扭動，一個倒栽蔥跌下馬來，暈了過去。

郭靖大聲驚呼，不知如何是好。過了一陣，那人悠悠醒轉，叫道：「你給馬喝水，有吃的沒有？」郭靖拿了幾塊熟羊肉給他吃了，又提水給馬飲了。

那人一頓大嚼，登時精神勃勃，一骨碌跳起身來，叫道：「好兄弟，多謝你！」從手腕上褪下一隻粗大的黃金鐲子，遞給郭靖，道：「給你！」郭靖搖頭道：「媽媽說的，應當接待客人，不可要客人東西。」那人哈哈大笑，叫道：「好孩子，好孩子！」將金鐲套回手腕，撕下半幅衣襟，包紮好自己臉上與馬腿的傷口。

突然東邊隱隱傳來馬羣奔馳之聲，那人滿臉怒容，喝道：「哼，竟仍放不過我！」兩人出門向東遙望，見遠處塵土飛揚，人馬不計其數，正向這裏奔來。

那人道：「好孩子，你家裏有弓箭麼？」郭靖道：「有！」轉身入內。那人聽了，臉露喜色，卻見郭靖拿了自己玩耍的小弓小箭出來。那人哈哈一笑，隨即眉頭一皺，道：「我要跟人打仗，要大的！」郭靖搖了搖頭。

這時追兵愈來愈近，遠遠已望得見旗幟晃動。那人心想坐騎受傷，大漠上奔逃不遠，在此處躲藏雖然危險，卻已無第二條路可走，便道：「我一個人打他們不過，要躲起來。」見茅屋內外委實無地可躲，情勢緊迫，便向屋旁一個大乾草堆指了指，說道：「我躲在這裏。你把我的馬趕得越遠越好。你也遠遠躲開，別讓他們見到。」說著鑽進了乾草堆中。蒙古人一過炎夏，便割草堆積，冬日飼養牲口，燒火取暖，全憑乾草，是以草堆往往比住人的蒙古包還大。那將軍躲入了草堆，若非仔細搜索，倒也不易發覺。

郭靖在黑馬臀上唰唰兩鞭，那黑馬縱蹄狂奔，跑得遠遠的才停下來吃草。郭靖騎了小馬，向西馳去。

追兵望見有人，兩名軍士騎馬趕來。郭靖的小馬奔跑不快，不久便給追上了。兩名軍士喝問：「孩子，見到一個騎黑馬的漢子麼？」郭靖不會說謊，張大了嘴不答。兩名軍士又問幾句，見他傻裏傻氣，始終不答，便道：「帶他見大王子去！」拉著小馬的韁繩，將他帶到茅屋之前。

郭靖心中打定了主意：「我只不說。」只見無數蒙古戰士簇擁著一個身披紅色斗篷的瘦長青年。郭靖記得他臉孔，這人前天曾領兵大戰，士卒都聽他號令，知他是黑袍將軍的敵人。那大王子大聲喝道：「小孩怎麼說？」兩名軍士道：「這小孩嚇壞了，話也不會說。」大王子凝目四望，見到那匹黑馬在遠處吃草，低沉了聲音道：「是他的馬麼？去拉來瞧瞧。」十名蒙古兵分成五組，從五個不同的方向悄悄朝黑馬圍去。待那黑馬驚覺，昂頭想逃，已沒了去路。

大王子見了牽過來的黑馬，哼了一聲道：「這不是哲別的馬麼？」眾軍士齊聲道：「正是！」大王子提起馬鞭，唰的一聲，在郭靖的小腦袋上輕輕抽了一下，喝道：「他躲在那裏？快說。你可別想騙我！」

哲別躲在乾草堆裏，手中緊緊握住長刀，眼見郭靖吃了一鞭，額上登時起了一道殷紅的血痕，心中突突亂跳。他知道這人是鐵木眞的長子朮赤，殘酷狠辣，名聞大漠，心想孩子定會受不住恐嚇而說出來，那只有跳出來決死一拚。

郭靖痛得要哭，卻拚命忍住眼淚，昂頭道：「你爲甚麼打我？我又沒做壞事！」他只知做了壞事才該挨打。朮赤怒道：「你還倔強！」唰的又是一鞭，郭靖放聲大哭。

這時衆兵丁已在郭靖家中搜查一遍，兩名軍士挺著長矛往乾草堆中亂刺，幸好那草堆甚大，沒刺到哲別藏身的所在。

朮赤道：「坐騎在這裏，他一定不會逃遠。小孩，你說不說？」唰唰唰，接連又是三鞭，出手已加重了些。郭靖伸手想去抓他鞭子，卻那裏抓得著？

突然間遠處號角聲響，衆軍士道：「大汗來啦！」朮赤住手不打，拍馬前迎。衆軍士擁著鐵木眞馳來。朮赤迎上去叫了一聲：「爹爹！」

前日鐵木眞給哲別這一箭射得傷勢極重，在激戰時強行忍住，收兵之後，竟痛暈了數次。大將者勒米和鐵木眞的三子窩闊台輪流用口吸吮他創口瘀血，或嚥或吐。衆將士與他的四個兒子在床邊守候了一夜，到第二日清晨，方脫險境。

蒙古兵偵騎四出，衆人立誓要抓住哲別，將他四馬裂體，亂刀分屍，爲大汗報那一箭之仇。次日傍晚，一小隊蒙古兵終於遇上哲別，卻給他殺傷數人逃脫，但哲別也受了傷。鐵木眞得訊，先派長子追趕，再親率次子察合台、三子窩闊台、幼子拖雷趕來。

朮赤向黑馬一指，道：「爹爹，找到那賊子的黑馬啦！」鐵木眞道：「我不要馬，要人。」朮赤道：「是，咱們一定能找到。」奔回到郭靖面前，拔出腰刀，在空中虛劈兩刀，喝道：「你說不說？」郭靖給他打得滿臉是血，反而更加倔強，不住叫道：「我不說，我不說！」鐵木真聽這孩子說話天眞，不說「不知道」而說「我不說」，那必是知曉哲別的所在，低聲對三子窩闊台道：「你去騙這小孩說出來。」

窩闊台笑嘻嘻的走到郭靖面前，從自己頭盔上拔下兩根金碧輝煌的孔雀翎毛，拿在手裏，笑道：「你說出來，我把這個給你。」郭靖仍道：「我不說。」

鐵木眞的二子察合台道：「放狗！」他的隨從軍士當即從後隊牽了六頭巨獒過來。蒙古人性喜打獵，酋長貴人無不畜養獵犬獵鷹。察合台尤其愛狗，這次追蹤哲別，正用得著獵狗，是以帶了六頭獒犬，這時放將出來，先命六犬環繞著黑馬周圍一陣亂嗅，然後找尋哲別藏身的所在。六頭巨獒汪汪吠叫，在茅屋中不住的奔進奔出。

郭靖與哲別本不相識，但前日見他在戰陣英勇異常，不禁欽佩，而給朮赤抽了這幾鞭之後，心裏怒極，激發了天性中的一股倔強之氣，出聲唿哨，呼出自己的牧羊犬來。這時察合台的六犬已快嗅到乾草堆前，那牧羊犬聽了郭靖的號令，守在草堆前，不許六犬過去。察合台大聲呼叱，六頭巨犬同時撲了上去，一時犬吠之聲大作，七頭狗狂吠亂咬的打了起來。那牧羊犬身形既小，又是以一敵六，轉瞬間就給咬得遍體鱗傷，可是十分勇敢，竟自不退，負隅死鬥。郭靖一面哭，一面呼喝著鼓勵愛犬力戰。鐵木眞和窩闊台等見狀，早知哲別必是躲在草堆之中，此時已然合圍，料得敵人難以脫身，也不心急，都笑吟吟的瞧著七犬相鬥。

朮赤大怒，舉起馬鞭又是唰唰數鞭，打得郭靖痛徹心肺。他滿地打滾，滾到朮赤身邊，忽地躍起，抱住他的右腿，死命不放。朮赤用力抖動，那知這孩子抱得極緊，竟抖不下來。察合台、窩闊台、拖雷三人見了兄長的狼狽樣子，都哈哈大笑。鐵木眞也不禁莞爾。朮赤脹紅了臉，拔出腰間長刀，往郭靖頭頂劈了下去。眼見這孩子就要身首異處，突然草堆中一柄斷頭馬刀疾伸出來，噹啷聲響，雙刀相交，朮赤只覺手指劇震，險些把捏不定。衆軍士齊聲呼叫，哲別已從草堆裏躍了出來。

他左手將郭靖一扯，拉到身後，冷笑道：「欺侮孩子，不害臊麼？」衆軍士刀矛齊舉，圍在哲別身周。哲別見無可抵擋，抛下手中馬刀。朮赤上去當胸一拳，哲別並不還手，喝道：「快殺我！」隨即低沉了聲音道：「可惜我不能死在英雄好漢手裏！」

鐵木眞問道：「你說甚麼？」哲別道：「要是我在戰場之上，給勝過我的好漢殺了，那是死得心甘情願。現今卻是大鷹落在地下，爲螞蟻咬死！」說著圓睜雙眼，猛喝一聲。察合台的六犬這時已把牧羊犬壓在地下亂咬，陡然間聽到這一聲威猛異常的大喝，嚇得一齊跳起，尾巴夾在後腿之間，畏畏縮縮的逃開。

鐵木眞身旁閃出一人，叫道：「大汗，別讓這小子誇口，我來鬥他。」鐵木眞見是大將博爾朮，心中甚喜，道：「好，你跟他比比。咱們別的沒有，有的是英雄好漢。」

博爾朮上前數步，喝道：「我一個人殺你，教你死得心甘情願。」哲別見他身材魁梧，聲音洪亮，喝問：「你是誰？」博爾朮道：「我是博爾朮。你沒聽見過麼？」哲別心中一凜：「早聽說博爾朮是蒙古人中的大英雄，原來是他。」橫目斜睨，哼了一聲。

鐵木眞道：「你自誇弓箭了得，人家叫你做哲別。你就和我這好朋友比比箭吧。」

蒙古語中，「哲別」兩字既指「槍矛」，又是「神箭手」之意。哲別本來另有名字，只因他箭法如神，人人叫他哲別，眞名反而無人知曉了。

哲別聽鐵木眞叫博爾朮爲「好朋友」，叫道：「你是大汗的好朋友，我先殺了你。」蒙古衆軍士聽了，都哈哈大笑起來。人人都知博爾朮武藝精熟，所向無敵，威名揚於大漠，衆人雖見過哲別的箭法高強，但說要殺博爾朮，那眞叫做不自量力了。

當初鐵木眞年輕之時，爲仇敵泰亦赤兀部人捉去，頭頸裏套了木枷。泰亦赤兀部衆在斡難河濱宴會，一面喝酒，一面用馬鞭抽打，要恣意侮辱他之後，再加殺害。後來與宴人衆喝得大醉，鐵木眞用枷頭打暈了看守兵卒，逃入樹林。

泰亦赤兀人大舉挨戶搜查。有個青年名叫赤老溫，不怕危險，仗義留他，打碎木枷，用火燒毀，把他藏入一輛裝羊毛的大車。追兵在赤老溫家裏到處搜查，搜到大車前，拉去了幾把羊毛，快要露出鐵木眞的腳了。赤老溫的父親情急智生，笑道：「這樣大熱天，羊毛裏怎能藏人？熱也熱死了他。」其時正當盛暑，人人汗下如雨，追兵心想有理，放過不搜。鐵木眞生平經歷危難無數，以這一次最是千鈞一髮的大險。

鐵木眞逃得性命後狼狽之極，與母親弟弟靠捕殺野鼠過活。

有一天，他養的八匹白馬讓別的部落盜了去，鐵木眞單身去追，遇到一個青年在擠馬乳。鐵木眞問起盜賊的消息。那青年就是博爾朮，說道：「男兒的苦難都是一樣，我和你結成朋友。」兩人騎馬一起追趕，追了三天，趕上盜馬的部落。兩人箭無虛發，殺敗數百名敵人，奪回了八匹馬。鐵木眞要分馬給他，問他要幾匹。博爾朮道：「我爲好朋友出力，一匹也不要。」自此兩人一起創業，鐵木眞一直叫他做好朋友，實是患難之交。

鐵木眞素知博爾朮箭法如神，取下自己腰裏弓箭遞給了他，隨即跳下馬來，說道：「你騎我的馬，用我的弓箭，就算是我射殺了他。」博爾朮道：「遵命！」左手持弓，右手拿箭，躍上鐵木眞的白口寶馬。鐵木眞對窩闊台道：「你把坐騎借給哲別。」窩闊台道：「便宜了他。」躍下馬來，一名親兵將馬牽給哲別。

哲別躍上馬背，向鐵木眞道：「我已給你包圍住，你要殺我，便如宰羊一般容易。你既放我跟他比箭，我不能不知好歹，再跟他平比。我只要一張弓，不用箭。」

博爾朮怒道：「你不用箭？」哲別道：「不錯，我一張空弓也能殺得了你！」蒙古衆軍士又大聲鼓噪：「這傢伙好會吹大氣。」鐵木眞吩咐取一張好弓給他。

博爾朮在陣上見過哲別的本事，知他箭法了得，本來不敢怠慢，但他此刻有弓無箭，箭法再高，卻又如何施展？料知他必是要接了自己射去的羽箭使用，兩腿一夾，胯下的白口寶馬撥剌剌的跑了開去。這匹馬奔跑迅速，久經戰陣，在戰場上乘者雙腿稍加示意，即能進退自如，鐵木眞向來十分喜愛。

哲別見對手馬快，勒馬反走，博爾朮彎弓搭箭，颼的一聲，發箭往哲別頭頸射去。哲別側過身子，眼明手快，抓住了箭尾。博爾朮暗叫一聲：「好！」又是一箭。哲別聽得箭聲，知來勢勁急，不能手接，俯低身子，伏在鞍上，那箭從頭頂擦過。他縱馬轉頭，仰身坐直，那知博爾朮有一手連珠箭神技，嗤嗤兩箭，接著從兩側射來，箭勢如風，又急又準。哲別料不到對方如此厲害，猛地溜下馬鞍，右足鉤住鐙子，身子幾乎著地，那坐騎跑得正急，把他拖得猶如一隻傍地飛舞的紙鷂一般。他腰間一扭，身子剛轉過一半，已將適才接來的箭扣上弓弦，拉弦射出，羽箭向博爾朮肚腹上射去，隨即又翻上馬背。

博爾朮喝聲：「好！」覷準來箭，也是一箭射出，雙箭箭頭相撞，餘勢不衰，斜飛出去，並排插入沙地。鐵木眞與衆人齊聲喝采。

博爾朮虛拉一弓，待哲別往右邊閃避，突然發箭向右射去。哲別左手拿弓輕撥，那箭落在地下，博爾朮連射三箭，都讓他躲了開去。哲別縱馬急馳，俯身在地下拾起三枝羽箭，搭上弓回身射出。

博爾朮要顯本事，躍身站上馬背，左腳立鞍，眼見箭來如流星，飛右腳踢開來箭，跟著居高臨下，發箭猛射過去。哲別催馬旁閃，還射一箭，喀喇一聲，將來箭的箭桿劈爲兩截。

博爾朮心想：「我有箭而他無箭，到現下仍打個平手，如何能報大汗之仇？」焦躁起來，連珠箭發，颼颼颼的不斷射去，衆人瞧得眼都花了。哲別來不及接箭，只得東閃西避，無奈來箭緊密，又多又快，突然噗的一聲，左肩竟自中箭。衆人齊聲歡呼。

博爾朮大喜，正要再射數箭，結果他性命，伸手往箭袋裏一抽，卻摸了個空，原來適才一輪連珠急射，竟把鐵木眞交給他的羽箭都用完了。他上陣向來攜箭極多，腰間兩袋，馬上六袋，共攜八袋羽箭，這次所使是大汗自用的弓矢，激鬥之中，竟依著平時習性使用，忘了箭數有限，待得驚覺箭已用完，疾忙回馬，俯身去拾地下箭枝。

哲別瞧得親切，颼的一箭，響聲未歇，羽箭已中博爾朮後心。旁觀衆人驚叫起來，只道博爾朮勢必中箭喪命，但說也奇怪，這一箭雖勁力奇大，著身時發聲極響，把博爾朮後心撞得一陣疼痛，但竟透不進去，滑在地下。博爾朮順手將箭拾起，一看之下，那箭頭竟是給哲別拗去了的，原來是手下留情。他翻上馬背，叫道：「我是爲大汗報仇，不領你這個情！」

哲別道：「哲別向來不饒敵人！剛才這一箭是一命換一命！」

鐵木眞見博爾朮背心中箭，心裏一陣劇烈酸痛，幾乎便要放聲號哭，待見他竟然不死，不禁大喜若狂，這時便要他將部族中成千成萬的牛羊馬匹都拿出去換博爾朮的性命，他也毫不猶豫的換了，聽哲別如此說，急忙叫道：「好，大家別比了。他一命換你一命！」

哲別道：「不是換我的命。」鐵木眞道：「甚麼？」哲別指著站在屋門口的郭靖，說道：「換他的性命！求大汗別難爲這孩子。至於我，」他眉毛一揚，道：「我射傷大汗，罪有應得。博爾朮，你來吧！」伸手拔下肩頭羽箭，血淋淋的搭在弓上。

這時博爾朮的部下早已呈上六袋羽箭，博爾朮道：「好，咱們再比過！」颼颼颼颼，一陣連珠急射。前箭後箭幾乎相續，在空中便如接成了一條箭鍊。

射去，那白口名駒見羽箭疾到，不待主人拉韁，往左急閃。那知哲別這一箭來勢奇快，非比平常，噗的一聲，插入名駒腦袋，那馬登時滾倒在地。

博爾朮臥倒在地，怕他追擊，反身一箭，將哲別手中硬弓的弓桿劈爲兩截。哲別失了武器，更無還擊之能，暗暗叫苦，只得縱馬曲曲折折的奔跑閃避。蒙古衆軍士齊聲吶喊，爲博爾朮助威。博爾朮心想：「此人眞是一條好漢子！」不禁起了英雄惜英雄之心，不欲傷他性命，搭箭上弓，瞄準他後心，運足了勁，羽箭飛出。

當眞是將軍神箭，更無虛發，那箭正中哲別後頸。哲別身子一晃，摔下馬來，那箭掉在他身畔，卻原來箭頭也是拗去了的。博爾朮又抽一枝箭搭在弓上，對準了哲別，轉頭對鐵木眞道：「大汗，求你開恩，饒了他罷！」

鐵木眞看到這時，早已愛惜哲別神勇，叫道：「你還不投降嗎？」哲別望著鐵木眞威風凜凜的神態，不禁折服傾倒，奔將過來，跪倒在地。鐵木眞哈哈大笑，道：「好好，以後你跟著我罷！」

蒙古人表達心情，多喜唱歌。哲別拜伏在地，大聲唱了起來：「大汗饒我一命，以後赴湯蹈火，我也願意。橫斷黑水，粉碎岩石，扶保大汗。征討外敵，挖取人心！叫我到那裏，我就到那裏。爲大汗衝鋒陷陣，奔馳萬里，日夜不停！」

鐵木眞大喜，取出兩塊金子，賞給博爾朮一塊，給哲別一塊。哲別謝了，道：「大汗，我轉送給這孩子，可以麼？」鐵木眞笑道：「是我的金子，我愛給誰就給誰。是你的金子，你愛給誰就給誰！」哲別拿金子送給郭靖，郭靖仍搖頭不要，說道：「媽媽說的，須得幫助客人，不可要客人的東西。」

鐵木眞先前見郭靖力抗朮赤不屈，早就喜愛這孩子的風骨，聽了這幾句話，更是高興，讚道：「好孩兒！」對哲別道：「回頭你帶這孩子到我這裏。」率領隊伍，向來路去了。幾名隨從軍士把那匹白口名駒的屍體放在兩匹馬上，跟在後面。

哲別死裏逃生，更得投明主，十分高興，躺在草地上休息，等李萍從市集回來，說明經過。李萍見兒子頭上臉上鞭痕累累，好不心疼，但聽哲別說起兒子的剛強俠義，便道：「乖孩子，爲人該當如此。」心想兒子若是一生在草原牧羊，如何能報父仇，不如到軍中多加歷練，圖個機遇。母子兩人隨同哲別到了鐵木眞軍中。

鐵木眞命哲別在三子窩闊台部下當一名十夫長。哲別見過三王子後，再去拜謝博爾朮。兩人互相敬佩，結成了好友。

哲別感念郭靖的恩義，對他母子照顧周到，準擬郭靖年紀稍大，就把自己的箭法武功傾囊相授。

這日郭靖正在和幾個蒙古孩子摔交遊戲，忽見遠處兩騎蒙古兵急馳奔來，顯是有急訊向大汗稟報。兩兵進入鐵木眞帳中不久，號角嗚嗚響起，各處營房中的兵丁飛奔湧出。

鐵木眞訓練部衆，約束嚴峻，軍法如鐵。十名蒙古兵編爲一小隊，由一名十夫長率領，十個十夫隊由一名百夫長率領，十個百夫隊由一名千夫長率領，十個千夫隊由一名萬夫長率領。鐵木眞號令一出，數萬人如心使臂，如臂使指，直似一人。

郭靖和衆孩在旁觀看，聽號角第一遍吹罷，各營士卒都已拿了兵器上馬。第二遍號角吹動時，四野裏蹄聲雜沓，人頭攢動。第三遍號角停息，韃門前大草原上已黑壓壓一片，整整齊齊的排列了五個萬人隊，除了馬匹呼吸喘氣之外，更無半點耳語和兵器撞碰之聲。

鐵木眞在三個兒子陪同下走出韃門，大聲說道：「咱們打敗了許多敵人，大金國也已知道了。現今大金國皇帝派了他三太子、六太子到咱們這裏，來封你們大汗的官職！」蒙古兵舉起馬刀，齊聲歡呼。當時金人統有中國北方，東及大海，西至西域，版圖遼廣，兵勢雄強，威聲遠震。蒙古人還只是草原大漠中的一個小部落，是以鐵木眞頗以得到大金國的封號爲榮。

鐵木眞號令傳下，大王子朮赤率領一個萬人隊前去迎接，其餘四個萬人隊在草原上布了開來。

其時金國明昌皇帝完顏璟在位，得悉漠北王罕、鐵木眞等部強盛，生怕成爲北方之患，於是派了三子榮王完顏洪熙、六子趙王完顏洪烈前去冊封官職，一來加以羈縻，二來察看各部虛實，或以威服，或以智取，相機行事。那趙王完顏洪烈便是曾出使臨安、在牛家村爲丘處機所傷、在嘉興遇到過江南七怪之人。

郭靖和衆小孩遠遠的站在一旁看熱鬧，過了好一陣，只見遠處塵頭飛揚，朮赤已接了完顏洪熙、完顏洪烈兩人過來。

完顏兄弟帶領了一萬名精兵，個個錦袍鐵甲，左隊執長矛，右隊持狼牙棒，跨下高頭大馬，鐵甲上鏗鏘之聲里許外即已聽到。待到臨近，更見錦衣燦爛，盔甲鮮明，刀槍耀日，軍容極盛。完顏洪熙兄弟並轡而來，鐵木眞和衆子諸將站在道旁迎接。

完顏洪熙見郭靖等許多蒙古小孩站在遠處，睜大了小眼，目不轉瞬的瞧著，便哈哈大笑，探手入懷，抓了一把金錢，用力往小孩羣中擲去，笑道：「賞給你們！」他把金錢撒得遠遠地，滿擬衆小孩定會羣起歡呼搶奪，那時既顯得自己氣派豪闊，且可引爲笑樂。但蒙古人最注重的是主客相敬之禮，他這舉動固十分輕浮，也頗爲不敬。蒙古諸將士卒，無不相顧愕然。

這羣小孩都是蒙古兵將的兒女，年紀雖小，卻個個自尊，對擲來的金幣沒人加以理睬。完顏洪熙討了個老大沒趣，又用勁擲出一把金幣，以蒙古話叫道：「大家搶啊，他媽的小鬼！」蒙古衆人聽了，更憤然變色。

當時蒙古人尙無文字，風俗粗獷，卻最重信義禮節，尤其尊敬客人。蒙古人自來不說污言穢語，即是對於深仇大寇，或在遊戲笑謔之際，也從不咒詛謾罵。客人來到蒙古包裏，不論識與不識，必定罄其所有的招待，而做客人的也決不可對主人有絲毫侮慢，如不遵主客之禮，皆以爲莫大罪惡。完顏洪熙說的蒙古話雖語音不正，蒙古兵將大都不明其意，但他的神態舉止，顯有侮辱羣孩的含意。

郭靖平時常聽母親講金人殘暴的故事，在中國如何姦淫擄掠，虐殺百姓，如何與漢奸勾結，害死中國的名將岳飛等等，小小心靈中早深深種下對金人的仇恨，這時見這金國王子如此無禮，在地下撿起幾枚金幣，奔近去猛力往完顏洪熙臉上擲去，叫道：「誰要你的錢！」完顏洪熙偏頭相避，但終有一枚金幣打上他顴骨，雖郭靖力弱，這一下並不疼痛，但總是在數萬人之前出了個醜。蒙古人自鐵木眞以下，個個心中稱快。

完顏洪熙大怒，喝道：「你這小鬼討死！」他在中國時稍不如意，便即舉手殺人，誰敢對他如此侮辱，這時怒火上沖，從身旁侍衛手裏搶過一枝長矛，往郭靖胸口擲去。

完顏洪烈知道不妥，忙叫：「三哥住手！」然那長矛已經擲出，去勢雖不勁急，但郭靖只轉身逃避，並不向旁閃開，方向未變，眼見這小孩要死於矛下，突然左邊蒙古軍萬人隊中飛出一箭，猶如流星趕月，噹的一聲，射中了長矛矛頭。這一箭勁力好大，雖箭輕矛重，仍把長矛盪開，箭矛雙雙落地。郭靖急忙逃開。蒙古兵齊聲喝采，聲震草原。射箭之人，正是哲別。

完顏洪烈低聲道：「三哥，莫再理他！」完顏洪熙見了蒙古兵的聲勢，心裏也有些害怕，狠狠瞪了郭靖一眼，又低罵一聲：「小雜種！」

這時鐵木眞和諸子迎了上來，迎接兩位金國王子入帳，獻上馬乳酒、牛羊馬肉等食物。雙方各有通譯，傳譯女眞和蒙古言語。完顏洪熙宣讀金主敕令，冊封鐵木眞爲大金國北強招討使，子孫世襲，永爲大金國北方屏藩。鐵木眞跪下謝恩，收了金主的敕書和金帶。

當晚蒙古人大張筵席，款待上國天使。飲酒半酣，完顏洪熙道：「明日我兄弟要去冊封王罕，請招討使跟我們同去。」鐵木眞聽了甚喜，連聲答應。

王罕是草原上諸部之長，兵多財豐，待人寬厚，頗得各部酋長貴人愛戴。所謂「罕」，也即是「大汗」之意，再加一個「王」字，可說是大草原諸部落中以他為首。王罕當年曾與鐵木真的父親結拜為兄弟。後來鐵木真的父親為仇人毒死，鐵木真淪落無依，便拜王罕為義父，歸附於他。鐵木真新婚不久，妻子就為蔑爾乞惕人擄去，全仗王罕與鐵木真的義弟札木合共同出兵，打敗蔑爾乞惕人，才把他妻子搶回。

因此鐵木真聽說義父王罕也有冊封，很是高興，問道：「大金國還冊封誰麼？」完顏洪熙道：「沒有了。」完顏洪烈加上一句道：「北方就只大汗與王罕兩位是真英雄真豪傑，餘人皆不足道。」鐵木真道：「我們這裏還有一位人物，兩位王爺或許還沒聽說過。」完顏洪烈道：「是麼？是誰？」鐵木真道：「那就是小將的義弟札木合。他為人仁義，善能用兵，小將求三王爺、六王爺也封他一個官職。」

鐵木真和札木合是總角之交，兩人結義為兄弟時，鐵木真還只十一歲。蒙古結義為兄弟，稱為「結安答」，「安答」即是義兄、義弟。蒙古人習俗，結安答時要互送禮物。那時札木合送給鐵木真一個麅子髀石，鐵木真送給札木合一個銅灌髀石。髀石是蒙古人射打兔子之物，兒童常用以拋擲玩耍。兩人結義後，就在結了冰的斡難河上拋擲髀石遊戲。第二年春天，兩人用小木弓射箭，札木合送給鐵木真一個響箭頭，那是他用兩隻小牛角鑽了孔製成的，鐵木真回贈一個柏木頂的箭頭，又結拜了一次。兩人長大之後，都住在王罕部中，始終相親相愛，天天比賽早起，誰起得早，就用義父王罕的青玉杯飲酸奶。後來鐵木真的妻子被擄，王罕與札木合出兵幫他奪回，鐵木真與札木合互贈金帶馬匹，第三次結義。兩人日間同在一隻杯子裏飲酒，晚上同在一條被裏睡覺。後來因追逐水草，各領牧隊分離，鐵木眞威名日盛，札木合麾下部族也不斷增多，兩人情好不渝，勝於骨肉兄弟。這時鐵木眞想起自己已得榮封而義弟未有，是以代他索討。

完顏洪熙酒已喝得半醺，順口答道：「蒙古人這麼多，個個都封官，我們大金國那有這許多官兒？」完顏洪烈向他連使眼色，完顏洪熙只是不理。

鐵木眞聽了，怫然不悅，說道：「那麼把小將的官職讓了給他，也沒打緊。」完顏洪熙一拍大腿，厲聲道：「你這是小覷大金的官職麼？」鐵木眞瞪起雙眼，便欲拍案而起，終於強忍怒氣，不再言語，拿起酒杯，一飲而盡。完顏洪烈忙說笑話，岔了開去。

次日一早，鐵木眞帶同四個兒子，領了五千人馬，護送完顏洪熙、洪烈去冊封王罕。其時太陽剛從草原遠處天地交界線升起，鐵木眞上了馬，五個千人隊早整整齊齊的排列在草原之上。金國兵將卻兀自在帳幕中酣睡未醒。

鐵木眞初時見金兵人強馬壯，兵甲犀利，頗有敬畏之心，這時見他們貪圖逸樂，鼻中哼了一聲，轉頭問木華黎道：「你瞧金兵怎樣？」木華黎道：「咱們蒙古兵一千人可以破他們五千人。」鐵木眞笑道：「我正也這麼想。只是聽說大金國有兵一百餘萬，咱們可只有五萬人。」木華黎道：「一百萬兵不能一起上陣。咱們分開來打，今天幹掉他十萬，明天又掃去他十萬。」鐵木眞拍拍他肩膀，笑道：「說到用兵，你的話總是最合我心意。一百多斤的一個人，可以吃掉十頭一千斤的肥牛，只不過不是一天吃。」兩人同聲大笑。

鐵木真按轡徐行，忽見第四子拖雷的坐騎鞍上無人，怒道：「拖雷呢？」拖雷這時還只九歲，雖年紀尚幼，但鐵木真不論訓子練兵，都嚴峻之極，犯規者決不寬貸，他大聲喝問，衆兵將個個慄慄不安。大將博爾忽是拖雷的師傅，見大汗怪責，心下惶恐，說道：「這孩子從來不敢晏起，我去瞧瞧。」剛要轉馬去尋，只見兩個孩子手挽手的奔來。一個頭上裹著一塊錦緞，正是鐵木真的幼子拖雷，另一個卻是郭靖。

拖雷奔到鐵木真跟前，叫了聲：「爹！」鐵木真厲聲道：「你到那裏去啦！」拖雷道：「我剛才和郭兄弟在河邊結安答，他送了我這個。」說著手裏一揚，那是一塊紅色的汗巾，上面繡了花紋，原來是李萍給兒子做的。鐵木真想起自己幼時與札木合結義之事，心中感到一陣溫暖，臉上登現慈和之色，又見馬前兩個孩子天眞爛漫，溫言問道：「你送了他甚麼？」郭靖指著自己頸道：「這個！」鐵木眞見是幼子平素在頸中所帶的黃金項圈，微微一笑，道：「你們兩個以後可要相親相愛，互相扶助。」拖雷和郭靖點頭答應。

鐵木眞道：「都上馬吧，郭靖這小子也跟咱們去。」拖雷和郭靖大喜，各自上馬。

又等了大半個時辰，完顏洪熙兄弟才梳洗完畢，走出帳幕。完顏洪烈見蒙古兵早已列隊相候，忙下令集隊。完顏洪熙卻擺弄上國王子的威風，自管喝了幾杯酒，吃了點心才慢慢上馬，又耗了半個時辰，才將一萬名兵馬集好。

大隊向北而行，走了六日，王罕派了兒子桑昆和義子札木合先來迎接。鐵木眞得報札木合到了，忙搶上前去。兩人下馬擁抱。鐵木眞的諸子都過來拜見叔父。

完顏洪烈瞧那札木合時，見他身材高瘦，上唇稀稀的幾莖黃鬚，雙目炯炯有神，顯得十分的精明強悍。那桑昆卻肥肥白白，多半平時養尊處優，竟不像是在大漠中長大之人，又見他神態傲慢，對鐵木眞愛理不理的，渾不似札木合那麼親熱。

又行了一日，離王罕的住處已經不遠，鐵木眞部下的兩名前哨忽然急馳回來，報道：「前面有乃蠻部攔路，約有三萬人。」

完顏洪熙聽了傳譯的言語，大吃一驚，忙問：「他們要幹甚麼？」哨兵道：「好像是要跟咱們打仗。」完顏洪熙道：「他……他們人數……當眞有三萬？豈不是多過咱們的……這……這……」鐵木眞不等他話說完，向木華黎道：「你去問問。」

木華黎帶了十名親兵，向前馳去，蒙古大隊停下，列成陣勢，金兵原隊候命。過了一會，木華黎回來稟報：「乃蠻人聽說大金國太子來封大汗官職，他們也要討封。若是不封，他們說要把兩位太子留下來抵押，待大金國封了他們官職之後才放還。那些乃蠻人又說，他們的官職一定要大過鐵木眞大汗的。」

完顏洪熙聽了，臉上變色，說道：「官職豈有強討的？這……這可不是要造反了麼？那怎麼辦？」完顏洪烈即命統兵的將軍布開隊伍，以備不測。

札木合對鐵木眞道：「哥哥，乃蠻人時時來搶咱們牲口，跟咱們爲難，今日還放過他們麼？不知大金國兩位太子又如何吩咐？」

鐵木眞眼瞧四下地形，已成竹在胸，說道：「今日叫大金國兩位太子瞧一瞧咱兄弟

的手段！」提氣縱聲長嘯，高舉馬鞭，在空中虛擊兩鞭。啪啪兩下響過，五千名蒙古兵

突然「嗬，嗬，嗬」的齊聲大叫。完顏兄弟出其不意，嚇了一跳。

只見前面塵頭大起，敵軍漸漸逼近，蒙古兵的前哨已退回本陣。完顏洪熙道：「六弟，快叫咱們的兒郎衝上去，這些蒙古人沒用。」完顏洪烈低聲道：「讓他們打頭陣。」完顏洪熙登時醒悟，點了點頭。蒙古兵齊聲大叫，卻不移動。完顏洪熙皺起了眉頭，說道：「這些蒙古兵叫得牛鳴馬嘶一般，不知幹甚麼。就算喊得驚天動地，能把敵兵嚇退嗎？」

博爾忽領兵在左，對拖雷道：「你跟著我，可別落後了，瞧咱們怎生殺敵。」拖雷和郭靖隨著衆兵，也放開了小喉嚨大叫。

頃刻之間，塵沙中敵兵已衝到跟前數百步遠，蒙古兵仍只吶喊。

這時完顏洪烈也感詫異，見到乃蠻人來勢凌厲，生怕衝動陣腳，喝令：「放箭！」金兵幾排箭射了出去，但相距尚遠，箭枝未到敵兵跟前，便已紛紛跌落。完顏洪熙見敵兵面目漸漸清楚，個個相貌猙獰，咬牙切齒的催馬衝來，只嚇得心中怦怦亂跳，轉頭向完顏洪烈道：「不如依從他們，胡亂封他一個官職便了。大些便大些，又不用花本錢！」

鐵木眞揮動長鞭，又在空中啪啪數響，蒙古兵喊聲頓息，分成兩翼。鐵木眞和札木合各領一翼，風馳電掣的往兩側高地上搶去。兩人伏鞍奔跑，大聲發施號令。蒙古兵一隊一隊的散開，片刻之間，已將四周高地盡數佔住，居高臨下，羽箭扣在弓上，箭頭瞄準了敵人，卻不發射。

乃蠻兵的統帥見形勢不利，帶領人馬往高地上搶來。蒙古兵豎起了軟牆。那是數層羊毛厚氈所製，用以擋箭。乃蠻兵向高地上的蒙古兵射箭，一來從低處仰射，箭勢不勁，二來大都爲軟牆擋開，難以傷敵。蒙古弓箭手在氈後發箭射敵，附近高地上的蒙古兵又發箭支援，攻敵側翼。乃蠻兵東西馳突，登時潰亂。

鐵木眞在左首高地上觀看戰局，見敵兵已亂，叫道：「者勒米，衝他後隊。」者勒米手執大刀，領了一個千人隊從高地上直衝下來，逕抄敵兵後路。哲別挺著長矛，一馬當先。他剛歸順鐵木眞，決心要斬將立功，報答大汗不殺之恩，俯身馬背，直衝入敵陣之中。

兩員勇將這麼一陣衝擊，乃蠻後軍登時大亂，前軍也不由得軍心搖動。統兵的將軍正自猶豫不決，札木合和桑昆也領兵衝下。乃蠻部左右受攻，戰不多時，便即潰敗，主將撥轉馬頭便走，部衆跟著紛紛往來路敗退。者勒米勒兵不追，放大隊過去，等敵兵退到還賸兩千餘人時，驀地唿哨衝出，截住路口。乃蠻殘兵陷入了重圍，無路可走，勇悍的奮力抵抗，盡被斫殺，餘下的拋弓下馬，棄槍投降。

這一役殺死敵兵一千餘人，俘獲二千餘人，馬匹一千餘匹。蒙古兵只傷亡了一百餘名。

鐵木眞下令剝下乃蠻兵的衣甲，將二千餘名降兵連人帶馬分成四份，給完顏兄弟一份，義父王罕一份，義弟札木合一份，自己要了一份。凡戰死的蒙古士兵，每家撫卹五匹馬、五名俘虜作奴隸。

完顏洪熙這時才驚魂大定，興高采烈的不住議論剛才的戰鬥，笑道：「他們要討官職，六弟，咱們封他一個『敗北逃命招討使』便了。」說著捧腹狂笑。

完顏洪烈見鐵木眞和札木合以少勝多，這一仗打得光采之極，不覺暗暗心驚，心想：「現下北方各部自相砍殺，我北陲方得平安無事。要是給鐵木眞和札木合統一了漠南漠北諸部，大金國從此不得安穩了。」又見自己部下這一萬名金兵始終未曾接仗，但當乃蠻人前鋒衝到之時，陣勢便現散亂，衆兵將臉上均有懼色，可說兵鋒未交，勝負已見，蒙古人如此強悍，實是莫大隱憂。正自尋思，忽然前面塵沙飛揚，又有一彪軍馬馳來。

韓寶駒撒手鬆鞭，一個觔斗從樹上翻將下來。

梅超風跟著撲落，五指向他後心疾抓。

韓寶駒忙奮力往前急挺，

同時樹下南希仁與全金發的暗器已雙雙向敵人打到。

第四回

黑風雙煞

完顏洪熙笑道：「好，再打他個痛快。」蒙古兵前哨報來：「王罕親自前來迎接大金國兩位太子。」鐵木眞、札木合、桑昆三人忙縱馬上前迎接。

沙塵中一彪軍馬湧到。數百名親兵擁衛下，王罕馳馬近前，滾下馬背，雙手分別攜著鐵木眞和札木合兩個義子，到完顏兄弟馬前跪下行禮。只見他身材肥胖，鬚髮如銀，身穿黑貂長袍，腰束黃金腰帶，神態威嚴，完顏洪烈忙下馬還禮，完顏洪熙卻只在馬上抱一抱拳。

王罕道：「小人聽說乃蠻人要待無禮，只怕驚動了兩位王子，急忙帶兵趕來，幸喜仗著兩位殿下的威風，三個孩兒已把他們殺退了。」親自開道，向北而行，傍晚時分恭恭敬敬的將完顏洪熙兄弟領到他所居的帳幕之中。他帳幕中鋪的盡是貂皮、狐皮，器用華貴，連親兵衛士的服飾也勝過了鐵木眞，他父子自己更不用說了。帳幕四周，數里內號角聲嗚嗚不絕，人喧馬騰，一番熱鬧氣象，完顏兄弟自出長城以來首次得見。

王罕所得的封號，又比鐵木眞爲高，反正只是虛銜，金國也不吝惜。王罕高興之極，對完顏兄弟連聲道謝，表示恭順。封爵已畢，當晚王罕大張筵席，宴請完顏兄弟。大羣女奴在貴客之前獻歌獻舞，熱鬧非常。比之鐵木眞部族中招待的粗獷簡陋，那是天差地遠了。完顏洪熙大爲高興，看中了兩個女奴，心中只轉念頭，如何開口向王罕索討。

酒到半酣，完顏洪烈道：「老英雄威名遠震，我們在中都也久已聽聞，那是不消說了。蒙古人年輕一輩中出名的英雄好漢，我也想見見。」王罕笑道：「我這兩個義兒，就是蒙古人中最出名的英雄好漢。」王罕的親子桑昆在旁聽了，很不痛快，不住大杯大杯的喝酒。完顏洪烈瞧到他的怒色，說道：「令郎更是英雄人物，老英雄怎麼不提？」王罕笑道：「老漢死了之後，自然是他統領部衆。但他怎比得上他的兩個義兄？札木合足智多謀。鐵木眞更剛勇無雙，他是赤手空拳，自己打出來的天下。蒙古人中的好漢，那一個不甘願爲他賣命？」完顏洪烈道：「難道老英雄的將士，便不及鐵木眞招討使的部下麼？」

鐵木眞聽他言語中隱含挑撥之意，向他望了一眼，心下暗自警惕。

王罕撚鬚不語，喝了一口酒，慢慢的道：「上次乃蠻人搶了我幾萬頭牲口去，全虧鐵木眞派了他的四傑來幫我，才把牲口搶回來。他兵將雖然不多，卻個個驍勇。今日這一戰，兩位殿下親眼見到了。」桑昆臉現怒色，把金杯在木案上重重一碰。鐵木眞忙道：「我有甚麼用？我能有今日，全靠義父的栽培提拔。」

完顏洪烈道：「四傑？是那幾位呀？我倒想見見。」王罕向鐵木眞道：「你叫他們進帳來吧。」鐵木眞輕輕拍了拍掌，帳外走進四位大將。

第一個相貌溫雅，臉色白淨，是善於用兵的木華黎。第二個身材魁梧，目光如鷹，是鐵木眞的好友博爾朮。第三個短小精悍，腳步矯捷，便是拖雷的師父博爾忽。第四個滿臉滿手都是箭傷刀疤，面紅似血，是當年救過鐵木眞性命的赤老溫。這四人是後來蒙古開國的四大功臣，其時鐵木眞稱之爲四傑。

完顏洪烈見了，各各獎勉了幾句，每人賜了一大杯酒。待他們喝了，完顏洪烈又道：「今日戰場之上，有一位黑袍將軍，衝鋒陷陣，勇不可當，這是誰啊？」鐵木眞道：「那是小將新收的一名十夫長，人家叫他做哲別。」完顏洪烈道：「也叫他進來喝一杯吧。」鐵木真傳令出去。

哲別進帳，謝了賜酒，正要舉杯，桑昆叫道：「你這小小的十夫長，怎敢用我的金杯喝酒？」哲別又驚又怒，停杯不飲，望著鐵木真的眼色。蒙古人習俗，阻止別人飲酒是極大的侮辱。何況在這眾目睽睽之下，教人如何忍得？

鐵木眞尋思：「瞧在義父臉上，我便再讓桑昆一次。」當下對哲別道：「拿來，我口渴，給我喝了！」從哲別手裏接過金杯，仰脖子一飲而乾。哲別向桑昆怒視一眼，大踏步出帳。桑昆喝道：「你回來！」哲別理也不理，昂頭走了出去。

桑昆討了個沒趣，說道：「鐵木眞義兄雖有四傑，但我只要放出一樣東西來，就能把四傑一口氣吃了。」說罷嘿嘿冷笑。他叫鐵木眞爲義兄，是因鐵木眞拜他父親王罕爲義父之故，他和鐵木眞卻並未結爲安答。

完顏洪熙聽他這麼說，奇道：「那是甚麼厲害東西？這倒奇了。」桑昆道：「咱們到帳外去瞧吧。」王罕喝道：「好好喝酒，你又胡鬧甚麼？」完顏洪熙卻一心想瞧熱鬧，道：「酒喝得夠了，瞧些別的也好。」說著站起，走出帳外。眾人跟了出去。

帳外蒙古眾兵將燒了數百個大火堆，正在聚飲，見大汗等出來，只聽得轟隆一聲，西邊大羣兵將同時站起，整整齊齊的肅立不動，正是鐵木眞的部屬。東邊王罕的部將士卒跟著紛紛站起，或先或後，有的還在低聲笑語。完顏洪烈瞧在眼裏，心道：「王罕兵將雖多，卻遠遠不及鐵木眞了！」

鐵木眞在火光下見哲別兀自滿臉怒色，便叫道：「拿酒來！」隨從呈上了一大壺酒。鐵木眞提了酒壺，大聲說道：「今天咱們把乃蠻人殺得大敗，大家都辛苦了。」眾兵將叫道：「是王罕大汗、鐵木眞汗、札木合汗帶領咱們打的。」

鐵木眞道：「今日我見有兩個人特別勇敢，衝進敵人後軍，殺進殺出一連三次，射死了數十名敵人，一個是者勒米，另一個是誰呀？」眾兵叫道：「是十夫長哲別！」鐵木眞大聲道：「甚麼十夫長？是百夫長！」眾人一楞，隨即會意，知是鐵木眞升了哲別的職位，歡呼叫道：「哲別是大勇士，可以當百夫長。」

鐵木眞對者勒米道：「拿我的頭盔來！」者勒米雙手呈上。鐵木眞伸手拿過，舉在空中，叫道：「這是我戴了殺敵的鐵盔，現今給勇士當酒杯！」揭開酒壺蓋，把一壺酒都倒在鐵盔裏面，自己喝了一大口，遞給哲別。

哲別滿心感激，一膝半跪，接過來幾口喝乾了，低聲道：「鑲滿天下最貴重寶石的金杯，也不及大汗的鐵盔。」鐵木眞微微一笑，接回鐵盔，戴在頭上。

蒙古眾兵將均知剛才哲別為喝酒受了桑昆侮辱，都在為他不平，便王罕的部下也覺桑昆不對，這時見鐵木眞如此相待，東西兩邊人眾都高聲歡呼。

完顏洪烈心想：「鐵木眞眞乃人傑。這時候他就叫哲別死一萬次，那人也必心甘情願。朝中大臣老說，北方蠻子盡是些沒腦子的野人，可將人瞧得小了。」

完顏洪熙心中，卻只想著桑昆所說吃掉四傑之事。他在隨從搬過來的虎皮椅上坐下，問桑昆道：「你有甚麼厲害傢伙，能把四傑一口氣吃了？」桑昆微微一笑，低聲道：「我請殿下瞧一場好戲。甚麼四傑威震大漠，多半還不及我的兩頭畜生。」縱聲叫道：「鐵木眞義兄的四傑呢？」木華黎等四人走過來躬身行禮。

桑昆轉頭對自己的親信低聲說了幾句，那人答應而去。過了一會，忽聽得一陣猛獸低吼之聲，帳後轉出兩頭全身錦毛斑爛的金錢大豹來。黑暗中只見豹子的眼睛猶如四盞碧油油的小燈，慢慢移近。完顏洪熙嚇了一跳，伸手緊握佩刀刀柄，待豹子走到火光之旁，這才看清豹頸中套有皮圈，每頭豹子由兩名大漢牽著。大漢手中各執長竿，原來是飼養獵豹的豹夫。蒙古人喜養豹子，用於圍獵，獵豹不但比獵犬奔跑更為迅速，且兇猛非常，獵物當者立死。不過豹子食量也大，必須食肉，若非王公貴酋，常人自也飼養不起。桑昆這兩頭獵豹雖由豹夫牽在手裏，仍張牙舞爪，目露兇光，忽而竄東，忽而撲西，全身肌肉中似是蘊蓄著無窮精力，只盼發洩出來。完顏洪熙心中發毛，周身不自在，眼見這兩頭豹子的威猛矯捷模樣，要掙脫豹夫手中皮帶，看來輕易之極。

桑昆向鐵木眞道：「義兄，倘若你的四傑眞是英雄好漢，能空手把我這兩頭獵豹打死，那我才服了你。」四傑一聽，個個大怒，均想：「你侮辱了哲別，又來侮辱我們。我們是野豬麼？是山狼麼？叫我們跟你的豹子鬥。」鐵木眞也極不樂意，大聲道：「我愛四傑如同性命，怎能讓他們跟豹子相鬥？」桑昆哈哈大笑，說道：「是麼？那麼還吹甚麼英雄好漢？連我兩頭豹子也不敢鬥。」

四傑中的赤老溫性烈如火，跨上一步，向鐵木眞道：「大汗，咱們讓人恥笑不要緊，卻不能丟了你的臉。我來跟豹子鬥。」完顏洪熙大喜，從手指上除下一個鮮紅的寶石戒指，投在地下，道：「只要你打贏豹子，這就是你的。」

赤老溫瞧也不瞧，猱身上前。木華黎一把將他拉住，叫道：「咱們威震大漠，是殺敵人殺得多。豹子能指揮軍隊麼？能打埋伏包圍敵人麼？」

鐵木眞道：「桑昆兄弟，你贏啦。」俯身拾起紅寶石戒指，放在桑昆的手裏。桑昆將戒指套在指上，縱聲長笑，舉手把戒指四周展示。王罕部下的將士都歡呼起來。札木合皺眉不語。鐵木眞卻神色自若。四傑憤憤的退了下去。

完顏洪熙見人豹相鬥不成，老大掃興，向王罕討了兩名女奴，回帳而去。

次日早晨，拖雷與郭靖兩人手拉手的出外遊玩，信步行去，離營漸遠，突然一隻白兔從兩人腳邊奔過。拖雷取出小弓小箭，颼的一聲，正射中白兔肚子。他年幼力微，雖然射中，卻不致命，那白兔帶箭奔跑，兩人大呼小叫，拔足追去。

白兔跑了一陣，終於摔倒，兩人齊聲歡呼，正要搶上去撿拾，忽然旁邊樹林中奔出七八個孩子來。一個十一二歲左右的孩子眼明手快，一把將白兔抓起，拔下小箭往地下一擲，向拖雷與郭靖瞪了一眼，提了兔子便走。

拖雷叫道：「喂，兔子是我射死的，你拿去幹麼？」那孩子回過身來，笑道：「誰說是你射死的？」拖雷道：「這枝箭不是我的麼？」

那孩子突然眉毛豎起，雙睛凸出，喝道：「兔子是我養的，我還要你賠呢！」拖雷道：「你說謊，這明明是野兔。」那孩子更加兇了，伸手在拖雷肩頭一推，道：「你罵誰？我爺爺是王罕，我爹爹是桑昆，你知道麼？兔子就算是你射的，我拿了又怎樣？」

拖雷傲然道：「我爹爹是鐵木眞。」

那孩子道：「呸，是鐵木眞又怎樣？你爹爹是膽小鬼，怕我爺爺，也怕我爹爹。」這孩子名叫都史，是桑昆的獨子。桑昆生了一個女兒後，相隔多年才再生這男孩，此外別無所出，是以十分寵愛，將他縱容得驕橫之極。鐵木眞和王罕、桑昆等隔別已久，兩人的兒子幼時雖曾會面，這時卻已互相不識。

拖雷聽他侮辱自己父親，惱怒之極，昂然道：「誰說的？我爹誰也不怕！」都史道：「你媽媽給人家搶去，是我爹爹和爺爺去奪回來還給你爹的，當我不知道麼？我拿了你這隻小小兔兒，又有甚麼打緊？」王罕當年幫了義子這個忙，桑昆妒忌鐵木眞的勇威名，時常對人宣揚，連他的幼子也聽得多了。

拖雷一來年幼，二來鐵木眞認爲這是奇恥大辱，當然不會對兒子說起。這時拖雷聽了，氣得臉色蒼白，怒道：「你說謊！我告訴爹爹去。」轉身就走。

都史哈哈大笑，叫道：「你爹怕我爹爹，你告訴了又怎樣？昨晚我爹爹放出兩頭花豹來，你爹的四傑就嚇得不敢動彈。」

四傑中的博爾忽是拖雷的師父，拖雷聽了更加生氣，結結巴巴的道：「我師父連老虎也不怕，怕甚麼豹子？他是大將，不願跟野獸打架。」

都史搶上兩步，忽地一記耳光，打在拖雷臉上，喝道：「你再倔強？你怕不怕我？」拖雷一楞，小臉漲得通紅，想哭又不肯哭。

郭靖在一旁氣惱已久，這時再也忍耐不住，悶聲不響，突然衝上前去，挺頭往都史小腹急撞。都史出其不意，給他一頭撞中，仰天跌倒。拖雷拍手笑道：「好呀！」拖了郭靖的手轉身就逃。都史怒叫：「打死這兩個小子！」

都史的衆同伴追將上去，雙方拳打足踢，鬥了起來。都史爬起身來，怒沖沖加入戰團。都史一夥年紀既大，人數又多，片刻間就把拖雷與郭靖撳倒在地。都史不住向郭靖背上出拳猛打，喝道：「投降了就饒你！」郭靖用力想掙扎站起，但年幼力弱，給他按住了動彈不得。那邊拖雷也給兩個孩子合力壓在地下毆擊。

正自僵持不下，忽然沙丘後馬鈴聲響，一小隊人乘馬過來。當先一個矮胖子騎著一匹黃馬，望見羣孩相鬥，笑道：「好呀，講打麼？」縱馬走近，見是七八個大孩子欺侮兩個小孩，兩個小的給按在地下，都已給打得鼻青口腫，喝道：「不害臊麼？快放手。」

都史罵道：「走開！別在這裏囉唣。你們可知我是誰？我要打人，誰都管不著。」他爹爹是雄視北方的君長，他驕蠻已慣，向來人人都讓他。

那騎黃馬的人罵道：「這小子這樣橫，快放手！」這時其餘的人也過來了。一個女子道：「三哥，別管閒事，走吧。」那騎黃馬的道：「你自己瞧。這般打架，成甚麼樣子？」

這幾人便是江南七怪。他們自南而北，一路追蹤段天德直到大漠，此後就再也沒了音訊。六年多來，他們在沙漠中、草原上到處打聽段天德和李萍的行蹤，七人都學會了一口蒙古話，但段李兩人卻一直渺無訊息。江南七怪人人性格堅毅，更十分好勝，既與丘處機打了這場賭，別說只不過找尋個女子，便再艱難十倍、兇險萬分之事，他們也絕不會罷手退縮。七怪都一般的心思，如始終尋不著李萍，也須尋足一十八年爲止，那時再到嘉興醉仙樓去向丘處機認輸。何況丘處機也未必就能找到楊鐵心的妻子包氏。倘若雙方都找不到，鬥成平手，不妨另出題目，再來比過。

韓小瑩跳下馬來，拉開騎在拖雷背上的兩個孩子，說道：「兩個大的打一個小的，那不可以！」拖雷背上一輕，掙扎著跳起。都史一呆，郭靖猛一翻身，從他胯下爬了出來。兩人既得脫身，發足奔逃。都史叫道：「追呀！追呀！」領著衆孩隨後趕去。

江南六怪望著一羣蒙古小孩打架，想起自己幼年時的胡鬧頑皮，都不禁微笑。

柯鎭惡道：「趕道吧，別等前面市集散了，可問不到人啦！」

這時都史等又已將拖雷與郭靖追上，四下圍住。都史喝問：「投不投降？」拖雷滿臉怒容，搖頭不答。都史道：「再打！」衆小孩一齊擁上。

倏地寒光一閃，郭靖手中已握了一柄短劍，叫道：「誰敢上來？」

原來李萍鍾愛兒子，把丈夫所遺的那柄短劍給了他，要他帶在身畔。她想寶物可以辟邪，本意是要保護兒子不受邪魔所侵。此刻郭靖受人欺逼甚急，便拔了出來。

都史等見他拿了兵器，一時不敢上前動手。

妙手書生朱聰縱馬已行，忽見短劍在陽光下閃耀，光芒特異，不覺一凜。他一生偷盜官府富戶，見識寶物甚多，心想：「這光芒大非尋常，倒要瞧瞧是甚麼寶貝。」勒馬回頭，見一個小孩手中拿著一柄短劍。那短劍刃身隱隱發出藍光，遊走不定，顯是十分珍異的利器，卻不知如何會在一個孩子手中。再看羣孩，除郭靖之外，個個身穿名貴貂皮短衣，而郭靖頸中也套著一個精致的黃金頸圈，顯見都是蒙古豪酋的子弟。

朱聰心想：「這孩子定是偷了父親的寶劍私下出來玩弄。王公酋長之物，取不傷廉。」起了據爲己有之念，笑吟吟的下馬，說道：「大家別打了，好好兒玩罷。」一言方畢，已閃身挨進衆孩人圈，夾手奪過短劍。他使的是空手入白刃上乘武技，別說郭靖是個小小孩子，就算是武藝精熟的大人，只要不是武林高手，遇上了這位妙手書生，也別想拿得住自己兵刃。

朱聰短劍一到手，縱身竄出，躍上馬背，哈哈大笑，提韁縱馬，疾馳而去，趕上衆人，笑道：「今日運氣不壞，無意間得了件寶物。」笑彌陀張阿生笑道：「二哥這偷雞摸狗的脾氣總是不改。」鬧市俠隱全金發道：「甚麼寶貝，給我瞧瞧。」朱聰手一揚，擲了過去。

一道藍光在空中劃過，太陽光一照，光芒閃爍，似乎化成了一道小小彩虹，衆人都喝了聲采。

短劍飛臨面前，全金發只感一陣寒意，伸手抓住劍柄，先叫聲：「好！」看了不住口的嘖嘖稱賞，見劍柄上刻著「楊康」兩字，心中一楞：「這是漢人的名字啊，怎麼此劍落在蒙古？楊康？楊康？倒不曾聽說有那一位英雄叫做楊康。可是若非英雄豪傑，又如何配用這等利器？」叫道：「大哥，你知道誰叫楊康麼？」

柯鎭惡道：「楊康？」沉吟半晌，搖頭道：「沒聽說過。」

「楊康」是丘處機當年給包惜弱腹中胎兒所取的名字，楊郭兩人交換了短劍，因此刻有「楊康」字樣的短劍是在李萍手中。江南七怪卻不知此事。柯鎮惡在七人中年紀最長，閱歷最富，他既不知，其餘六人更加不知了。

全金發為人細心，說道：「丘處機追尋的是楊鐵心的妻子，不知這楊康跟那楊鐵心有沒牽連。」朱聰笑道：「咱們要是找到了楊鐵心的妻子，日後帶到醉仙樓頭，總也勝了牛鼻子一籌。」七人在大漠中苦苦尋找了六年，沒半點頭緒，這時忽然似乎有了一點線索，雖渺茫之極，卻也不肯放過。韓小瑩道：「咱們回去問問那小孩。」

韓寶駒馬快，當先衝回，見眾小孩又打成了一團，拖雷和郭靖又已給揿倒在地。韓寶駒喝斥不開，急了起來，抓起幾個小孩擲在一旁。

都史不敢再打，指著拖雷罵道：「兩隻小狗，有種的明天再在這裏打過。」

拖雷道：「好，明天再打。」他心中已有了計較，回去就向三哥窩闊台求助。三個兄長中三哥和他最好，力氣又大，明日一定能來助拳。都史帶了眾孩走了。

郭靖滿臉都是鼻血，伸手向朱聰道：「還我！」

朱聰把短劍拿在手裏，一拋一拋，笑道：「還你就還你。但是你得跟我說，這把劍是那裏來的？」郭靖伸袖子一擦鼻中仍在流下來的鮮血，道：「媽媽給我的。」朱聰問道：「你爹爹叫甚麼名字？」郭靖從來沒爹爹，這句話倒將他楞住了，便搖了搖頭。

全金發問道：「你姓楊麼？」郭靖又搖了搖頭。七怪見這孩子傻頭傻腦的，都好生失望。朱聰問道：「楊康是誰？」郭靖仍茫然搖頭。

江南七怪極重信義，言出必踐，雖對一個孩子，也決不能說過的話不算，朱聰便把短劍交在郭靖手裏。韓小瑩拿出手帕，給郭靖擦去鼻血，柔聲道：「回家去吧，以後別打架啦。你人小，打他們不過的。」七人掉轉馬頭，縱馬東行。

郭靖怔怔的望著他們。拖雷叫道：「郭靖安答，回去罷。」

這時七人已走出一段路，但柯鎮惡耳音銳敏之極，聽到「郭靖」兩字，全身大震，立即提韁回馬，問道：「孩子，你姓郭？你是漢人，不是蒙古人？」郭靖道：「是啊！」柯鎮惡大喜，急問：「你媽媽叫甚麼名字？」郭靖道：「媽媽就是媽媽。」柯鎮惡搔頭問道：「你帶我去見你媽媽，好麼？」郭靖道：「媽媽不在這裏。」柯鎮惡聽他語氣中似含敵意，叫道：「七妹，你來問他。」韓小瑩跳下馬來，溫言道：「你爹爹呢？」郭靖道：「我爹爹給壞人害死了，等我長大了，去殺了壞人報仇。」韓小瑩問道：「你爹爹叫甚麼名字？」她過於興奮，聲音也發顫了。郭靖又搖了搖頭，柯鎮惡道：「害死你爹爹的壞人叫甚麼名字？」郭靖咬牙切齒的道：「他……名叫段天德！」

原來李萍身處荒漠絕域之地，知道隨時都會遭遇不測，是否得能生還中原故土，確實渺茫之極，要是自己突然喪命，兒子連仇人的姓名也永遠不知了，是以早就將段天德的名字形貌，一遍又一遍的說給兒子聽了。她是個不識字的鄉下女子，自然只叫丈夫爲「嘯哥」，聽旁人叫他「郭大哥」，丈夫叫甚麼名字，她反而並不在意。郭靖也只道爹爹便是爹爹，從來不知另有名字。

這「段天德」三字，郭靖說來也不如何響亮，但突然之間傳入七怪耳中，七個人登時目瞪口呆，便是半空中三個晴天霹靂，亦無這般驚心動魄的威勢，一剎那間，宛似地動山搖，風雲變色。過了半晌，韓小瑩才歡呼大叫，不禁全身發抖，抓住了張阿生的左臂，才不致暈倒，張阿生以拳頭猛搥自己胸膛，全金發緊緊摟住了南希仁的脖子，韓寶駒在馬背連翻觔斗，柯鎮惡捧腹狂笑，朱聰像一個陀螺般急轉圈子。拖雷與郭靖見了他們的樣子，又好笑，又奇怪。過了良久，江南七怪才慢慢安靜下來，人人滿臉喜色。張阿生跪在地下不住向天膜拜，喃喃的道：「菩薩有靈，多謝老天爺保佑！」

韓小瑩對郭靖道：「小兄弟，咱們坐下來慢慢說話。」

拖雷心裏掛念著去找三哥窩闊台助拳，又見這七人言行詭異，說的蒙古話又都怪聲怪氣，音調全然不準，看來不是好人，雖然剛才他們解了自己之圍，卻不願在當地多躭，不住催郭靖回去。郭靖道：「我要回去啦。」拉了拖雷的手，轉身就走。

韓寶駒急了，叫道：「喂，喂，你不能走，讓你那小朋友先回去罷。」

兩個小孩見他形貌奇醜，害怕起來，當即發足奔跑。韓寶駒搶將上去，伸出肥手，疾往郭靖後領抓去。朱聰叫道：「三弟，莫莽撞。」在他手上輕輕一架。韓寶駒愕然停手。朱聰加快腳步，趕在拖雷與郭靖頭裏，從地下撿起三枚小石子，笑嘻嘻的道：「我變戲法，你們瞧不瞧？」郭靖與拖雷登感好奇，停步望著他。

朱聰攤開右掌，掌心中放了三枚小石子，喝聲：「變！」手掌成拳，再伸開來時，小石子全已不見。兩個小孩奇怪之極。朱聰向自己頭上帽子一指，喝道：「鑽進去！」揭下帽子，三顆小石子好端端的正在帽裏。郭靖和拖雷哈哈大笑，齊拍手掌。

正在這時，遠遠雁聲長唳，一羣鴻雁排成兩個人字形，從北邊飛來。朱聰心念一動，道：「現在咱們來請我大哥變個戲法。」從懷中摸出一塊汗巾，交給拖雷，向柯鎮惡一指，道：「你把他眼睛蒙住。」拖雷依言把汗巾縛在柯鎮惡眼上，笑道：「捉迷藏嗎？」朱聰道：「不，他蒙住了眼睛，卻能把空中的大雁射下來。」說著將一副弓箭放在柯鎮惡手裏。拖雷道：「那怎麼能？我不信。」

說話之間，雁羣已飛到頭頂。朱聰揮手將三塊石子往上拋去，他手勁甚大，石子飛得老高。雁羣受驚，領頭的大雁高聲大叫，正要率領雁羣轉換方向，柯鎮惡已辨清楚了位置，拉弓發矢，颼的一聲，正中大雁肚腹，連箭帶雁，跌了下來。

拖雷與郭靖齊聲歡呼，奔過去拾起大雁，交在柯鎮惡手裏，小心靈中欽佩之極。

朱聰道：「剛才他們七八個打你們兩個，要是你們學會了本事，就不怕他們人多了。」拖雷道：「明天我們還要打，我去叫哥哥來。」朱聰道：「叫哥哥幫忙？哼，那是沒用的孩子。我來教你們一些本事，管教明天打贏他們。」拖雷道：「我們兩個打贏他們八個？」朱聰道：「正是！」拖雷大喜道：「好，那你就教我。」

朱聰見郭靖在一旁似乎不感興趣，問道：「你不愛學麼？」郭靖道：「媽媽說的，不可跟人家打架。學了本事打人，媽媽要不高興的。」

韓寶駒輕輕罵道：「膽小的孩子！」朱聰又問：「那麼剛才你們爲甚麼打架？」郭靖道：「是他們先打我們的。」柯鎮惡低沉了聲音道：「要是你見到了仇人段天德，那怎麼辦？」郭靖小眼中閃出怒光，道：「我殺了他，給爹爹報仇。」柯鎮惡道：「你爹爹一身好武藝，倘且給他殺了。你不學本事，當然打他不過，又怎能報仇？」郭靖怔怔的發呆，無法回答。韓小瑩道：「所以哪，本事是非學不可的。」他們說的是嘉興話，與臨安鄉音相近，郭靖倒也懂得。朱聰向左邊荒山一指，說道：「你要學本事報仇，今晚半夜裏到這山上來找我們。不過，只能你一個人來，除了你這個小朋友之外，也不能讓旁人知道。你敢不？怕不怕鬼？」

郭靖仍呆呆不答。拖雷卻道：「你教我本事罷。」

朱聰忽地拉住他手膀一扯，左腳輕輕一勾，拖雷撲地倒了。他爬起身來，怒道：「你幹麼打我？」朱聰笑道：「這就是本事，你學會了嗎？」拖雷很是聰明，當即領悟，照式學了一遍，說道：「你再教。」朱聰向他面門虛晃一拳，拖雷向左閃避，朱聰右拳早到，正打在他鼻子之上，只是這一拳並不用力，觸到鼻子後立即收回。拖雷大喜，叫道：「好極啦，你再教。」朱聰忽地俯身，肩頭在他腰裏輕輕一撞，拖雷猛地跌了出去。全金發飛身去接住，穩穩的將他放在地下。

拖雷喜道：「叔叔，再教。」朱聰笑道：「你把這三下好好學會，大人都不一定打得贏你了。夠啦，夠啦。」轉頭問郭靖道：「你學會了麼？」

郭靖正自呆呆出神，不知在想些甚麼，茫然搖了搖頭。七怪見拖雷聰明伶俐，相形之下，郭靖更顯得笨拙，不禁悵然若失。韓小瑩一聲長嘆，眼圈兒不禁紅了。全金發道：「我瞧也不必多費精神啦。好好將他們母子接到江南，交給丘道長。比武之事，咱們認輸算了。」朱聰道：「這孩子資質太差，不是學武的胚子。」韓寶駒道：「他沒一點剛烈之性，我也瞧來不成。」七怪用江南土話紛紛議論。韓小瑩向兩孩子揮揮手道：「你們去罷。」拖雷拉了郭靖，歡歡喜喜的走了。

江南七怪辛苦六年，在茫茫大漠中奔波數千里，一旦尋到了郭靖，本來喜從天降，不料只歡喜得片刻，便見郭靖資質顯然甚爲魯鈍，決難學會上乘武功，不由得心灰意懶。這番難過，只有比始終尋不到郭靖更甚。韓寶駒提起軟鞭，不住擊打地下沙子出氣，只打得塵沙飛揚，兀自不肯停手，只南山樵子南希仁始終一言不發。

柯鎭惡道：「四弟，你說怎樣？」南希仁道：「很好。」朱聰道：「甚麼很好？」南希仁道：「孩子很好。」韓小瑩急道：「四哥總是這樣，難得開一下金口，也不肯多說一個字。」南希仁微微一笑，道：「我小時候也很笨。」他向來沉默寡言，每一句話都思慮周詳之後再說出口來，是以不言則已，言必有中。

六怪聽他這麼說，登時猶如見到一線光明，已不如先時那麼垂頭喪氣。張阿生道：「對，對！我幾時又聰明過了？」說著轉頭向韓小瑩瞧去。

朱聰道：「且瞧他今晚敢不敢一個人上山來。」全金發道：「我瞧多半不敢。我先去找到他的住處。」說著跳下馬來，遙遙跟著拖雷與郭靖，望著他們走進蒙古包裏。

當晚七怪守在荒山之上，將至亥時三刻，斗轉星移，卻那裏有郭靖的影子？

韓寶駒歎道：「江南七怪威風一世，到頭來卻敗在這臭道士手裏！」

朱聰道：「全眞教在江北抗金殺敵，救護百姓，忠肝義膽，爲國爲民。全眞七子個個武功高強，俠義為懷，武林中衆所敬服。聽說丘處機更是其中的佼佼者，咱們敗在他手下，也不損名頭，何況咱們大家都是為了救護忠義的後人，這是堂堂正正的大好事，江湖上朋友們知道了，人人要讚一個『好』字！」六人聽了齊聲稱是，心中舒暢。

但見西方天邊黑雲重重疊疊的堆積，頭頂卻是一片暗藍色的天空，更無片雲。西北風一陣緩，一陣急，明月漸至中天，月旁一團黃暈。韓小瑩道：「只怕今晚要下大雨。一下雨，這孩子更不會來了。」張阿生道：「那麼咱們明兒找上門去。」柯鎮惡道：「資質笨些，也不打緊。但這孩子要是膽小怕黑，唉！」說著搖了搖頭。

七人正自氣沮，韓寶駒忽然「咦」了一聲，向草叢裏一指道：「那是甚麼？」月光之下，只見青草叢中三堆白色的東西，模樣詭奇。

全金發走過去看時，見三堆都是死人的骷髏頭骨，卻疊得整整齊齊。他笑道：「定是那些頑皮孩子搞的，把死人頭排在這裏……啊，甚麼？……二哥，快來！」

各人聽他語聲突轉驚訝，除柯鎮惡外，其餘五人都忙走近。全金發拿起一個骷髏遞給朱聰，道：「你瞧！」朱聰就他手中看去，見骷髏的腦門上有五個窟窿，模樣就如用手指插出來的一般。他伸手往窟窿中一試，五隻手指剛好插入五個窟窿，大拇指插入的窟窿大些，小指插入的窟窿小些，猶如照著手指的模樣細心彫刻而成，顯然不是孩童的玩意。

朱聰臉色微變，再俯身拿起兩個骷髏，見兩個頭骨頂上，仍各有剛可容納五指的洞孔，不禁大起疑心：「難道是有人用手指插出來的？」但想世上不會有如此武功高強之人，五指竟能洞穿頭骨，暗自沉吟，口中不說。

韓小瑩叫道：「是吃人的山魈妖怪麼？」韓寶駒道：「是了，定是山魈。」全金發沉吟道：「若是山魈，怎會把頭骨這般整整齊齊的排在這裏？」

柯鎮惡聽到這句話，躍將過來，問道：「怎麼排的？」全金發道：「一共三堆，排成品字形，每堆九個骷髏頭。」柯鎮惡驚問：「是不是分為三層？下層五個，中層三個，上層一個？」全金發奇道：「是啊！大哥，你怎知道？」柯鎮惡不答他問話，急道：「快向東北方、西北方各走一百步。瞧有甚麼？」

六人見他神色嚴重，甚至近於惶急，大異平素泰然自若之態，不敢怠慢，三人一邊，各向東北與西北數了腳步走去，片刻之間，東北方的韓小瑩與西北方的全金發同時大叫：「這裏也有骷髏堆。」

柯鎮惡飛身搶到西北方，低聲喝道：「生死關頭，千萬不可大聲。」三人愕然不解，柯鎮惡早已急步奔到東北方韓小瑩等身邊，同樣喝他們禁聲。張阿生低聲問：「是妖怪呢還是仇敵？」柯鎮惡道：「是兇徒，厲害之極。我哥哥就是給他們殺死的！」這時西北方的全金發等都奔了過來，圍在柯鎮惡身旁，聽他這麼說，無不驚心。

六人素知他兄長柯辟邪武功比他更高，為人精明了得，竟慘死人手，那麼仇敵必定兇厲無比。江南七怪相互間本來無事不說，決不隱瞞，但柯辟邪之死，還只是一兩年前之事，柯鎮惡竟始終不說原由經過，以及對頭的來歷。

柯鎮惡拿起一枚骷髏頭骨，仔細撫摸，將右手五指插入頭骨上洞孔，喃喃道：「練

「練成了，果然練成了。」又問：「這裏也是三堆骷髏頭？」韓小瑩道：「不錯。」

柯鎮惡低聲道：「每堆都是九個？」韓小瑩道：「一堆九個，兩堆只有八個。」柯鎮惡道：「快去數數那邊的。」韓小瑩飛步奔到西北方，俯身一看，隨即奔回，說道：「那邊每堆都是七個，都是死人首級，肌肉未爛。」柯鎮惡低聲道：「那麼他們馬上就會到來。」將骷髏頭骨交給全金發，道：「小心放回原處，別讓他們瞧出有過移動的痕跡。」

全金發放好骷髏，回到柯鎮惡身邊。六兄弟惘然望著大哥，靜待他解說。

只見他抬頭向天，臉上肌肉不住扭動，森然道：「這是銅屍鐵屍！」朱聰嚇了一跳，道：「銅屍鐵屍不早就死了麼，怎麼還在人世？」柯鎮惡道：「我也只道已經死了。卻原來躲在這裏暗練九陰白骨爪。各位兄弟，大家快上馬，向南急馳，千萬不可再回來。馳出一千里後等我十天，我第十一天不到，就不必再等了。」韓小瑩急道：「大哥你說甚麼？咱們喝過血酒，立誓同生共死，怎麼你叫我們走？」柯鎮惡連連揮手，道：「快走，快走，遲了可來不及啦！」韓寶駒怒道：「你瞧我們是無義之輩麼？」張阿生道：「江南七怪打不過人家，留下七條性命，也就是了，那有逃走之理？」

柯鎮惡急道：「這兩人武功本就十分了得，現今又練成了九陰白骨爪。咱們七人絕不是對手。何苦在這裏白送性命？」六人知他平素心高氣傲，從不服輸，以長春子丘處機如此武功，也膽敢與之拚鬥，毫不畏縮，對這兩人卻這般忌憚，想來對方定然厲害無比。全金發道：「那麼咱們一起走。」柯鎮惡冷冷的道：「這二人既然未死，殺兄大仇，不能不報。」

南希仁道：「有福共享，有難同當。」他言簡意賅，但說了出來之後，再無更改。

柯鎮惡沉吟片刻，素知各人義氣深重，原也決無臨難自逃之理，適才他說這番話，危急之際顧念衆兄弟的性命，已近於口不擇言，自知不合，嘆了口氣，說道：「好，既是如此，大家千萬要小心了。那銅屍是男人，鐵屍是女人，兩個是夫妻，江湖上稱爲「黑風雙煞」。兩年前，黑風雙煞初練九陰白骨爪，戕害良善，我兄長柯辟邪受人之邀，前去圍攻除害，當時他派人通知我，叫我一起參與，但那時我們七人正在山東、河北努力找尋李萍。我們剛得到線索，幾年之前，有人見到一個軍官和一個身穿男子軍裝的大肚女人不住叫罵廝打，那女子瘋瘋顛顛，說要殺那軍官，爲她丈夫報仇，兩人向著中都大興府而去，聽來很像是段天德和李萍。我不願拋開李萍去向的線索而前往參戰，而且參與圍攻的好手甚衆，並不在乎我是否加入，待得我們趕到大興府，又失了李萍和段天德的蹤跡，後來才知道，原來那時李萍早已到了大漠，且生下了郭靖。我們雖也找到了大漠，但黃沙莽莽，直到最近才撞到郭靖這小子。去年春天，我才得知兄長在圍攻中不幸爲黑風雙煞所害，又從傳訊人口中，得知了黑風雙煞的來歷和功夫，自忖非他二人之敵，殺兄之仇一時也報不了，其時又急於尋找郭靖，便對六弟妹隱忍不言，以免反而害了六弟妹性命。」柯鎮惡神情嚴重，說道：「大家須防他們手爪厲害。六弟，你向南走一百步，瞧是不是有口棺材？」

全金發連奔帶跑的數著步子走去，走滿一百步，沒見到棺材，仔細察看，見地下露出石板一角，用力一掀，石板紋絲不動。轉回頭招了招手，各人一齊過來。張阿生、韓寶駒俯身用力，嘰嘰數聲，兩人合力抬起石板。月光下只見石板之下是個土坑，坑中並臥著兩具屍首，穿著蒙古人裝束。

柯鎮惡躍入土坑之中，說道：「那兩個魔頭待會練功，要取屍首應用。我躲在這裏，出其不意的攻他們要害。大家四周埋伏，千萬不可先讓他們驚覺了。務須等我發難之後，大家才一齊湧上，下手不可有絲毫留情，這般偷襲暗算雖不夠光明磊落，但敵人實在太狠太強，若非如此，咱七兄弟個個性命不保。」他低沉了聲音，一字一句的說著，六兄弟連聲答應。柯鎮惡又道：「那兩人機靈之極，稍有異聲異狀，在遠處就能察覺，把石板蓋上罷，只要露一條縫給我透氣就是。」說著向天臥倒。六人依言，輕輕把石板蓋上，各拿兵刃，在四周草叢樹後找了隱蔽的所在分別躲好。

韓小瑩見柯鎮惡如此鄭重其事，與他平素行逕大不相同，又是掛慮，又是好奇，躲藏時靠近朱聰，悄聲問道：「黑風雙煞是甚麼人？」

朱聰道：「兩年前，大哥的兄長柯辟邪派人來知會大哥，說要去圍攻黑風雙煞，大哥怕洩漏風聲，只叫我一個兒跟他一起見那個來報訊之人，幫他過一過眼，瞧來人是否玩甚麼花樣騙人。那人說道：銅屍鐵屍是東海桃花島島主的弟子……」韓小瑩低聲道：「是桃花島的人物，那是我們浙江同鄉？」朱聰道：「是啊，聽說是給桃花島主革逐出門了。這兩人心狠手辣，武功高強，行事又十分機靈，當眞神出鬼沒。他們害死了柯大俠之後，聽說江湖上不見了他們的蹤跡，大家都只道他們惡貫滿盈，已經死了，那知道卻是躲在這窮荒極北之地。」

韓小瑩問道：「這二人叫甚麼名字？」朱聰道：「銅屍是男的，名叫陳玄風。他臉色焦黃，有如赤銅，臉上又從來不露喜怒之色，好似殭屍一般，因此人家叫他銅屍。」韓小瑩道：「那麼那個女的鐵屍，臉色是黑黝黝的了？」朱聰道：「不錯，她姓梅，名叫梅超風。」韓小瑩道：「大哥說他們練九陰白骨爪，那是甚麼功夫？」朱聰道：「我也沒聽說。」

韓小瑩向那疊成一個小小白塔似的九個骷髏頭望去，見到頂端那顆骷髏一對黑洞洞的眼孔正好對準著自己，似乎直瞪過來一般，不覺心中一寒，轉過頭不敢再看，沉吟道：「怎麼大哥從來不提這回事？難道……」

她話未說完，朱聰突然左手在她口上一掩，右手向小山下指去。韓小瑩從草叢間望落，只見遠處月光照射之下，一個臃腫的黑影在沙漠上急移而來，甚是迅速，暗道：「慚愧！原來二哥和我說話時，一直在毫不懈怠的監視敵人。」

頃刻之間，那黑影已近小山，這時已可分辨出來，原來是兩個人緊緊靠在一起，是以顯得特別肥大。韓寶駒等先後都見到了，均想：「這黑風雙煞的武功果然怪異無比。兩人這般迅捷的奔跑，竟能緊緊靠攏，相互間寸步不離！」六人屏息凝神，靜待大敵上山。朱聰握住點穴用的扇子，韓小瑩把劍插入土裏，以防劍光映射，右手緊緊抓住劍柄。只聽山路上沙沙聲響，腳步聲直移上來，各人心頭怦怦跳動，只覺這一刻特別長。這時西北風更緊，西邊的黑雲有如大山小山，一座座的湧將上來。

過了一陣，腳步聲停息，山頂空地上豎著兩個人影，一個站著不動，頭上戴著皮帽，似是蒙古人打扮，另一人長髮在風中飄動，卻是個女子。韓小瑩心想：「那必是銅屍鐵屍了，且瞧他們怎生練功。」

只見那女子繞著男子緩緩行走，骨節中發出微微響聲，她腳步逐漸加快，骨節的響聲也越來越響，越來越密，猶如幾面羯鼓同時擊奏一般。江南六怪聽著暗暗心驚：「她內功竟已練到如此地步，無怪大哥要這般鄭重。」只見她雙掌不住的忽伸忽縮，每一伸縮，手臂關節中都喀喇聲響，長髮隨著身形轉動，在腦後拖得筆直，尤其詭異可怖。

韓小瑩只覺一股涼意從心底直冒上來，全身寒毛豎起。突然間那女子右掌一立，左掌啪的一聲打在那男子胸前。江南六怪無不大奇：「難道她丈夫便以血肉之軀抵擋她的掌力？」眼見那男子往後傾跌，那女子已轉到他身後，一掌打在他後心。只見她身形挫動，風聲虎虎，接著連發八掌，一掌快似一掌，一掌猛似一掌，那男子始終默不作聲。待到第九掌發出，那女子忽然躍起，飛身半空，頭下腳上，左手抓起那男子的皮帽，噗的一聲，右手手指插入了那人腦門。

韓小瑩險些失聲驚呼。只見那女子落下地來，哈哈長笑，那男子俯身跌倒，更不稍動。那女子伸出一隻染滿鮮血腦漿的手掌，在月光下一面笑一面瞧，忽地回過頭來。韓小瑩見她臉色雖略黝黑，模樣卻頗為俏麗，二十幾歲年紀。臉上微有笑容，然絲毫不減其狠毒戾氣。

江南六怪這時已知那男子並非她丈夫，只是一個給她捉來餵招練功的活靶子，這女子自必是鐵屍梅超風了。

梅超風笑聲一停，伸出雙手，嗤嗤數聲，撕開了死人的衣服。北國天寒，人人都穿皮襖，她撕破堅韌的皮衣，竟如撕布扯紙，毫不費力，隨即伸手扯開死人胸腹，將內臟一件件取出，在月光下細細檢視，看一件，擲一件。六怪瞧拋在地下的心肺肝脾，只見件件都已碎裂，才明白她以活人作靶練功的用意，她在那人身上擊了九掌，絲毫不聞骨骼折斷之聲，內臟卻已震碎。她檢視內臟，顯是查考自己功力進度若何了。

韓小瑩惱怒之極，輕輕拔起長劍，便欲上前偷襲。朱聰忙拉住搖了搖手，尋思：「這時只鐵屍一人，雖然厲害，但我們七兄弟合力，諒可抵敵得過，先除了她，再來對付銅屍，那就容易得多。要是兩人齊到，我們無論如何應付不了……但安知銅屍不是躲在暗裏，乘隙偷襲？大哥深知這兩個魔頭的習性，還是依他吩咐，由他先行發難爲妥。」

梅超風檢視已畢，微微一笑，似乎頗爲滿意，坐在地下，對著月亮調勻呼吸，做起吐納功夫來。她背脊正對著朱聰與韓小瑩，背心一起一伏，看得清清楚楚。

韓小瑩心想：「這時我發一招『電照長空』，十拿九穩可以穿她個透明窟窿。但若一擊不中，可誤了大事。」她全身發抖，一時拿不定主意。

朱聰也不敢喘一口大氣，但覺背心上涼颼颼地，卻是出了一身冷汗，一斜眼間，見西方黑雲已遮滿了半個天空，猶似一張大青紙上潑滿了濃墨一般，烏雲中電光閃爍，更令人心增驚怖。輕雷隱隱，窒滯鬱悶，似給厚厚黑雲裹纏住了難以脫出。

梅超風打坐片時，站起身來，拖了屍首，走到柯鎮惡藏身的石坑之前，彎腰去揭石板。

江南六怪個個緊握兵刃，只等她一揭石板，立即躍出。

梅超風忽聽得背後樹葉微微一響，似乎不是風聲，猛然回頭，月光下一個人頭的影子正在樹梢上顯了出來，她一聲長嘯，陡然往樹上撲去。

躲在樹巔的正是韓寶駒，他仗著身矮，藏在樹葉之中不露形跡，這時作勢下躍，微一長身，竟立爲敵人發覺。他見這婆娘撲上之勢猛不可當，金龍鞭一招「烏龍取水」，居高臨下，往她手腕上擊去。梅超風竟自不避，順手反帶，已抓住了鞭梢。韓寶駒膂力甚大，出勁迴奪。梅超風身隨鞭上，左掌已如風行電掣般拍到。掌未到，風先至，迅猛已極。韓寶駒眼見抵擋不了，鬆手撤鞭，一個觔斗從樹上翻落。梅超風不容他緩勢脫身，跟著撲下，五指向他後心疾抓。

韓寶駒只感頭上一股涼氣，忙竭力往前急挺，同時樹下南希仁的透骨錐與全金發的袖箭已雙雙向敵人打到。

梅超風左手中指連彈，將兩件暗器逐一彈落。嗤的一聲響，韓寶駒後心衣服已給扯去了一塊。他左足點地，奮力向前縱出，不料梅超風正落在他面前。這鐵屍動如飄風，喝道：「你是誰，到這裏幹甚麼？」雙爪已搭上他肩頭。韓寶駒只感一陣劇痛，敵人十指猶如十把鐵錐般嵌入了肉裏，他大驚之下，飛起右腳，踢向敵人小腹。梅超風右掌斬落，喀的一聲，韓寶駒足背幾乎折斷，他臨危不亂，立即借勢著地滾開。

梅超風提腳往他臀部踢去，忽地右首一條黑黝黝的扁擔閃出，猛往她足踝砸落，正是南山樵子南希仁。

梅超風顧不得追擊韓寶駒，急退避過，頃刻間，只見四面都是敵人，一個手拿點穴鐵扇的書生與一個使劍的妙齡女郎從右攻到，一個長大胖子握著屠牛尖刀，一個瘦小漢子拿著一件怪樣兵刃從左搶至，正面掄動扁擔的是個鄉農模樣的壯漢，身後腳步聲響，料想便是那個使軟鞭的矮胖子，這些人都不相識，然而看來個個武功不弱，心道：「他們人多，先施辣手殺掉幾個再說。管他們叫甚麼名字，是甚麼來歷，反正除了恩師和我那賊漢子，天下人人可殺！」身形晃動，手爪猛往韓小瑩臉上抓去。

朱聰見她來勢兇銳，鐵扇疾打她右臂肘心的「曲池穴」。豈知這鐵屍竟然不理，右爪直伸，韓小瑩一招「白露橫江」，橫削敵人手臂。梅超風手腕翻處，伸手硬抓寶劍，看樣子她手掌竟似不怕兵刃。韓小瑩大駭，忙縮劍退步，只聽啪的一聲，朱聰的鐵扇已打中敵人「曲池穴」。這是人身要穴，點中後全臂立即酸麻失靈，動彈不得，朱聰正自大喜，忽見敵人手臂陡長，手爪已抓到了他頭頂。朱聰仗著身形靈動，於千鈞一髮之際倏地竄出，才躲開了這一抓，驚疑不定：「難道她身上沒穴道？」

這時韓寶駒已撿起地下金龍鞭，六人將敵人圍在垓心，刀劍齊施。梅超風絲毫不懼，一雙肉掌竟似比六怪的兵刃還要厲害。她雙爪猶如鋼抓鐵鉤，不是硬奪兵刃，便往人身上狠抓惡挖。江南六怪想起骷髏頭頂五個手指窟窿，無不暗暗心驚。更有一件棘手之事，這鐵屍諢號中有個「鐵」字，殊非偶然，周身真如銅鑄鐵打一般。她後心給全金發秤錘擊中兩下，卻似並未受到重大損傷，才知她橫練功夫亦已練到了上乘境界。眼見她除了對張阿生的尖刀、韓小瑩的長劍不敢以身子硬接之外，對其餘兵刃竟不大閃避，一味凌厲進攻。鬥到酣處，全金發躲避稍慢，左臂給她一把抓住。五怪大驚，向前疾攻。梅超風一扯之下，全金發手臂上連衣帶肉，竟讓她血淋淋的抓了一大塊下來。

朱聰心想：「有橫練功夫之人，身上必有一個功夫練不到的罩門，這地方柔嫩異常，一碰即死，不知這惡婦的罩門是在何處？」他縱高竄低，鐵扇晃動，連打敵人頭頂「百會」、咽喉「廉泉」兩穴，接著又點她小腹「神闕」、後心「中樞」兩穴，霎時之間，連試了十多個穴道，要查知她對身上那一部門防護特別周密，那便是「罩門」的所在。

梅超風明白他用意，喝道：「鬼窮酸，你姑奶奶功夫練到了家，全身沒罩門！」倏的一抓，抓住了他手腕。朱聰大驚，幸而他動念奇速，手法伶俐，不待她爪子入肉，手掌翻動，已將鐵扇塞入了她掌心，叫道：「扇子上有毒！」梅超風突然覺到手裏出現一件硬物，一呆之下，朱聰已把手掙脫。梅超風也怕扇上當眞有毒，立即拋下。

朱聰躍開數步，提手只見手背上深深的五條血痕，不禁全身冷汗，眼見久戰不下，己方倒已有三人給她抓傷，待得她丈夫銅屍到來，七兄弟眞的要暴骨荒山了。只見張阿生、韓寶駒、全金發都已氣喘連連，額頭見汗，只南希仁功力較深，韓小瑩身形輕盈，尙未見累，敵人卻愈戰愈勇。一斜眼瞥見月亮慘白的光芒從烏雲間射出，照在左側那三堆骷髏頭骨之上，不覺一個寒噤，情急智生，飛步往柯鎭惡躲藏的石坑前奔去，同時大叫：「大家逃命呀！」五怪會意，邊戰邊退。

梅超風冷笑道：「那裏鑽出來的野種，到這裏來暗算老娘，這時候再逃已經遲了。」飛步追來。南希仁、全金發、韓小瑩拚力擋住。朱聰、張阿生、韓寶駒三人俯身合力，砰的一聲，將石板抬在一邊。

就在此時，梅超風左臂已圈住南希仁的扁擔，右爪遞出，直取他雙目。朱聰猛喝一聲：「快下來打！」手指向上一指，雙目望天，左手高舉，連連招手，似是叫隱藏在上的同伴下來夾擊。

梅超風一驚，不由自主的抬頭望去，只見烏雲滿天，半遮明月，那裏有人？她這麼稍一分神，南希仁已乘機低頭，避開了她手爪的一抓。

朱聰叫道：「七步之前！」柯鎮惡雙手齊施，六枚毒菱分上中下三路向著七步之前激射而出。呼喝聲中，柯鎮惡從坑中急躍而起，江南七怪四面同時攻到。梅超風慘叫一聲，雙目已給兩枚毒菱同時打中，其餘四枚毒菱卻都打空，總算她應變奇速，鐵菱著目，腦袋立刻後仰，卸去了來勢，鐵菱才沒深入頭腦，但眼前斗然漆黑，甚麼也瞧不見了。

梅超風急怒攻心，雙掌齊落，柯鎮惡早已閃在一旁，只聽得嘭嘭兩聲，她雙掌都擊在岩石之上。她憤怒若狂，右腳急出，踢中石板，那石板登時飛起。七怪在旁看了，無不心驚，一時不敢上前相攻。

梅超風雙目已瞎，不能視物，展開身法，亂抓亂拿。朱聰連打手勢，叫眾兄弟避開，只見她勢如瘋虎，形若邪魔，爪到處樹木齊折，腳踢時沙石紛飛。七怪屏息凝氣，離得遠遠地，卻那裏打得著？過了一會，梅超風感到眼中漸漸發麻，知道中了餵毒暗器，厲聲喝道：「你們是誰？快說出來！老娘死也死得明白。」她伸手到自己脅下，抽出一條纏在腰間和肩頭的長鞭，抖將開來，舞成一個銀圈，護住自身。七怪手握兵刃，凝神待敵。

朱聰向柯鎮惡搖搖手，要他不可開口說話，讓她毒發身死，剛搖了兩搖手，猛地想起大哥目盲，那裏瞧得見手勢？

只聽得柯鎮惡冷冷的道：「梅超風，你可記得飛天神龍柯辟邪麼？我是他兄弟柯鎮惡。」梅超風仰天長笑，叫道：「好小子，我從來沒見過你，這餵毒暗器是你發的？你是給飛天神龍報仇來著？」柯鎮惡道：「不錯，我是要給我兄長報仇。」梅超風嘆了口氣，默然不語。

七怪凝神戒備。這時寒風刺骨，月亮已被烏雲遮去了大半，月色慘淡，各人都感到陰氣森森。只見梅超風右手握鞭不動，左手垂在身側，五根尖尖的指甲上映出灰白光芒。她全身宛似一座石像，更不絲毫動彈，一條長長的銀色蟒鞭盤在她身前，宛似一條蟒蛇一般，這本該是一件很厲害的兵刃，但她似乎未曾練熟，竟未發出威力。疾風自她身後吹來，將她一頭長髮颳得在額前挺出。這時韓小瑩正和她迎面相對，見她雙目中各有一行鮮血自臉頰上直流至頸。

突然間朱聰、全金發齊聲大叫：「大哥留神！」語聲未畢，柯鎮惡已感到一股勁風當胸襲來，鐵杖往地下疾撐，身子縱起，落在樹巔。梅超風長鞭偷襲不中，身子前撲，一撲落空，一把抱住柯鎮惡身下大樹，左手五根手指插入了樹幹。六怪嚇得面容變色，柯鎮惡適才縱起只要稍遲一瞬，給長鞭擊中了，或是讓她左手手指插在身上，那裏還有命在？在七怪心中，只因九陰白骨爪罕見，似比長鞭更為可怕。

梅超風突擊不中，忽地怪聲長嘯，聲音尖細，但中氣充沛，遠遠的傳送出去。

朱聰心念一動：「不好，她是在呼喚丈夫銅屍前來相救。」忙叫：「快幹了她！」運氣於臂，施重手法往她後心拍去。張阿生雙手舉起一塊大岩石，猛力往她頭頂砸落。

梅超風雙目剛瞎，未能如柯鎮惡那麼聽風辨形，大石砸到時聲音粗重，尚能分辨得出，身子向旁急閃，但朱聰這一掌終於沒能避開，「哼」一聲，後心中掌。饒是她橫練功夫厲害，但妙手書生豈是尋常之輩，這一掌也叫她痛徹心肺。

朱聰一掌得手，次掌跟著進襲。梅超風左爪反鉤，朱聰疾忙跳開避過。

餘人正要上前夾擊，忽聽得遠處傳來一聲長嘯，聲音就如梅超風剛才的嘯聲一般，隱隱傳來，令人毛骨悚然，頃刻之間，第二下嘯聲又起，但聲音已近了許多。七怪都是一驚：「這人腳步好快！」柯鎮惡叫道：「銅屍來啦。」

韓小瑩躍在一旁，向山下望去，只見一個黑影疾逾奔馬的飛馳而來，邊跑邊嘯。此時梅超風守緊門戶，不再進擊，一面運氣抗毒，使眼中的毒質不致急速行散，只待丈夫趕來救援，盡殲敵人。

朱聰向全金發打個手勢，兩人鑽入了草叢。朱聰見鐵屍如此厲害，遠遠瞧那銅屍的身法，似乎功力猶在妻子之上，明攻硬戰，顯非他夫妻敵手，只有暗中偷襲，以圖僥倖。

韓小瑩突然間「咦」了一聲，只見在那急奔而來的人影之前，更有一個矮小的人影在走上山來，只是他走得甚慢，身形又小，是以先前並沒發見。她凝神看時，見那矮小的人形是個小孩，心知必是郭靖，又驚又喜，忙搶下去要接他上來。

她與郭靖相距已不甚遠，又是下山的道路，但銅屍陳玄風的輕身功夫好快，片刻之間，已搶了好大一段路程。韓小瑩微一遲疑：「我下去單身遇上銅屍，決不是他對手！但眼見這小孩勢必遭他毒手，怎能不救？」隨即加快腳步，同時叫道：「孩子，快跑！」

郭靖見到了她，歡呼大叫，卻不知大禍已在眉睫。

張阿生這些年來對韓小瑩一直暗暗愛慕，但向來不敢絲毫表露情愫，這時見她涉險救人，情急關心，飛奔而下，準擬擋在她前面，好讓她救了人逃開。

山上南希仁、韓寶駒等不再向梅超風進攻，都注視著山腰裏動靜。各人手裏扣住暗器，以備支援韓張二人。

轉眼韓小瑩已奔到郭靖面前，一把拉住他小手，轉身飛逃，只奔得丈許，猛覺手裏一輕，郭靖失聲驚呼，竟已給陳玄風夾背抓了過去。

韓小瑩左足一點，劍走輕靈，一招「鳳點頭」，疾往敵人左脅虛刺，跟著身子微側，劍尖光芒閃動，直取敵目，又狠又準，的是「越女劍法」中的精微招數。

陳玄風將郭靖挾在左腋之下，猛見劍到，倏地長出右臂，手肘抵住劍身輕輕往外推出，手掌「順水推舟」，反手發掌。韓小瑩圈轉長劍，斜裏削來。不料陳玄風的手臂陡然間似乎長了半尺，韓小瑩明明已經閃開，還是啪的一下，肩頭中掌，登時跌倒。

這兩招交換只一瞬間之事，陳玄風下手毫不容情，跟著出爪往韓小瑩天靈蓋插落。這「九陰白骨爪」摧筋破骨，狠辣無比，這一下要是給抓上了，韓小瑩頭頂勢必便是五個血孔。張阿生和她相距尚有數步，眼見勢危，情急拚命，立時和身撲上，將自己身子蓋在韓小瑩頭上。陳玄風一爪疾插，噗的一聲，五指直插入張阿生背心。

張阿生大聲吼叫，反手尖刀猛往敵人胸口刺去。陳玄風伸手格出，張阿生尖刀脫手。陳玄風隨手又是一掌，將張阿生直摔出去。

朱聰、全金發、南希仁、韓寶駒大驚，一齊急奔而下。

陳玄風高聲叫道：「賊婆娘，怎樣了？」梅超風扶住大樹，慘聲叫道：「我一雙招子讓他們毀啦。賊漢子，這七個狗賊只要逃了一個，我跟你拚命。」陳玄風叫道：「賊婆娘，你放心，一個也跑不了。你……痛不痛？站著別動。」舉手又往韓小瑩頭頂抓下。韓小瑩一個「懶驢打滾」，滾開數尺。陳玄風罵道：「還想逃？」右手又即抓落。

張阿生身受重傷，躺在地下，迷糊中見韓小瑩情勢危急，拚起全身之力，右腳往敵人手指踢去。陳玄風順勢抓出，五指又插入他小腿之中。張阿生挺身翻起，雙臂緊緊抱住陳玄風腰間。陳玄風抓住他後頸，運勁要將他摜出，張阿生只擔心敵人去傷害韓小瑩，雙臂說甚麼也不放鬆。陳玄風砰的一拳，打在他腦門正中。張阿生登時暈去，手臂終於鬆了。

就這麼一擋，韓小瑩已翻身躍起，遞劍進招。她關心張阿生，不肯脫身先逃，展開輕靈身法，繞著敵人的身形滴溜溜地轉動，口中只叫：「五哥，五哥，你怎樣？」南希仁、韓寶駒等同時趕到，朱聰與全金發的暗器也已射出。

陳玄風見敵人個個武功了得，甚是驚奇，心想：「這荒漠之中，那裏鑽出來這幾個素不相識的硬爪子？」高聲叫道：「賊婆娘，這些傢伙是甚麼人？」梅超風叫道：「飛天神龍的兄弟、柯鎮惡的同黨。」陳玄風哼了一聲，罵道：「好，沒見過的狗賊，巴巴的趕到這裏送終。」他掛念妻子的傷勢，叫道：「賊婆娘，傷得怎樣？會要了你的小命麼？」梅超風怒道：「快殺啊，老娘死不了。」陳玄風見妻子扶住大樹，不來相助，知她雖然嘴硬，受傷一定不輕，心下焦急，只盼儘快料理了敵人，好去相救妻子。這時朱聰等五人已將他團團圍住，只柯鎮惡站在一旁，伺機而動。

陳玄風將郭靖用力往地下一擲，左手順勢揮拳往全金發打到。全金發大驚，心想這一擲之下，那孩子豈有性命？俯身避開敵人來拳，隨手接住郭靖，一個觔斗，翻出丈餘之外，這一招「靈貓撲鼠」既避敵，又救人，端的是又快又巧。陳玄風也暗地喝了聲采。

這銅屍生性殘忍，敵人越強，他越是要使他們死得慘酷。何況敵人傷了他愛妻，尤甚於傷害他自己。黑風雙煞十指抓人的「九陰白骨爪」與傷人內臟的「摧心掌」即將練成，此時火候已到十之八九，他驀地一聲怪嘯，左掌右抓，招招攻向敵人要害。

江南五怪知道今日到了生死關頭，那敢有絲毫怠忽，奮力抵禦，卻均不敢逼近，包圍的圈子漸漸擴大。戰到分際，韓寶駒奮勇進襲，使開「地堂鞭法」，著地滾進，專向對方下盤急攻，一輪盤打揮纏，陳玄風果然分心，蓬的一聲，後心給南希仁一扁擔擊中。銅屍雖不受傷，卻也奇痛入骨，右手猛向南希仁抓來。

南希仁扁擔未及收回，敵爪已到，急使半個「鐵板橋」，上身後仰，忽見陳玄風手臂關節喀喇一響，手臂陡然長了數寸，一隻大手已觸到眉睫。高手較技，相差往往不逾分毫，明明見他手臂已伸到盡頭，這時忽地伸長，那裏來得及趨避？給他手掌按在面門，五指即要向腦骨中插進。南希仁危急中左手疾起，以擒拿法勾住敵人手腕，向左猛撩，就在此時，朱聰已撲在銅屍背上，右臂如鐵，緊緊扼住他喉頭。這一招自己胸口全然賣給了敵人，他見義弟命在呼吸之間，顧不得觸犯武家的大忌，救人要緊。

便在此際，半空中忽然打了個霹靂，烏雲掩月，荒山上伸手不見五指，跟著黃豆大的雨點猛撒下來。

只聽得喀喀兩響，接著又是噗的一聲，陳玄風以力碰力，已震斷了南希仁的左臂，同時左手手肘往朱聰胸口撞去。朱聰前胸劇痛，全身脫力，不由自主的放鬆了扼在敵人頸中的手臂，向後直跌出去。陳玄風也感咽喉間給扼得呼吸爲難，躍在一旁，狠狠喘氣。

韓寶駒在黑暗中大叫：「大家退開！七妹，你怎樣？」韓小瑩道：「別作聲！」說著向旁奔了幾步。

柯鎭惡聽了衆人的動靜，心下甚奇，問道：「二弟，你怎麼了？」全金發道：「此刻漆黑一團，甚麼都瞧不見！」柯鎭惡大喜，暗叫：「老天助我！」

江南七怪中三人重傷，本已一敗塗地，這時忽然黑雲籠罩，大雨傾盆而下。各人屛息凝氣，誰都不敢先動。柯鎭惡耳音極靈，雨聲中仍辨出左側八九步處那人呼吸沉重，並非自己兄弟，當下雙手齊揚，六枚毒菱往他打去。

陳玄風剛覺勁風撲面，暗器已到眼前，急忙躍起。他武功也眞了得，在這千鈞一髮之際，竟將六枚毒菱盡數避開。這一來卻也辨明了敵人方向。他悄無聲息的突然縱起，雙爪在身前一尺處舞成圓圈，猛向柯鎮惡撲去。柯鎮惡聽得敵人撲到的風聲，急閃避開，回了一杖，白日黑夜，於他全無分別，但陳玄風於黑暗中視不見物，功夫恰如只賸下半成。兩人登時打了個難分難解。陳玄風鬥得十餘招，一團漆黑之中，似乎四面八方都有敵人要撲擊過來，自己發出去的拳腳是否能打到敵人身上，半點也無把握，瞬息之間，宛似身處噩夢。

韓寶駒與韓小瑩、全金發三人摸索著去救助受傷的三人，雖明知大哥生死繫於一髮，但漆黑之中，實無法上前相助，只有心中乾著急的份兒。大雨殺殺聲中，只聽得陳玄風掌聲颼颼，柯鎮惡鐵杖呼呼，兩人相拆不過二三十招，但守在旁邊的衆人，心中焦慮，竟如過了幾個時辰一般。猛聽得蓬蓬兩聲，陳玄風狂呼怪叫，竟然身上連中兩杖。衆人正自大喜，突然電光閃亮，照得滿山通明。

全金發急叫：「大哥！有電光！」陳玄風已乘著這刹時間的光亮，欺身進步，運氣於肩，蓬的一聲，左肩硬接了對方一杖，左手向外搭出，已抓住了鐵杖，右手急探，電光雖隱，右手已搭上了柯鎮惡胸口。

柯鎮惡大驚，撒杖後躍。陳玄風這一得手那肯再放過良機，適才一抓已扯破了對方衣服，倏地變爪爲拳，身子不動，右臂陡長，潛運內力，一拳結結實實的打在柯鎮惡胸口，剛感到柯鎮惡直跌出去，左手揮出，奪來的鐵杖如標槍般投向他身子。這幾下連環進擊，招招是他生平絕技，不覺得意之極，仰天怪嘯。便在此時，雷聲也轟轟響起。

霹靂聲中電光又是兩閃，韓寶駒猛見鐵杖正向大哥飛去，而柯鎮惡茫如不覺，這一驚非同小可，金龍鞭倏地飛出，捲住了鐵杖。

陳玄風叫道：「現下取你這矮胖子狗命！」發足向他奔去，忽地腳下一絆，似是個人體，俯身抓起，那人又輕又小，卻是郭靖。

郭靖大叫：「放下我！」陳玄風哼了一聲，這時電光又是一閃。郭靖見抓住自己的人面色焦黃，目射兇光，可怖之極，大駭之下，順手拔出腰間短劍，向他身上插落，這一下正插入陳玄風小腹的肚臍，八寸長的短劍直沒至柄。

陳玄風大聲狂叫，向後便倒。他一身橫練功夫，罩門正是在肚臍之中，別說這柄短劍鋒銳無匹，就是尋常刀劍碰中了他罩門，也立時斃命。當與高手對敵之時，他對罩門防衛周密，決不容對方拳腳兵刃接近小腹，這時抓住一個幼童，對他全無絲毫提防之心，何況先前曾抓住過他，知他全然不會武功，殊不知「善泳溺水，平地覆車」，這個武功厲害之極的陳玄風，竟自喪生在一個全然不會武功的小兒之手。

郭靖一短劍將人刺倒，早嚇得六神無主，胡裏胡塗的站在一旁，張嘴想哭，卻又哭不出聲。

梅超風聽得丈夫長聲慘叫，夫妻情深，從山上疾衝下來，踏了個空，連跌了幾個觔斗。她撲到丈夫身旁，叫道：「好師哥，你……你怎麼啦！」陳玄風微聲道：「不成啦，小……師妹……快逃命吧。」梅超風咬牙切齒的道：「我給你報仇。」陳玄風道：「小師妹，我好捨不得你……我……我不能照顧你啦……今後一生你獨個兒孤苦伶仃的……你自己小心……」一口氣接不上來，就此斃命。

梅超風見丈夫氣絕，悲痛之下，竟哭不出聲，只抱著丈夫屍身，不肯放手，哀叫：「好……好師哥，我也捨不得你……你別死啊……」韓寶駒、韓小瑩、全金發已乘著天空微露光芒、略可分辨人形之際急攻上來。

梅超風雙目已盲，同時頭腦昏暈，顯是暗器上毒發，她與丈夫二人修習「九陰白骨爪」，只因不會相輔的內功，這些年來只得不斷服食少量砒霜，然後運功逼出，以此不得已的笨法子來強行增強內力，身上由此自然而然的已具抗毒之能，否則以飛天蝙蝠鐵菱之毒，她中了之後如何能到這時尚自不死？便即展開擒拿手，於敵人攻近時凌厲反擊。江南三怪非但不能傷到她分毫，反連遇險招。

韓寶駒焦躁起來，尋思：「我們三人合鬥一個受傷的瞎眼賊婆娘，尚且不能得手，江南七怪眞威名掃地了。」鞭法變幻，唰唰唰連環三鞭，連攻梅超風後心。韓小瑩見敵人腳步蹣跚，漸漸支持不住，挺劍疾刺，全金發也是狠撲猛打。

眼見便可得手，突然間狂風大作，黑雲更濃，三人眼前登時又是漆黑一團。沙石為疾風捲起，在空中亂舞亂打。

韓寶駒等各自縱開，伏在地下，過了良久，這才狂風稍息，暴雨漸小，層層黑雲中又鑽出絲絲月光來。韓寶駒躍起身來，不禁大叫一聲，不但梅超風人影不見，連陳玄風的屍首以及地下梅超風的長鞭也都已不知去向；只見柯鎮惡、朱聰、南希仁、張阿生四人躺在地下，郭靖的小頭慢慢從岩石後面探上，人人身上都為大雨淋得內外濕透。全金發等三人忙救助四個受傷的兄弟。南希仁折臂斷骨，幸而未受內傷。柯鎮惡和朱聰內功深湛，雖中了銅屍的猛擊，以力抗力，內臟也未受到重大損傷。只張阿生連中兩下「九陰白骨爪」，頭頂又遭猛擊一拳，雖然醒轉，性命已然垂危。

江南六怪見他氣息奄奄，傷不可救，個個悲痛之極。韓小瑩更心痛如絞，五哥對自己深懷情意，心中如何不知，只是她生性豪邁，一心好武，對兒女之情看得極淡，張阿生又終日咧開了大口嘻嘻哈哈的傻笑，是以兩人從來沒表露過心意，想到他爲救自己性命而故意把身子撞到敵人爪下，不禁既感且悲，抱住了張阿生放聲痛哭。

張阿生一張胖臉平常笑慣了的，這時仍微露笑意，伸出扇子般的屠牛大手，輕撫韓小瑩秀髮，安慰道：「別哭，七妹，我很好。」韓小瑩哭道：「五哥，我嫁給你作老婆罷，你說好嗎？」張阿生嘻嘻的笑了兩下，聽得意中人這麼說，不由得大喜若狂，但傷口劇痛，神志漸漸迷糊。韓小瑩道：「五哥，你放心，我已是你張家的人，這生這世決不再嫁別人。我死之後，永遠跟你廝守。」張阿生又笑了兩下，低聲道：「七妹，我一向待你不夠好。我……我也配不上你。」韓小瑩哭道：「你待我很好，好得很，我都知道的。我心裏一直喜歡你的。」張阿生大喜，咧開了嘴合不攏來。

朱聰眼中含了淚水，向郭靖道：「你到這裏，是想來跟我們學本事？」郭靖道：「是。」朱聰道：「那麼你以後要聽我們的話。」郭靖點頭答應。朱聰哽咽道：「我們七兄弟都是你的師父，現今你這位五師父快要歸天了，你先磕頭拜師罷。」郭靖也不知「歸天」是何意思，聽朱聰如此吩咐，便即撲翻在地，咚咚咚的，不住向張阿生磕頭。

張阿生慘然一笑，道：「夠啦！」強忍疼痛，說道：「好孩子，我沒能教你本事：

……唉，其實你學會了我的本事，也管不了用。我生性愚笨，學武又懶，只仗著幾斤牛力……要是當年多用點苦功，今日也不會在這裏送命……」說著兩眼上翻，臉色慘白，吸了一口氣，道：「你天資也不好，可千萬要用功。想要貪懶時，就想到五師父這時的模樣吧……你一生為人，要……要俠義為先……」欲待再說，已氣若遊絲。

韓小瑩把耳朵湊到他嘴邊，只聽他說道：「教好孩子，別輸給了……臭道士……」韓小瑩道：「你放心，咱們江南七怪，決不會輸。」張阿生幾聲傻笑，閉目而逝。

六怪伏地大哭。他七人義結金蘭，本已情如骨肉，這些年來為了追尋郭靖母子而遠來大漠，更無一日分離，忽然間一個兄弟傷於敵手，慘死異鄉，如何不悲？六人盡情一哭，才在荒山上掘了墓穴，把張阿生葬了。

待得立好巨石，作為記認，天色已然大明。

全金發和韓寶駒下山查看梅超風的蹤跡。狂風大雨之後，沙漠上的足跡已全然不見，不知她逃向何處。兩人追出數里，盼在沙漠中能找到些微痕跡，始終全無線索，只得回上山來說了。朱聰道：「在這大漠之中，諒那瞎……那婆娘也逃不遠。她中了大哥的毒菱，多半這時已毒發身死。且把孩子先送回家去，咱們有傷的先服藥養傷，然後三弟、六弟、七妹你們三人再去尋找。」

餘人點頭稱是，和張阿生的墳墓洒淚而別。

鐵木真微微一笑，

拉硬弓，搭鐵箭，右手放處，飛箭如電，

正穿入一頭黑鵰的身中。

眾人齊聲喝采。

鐵木真把弓箭交給窩闊台道：「你來射！」

第五回 彎弓射鵰

一行人下得山來，走不多時，忽聽前面猛獸大吼聲一陣陣傳來。韓寶駒一提韁，胯下黃馬向前竄出，奔了一陣，韓寶駒見前面圍了一羣人，有幾頭獵豹在地下亂抓亂扒。他躍下馬來，抽出金龍鞭握在手中，搶上前去，只見兩頭豹子已在沙土中抓出一具屍首。

韓寶駒踏上幾步，見那屍首赫然便是銅屍陳玄風。不久朱聰等也已趕到，見陳玄風的屍首兀自面目猙獰，死後猶有餘威，想起昨夜荒山惡鬥，如不是郭靖巧之又巧的這短劍一戳，人人難逃大劫，都不由得不寒而慄。

這時兩頭豹子已在大嚼屍體，旁邊一個小孩騎在馬上，大聲催喝豹夫，快將豹子牽走。他一轉頭見到郭靖，叫道：「哈，你躲在這裏。你不敢去幫拖雷打架，沒用的東西！」這孩子便是桑昆的兒子都史。

郭靖急道：「你們又打拖雷了？他在那裏？」都史得意洋洋的道：「我牽豹子去吃他。你快投降，否則連你也一起吃了。」他見江南六怪站在一旁，心中有點害怕，不然早就縱豹去咬郭靖了。郭靖道：「拖雷呢？」都史大叫：「豹子吃拖雷去！」領了豹夫向前就跑。

一名豹夫勸道：「小公子，那人是鐵木眞汗的兒子呀。」都史舉起馬鞭，在那豹夫頭上唰的一鞭，喝道：「怕甚麼？誰叫他今天又來打我？快走。」那豹夫只得牽了豹子，跟他走去。另一名豹夫怕闖出大禍，放下豹繩，轉頭就跑，叫道：「我去稟報鐵木眞汗。」都史待要喝止，那豹夫如飛去了。都史恨道：「好，咱們先吃了拖雷，瞧鐵木眞伯伯來了又有甚麼法子？」命餘下的豹夫牽了豹子，自己揮鞭催馬馳去。

郭靖雖懼怕豹子，但終是掛念義兄的安危，對韓小瑩道：「師父，他叫豹子吃我義兄，我去叫他快逃。」韓小瑩道：「你若趕去，連你也一起吃了，你難道不怕豹子？」郭靖道：「我怕豹子。」韓小瑩道：「那你去不去？」

郭靖稍一遲疑，道：「我去！」撒開小腿，急速前奔。

朱聰因傷口疼痛，平臥在馬背上，見郭靖此舉甚有俠義之心，說道：「孩子雖笨，卻正是我輩中人。」韓小瑩道：「四哥眼力不差！咱們快去救人。」全金發叫道：「這個小霸王家裏養有獵豹，定是大酋長的子弟。大家小心了，可別惹事，咱們有三人身上帶傷。」

韓寶駒展開輕身功夫，搶到郭靖身後，一把將他抓起，放上自己肩頭。他雖身矮腳短，但雙腿移動快速已極，倏忽間已搶出數丈。郭靖坐在他肥肥的肩頭上，猶如乘坐駿馬一般，又快又穩。韓寶駒奔到追風黃身畔，縱身躍起，連同郭靖一起上了馬背，片刻間便搶在都史和獵豹的前頭，馳出一陣，果見十多名孩子圍住了拖雷。大家聽了都史號令，並不上前相攻，卻圍成了圈子不讓他離開。

拖雷跟朱聰學會了三手巧招之後，當晚練習純熟，次晨找尋郭靖不見，也不叫三哥窩闊台助拳，獨自來和都史相鬥。都史帶了七八個幫手，見他只單身一人，頗感詫異。拖雷說道，只能一個個的來打，不能一擁而上。都史那把他放在心上，自然一口答應。那知一動上手，拖雷三下巧招反覆使用，竟把都史等七八個孩子一一打倒。要知朱聰教他的這三下招數雖然簡易，卻是「空空拳」中的精微之著，拖雷甚是聰明，這三下又沒甚繁複變化，可以即學即用，使將出來，蒙古衆小孩竟無人能敵。蒙古人甚重然諾，既已說定單打獨鬥，衆小孩雖然氣惱，卻也並不一擁而上。都史讓拖雷連摔兩次，鼻上又中了一拳，大怒之下，奔回去趕了父親的獵豹出來。拖雷獨勝羣孩，得意之極，站在圈子中顧盼睥睨，也不想衝出來，卻不知大禍已經臨頭。

郭靖遠遠大叫：「拖雷，拖雷，快逃啊，都史帶豹子來吃你啦！」拖雷聞言大驚，要待衝出圈子，羣孩四下攔住，沒法脫身，不多時韓小瑩等與都史先後馳到，跟著豹夫也牽著兩頭獵豹到來。江南六怪如要攔阻，伸手就可以將都史擒住，但他們不欲惹事，且要察看拖雷與郭靖如何應付危難，並不出手。

忽聽得背後蹄聲急促，數騎馬如飛趕來，馬上一人高聲大叫：「豹子放不得，豹子放不得！」卻是木華黎、博爾忽等四傑得到豹夫報信，不及稟報鐵木眞，忙乘馬趕來。

鐵木眞和王罕、札木合、桑昆等正在蒙古包中陪完顏洪熙兄弟敘話，聽了豹夫稟報，大吃一驚，忙搶出帳來，躍上馬背。王罕對左右親兵道：「快趕去傳我號令，不許都史胡鬧。千萬不能傷了鐵木眞汗的孩兒！」親兵接命，上馬飛馳而去。完顏洪熙昨晚沒瞧到豹子鬥人的好戲，正自納悶，這時精神大振，站起來道：「大夥兒瞧瞧去。」完顏洪烈暗自打算：「要是桑昆的豹子咬死了鐵木眞的兒子，他兩家失和，不免從此爭鬥不休，打個兩敗俱傷，鷸蚌相爭，我大金漁翁得利！」

完顏兄弟、王罕、桑昆、札木合等一行馳到，只見兩頭獵豹頸中皮帶已經解開，分別四腿踞地，作勢欲撲，喉間不住發出低聲吼叫，豹子前面並排站著兩個孩子，正是拖雷和他義弟郭靖。

鐵木眞和四傑把弓扯得滿滿的，箭頭對準了豹子，目不轉瞬的凝神注視。鐵木眞雖見幼子處於危境，但知那兩頭獵豹是桑昆心愛之物，從幼捉來馴養教練，到如此長大兇猛，實非朝夕之功，只要豹子不暴起傷人，就不想發箭射殺。

都史見衆人趕到，仗著祖父和父親的寵愛，反而更佬威風，不住口的呼喝，命豹子撲上去咬人。王罕叫道：「使不得！」忽聽得背後蹄聲急促，一騎紅馬如飛馳到。馬上一個中年女子，身披貂皮斗篷，懷裏抱著一個幼女，躍下馬來，正是鐵木眞的妻子、拖雷之母。她在蒙古包中正與桑昆的妻子等敘話，得到消息後忙帶了女兒華箏趕到，眼見兒子危險，又驚又急，喝道：「快放箭！」隨手把女兒放在地下。

她這時全神貫注的瞧著兒子，卻忘了照顧女兒。華箏這小姑娘年方四歲，那知豹子的兇猛，笑嘻嘻的奔到哥哥身前，見豹子全身花斑，甚是好看，還道和二哥察合台所豢養的獵犬一般，伸手想去摸豹子腦袋。衆人驚呼喝止，已經不及。

兩頭獵豹本已蓄勢待發，忽見有人過來，同時吼叫，猛地躍起。衆人齊聲驚叫。

鐵木眞等雖扣箭瞄準，但華箏突然奔前，卻爲人人所意想不到，只一霎眼間，豹子已然縱起。這時華箏正處於鐵木眞及兩豹之間，擋住了兩豹頭部，發箭只能傷及豹身，一時不得便死，只有更增凶險。四傑拋箭抽刀，齊齊搶出。卻見郭靖著地滾去，已抱起了華箏，同時一頭豹子的前爪也已搭上了郭靖肩頭。

四傑操刀猱身而上，忽聽得嗤嗤嗤幾聲輕微的聲響，耳旁風聲過去，兩頭豹子突然向後滾倒，不住的吼叫翻動，再過一會，竟肚皮向天，一動也不動了。

鐵木眞的妻子忙從郭靖手裏抱過嚇得大哭的華箏，連聲安慰，同時又把拖雷摟在懷裏。

桑昆怒道：「誰打死了豹子？」衆人默然不應。原來柯鎭惡聽著豹子吼聲，生怕傷了郭靖，憑聲辨形，發出四枚帶毒的鐵菱，只一揮手之事，當時人人注視豹子，竟沒人見到是誰施放了暗器。鐵木眞笑道：「桑昆兄弟，回頭我賠你四頭最好的豹子，再加八對黑鷹。」桑昆大怒，並不言語。王罕怒罵都史。都史在衆人面前受辱，忽地撒賴，在地下打滾，大哭大叫。王罕大聲喝止，他只是不理。

鐵木眞感激王罕昔日的恩遇，心想不可爲此小事失了兩家和氣，當即笑著俯身抱起都史。都史只是哭嚷，猛力掙扎，但給鐵木眞鐵腕拿住了，那裏還掙扎得動？鐵木眞向王罕笑道：「義父，孩子們鬧著玩兒，打甚麼緊？我瞧這孩子很好，我想把這閨女許配給他，你說怎樣？」王罕看華箏雙目如水，皮色猶如羊脂一般，玉雪可愛，心中甚喜，呵呵笑道：「那還有甚麼不好的？咱們索性親上加親，把我的大孫女給了你的兒子朮赤吧？」

鐵木眞喜道：「多謝義父！」回頭對桑昆道：「桑昆兄弟，咱們可是親家啦。」桑昆自以爲出身高貴，對鐵木眞一向又妒忌又輕視，很不樂意和他結親，但父王之命不能違背，只得勉強一笑。

完顏洪烈斗然見到江南六怪，大吃一驚：「他們到這裏幹甚麼來了？定是爲了追我。不知那姓丘的惡道是否也來了？」此刻在無數兵將擁護之下，原也不懼這區區六人，但若下令擒拿，只怕反而招惹禍端，見六怪在聽鐵木眞等人說話，並未瞧見自己，當即轉過了頭，縱馬走到衆衛士身後，凝思應付之策，於王罕、鐵木眞兩家親上加親之事，反不掛在心上了。

鐵木眞機靈精明，見了豹頭的血洞，又見兩豹中毒急斃，料得是這幾個忽然出現的漢人以古怪法門射殺豹子，救了女兒性命，待王罕等衆人走後，命博爾忽厚賞他們皮毛黃金，伸手撫摸郭靖頭頂，不住讚他勇敢，又有義氣，這般奮不顧身的救人，別說是個小小孩子，就是大人，也所難能。問他爲甚麼膽敢去救華箏，郭靖卻傻傻的答不上來，過了一會，才道：「豹子要吃人的。」鐵木眞哈哈大笑。拖雷又把與都史打架的經過說了。鐵木眞聽得都史揭他從前的羞恥之事，心下恚怒，卻不作聲，只道：「以後別理睬他。」微一沉吟，向全金發道：「你們留在我這裏教我小兒子武藝，要多少金子？」

全金發心想：「我們正要找個安身之所教郭靖本事，若在這裏，那是再好也沒有。」當下說道：「大汗肯收留我們，得在大汗身邊效勞，正是求之不得。請大汗隨便賞賜吧，我們那敢爭多論少？」

鐵木眞甚喜，囑咐博爾忽照料六人，隨即催馬回去，給完顏兄弟餞行。

江南六怪在後緩緩而行，自行計議。韓寶駒道：「陳玄風的屍身，定是梅超風埋葬的，她到過這裏，不知去了那裏？」柯鎭惡道：「現下當務之急，要找到鐵屍的下落。」朱聰道：「正是，此人不除，終是後患。我怕她中毒後居然不死。」韓小瑩垂淚道：

「五哥的深仇，豈能不報？」

韓寶駒、韓小瑩、全金發三人騎了快馬，四下探尋，但一連數日，始終影跡全無。韓寶駒道：「這婆娘不知去那裏躲了起來，最好她雙目中了大哥的毒菱，毒性發作，跌死在山溝深谷之中。」各人都道最好如此。柯鎮惡素知黑風雙煞的厲害狠惡，暗自憂慮，忖念雖銅屍已死，但如不是親手摸到鐵屍的屍首，總是一件重大心事，但怕惹起弟妹們煩惱，也不明言。

江南六怪待居處整妥後，便叫郭靖帶去見他母親，想詳詢段天德的下落。李萍乍見六怪，一開口便是江南鄉談，不由得眼淚撲簌簌而下，臨安與嘉興相鄰，言語口音甚近，李萍來到大漠後，六七年來連漢人也極少遇到，更不必說杭嘉湖一帶的浙西小同鄉了。她跟韓小瑩說及往事，兩個女子都是失了心愛的男人，流落異鄉，不由得一把眼淚、一把鼻涕的絮絮不休。

當晚李萍煮了紅燒羊肉、白切羊羔、羊肉獅子頭等蘇式蒙古菜餚款待六怪。六怪興高采烈的吃完，便商量起與郭靖母子同回江南的事來。全金發道：「咱們答應了大汗，要留下教導他小兒子的武功，自當言而有信，教得一兩個月才能走。」

六人回入自居帳篷，柯鎮惡叫韓小瑩暫且不回她與一名蒙古婦女共居的帳篷，要先計議今後行止。南希仁道：「回江南，不好！」韓小瑩道：「四哥，咱們在這苦寒之地，挨了這幾年苦，既已找到了郭靖，帶他回臨安、嘉興，慢慢教他武功，豈不是好？」南希仁道：「我也想家呢！七妹，靖兒回臨安，幹啥？」韓小瑩沉吟道：「像他爹爹，耕田、種菜、打柴、打獵！咱們雖養得起他，可不能把人養懶了。」南希仁道：「種田人好忙，有空練武麼？」韓小瑩道：「要耕田、播種、插秧、耘田、天旱了還得車水、收割、打穀、堆草、播糠、放牛，從早忙到晚，一天有一個時辰空下來練武也就罷了。」柯鎭惡道：「不夠！靖兒不聰明。」

全金發嘆了口氣道：「咱們嘉興的小伙子，到得十五六歲，如果不忙著種田、澆菜，家裏有錢，那便唱曲子、找姑娘、賭錢，要不就讀書、寫字、下棋。練武打拳給人瞧不起。我看哪，倘若大家都不學武，咱們江南文弱秀氣的小伙子，五個人聯手，還打不過這裏一個蒙古少年。」南希仁道：「練武，這裏好，江南太舒服，不好！」

他這句話，其餘五人盡皆贊同。江南山溫水軟，就是男子漢，行動說話也不免軟綿綿的溫雅斯文，江南七怪武功卓絕，那是絕無僅有的傑出之士，大多數人卻絕非學武的材料。六怪均想，以郭靖的資質，在蒙古風霜如刀似劍的大漠中磨練，成就決計比去天堂一般的江南好得多。六人雖然思鄉，想到跟丘處機的賭賽，決定還是留在大漠教導郭靖。

韓小瑩次日去跟李萍說了。李萍雖然思鄉，但六怪既不南歸，她也難以孤身攜子回鄉。江南六怪就此定居大漠，教導郭靖與拖雷的武功。鐵木眞知道漢人這些近身搏擊的本事雖巧，卻只能防身，不足以稱霸圖強，因此要拖雷與郭靖只略略學些拳腳，大部時刻都去學騎馬射箭、衝鋒陷陣的戰場功夫。這些本事非六怪之長，是以教導兩人的仍以神箭手哲別與博爾忽爲主。

每到晚上，江南六怪把郭靖單獨叫來，拳劍暗器、輕身功夫，一項一項的傳授。郭靖天資頗為魯鈍，但有一樣好處，知道將來報父親大仇全仗這些功夫，因此咬緊牙關，埋頭苦練。雖然朱聰、全金發、韓小瑩的小巧騰挪之技他領悟甚少，也學不來柯鎮惡發射暗器和鐵杖的剛猛功夫，只韓寶駒與南希仁所教的紮根基功夫，他一板一眼的照做，竟練得甚為堅實。可是這些紮根基功夫也只能強身健體而已，畢竟不是克敵制勝的手段。韓寶駒常說：「你練得就算駱駝一般，壯是壯了，但駱駝打得贏豹子嗎？」郭靖聽了只有傻笑。

六怪雖傳授督促不懈，但見教得十招，郭靖往往學不到一招，也不免灰心，自行談論之際，總是搖頭嘆息，均知要勝過丘處機所授的徒兒，機會百不得一，只不過有約在先，難以半途而廢罷了。全金發是生意人，精於計算，常說：「丘處機要找到楊家娘子，最多也只八成的指望，眼下咱們已贏了二分利息。楊家娘子生的或許是個女兒，生兒子的機會只有一半，咱們又賺了四分。若是兒子，未必養得大，咱們又賺了一分。就算養大了，說不定比靖兒更加笨呢。所以啊，我說咱們倒已佔了八成贏面。」五怪心想這話倒也不錯，但說楊家的兒郎學武比郭靖更蠢，卻均知不過是全金發的寬慰之言。總算郭靖性子純厚，又能聽話，六怪對他人品倒很喜歡。

漠北草原之上，夏草青青，冬雪皚皚，晃眼間十年過去，郭靖已是個十六歲的粗壯少年，距比武之約已不過兩年，江南六怪督促得更加緊了，命他暫停練習騎射，從早到晚，苦練拳劍。

在這十年之間，鐵木眞征戰不停，併吞了大漠上部落無數。他收羅英豪，統率部屬，軍紀嚴明，人人奮勇善戰，他自己智勇雙全，或以力攻，或以智取，縱橫北國，所向無敵。加之牲畜繁殖，人口滋長，駸駸然已有與王罕分庭抗禮之勢。

朔風漸和，大雪初止，北國大漠卻尚苦寒。

這日正是清明，江南六怪一早起來，帶了牛羊祭禮，和郭靖去張阿生墳上掃墓。蒙古人居處遷徙無定，這時他們所住的蒙古包與張阿生的墳墓相距已遠，快馬奔馳大半天方到。七人走上荒山，掃去墓上積雪，點了香燭，在墳前跪拜。

韓小瑩暗暗禱祝：「五哥，十年來我們傾心竭力的教這個孩子，只是他天資不高，沒能將我們功夫學好。但願五哥在天之靈保佑，後年嘉興比武之時，不讓這孩子折了咱們江南七怪的威風！」六怪向居江南山溫水暖之鄉，這番在朔風如刀的大漠一住十六年，憔悴冰霜，鬢絲均已星星。韓小瑩雖風姿不減，自亦已非當年少女朱顏。

朱聰望著墳旁幾堆骷髏，十年風雪，兀未朽爛，心中說不出的感慨。這些年來他與全金發兩人踏遍了方圓數百里之內的每一處山谷洞穴，找尋鐵屍梅超風的下落。此人如中毒而斃，定有骸骨遺下，要是不死，她一個瞎眼女子勢難長期隱居而不露絲毫蹤跡，那知她竟如幽靈般突然消失，只餘荒山上一座墳墓，數堆白骨，留存下黑風雙煞當年的惡跡。

七人在墓前吃了酒飯，回到住處，略一休息，六怪便帶了郭靖往山邊練武。

這日他與四師父南山樵子南希仁對拆開山掌法。南希仁有心逗他儘量顯示功夫，接連拆了七八十招，忽地左掌外撒，翻身一招「蒼鷹搏兔」，向他後心擊去。郭靖矮身避讓，「秋風掃落葉」左腿盤旋，橫掃師父下盤。南希仁「鐵牛耕地」，掌鋒戳將下來。郭靖正要收腿變招，南希仁叫道：「記住這招！」左手倏出，拍向郭靖胸前。郭靖右掌立即上格，這一掌也算頗為快捷。南希仁左掌飛出，啪的一聲，雙掌相交，雖只使了三成力，郭靖已身不由主的向外跌出。他雙手在地下一撐，立即躍起，滿臉愧色。

南希仁正要指點他這招的精要所在，樹叢中突然發出兩下笑聲，跟著鑽出一個少女，拍手而笑，叫道：「郭靖，又給師父打了麼？」郭靖脹紅了臉，道：「我在練拳，你別來囉唣！」那少女笑道：「我就愛瞧你挨打！」

這少女便是鐵木眞的幼女華箏。她與拖雷、郭靖年紀相近，自小一起玩耍。她因父母寵愛，脾氣不免嬌縱。郭靖卻生性戇直，當她無理取鬧時總是挺撞不屈，但吵了之後，不久便言歸於好，每次都華箏自知理屈，向他軟言央求。六怪與郭靖母子的生活所資，由鐵木眞派人充足供應。華箏的母親念著郭靖曾捨生在豹口下相救女兒，也對他另眼相看，常常送他母子衣物牲口。

郭靖道：「我在跟師父拆招，你走開吧！」華箏笑道：「甚麼拆招？是挨揍！」

說話之間，忽有數名蒙古軍士騎馬馳來，當先一名十夫長馳近時翻身下馬，向華箏微微躬身，說道：「華箏，大汗叫你去。」其時蒙古人質樸無文，不似漢人這般有諸般不同的恭敬稱謂，華箏雖是大汗之女，衆人卻也直呼其名。華箏道：「幹甚麼啊？」十夫長道：「是王罕的使者到了。」華箏立時皺起了眉頭，怒道：「我不去。」十夫長道：「你不去，大汗要生氣的。」

華箏幼時由父親許配給王罕的孫子都史，這些年來卻與郭靖頗爲親近，雖然大家年幼，說不上有甚情意，但每想到將來要與郭靖分別，去嫁給那出名驕橫的都史，總是好生不樂，這時撅起了小嘴，默不作聲，挨了一會，終究不敢違拗父命，隨著十夫長而去。原來王罕與桑昆以兒子成長，要擇日成婚，命人送來禮物，鐵木眞要她會見使者。

當晚郭靖睡到中夜，忽聽得帳外有人輕輕拍了三下手掌，他坐起身來，只聽得有人以漢語輕聲道：「郭靖，你出來。」郭靖微感詫異，聽聲音不熟，揭開帳幕一角往外張望，月光下只見左前方大樹之旁站著一人。

郭靖出帳近前，只見那人寬袍大袖，頭髮打成髻子，不男不女，面貌爲樹影所遮，看不清楚。原來這人是個道士，郭靖從沒見過中土的道士，問道：「你是誰？找我幹甚麼？」那人道：「你是郭靖，是不是？」郭靖道：「是。」那人道：「你那柄削鐵如泥的短劍呢？拿來給我瞧瞧！」身子微晃，驀地欺近，發掌便往他胸口按去。

郭靖見對方沒來由的出手便打，而且來勢兇狠，心下大奇，當下側身避過，喝道：「幹甚麼？」那人笑道：「試試你的本事。」左手劈面又是一拳，勁道甚爲凌厲。

郭靖怒從心起，斜身避過，伸手猛抓敵腕，左手拿向敵人肘部，這一手是「分筋錯骨手」中的「壯士斷腕」，只要敵人手腕一給抓住，肘部非跟著遭拿不可，前一送，下一扭，喀喇一聲，右腕關節就會立時脫出。這是二師父朱聰所授的分筋錯骨功夫。

朱聰言語行止詼諧洒脫，心思卻頗縝密，他和柯鎮惡暗中計議了幾次，均想梅超風雙目雖中毒菱，但此人武功怪異，說不定竟能解毒，她若不死，必來尋仇，來得越遲，布置必定更爲周密，手段也必越加毒辣。十年來梅超風始終不現蹤影，六怪非但不敢怠懈，反加意提防。朱聰每見手背上爲梅超風抓傷的五條傷疤，總起慄然之感，想她一身橫練功夫，急切難傷，要抵禦「九陰白骨爪」，莫如「分筋錯骨手」。這門功夫專在脫人關節、斷人骨骼，以極快手法，攻擊對方四肢和頭骨頸骨，卻不及胴體。朱聰自悔當年在中原之時，未曾多向精於此術的名家請教，六兄弟中又無人能會。後來轉念心想，天下武術本是人創，既無人傳授，難道我就不能自創？他外號「妙手書生」，一雙手機靈之極，加之精擅點穴，熟知人身的穴道關節，有了這兩大特長，鑽研分筋錯骨之術自不如何爲難，數年之後，已深通此道精微，手法雖不及出自師授的穩實狠辣，卻也頗具威力，與全金發拆解純熟之後，都授了郭靖。

這時郭靖陡逢強敵，一出手就是分筋錯骨的妙著，他於這門功夫習練甚熟，熟能生巧是生不出的，熟極而流卻也差相彷彿。那人手腕與手肘突然遭拿，一驚之下，左掌急發，疾向郭靖面門拍去。郭靖雙手正要抖送，扭脫敵人手腕關節，那知敵掌驟至，自己雙手都沒空，無法抵擋，只得放開雙手，向後躍出，只覺掌風掠面而過，熱辣辣的甚是難受。一轉身，明暗易位，只見對手原來是個少年，長眉俊目，容貌秀雅，約莫十七八歲年紀，只聽他低聲道：「功夫不錯，不枉了江南六俠十年教誨。」

郭靖單掌護身，嚴加戒備，問道：「你是誰？找我幹麼？」那少年喝道：「咱們再練練。」語聲未畢，掌隨身至。

郭靖凝神不動，待到掌風襲到胸口，身子略偏，左手拿敵手臂，右手暴起，捏向敵腮，只要一搭上臉頰，向外急拉，對方下顎關節應手而脫，這一招朱聰給取了個滑稽名字，叫做「笑語解頤」，乃笑脫了下巴之意。這次那少年有了提防，右掌立縮，左掌橫劈。郭靖仍以分筋錯骨手對付。轉瞬間兩人已拆了十多招，那少年道士身形輕靈，掌法迅捷瀟洒，掌未到，身已轉，劇鬥中瞧不清楚他的來勢去跡。

郭靖學藝後初逢敵手便是個武藝高強之人，鬥得片刻，心下怯了，那少年左腳飛來，啪的一聲，正中他右胯。幸而他下盤功夫堅實，敵人又似未用全力，當下只身子一晃，立即雙掌飛舞，護住全身要害，盡力守禦，又拆數招，那少年道士步步進逼，郭靖眼見抵敵不住，忽然背後有人喝道：「攻他下盤！」

郭靖聽得正是三師父韓寶駒，心中大喜，挫身搶到右首，再回過頭來，見六位師父原來早就站在自己身後，只因全神對付敵人，竟未發覺。這一來精神大振，依著三師父的指點，猛向那道士下三路攻去。那人身形飄忽，下盤果然不甚堅穩，江南六怪旁觀者清，早看出他的弱點所在，他給郭靖一輪急攻，不住倒退。郭靖乘勝直上，忽見敵人一個踉蹌，似在地下絆了一下，當下一個連環鴛鴦腿，雙足齊飛。那知對手這一下卻是誘敵之計，韓寶駒與韓小瑩同聲呼叫：「留神！」

郭靖畢竟欠了經驗，也不知該當如何留神才是，右足剛踢出，已給敵人抓住。那少年道人乘著他踢來之勢，揮手向外送出。郭靖身不由主，一個觔斗翻跌下來，篷的一聲，背部著地，撞得好不疼痛。他一個「鯉魚打挺」，立即翻身躍起，待要上前再鬥，只見六位師父已把那少年道人團團圍住。

那道士既不抵禦，也不作勢突圍，雙手相拱，朗聲說道：「弟子全眞教小道尹志平，奉師尊長春子丘道長差遣，謹向江南各位師父請安問好。」說著恭恭敬敬的磕下頭去。江南六怪聽說這人是丘處機差來，都感詫異，但恐有詐，卻不伸手相扶。

尹志平站起身來，從懷中摸出一封書信，雙手呈給朱聰。

柯鎭惡聽得巡邏的蒙古兵逐漸走近，道：「咱們進裏面說話。」尹志平跟著六怪走進蒙古包內。全金發點亮了羊脂蠟燭。這蒙古包是五怪共居之所，韓小瑩則與單身的蒙古婦女另行居住。尹志平見包內陳設簡陋，想見六怪平日生活清苦，躬身說道：「各位前輩辛勞了這些年，家師感激無已，特命弟子先來向各位拜謝。」柯鎭惡哼了一聲，心想：「你來此若是好意，爲何先將靖兒跌個觔斗？豈不是在比武之前，要先殺我們個下馬威？」

這時朱聰已揭開信封，抽出信箋，朗聲讀了出來：

「全眞教下弟子丘處機沐手稽首，謹拜上江南六俠柯公、朱公、韓公、南公、全公、韓女俠尊前：江南一別，忽忽十有六載。七俠千金一諾，間關萬里，雲天高義，海內同欽，識與不識，皆相顧擊掌而言曰：不意古人仁俠之風，復見之於今日也。」

柯鎭惡聽到這裏，皺著的眉頭稍稍舒展。朱聰接著讀道：

「張公仙逝漠北，尤足令人扼腕長嘆，耿耿之懷，無日或忘。貧道仗諸俠之福，幸不辱命，楊君嗣子，亦已於九年之前訪得矣。」

五怪聽到這裏，同時「啊」了一聲。他們早知丘處機了得，他全眞教門人弟子又遍於天下，料想那楊鐵心的子嗣必能找到，是以對嘉興比武之約念茲在茲，無日不忘，然尋訪一個不知下落之女子的遺腹子息，究屬渺茫，生下的是男是女，更全憑天意，若是女子，武功終究有限，這時聽到信中說已將男孩找到，心頭都不禁一震。

六人一直未將比武賭賽之事對郭靖母子說起。朱聰見郭靖並無異色，又讀下去：「二載之後，江南花盛草長之日，當與諸公置酒高會醉仙樓頭也。人生如露，大夢一十八年，天下豪傑豈不笑我輩痴絕耶？」讀到這裏，就住了口。

韓寶駒道：「底下怎麼說？」朱聰道：「信完了。確是他的筆跡。」當日酒樓賭技，朱聰曾在丘處機衣袋中偷到一張詩箋，是以認得他的筆跡。

柯鎭惡沉吟道：「那姓楊的孩子是男孩？他叫楊康？」尹志平道：「是。」柯鎭惡道：「那麼他是你師弟了？」尹志平道：「是我師兄。弟子雖年長一歲，但楊師哥入門比弟子早了兩年。」

江南六怪適才見了他的功夫，郭靖實非對手，師弟已是如此，他師兄當然更加了得，這一來身上都不免涼了半截；而己方的行蹤丘處機知道得一清二楚，張阿生的逝世他也已知曉，更感到己方已全處下風。

柯鎭惡冷冷的道：「適才你跟他過招，是試他本事來著？」尹志平聽他語氣甚惡，心感惶恐，忙道：「弟子不敢！」柯鎮惡道：「你去對你師父說，江南六怪雖然不濟，醉仙樓之會決不失約，叫你師父放心吧。我們也不寫回信啦！」

尹志平聽了這幾句話，答應又不是，不答應又不是，十分尷尬。他奉師命北上投書，丘處機確是叫他設法查察一下郭靖的爲人與武功。長春子關心故人之子，原是一片好意，但尹志平少年好事，到了蒙古斡難河畔之後，不即求見六怪，卻在半夜裏先與郭靖交一交手，考較一下他的功夫。這時見六怪神情不善，心生懼意，不敢多躭，向各人行了個禮，說道：「弟子告辭了。」

柯鎮惡送到蒙古包口，尹志平又行了一禮。柯鎮惡厲聲道：「你也翻個觔斗吧！」左手倏地伸出，抓住了他胸口衣襟。尹志平大驚，雙手猛力上格，想要掠開柯鎮惡的手臂，豈知他不格倒也罷了，只不過跌個觔斗，這一還手，更觸柯鎮惡之怒。他左臂上挺，將尹志平全身提起，揚聲吐氣，「嘿」的一聲，將小道士重重摔在地下。尹志平跌得背上疼痛如裂，過了一會才慢慢掙扎起身，不作一聲，一跛一拐的走了。

韓寶駒道：「小道士無禮，大哥教訓得好。」柯鎮惡默然不語，過了良久，長長嘆了口氣。五怪人同此心，俱各黯然。

南希仁忽道：「打不過，也要打！」韓小瑩道：「四哥說得是。咱們七人結義，同闖江湖以來，不知經過了多少艱險，江南七怪可從來沒退縮過。」柯鎮惡點點頭，對郭靖道：「回去睡吧，明兒咱們再加把勁。」

自此之後，六怪授藝更加督得嚴了。可是不論讀書學武，以至彈琴弈棋諸般技藝，倘若企盼速成，戮力以赴，有時反而窒滯良多，停頓不前。六怪望徒藝成心切，督責綦嚴，而郭靖又絕非聰明穎悟之人，較之常人實更蠢鈍了幾分，他心裏一嚇，更加慌了手腳。自小道士尹志平夜訪之後，三個月來竟進步甚少，倒反似退步了，正合了「欲速則不達」、「貪多嚼不爛」的道理。江南六怪各有不凡藝業，每人都是下了長期苦功，方有這等成就，要郭靖在數年間盡數領悟練成，就算聰明絕頂之人尚且難能，何況他連中人之資都也還夠不上。江南六怪本來也知若憑郭靖的資質，最多只能單練韓寶駒或南希仁一人的武功，二三十年苦練下來，或能有韓南二人的一半成就。張阿生倘若不死，郭靖學他的質樸功夫最是對路。但六怪一意要勝過丘處機，明知「博學衆家，不如專精一藝」的道理，總不肯空有一身武功，卻眼睜睜的袖手旁觀，不傳給這傻徒兒。

這十六年來，朱聰不斷追憶昔日醉仙樓和法華寺中動手的情景，丘處機的一招一式，在他心中盡皆清晰異常，尤勝當時所見。但要在他武功中尋找甚麼破綻與可乘之機，實非己之所能，有時竟會想到：「只有銅屍鐵屍，或能勝得過這牛鼻子。」

這天清晨，韓小瑩教了他越女劍法中的兩招。那招「枝擊白猿」要躍身半空連挽兩個平花，然後迴劍下擊。郭靖多紮了下盤功夫，縱躍不夠輕靈，在半空只挽到一個半平花，便已落下地來，連試了七八次，始終差了半個平花。韓小瑩心頭火起，勉強克制脾氣，教他如何足尖使力，如何腰腿用勁，那知待得他縱躍夠高了，卻忘了劍挽平花，一連幾次都是如此。

韓小瑩想起自己六人為他在漠北苦寒之地挨了十多年，五哥張阿生更葬身異域，教來教去，卻教出如此一個蠢才來，五哥的一條性命，六人的連年辛苦，竟全都是白送了，心中一陣悲苦，眼淚奪眶而出，將長劍往地下一擲，掩面而走。

郭靖追了幾步沒追上，呆呆的站在當地，心中難過之極。他感念師恩如山，只盼練武有成，以慰師心，可是自己儘管苦練，總是不成，實不知如何是好。

正自怔怔出神，突然聽到華箏的聲音在後叫道：「郭靖，快來，快來！」郭靖回過頭來，見她騎在一匹青驄馬上，一臉焦慮與興奮的神色。郭靖道：「怎麼？」華箏道：「快來看啊，好多大鵰打架。」郭靖道：「我在練武呢。」華箏笑道：「練不好，又給師父罵了是不是？」郭靖點了點頭。華箏道：「那些大鵰打得眞厲害呢，快去瞧。」

郭靖少年心情，躍躍欲動，但想到七師父剛才的神情，垂頭喪氣的道：「我不去。」華箏急道：「我自己不瞧，趕著來叫你。你不去，以後別理我！」郭靖道：「你快去看吧，回頭你說給我聽也是一樣。」華箏跳下馬背，撅起小嘴，說道：「你不去，我也不去。也不知道是黑鵰打勝呢，還是白鵰勝。」郭靖道：「就是懸崖上那對大白鵰跟人打架麼？」華箏道：「是啊，黑鵰很多，但白鵰厲害得很，已啄死了三四頭黑鵰……」

郭靖聽到這裏，再也忍耐不住，牽了華箏的手，縱躍上馬，兩人共乘一騎，馳到懸崖之下。果見有十七八頭黑鵰圍攻一對白鵰，雙方互啄，只打得毛羽紛飛。

懸崖上宿有一對白鵰，身形極巨，比之常鵰大出倍許，實是異種。鵰羽白色本已稀有，而鵰身如此龐大，蒙古族中縱是年老之人，也說極為少見，都說是一對「神鳥」，愚魯婦人竟有向之膜拜的。

白鵰身形既大，嘴爪又極厲害，一頭黑鵰閃避稍慢，給一頭白鵰啄中頭頂正中，立即斃命，從半空中翻將下來，落在華箏馬前。餘下黑鵰四散逃開，但隨即又飛回圍攻白鵰。又鬥一陣，草原上不少蒙古男女得訊趕來觀戰，懸崖下圍聚了六七百人，紛紛指點議論。鐵木眞得報，也帶了窩闊台和拖雷馳到，看得很有勁道。

郭靖與拖雷、華箏常在懸崖下遊玩，幾乎日日見到這對白鵰飛來飛去，有時觀看雙鵰捕捉鳥獸爲食，有時將大塊牛羊肉拋向空中，白鵰飛下接去，百不失一，是以對之已生感情，又見白鵰以寡敵衆，三個人不住口的爲白鵰吶喊助威：「白鵰啄啊，左邊敵人來啦，快轉身，好好，追上去，追上去！」

酣鬥良久，黑鵰又死了兩頭，兩頭白鵰身上也傷痕累累，白羽上染滿了鮮血。一頭身形特大的黑鵰忽然高叫幾聲，十多頭黑鵰轉身逃去，沒入雲中，尙有四頭黑鵰兀自苦鬥。衆人見白鵰獲勝，都歡呼起來。過了一會，又有三頭黑鵰也掉頭急向東方飛逃，一頭白鵰不捨，隨後趕去，片刻間都已飛得影蹤不見。只剩下一頭黑鵰，高低逃竄，給餘下那頭白鵰逼得狼狽不堪。眼見那黑鵰難逃性命，忽然空中鵰鳴急唳，十多頭黑鵰從雲中猛撲下來，齊向白鵰啄去。鐵木眞大聲喝采：「好兵法！」

這時白鵰落單，不敵十多頭黑鵰的圍攻，雖然又啄死了一頭黑鵰，終於身受重傷，墮在崖上，衆黑鵰撲上去亂抓亂啄。郭靖與拖雷、華箏都十分著急，華箏甚至哭了出來，連叫：「爹爹，快射黑鵰。」

鐵木眞卻只是想著黑鵰出奇制勝的道理，對窩闊台與拖雷道：「黑鵰打了勝仗，這是很高明的用兵之道，你們要記住了。」兩人點頭答應。

衆黑鵰啄死了白鵰，又向懸崖的一個洞中撲去，只見洞中伸出了兩隻小白鵰的頭來，眼見立時要給黑鵰啄死。華箏大叫：「爹爹，你還不射？」又叫：「郭靖，郭靖，你瞧，白鵰生了一對小鵰兒，咱們怎地不知道？啊喲，爹爹，你快射死黑鵰！」

鐵木眞微微一笑，拉硬弓，搭鐵箭，颼的一聲，飛箭如電，正穿入一頭黑鵰身中，衆人齊聲喝采。鐵木眞把弓箭交給窩闊台道：「你來射。」窩闊台一箭也射死了一頭。待拖雷又射中一頭時，衆黑鵰見勢頭不對，紛紛飛逃。

蒙古諸將也都彎弓相射，但衆黑鵰振翅高飛之後，就極難射落，強弩之末勁力已衰，未能觸及鵰身便已掉下。鐵木眞叫道：「射中的有賞。」

神箭手哲別有意要郭靖一顯身手，拿起自己的強弓硬箭，交在郭靖手裏，低聲道：「跪下，射項頸。」

郭靖接過弓箭，右膝跪地，左手穩穩托住鐵弓，更無絲毫顫動，右手運勁，將一張二百來斤的硬弓拉了開來。他跟江南六怪練了十年武藝，上乘武功雖未窺堂奧，但雙臂之勁，眼力之準，卻已非比尋常，眼見兩頭黑鵰比翼從左首飛過，左臂微挪，瞄準了黑鵰項頸，右手五指急鬆，正是：弓彎有若滿月，箭去恰如流星。黑鵰待要閃避，箭桿已從項頸對穿而過。這一箭勁力未衰，恰好又射進了第二頭黑鵰腹內，利箭貫著雙鵰，自空急墮。衆人齊聲喝采。餘下的黑鵰再也不敢停留，四散高飛而逃。

華箏對郭靖悄聲道：「把雙鵰獻給我爹爹。」郭靖依言捧起雙鵰，奔到鐵木真馬前，單膝半跪，高舉過頂。

鐵木真生平最愛的是良將勇士，見郭靖一箭力貫雙鵰，心中甚喜。要知北國大鵰非比尋常，雙翅展開來足有一丈多長，羽毛堅硬如鐵，撲擊而下，能把整頭小馬大羊攫到空中，端的厲害之極，連虎豹遇到大鵰時也要迅速躲避。一箭雙鵰，雖主屬巧運，究亦難能。

鐵木眞命親兵收起雙鵰，笑道：「好孩子，你的箭法好得很啊！」郭靖不掩哲別之功，道：「是哲別師父教我的。」鐵木眞笑道：「師父是哲別，徒弟也是哲別。」在蒙古語中，哲別是神箭手之意。

拖雷相幫義弟，對鐵木眞道：「爹爹，你說射中的有賞。我安答一箭雙鵰，你賞甚麼給他？」鐵木眞道：「賞甚麼都行。」問郭靖道：「你要甚麼？」拖雷喜道：「眞的賞甚麼都行？」鐵木眞笑道：「難道我還能欺騙孩子？」

郭靖這些年來依鐵木眞而居。諸將都喜他樸實和善，並不因他是漢人而有所歧視，這時見大汗神色甚喜，大家望著郭靖，都盼他能得到重賞。

郭靖道：「大汗待我這麼好，我媽媽甚麼都有了，不用再給我啦。」鐵木眞笑道：「你這孩子倒有孝心，總是先記著媽媽。那麼你自己要甚麼？隨便說罷，不用怕。」

郭靖微一沉吟，雙膝跪在鐵木眞馬前，道：「我自己不要甚麼，我是代別人求大汗一件事。」鐵木眞道：「甚麼？」郭靖道：「王罕的孫子都史又惡又壞，華箏嫁給他將來定要吃苦。求求大汗別把華箏許配給他。」

鐵木眞一怔，隨即哈哈大笑，說道：「眞是孩子話，那怎麼成？咱們講究言而有信，許諾了的事可不能反悔。好罷，我賞你一件寶物。」從腰間解下一口短刀，遞給郭靖。蒙古諸將嘖嘖稱賞，好生艷羨。原來這是鐵木眞十分寶愛的佩刀，曾用以殺敵無數，若不是先前把話說得滿了，決不能輕易解賜。

郭靖謝了賞，接過短刀。這口刀他見到鐵木眞常時佩在腰間，這時拿在手中細看，見刀鞘是黃金所鑄，刀柄盡頭處鑄了一個黃金的虎頭，猙獰生威。鐵木眞道：「你用我金刀，爲我殺敵。」郭靖應道：「是。當爲大汗盡力！」

華箏忽然失聲而哭，躍上馬背，疾馳而去。鐵木眞心腸如鐵，但見女兒這樣難過，也不禁心中一軟，微微嘆了口氣，掉馬回營。蒙古衆王子諸將跟隨在後。

郭靖見衆人去盡，將短刀拔出鞘來，只覺寒氣逼人，刀鋒上隱隱有血光之印，知道這口刀已不知殺過多少人了。刀鋒雖短，但刀身厚重，甚是威猛。

把玩了一會，將刀鞘穿入腰帶，拔出長劍，又練起越女劍法來，練了半天，那一招「枝擊白猿」仍練不成功，不是躍得太低，便是來不及挽足平花。他心裏急躁，沉不住氣，反而越來越糟，只練得滿頭大汗。忽聽馬蹄聲響，華箏又馳馬而來。

她馳到近處，翻身下馬，橫臥草地，一手支頭，瞧著郭靖練劍，見他神情辛苦，叫道：「別練了，息忽兒吧。」郭靖道：「你別來吵我，我沒功夫陪你說話。」華箏就不言語了，笑吟吟的望著他，過了一會，從懷裏摸出了一塊手帕，打了兩個結，向他拋擲過去，叫道：「擦擦汗吧。」郭靖嗯了一聲，卻不去接，任由手帕落地，仍然練劍。華箏道：「剛才你求懇爹爹，別讓我嫁給都史，那爲甚麼？」郭靖道：「都史很壞，從前放豹子要吃你哥哥拖雷。你嫁了給他，他會打你的。」華箏微笑道：「他如打我，你來幫我啊。」郭靖一呆，道：「那……那怎麼成？」華箏凝視著他，柔聲道：「我如不嫁給都史，那麼嫁給誰？」郭靖搖搖頭，道：「我不知道。」華箏「呸」了一聲，本來滿臉紅暈，突然間轉成怒色，說道：「你甚麼都不知道！」

過了一會，她臉上又現微笑，只聽得懸崖頂上兩頭小白鵰不住啾啾鳴叫，忽然遠處鳴聲慘急，那頭大白鵰疾飛而至。牠追逐黑鵰到這時方才回來，想是眾黑鵰將牠誘引到了極遠之處。鵰眼視力極遠，早見到愛侶已喪生在懸崖之上，那鵰晃眼間猶如一朵白雲從頭頂飛掠而過，跟著迅速飛回。

郭靖住了手，抬起頭來，只見那頭白鵰盤來旋去，不住悲鳴。華箏道：「你瞧這白鵰多可憐。」郭靖道：「嗯，牠一定很傷心！」只聽得白鵰一聲長鳴，振翼直上雲霄。

華箏道：「牠上去幹甚麼……」語聲未畢，那白鵰突然如一枝箭般從雲中猛衝下來，噗的一聲，一頭撞上岩石，登時斃命。郭靖與華箏同聲驚呼，一齊跳起，嚇得半晌說不出話來。

忽然背後一個洪亮的聲音說道：「可敬！可敬！」

兩人回過頭來，見是一個蒼鬚漢人，臉色紅潤，神情慈和，手裏拿著一柄拂塵。這人裝束甚是古怪，頭頂梳了三個髻子，高高聳立，一件道袍一塵不染，在這風沙之地，不知如何竟能這般清潔。郭靖自那晚見了尹志平後，向師父們問起，知道那是中土的出家人道士。他說的是漢語，華箏不懂，也就不再理會，轉頭又望懸崖之頂，忽道：「兩頭小白鵰死了爹娘，在這上面怎麼辦？」這懸崖高聳接雲，四面都是險岩怪石，無可攀援。兩頭乳鵰尚未學會飛翔，眼見是要餓死在懸崖之頂了。

郭靖向懸崖頂望了一會，說道：「除非有人生翅膀飛上去，才能救小白鵰下來。」拾起長劍，又練了起來，練了半天，這一招「枝擊白猿」仍毫無進步，正自焦躁，忽聽得身後一個聲音冷冷的道：「這般練法，再練一百年也沒用。」郭靖收劍回顧，見說話的正是那頭梳三髻的道士，問道：「你說甚麼？」

那道士微微一笑，也不答話，忽地欺進兩步，郭靖只覺右臂一麻，也不知怎的，但見青光一閃，手裏本來緊緊握著的長劍已到了道士手中。空手奪白刃之技二師父本也教過，雖然未能練熟，大致訣竅也已領會，但這道士刹那間奪去自己長劍，竟不知他使的是甚麼手法。這一來不由得大駭，躍開三步，擋在華箏面前，順手抽出鐵木眞所賜的金柄短刀，以防道士傷害於她。

那道士叫道：「看清楚了！」縱身而起，只聽得一陣嗤嗤嗤嗤之聲，已揮劍在空中連挽了六七個平花，然後輕飄飄的落在地下。郭靖只瞧得目瞪口呆，楞楞的出了神。

那道士將劍往地下一擲，笑道：「那白鵰十分可敬，牠的後嗣不能不救！」一提氣，直往懸崖腳下奔去，只見他手足並用，捷若猿猴，輕如飛鳥，竟在懸崖上爬將上去。這懸崖高達數十丈，有些地方直如牆壁一般陡峭，但那道士只要手足在稍有凹凸處一借力，立即竄上。

郭靖和華箏看得心中怦怦亂跳，心想他只要一個失足，跌下來豈不是成了肉泥？但見他身形越來越小，似乎已鑽入了雲霧之中。華箏掩住了眼睛不敢再看，問道：「怎樣了？」郭靖道：「快爬到頂了……好啦，好啦！」華箏放下雙手，正見那道士飛身而起，似乎要落下來一般，不禁失聲驚呼，那道士卻已落在懸崖之頂。他道袍的大袖在崖頂烈風中伸展飛舞，自下望上去，眞如一頭大鳥相似。

那道士探手到洞穴之中，將兩頭小鵰捉了出來，放在懷裏，背脊貼著崖壁，直溜下來，遇到凸出的山石時或手一鉤，或腳一撐，稍緩下溜之勢，溜到光滑的石壁上時則順瀉而下，轉眼間腳已落地。

郭靖和華箏急奔過去。那道士從懷裏取出了白鵰，以蒙古語對華箏道：「你能好好的餵養麼？」華箏又驚又喜，忙道：「能、能、能！」伸手去接。那道士道：「小心別給啄到了。鵰兒雖小，這一啄可仍厲害得緊。」華箏解下腰帶，把每頭小鵰的一隻腳縛住，喜孜孜的捧了，道：「我去捉蟲來餵小鵰兒。」

那道士道：「且慢！你須答應我一件事，才把小鵰兒給你。」華箏道：「甚麼事？」那道士道：「我上崖頂捉鵰兒的事，你們兩個可不能對人說起。」華箏笑道：「好，那還不容易？我不說就是。」那道士微笑道：「這對白鵰長大了可兇猛得很呢，先餵蟲，大了再餵肉，餵的時候得留點兒神。」華箏滿心歡喜，對郭靖道：「咱們一個人一隻，我拿去先給你養，好麼？」郭靖點點頭。華箏翻上馬背，飛馳而去。

郭靖楞楞的一直在想那道士的功夫，便如傻了一般。那道士拾起地下長劍，遞還給他，一笑轉身。郭靖見他要走，急道：「你……請你，你別走。」道士笑道：「幹麼？」郭靖摸頭搔耳，不知如何是好，忽地撲翻在地，砰砰砰不住磕頭，一口氣也不知磕了幾十個。道士笑道：「你向我磕頭幹甚麼？」

郭靖心裏一酸，見到那道士面色慈祥，猶如遇到親人一般，似乎不論甚麼事都可向他傾吐，忽然兩滴大大的眼淚從臉頰上流了下來，哽咽道：「我我……我蠢得很，功夫老學不會，惹得六位恩師生氣。」那道士微笑道：「你待怎樣？」郭靖道：「我日夜拚命苦練，可總不行，說甚麼也不行……」道士道：「你要我教你一門法子？」郭靖道：「正是！」伏在地下，又砰砰砰的連磕了十幾個頭。說到尊敬長上，蒙古人和漢人的習俗相同，均以磕頭最為恭敬。

那道士又微微一笑，說道：「我瞧你倒也誠心。這樣吧，再過三天是月半，月亮最圓之時，我在崖頂上等你。你可不許對誰說起！」說著向著懸崖一指，飄然而去。郭靖急道：「我……我上不去！」那道士毫不理會，猶如足不點地般，早去得遠了。

郭靖心想：「他是故意和我為難，明明是不肯教我的了。」轉念又想：「我又不是沒師父，六位師父這般用心教我，我自己愚笨，又有甚麼法子？這個道士伯伯本領再大，我學不會，那也沒用。」想到這裏，望著崖頂出了一會神，就擱下了這件事，提起長劍，把「枝擊白猿」那一招一遍又一遍的練下去，直練到太陽下山，始終沒練會，腹中饑餓，這才回家。

三天晃眼即過。這日下午韓寶駒教他金龍鞭法，這軟兵刃非比別樣，巧勁不到，不但傷不到敵人，反損了自己。驀然間郭靖勁力一個用錯，軟鞭反過來唰的一聲，在自己腦袋上砸起了老大一個疙瘩。韓寶駒脾氣暴躁，反手就是一記耳光。郭靖不敢作聲，提鞭又練。韓寶駒見他努力，於自己發火倒頗爲歉然，郭靖雖接連又出了幾次亂子，也就不再怪責，教了五招鞭法，好好勉勵了幾句，命他自行練習，上馬而去。

練這金龍鞭法時苦頭可就大啦，只練了十數趟，額頭、手臂、大腿上已到處都是烏青。郭靖又痛又倦，倒在草原上呼呼睡去，一覺醒來，圓圓的月亮已從山間鑽了出來，只感鞭傷陣陣作痛，臉上給三師父打的這一掌，也尚有麻辣之感。

他望著崖頂，忽然間生出一股狠勁，咬牙道：「道士伯伯能上去，我爲甚麼不能？」奔到懸崖腳下，攀藤附葛，一步步的爬上去，只爬了六七丈高，上面光溜溜的崖陡如壁，寸草不生，又怎能再上去一步？

他咬緊牙關，勉力試了兩次，都是剛爬上一步，就是一滑，險些跌下去粉身碎骨。他心知無望，吁了一口氣，要想下來，不料望下一瞧，只嚇得魂飛魄散。原來上來時一步步的硬挺，待得再想從原路下去時，本來的落腳之點已給凸出的岩石擋住，已摸索不到，但若踴身下跳，勢必碰在山石上撞死。

他處於絕境之中，忽然想起四師父說過的兩句話：「天下無難事，只怕有心人。」心想左右是個死，與其在這裏進退不得，不如奮力向上，拔出短刀，在石壁上慢慢鑿了兩個孔，輕輕把左足搬上，踏在一孔之上，試了一下可以吃得住力，又將右足搬上，總算上了數尺，接著又再向上挖孔。這般勉力硬上，只覺頭暈目眩，手足酸軟。

他定了定神，緊緊伏在石壁之上，調勻呼吸，心想上到山頂還不知要鑿多少孔，而且再鑿得十多個孔，短刀再利，也必鋒摧刃折，但事已至此，只有奮力向上爬去，休息了一會，正要舉刀再去鑿孔，忽聽得崖頂上傳下一聲長笑。

郭靖身子不敢稍向後仰，面前看到的只是一塊光溜溜的石壁，聽到笑聲，只感詫異，卻不能抬頭觀看。笑聲過後，忽見一根粗索從上垂下，垂到眼前就停住不動了。又聽得那三髻道人的聲音說道：「把繩索縛在腰上，我拉你上來。」郭靖大喜，還刀入鞘，左手伸入一個小洞，手指緊緊扣住了，右手將繩子在腰裏繞了兩圈，打了兩個死結。那道人叫道：「縛好了嗎？」郭靖道：「縛好了。」那道人似沒聽見，又問：「縛好了麼？」郭靖提高聲音再答：「縛好啦。」那道人仍沒聽見，過了片刻，那道人笑道：「啊，我忘啦，你中氣不足，聲音送不到。你縛好了，就扯三下繩子。」

郭靖依言將繩子連扯三扯，突然腰裏一緊，身子忽如騰雲駕霧般向上飛去。他明知道人會將他吊扯上去，但決想不到會如此快法，只感腰裏又是一緊，身子向上飛舉，落將下來，雙腳已踏實地，正落在那道人面前。

郭靖死裏逃生，雙膝點地，正要磕頭，那道人拉住了他臂膀一扯，笑道：「三天前你已磕了成百個頭了，夠啦，夠啦！好好，你這孩子有志氣。」

崖頂是個巨大平台，積滿了皚皚白雪。那道人指著兩塊石鼓般的圓石，道：「坐下。」郭靖道：「弟子站著侍奉師父好了。」那道人笑道：「你不是我門中人。我不是你師父，你也不是我弟子。坐下吧。」郭靖心中茫然，依言坐下。

那道人道：「你這六位師父，都是武林中頂兒尖兒的人物，我和他們素不相識，但一向聞名相敬。你只要學得六人中任誰一位的功夫，就足以在江湖上顯露頭角。你又不是不用功，爲甚麼十年來進益不多，你可知是甚麼原因？」郭靖道：「那是因爲弟子太笨，師父們再用心教也教不會。」那道人笑道：「那也未必盡然，這是教而不明其法，學而不得其道。」郭靖道：「請師……師……你的話我實在不明白。」那道人道：「講到尋常武功，你眼下的造詣，也算不錯了。你學藝之後，第一次出手就給小道士打敗，於是心中怯了，以爲自己不濟，哈哈，那完全錯了。」

郭靖心中奇怪：「怎麼他也知道這回事？」那道人又道：「那小道士雖然摔了你一個觔斗，但他全以巧勁取勝，講到武功根基，未必就強得過你。再說，你六位師父的本事，也並不在我之下，因此武功我是不能教你的。」郭靖應道：「是。」心道：「那也不錯。我六個師父武功很高，本來是我自己太蠢。」

那道士又道：「你的七位恩師曾跟人家打賭。要是我教你武功，你師父們知道之後必定不願意。他們是極重信義的好漢子，跟人賭賽豈能佔人便宜？」郭靖道：「賭賽甚麼？」那道人道：「原來你不知道。嗯，你六位師父既然尚未對你說知，你現今也不必問。兩年之內，他們必會跟你細說。這樣吧，你一番誠心，總算你我有緣，我就傳你一些呼吸、坐下、行路、睡覺的法子。」郭靖大奇，心想：「呼吸、坐下、行路、睡覺，我早就會了，何必要你教我？」他暗自懷疑，口中不問。

那道人道：「你把那塊大石上的積雪除掉，就在上面睡吧。」郭靖更是奇怪，依言撥去積雪，橫臥在大石之上。那道人道：「這樣睡覺，何必要我教你？我有四句話，你要牢牢記住：思定則情忘，體虛則氣運，心死則神活，陰盛則陽消。」郭靖念了幾遍，記在心中，但不知是甚麼意思。

那道人道：「睡覺之前，必須腦中空明澄澈，沒一絲思慮。然後斂身側臥，鼻息綿綿，魂不內蕩，神不外遊。」於是傳授了呼吸運氣之法、靜坐斂慮之術。

郭靖依言試行，起初思潮起伏，難以歸攝，但依著那道人所授緩吐深納的呼吸方法做去，良久良久，漸感心定，丹田中卻有一股氣漸漸暖將上來，崖頂上寒風刺骨，也已不覺如何難以抵擋。這般靜臥了約莫一個時辰，手足忽感酸麻，那道人坐在他對面打坐，睜開眼道：「現下可以睡著了。」郭靖依言睡去，一覺醒來，東方已然微明。那道人用長索將他縋了下去，命他當晚再來，一再叮囑他不可對任何人提及此事。

郭靖當晚又去，仍是那道人用長繩將他縋上。郭靖與母親同住一帳，平日跟著六位師父學武，有時徹夜不歸，他母親也從來不問。郭靖依著那道人囑咐，每晚上崖之事並不向六師說起，六位師父不知，自也不問。

如此晚來朝去，郭靖夜夜在崖頂打坐練氣。說也奇怪，那道人並沒教他一手半腳武功，然而他日間練武之時，竟爾漸漸身輕足健。半年之後，本來勁力使不到的地方，現下一伸手就自然而然的用上了巧勁；原來拚了命也來不及做的招術，忽然做得又快又準。江南六怪只道他年紀長大了，勤練之後，終於豁然開竅，個個心中大樂。

他每晚上崖時，那道人往往和他並肩齊上，指點他如何運氣使力。直至他沒法再上，那道人才攀上崖頂，用長索縋他上去。時日過去，他不但越上越快，而且越爬越高，本來難以攀援之地，到後來已可縱躍而上，只在最難處方由那道人用索吊上。

又過一年，離比武之期已不過數月，江南六怪連日談論的話題，總脫不開這場勢必轟動天下豪傑之士的嘉興比武。眼見郭靖武功大進，六怪均覺取勝頗有把握，再想到即可回歸江南故鄉，更喜悅無已。然而於這場比武的原因，始終不向郭靖提及。

這天一早起來，南希仁道：「靖兒，這幾個月來你儘練兵器，拳術上只怕生疏了，咱們今兒多練練掌法。」郭靖點頭答應。

衆人走到平日練武的場上，南希仁緩步下場，正要與郭靖過招，突然前面塵煙大起，人聲馬嘶，一大羣馬匹急奔而來。牧馬的蒙古人揮鞭約束，好一陣才把馬羣定住。

馬羣剛靜下來，忽見西邊一匹全身毛赤如血的小紅馬猛衝入馬羣之中，一陣亂踢亂咬。馬羣又是大亂，那紅馬卻飛也似的向北跑得無影無蹤。片刻之間，只見遠處紅光閃動，那紅馬一晃眼又衝入馬羣，搗亂一番。衆牧人恨極，揮動索圈四下兜捕。那紅馬奔跑迅捷無倫，卻那裏套牠得住？頃刻間又跑得遠遠地，站在數十丈外振鬣長嘶，似乎對自己的頑皮傑作甚爲得意。衆牧人好氣又好笑，都拿牠沒法子。待小紅馬第三次衝來，三名牧人張弓發箭。那馬機靈之極，待箭到身邊時忽地轉身旁竄，身法之快，連武功高強之人也未必及得上。

五怪和郭靖都看得出神。韓寶駒愛馬如命，一生之中從未見過如此神駿的快馬，他的追風黃已是世上罕有的英物，蒙古快馬雖多，竟也少有其匹，但比之這小紅馬，顯又遠遠不及。他奔到牧人身旁，詢問紅馬來歷。

一個牧人道：「這匹小野馬不知是從那處深山裏鑽出來的。前幾天我們見牠生得美，想用繩圈套牠，那知道非但沒套到，反惹惱了牠，這幾日天天來搗亂。」一個老年牧人神色嚴肅，道：「這不是馬。」韓寶駒奇道：「那是甚麼？」老牧人道：「這是天上的龍變的，惹牠不得。」另一個牧人笑道：「誰說龍會變馬？胡說八道。」老牧人道：「小夥子知道甚麼？我牧了幾十年馬，那見過這般厲害的畜生？……」說話未了，小紅馬又衝進了馬羣。

馬王神韓寶駒的騎術說得上海內獨步，連一世活在馬背上的蒙古牧人也自嘆勿如。這時見紅馬又來搗亂，他熟識馬性，知道那紅馬的退路所必經之地，斜刺裏兜截過去，待那紅馬馳到，忽地躍起，那紅馬正奔到他胯下，時刻方位扣得不差分釐。韓寶駒往下一落，準擬穩穩當當的便落上馬背，他一生馴服過不知多少兇狠的劣馬，只要一上馬背，天下更沒一匹馬能再將他顛下背來。豈知那紅馬便在這一瞬之間，突然發力，如箭般往前竄出，他這下竟沒騎上。韓寶駒大怒，發足疾追。他身矮腿短，卻那裏追得上？

驀地裏一個人影從旁躍出，左手已抓住了小紅馬頸中馬鬣。那紅馬吃驚，奔馳更快，那人身子給拖著飛在空中，手指卻緊抓馬鬣不放。

眾牧人都大聲鼓噪起來。

江南五怪見抓住馬鬣的正是郭靖，都不禁又驚奇，又歡喜。朱聰道：「他那裏學來這般高明的輕身功夫？」韓小瑩道：「靖兒這一年多來功力大進，難道他死了的父親眞的在暗中保佑？又難道五哥……」

他們怎知過去兩年之中，那三髻道人每晚在高崖之頂授他呼吸吐納之術，雖然未教他半點武藝，但所授的卻是上乘內功。郭靖每晚上崖下崖，其實是修習了極精深的輕身本領「金雁功」。他自己尙自渾渾噩噩，那道人既囑他每晚上崖，也就每晚遵命上崖睡覺。他內功日有精進，所練的「金雁功」成就，也只在朱聰、全金發和韓小瑩所教的輕功中顯示出來。連他自己都不知，六怪自也只是時感意想不到的欣慰而已，絕未察覺其中眞相。這時郭靖見那紅馬奔過，三師父沒擒到，飛身躍出，已抓住了馬鬣。

五怪見郭靖身在空中，轉折如意，身法輕靈，絕非朱聰和全金發、韓小瑩所授輕功，定是另有所師。五人面面相覷，詫異之極。柯鎭惡目不視物，不知何以各人詫聲連發。

郭靖在空中忽地一個倒翻觔斗，上了馬背，奔馳回來。那小紅馬一時前足人立，一時後腿猛踢，有如發瘋中魔，但郭靖雙腿夾緊，始終沒給牠顚下背來。

韓寶駒在旁大聲指點，教他馴馬之法。那小紅馬狂奔亂躍，在草原上前後左右急馳了一個多時辰，竟然精神愈長。

眾牧人都看得心下駭然。那老牧人跪下來喃喃祈禱，求天老爺別爲他們得罪龍馬而降下災禍，又大聲叫嚷，要郭靖快快下馬。但郭靖全神貫注的貼身馬背，便如用繩子牢牢縛住了一般，隨著馬身高低起伏，始終沒給摔下馬背。

韓小瑩叫道：「靖兒，你下來讓三師父替你吧。」韓寶駒叫道：「不成！一換人就前功盡棄。」他知道凡駿馬必有烈性，但如讓人制服，那就一生對主人敬畏忠心，要是衆人合力對付，牠卻寧死不屈。

郭靖也是一股子的倔強脾氣，給那小紅馬累得滿身大汗，忽地右臂伸入馬頸底下，雙臂環抱，運起勁來。他內力一到臂上，越收越緊。小紅馬翻騰跳躍，擺脫不開，到後來呼氣不得，窒息難當，這才知道遇了眞主，忽地立定不動。

韓寶駒喜道：「成啦，成啦！」郭靖怕那馬逃去，還不敢跳下馬背。韓寶駒道：「下來吧。這馬跟定了你，你趕也趕不走啦。」郭靖依言躍下。

那小紅馬伸出舌頭，來舐他的手背，神態十分親熱，衆人看得都笑了起來。一名牧人走近細看，小紅馬忽然飛起後足，將他踢了個觔斗。郭靖把馬牽到槽邊，細細洗刷。

他累了半天，六怪也就不再命他練武，各存滿腹狐疑。

郭靖接連三箭，射倒了三名最前的追兵，

驀地裏縱馬疾衝，

攔在察合台、赤老溫兩人與追兵之間，

翻身發箭，又射死了一名追兵。

此時哲別也已趕到，連珠箭發，當者立斃。

第六回 崖頂疑陣

午飯以後，郭靖來到師父帳中。全金發道：「靖兒，我試試你的開山掌練得怎樣了。」郭靖道：「在這裏嗎？」全金發道：「不錯。在那裏都能遇上敵人，也得練練在小屋子裏跟人動手。」說著左手虛揚，右手出拳。柯鎮惡等坐著旁觀。

郭靖照規矩讓了三招，第四招舉手還掌。全金發攻勢凌厲，毫不容情，突然間雙拳「深入虎穴」，猛向郭靖胸口要害打到。這一招絕非練武手法，竟是傷人性命的殺手，雙拳出招狠辣，沉猛之極。郭靖急退，後心已抵到蒙古包的氈壁。他大吃一驚，危急中力求自救原是本性，何況他腦筋向來遲鈍，不及轉念，左臂運勁迴圈，已搭住全金發的雙臂，使力往外猛甩。這時全金發拳鋒已撞到他的要害，未及收勁，已覺他胸肌綿軟一團，竟如毫不受力，轉瞬之間，又給他圈住甩出，雙臂酸痳，竟爾盪了開去，連退三步，這才站定。

郭靖一呆之下，雙膝跪地，叫道：「弟子做錯了事，但憑六師父責罰。」他心中又驚又懼，不知自己犯了甚麼大錯，六師父竟要使殺手取他性命。

柯鎮惡等都站起身來，神色嚴峻。朱聰問道：「你暗中跟別人練武，幹麼不讓我們知道？若不是六師父這麼相試，你還想隱瞞下去，是不是？」

郭靖急道：「只有哲別師父教我射箭刺槍。」朱聰沉著臉道：「還要說謊？」郭靖急得眼淚直流，道：「弟子……弟子決不敢欺瞞師父。」朱聰道：「那麼你一身內功是跟誰學的？你仗著有高人撐腰，把我們六人不放在眼裏了，哼！」郭靖呆呆的道：「內功？弟子一點也不會啊！」

朱聰「呸」的一聲，伸手往他胸骨下二寸的「鳩尾穴」戳去。這是人身要穴，點中了立即昏暈。郭靖不敢閃避抵禦，只有木立不動，但他跟那三髻道人勤修了將近兩年，雖心不自知，其實周身百骸均已灌注了內勁，朱聰這指戳到，他肌肉自然而然的生出化勁，收緊反彈，將來指滾在一旁，這一下雖仍戳到身上，卻只令他胸口一痛，並無封穴之功。朱聰這一指雖未出全力，但竟爲他內勁彈開，不禁更加驚訝，同時怒氣大盛，喝道：「這還不是內功麼？」

郭靖心念一動：「難道那個道士伯伯教我的就是內功？」說道：「這兩年來，有個人每天晚上來教弟子呼吸、睡覺。弟子一直照做，倒也有趣好玩。不過他眞的沒傳我半點武藝。他叫我千萬別跟誰說。弟子心想這也不是壞事，又沒荒廢了學武，因此沒稟告恩師。」說著跪下磕了個頭，道：「弟子知錯啦，以後不敢再去跟他玩了。」

六怪聽他語氣懇摯，似乎不是假話。韓小瑩道：「你不知道這是內功麼？」郭靖道：「弟子眞的不知道甚麼叫做內功。他教我坐著慢慢透氣，心裏別想甚麼東西，只想著肚子裏一股氣怎地上下行走。從前不行，近來身體裏頭眞的好像有一隻熱烘烘的小耗子鑽來鑽去，好玩得很。」六怪又驚又喜，心想這傻小子竟練到了這個境界，委實不易。郭靖心思單純，極少雜念，修習內功易於精進，遠勝滿腦子各種念頭此來彼去、難以驅除的聰明人，而傳他功夫者確爲高人，因此不到兩年，居然已有小成。只他晚上跟朱聰學習識字的時刻不免少了，朱聰知他不喜讀書識字，也沒多加理會。

朱聰問道：「教你的是誰？」郭靖道：「他不是蒙古人，跟我說的話跟你們一樣，他不肯說自己姓名。他說六位恩師的武功不在他之下，因此他不能傳我武功，並非是我師父，我也決不是他弟子。還要弟子發了誓，決不能跟誰說起他的形狀相貌。」

六怪愈聽愈奇，起初還道郭靖無意間得遇高人，那自是他的福氣，不由得為他歡喜，但那人如此詭秘，中間似乎另有重大蹊蹺。

朱聰揮手命郭靖出去，郭靖又道：「弟子以後不敢再跟他玩了，今晚就不去！」朱聰道：「你仍跟他學內功好了，我們不怪你。今晚再去。不過別說我們知道了這事。」

郭靖連聲答應，見眾位師父不再責怪，高高興興的出去，掀開帳門，便見華箏站在蒙古包外，身旁停著兩頭白鵰。這時雙鵰已長得頗為神駿，站在地下，幾乎已可與華箏齊頭，華箏道：「快來，我等了你半天啦。」一頭白鵰飛躍而起，停上了郭靖肩頭。

郭靖道：「我剛才收服了一匹小紅馬，跑起來可快極啦。不知牠肯不肯讓你騎。」華箏道：「牠不肯嗎？我宰了牠。」郭靖道：「千萬不可！」兩人手攜手的到草原中馳馬弄鵰去了。

帳中六怪低聲計議。

韓小瑩道：「那人傳授靖兒的確是上乘內功，自然不是惡意。」全金發道：「他為甚麼不讓咱們知道？又幹麼不對靖兒明言是內功？」朱聰道：「只怕是咱們相識之人。」韓小瑩道：「相識之人？那麼不是朋友，就是對頭了。」全金發沉吟道：「咱們交好的朋友之中，可沒一個有這般高明的功夫。」韓小瑩道：「要是對頭，幹麼來教靖兒功夫？」柯鎮惡冷冷的道：「焉知他不是安排著陰謀毒計。」眾人心中都是一凜。朱聰道：「今晚我和六弟悄悄躡著靖兒，去瞧瞧到底是何方高人。」五怪點頭稱是。

等到天黑，朱聰與全金發伏在郭靖母子的蒙古包外，過了小半個時辰，只聽郭靖說道：「媽，我去啦！」便從蒙古包中出來。兩人悄悄跟在後面，見他腳步好快，片刻間已奔出老遠，好在草原之上並無他物遮蔽，相隔雖遠，仍可見到。兩人加緊腳步跟隨，只見他奔到懸崖之下，仍不停步，逕自爬了上去。

這時郭靖輕身功夫大進，這懸崖又是晚晚爬慣了的，已不須那道人援引，眼見他漸爬漸高，上了崖頂。

朱聰和全金發更加驚訝，良久作聲不得。過了一會，柯鎮惡等四人也跟著到了。他們怕遇上強敵，都帶了兵刃暗器。朱聰說道郭靖已上了崖頂，韓小瑩抬頭仰望，見高崖小半截沒在雲霧之中，不覺心中一寒，說道：「咱們可爬不上。」柯鎮惡道：「大家在樹叢裏伏下，等他們下來。」各人依言埋伏。

韓小瑩想起十年前夜鬥黑風雙煞，七兄妹埋伏待敵，其時寒風侵膚，冷月窺人，四下裏黃沙莽莽，荒山寂寂，遠處偶爾傳來幾下馬嘶，此情此景，宛若今宵，只是自那一晚後，張阿生那張老是嘻嘻傻笑的肥臉卻再也見不到了，忍不住一陣心酸。

時光一刻一刻過去，崖頂始終沒有動靜，直等到雲消日出，天色大明，仍不見郭靖和傳他內功的人下來，又等了一個時辰，仍不見人影。極目上望，崖頂空蕩蕩地不似有人。朱聰道：「六弟，咱們上去探探。」韓寶駒道：「能上去麼？」朱聰道：「不一定，試一試再說。」

他奔回帳去，拿了兩條長索，兩柄斧頭，數十枚巨釘，和全金發一路鑿洞打釘，互相牽引，仗著輕身功夫了得，雖累出了一身大汗，終於上了崖頂，翻身上崖，兩人同時驚呼，臉色大變。

但見崖頂的一塊巨石之旁，整整齊齊的堆著九個白骨骷髏頭，下五中三頂一，就和當日黑風雙煞在荒山上所擺的一模一樣。再瞧那些骷髏，每個又都是腦門上五個指孔。只是指孔有如刀剜，孔旁全無細碎裂紋。比之昔年，那人指力顯已大進。

兩人心中怦怦亂跳，提心吊膽的在崖頂巡視一周，但見岩石上有一條條深痕，此外不見有何異狀，當即又縋又溜的下崖。

韓寶駒等見兩人神色大異，忙問端的。朱聰道：「梅超風！」四人大吃一驚，韓小瑩急問：「靖兒呢？」全金發道：「他們從另一邊下去了。」說了崖頂所見。

柯鎮惡嘆道：「咱們一十八年辛苦，想不到竟養虎貽患。」韓小瑩道：「靖兒忠厚老實，決不是忘恩負義之人。」柯鎮惡冷笑道：「忠厚老實？他怎地跟那妖婦練了兩年武功，卻不透露半點口風。」韓小瑩默然，心中一片混亂。

韓寶駒道：「莫非那妖婦眼睛盲了，因此要借靖兒之手加害咱們？」朱聰道：「必是如此。」韓小瑩道：「就算靖兒存心不良，他也不能裝假裝得這樣像。」全金發道：「或許妖婦覺得時機未至，尚未將陰謀對他說知。」韓寶駒道：「靖兒輕功雖高，內功也有了根底，但講到武藝，跟咱們還差得遠。那妖婦幹麼不教他？」

柯鎮惡道：「那妖婦只不過借刀殺人，她對靖兒難道還能安甚麼好心？她丈夫不是死在靖兒手裏的麼？」朱聰冷冷說道：「對啦，對啦！她也要咱們個個死在靖兒手下，那時她再下手殺了靖兒，這才算是眞正報了大仇。」五人均覺有理，無不慄然。

柯鎮惡將鐵杖在地下重重一頓，低沉了聲音道：「咱們現下回去，只作不知，待靖兒回來，先把他廢了。那妖婦必來找他，就算她功力已非昔比，但眼睛不便，咱六人也必應付得了。」韓小瑩驚道：「把靖兒廢了？那麼比武之約怎樣？」

柯鎮惡冷冷的道：「性命要緊呢，還是比武要緊？」衆人默然不語。

南希仁忽道：「不能！」韓寶駒道：「不能甚麼？」南希仁道：「不能廢了。」韓寶駒問：「不能將靖兒廢了？」南希仁點了點頭。韓小瑩道：「我和四哥意思一樣，總得先仔細問個水落石出，再作道理。」全金發道：「這事非同小可。要是咱們一念之仁，稍有猶豫，給他洩露了機密，那怎麼辦？」朱聰道：「當斷不斷，反受其亂。咱們要對付的是妖婦梅超風，可不是旁人。」柯鎮惡道：「三弟你說怎樣？」

韓寶駒心中模稜兩可，決斷不下，見七妹淚光瑩瑩，神色可憐，便道：「我在四弟一面。要殺靖兒，我終究下不了手。」

這時六人中三人主張對郭靖下殺手，三人主張持重。朱聰嘆道：「要是五弟還在，咱們就分得出那一邊多，那一邊少。」韓小瑩聽他提到張阿生，心中一酸，忍住眼淚，說道：「五哥之仇，豈能不報？咱們聽大哥吩咐罷！」柯鎮惡道：「好，回去。」六人回入帳中，個個思潮起伏，心神不定。

柯鎮惡道：「待他來時，二弟與六弟擋住退路，我來下手。」

那晚郭靖爬上崖去，那道人已在崖頂等著，見他上來，便向巨石旁一指，悄聲道：「你瞧！」郭靖走近看時，月光下見是九個骷髏頭，嚇了一跳，顫聲道：「黑風雙煞又……又……來了。」那道人奇道：「你也知道黑風雙煞？」郭靖將當年荒山夜鬥、五師父喪命，以及自己無意中刺死陳玄風的事說了。述說這段往事時，想到昔日荒山夜鬥雙屍的諸般情狀，全身不寒自慄，語音不斷發顫。刺死陳玄風之時，他年紀尚極幼小，還不知黑風雙煞之名和其中過節，長大後才由衆師父告知。

那道人嘆道：「那銅屍無惡不作，卻原來已死在你手！」郭靖道：「我六位師父時時提起黑風雙煞，三師父與七師父料想鐵屍已經死了，大師父卻總是說：『未必，未必！』這九個骷髏頭是今天擺在這兒的，那麼鐵屍果然沒……沒死！」說到這句話，忍不住打個寒噤，問道：「你見到她了麼？」那道人道：「我也剛來了不多一會，一上來就見到這堆東西。這麼說來，那鐵屍定是衝著你六位師父和你來啦。」郭靖道：「她雙眼已給大師父打瞎了，咱們不怕她。」那道人拿起一顆骷髏骨，細細摸了一遍，搖頭道：「這人武功當眞厲害之極，只怕你六位師父不是她敵手，再加上我，也勝不了。」

郭靖聽他說得鄭重，心下驚疑，道：「十年前惡鬥時，她眼睛不盲，還敵不過我七位恩師，現下咱們有八個人。你……你當然幫我們的，是不是？」

那道人出了一會神，道：「先前我已琢磨了半晌，猜想不透她手指之力怎會如此了得。善者不來，來者不善。她既敢前來尋仇，必定有恃無恐。」郭靖道：「她幹麼將骷髏頭擺在這裏？豈不是讓咱們知道之後有了防備？」那道人道：「料想這是練九陰白骨爪的規矩。多半她想這懸崖高險難上，無人到來，那知陰差陽錯，竟教咱們撞見了。」

郭靖生怕梅超風這時已找上六位師父，道：「我這就下去稟告師父。」那道人道：「好。你說有個好朋友要你傳話，最好避她一避，再想善策，犯不著跟她硬拚。」

郭靖答應了，正要溜下崖去，那道人忽然伸臂在他腰裏一抱，縱身而起，輕輕落在一塊大巖石之後，蹲低了身子。郭靖待要發問，嘴巴已給按住，便伏在地下，不敢作聲，從巖石後面露出一對眼睛，注目凝視。

過不多時，懸崖背後一條黑影騰躍而上，月光下長髮飛舞，正是鐵屍梅超風。那崖背比崖前更加陡峭，想來她目不見物，分不出兩者的難易。幸而如此，否則江南六怪此時都守在崖前，要是她從正面上來，雙方動上了手，只怕六怪之中已有人遭她毒手。

梅超風斗然間轉過身子，郭靖嚇得忙縮頭巖下，過得片刻，才想起她雙目已盲，又悄悄探出頭來，只見她盤膝坐在自己平素打坐的大石上，做起吐納功夫來。郭靖恍然大悟，才知這呼吸運氣，果然便是修習內功，心中對那道人暗暗感激。

過了一陣，忽聽得梅超風全身發出格格之聲，初時甚爲緩慢，後來越來越密，猶如大鍋之中用沙炒豆，豆子熟時紛紛爆裂一般。聽聲音是發自人身關節，但她身子紋絲不動，全身關節竟能自行作響，郭靖雖不知這是上乘奇門內功，但也覺得此人功夫實在非同小可。

這聲音繁音促節的響了良久，漸漸又由急而慢，終於停息，只見她緩緩站起，左手在腰裏一拉一抖，月光下突然飛出爛銀也似的一條長蛇。郭靖吃了一驚，凝神看時，原來是條極長的銀色軟鞭。他三師父韓寶駒的金龍鞭長不過六尺，梅超風這條鞭子卻長得多了，眼見是三丈有餘。

只見她緩緩轉過身來，月光照在她臉上，郭靖見她容顏仍頗秀麗，只是閉住了雙目，長髮垂肩，一股說不出的陰森詭異之氣。

一片寂靜之中，但聽得她幽幽嘆了口氣，低聲道：「好師哥，你在陰世，可也天天念著我嗎？」只見她雙手執在長鞭中腰，兩邊各有丈餘，一聲低笑，舞了起來。

這鞭法卻也甚奇，舞動並不迅捷，並無絲毫破空之聲，東邊一捲，西邊一翻，招招全然出人意料之外，突然揮鞭擊向岩石，登時石屑紛飛，足見落鞭的力道沉重之極。她東擊西打，四周堅岩上盡是一條條深深鞭痕。料想那長鞭多半是純鋼所鑄，外鍍白銅或白銀，否則不能如此沉猛。驀地裏她右手橫溜，執住鞭頭，三丈多長的鞭子伸將出去，搭住一塊石頭，捲了起來，這一下靈便確實，有如用手一般。郭靖正在驚奇，那鞭梢甩去了石頭，忽向他頭上捲來，月光下看得分明，鞭梢裝著十多隻明晃晃的尖利倒鉤。

郭靖早已執刀在手，眼見鞭到，更不思索，順手揮刀往鞭梢上撩去，突然手臂一麻，背後一隻手伸過來將他掀倒在地，眼前銀光閃動，長鞭的另一端已從頭頂緩緩掠過。郭靖嚇出一身冷汗，心想：「如不是道士伯伯相救，這一刀只要撩上了鞭子，我已給長鞭打得腦漿迸裂了。」幸喜那道人適才手法敏捷，沒發出半點聲響，梅超風並沒察覺。她練了一陣，收鞭回腰，伸臂抬腿，做了幾個姿勢，又托腮沉思，這般鬧了許久，才從懸崖背後翻了下去。

郭靖長長喘了口氣，站起身來。那道人低聲道：「咱們跟著她，瞧她還鬧甚麼鬼。」抓住郭靖的腰帶，輕輕從崖後溜將下去。

兩人下崖著地時，梅超風的人影已在北面遠處。那道人左手托在郭靖腋下，郭靖登時覺得行走時身子輕了大半。兩人步履如飛，遠遠跟蹤，在大漠上不知走了多少路，天色微明時，見前面影影綽綽豎立著數十個大營帳。梅超風身形晃動，隱沒在營帳之中。

兩人加快腳步，避過巡邏的哨兵，搶到中間一座黃色的大帳之外，伏在地下，揭開帳幕一角往裏張望，只見帳裏一人拔出腰刀，用力劈落，將一名大漢砍死在地。

那大漢倒將下來，正跌在郭靖與道人眼前。郭靖識得這人是鐵木真的親兵，不覺一驚：「怎麼他在這裏給人殺死？」輕輕把帳幕底邊又掀高了些，持刀行凶的那人正好轉身，見到側面，是王罕的兒子桑昆。只見他把長刀在靴底下擦去血跡，說道：「現下你再沒疑心了罷？」另一人道：「鐵木眞義兄智勇雙全，就怕這事不易成功。」郭靖認得這人是鐵木眞的義弟札木合。桑昆冷笑道：「你愛你義兄，那就去給他報信罷。」札木合道：「你也是我的義弟，你父親待我這般親厚，我當然不會負你。再說，鐵木眞一心想併呑我的部衆，我又不是不知，只不過瞧在結義的份上，才沒跟他翻臉而已。」

郭靖尋思：「難道他們陰謀對付鐵木眞汗？這怎麼會？」又聽帳中另一人說道：

「先下手爲強，後下手遭殃。倘若給他先動了手，你們可就大大糟了。事成之後，鐵木眞的牲口、婦女、財寶全歸桑昆；他的部眾全歸札木合，我大金再封札木合爲鎮北招討使。」郭靖只見到這人的背影，悄悄爬過數尺，瞧他側面，這人好生面熟，身穿鑲貂的黃色錦袍，服飾華貴，琢磨他的語氣，這才想起：「嗯，他是大金國的六王爺。」

札木合聽了這番話，似乎頗爲心動，道：「只要是義父王罕下令，我當然奉命行事。」桑昆大喜，道：「事已如此，爹爹如不下令，便是得罪了大金國。回頭我去請令，他不會不給六王爺面子的。」完顏洪烈道：「我大金國就要興兵南下滅宋，那時你們每人統兵二萬前去助戰，大功告成之後，另有封賞。」

桑昆喜道：「向來聽說南朝是花花世界，滿地黃金，女人個個花朵兒一般。六王爺能帶我們兄弟去遊玩一番，眞再好不過。」

完顏洪烈微微一笑，道：「那還不容易？就只怕南朝的美女太多，你要不了這麼多。」說著三人都笑了起來。完顏洪烈道：「如何對付鐵木眞，請兩位說說。」頓了一頓，又道：「我先已和鐵木眞商議過，要他派兵相助攻宋，這傢伙只是不允。他爲人精明，莫要就此有了提防，怕我圖謀於他。這件事可須加倍謹慎才是。」

這時那道人在郭靖衣襟上一扯，郭靖回過頭來，只見梅超風在遠處抓住了一人，似乎在問他甚麼。郭靖心想：「不管她在這裏搗甚麼鬼，恩師們總是暫且不妨。我且聽了他們計算大汗的法子，再作道理。」於是又伏下地來。

只聽桑昆道：「他已把女兒許給了我兒子，剛才他派人來跟我商量成親的日子。」

說著向那被他砍死的大漢一指，又道：「我馬上派人去，請他明天親自來跟我爹爹面談。他聽了必定會來，也決不會多帶人手。我沿路埋伏軍馬，鐵木眞就有三頭六臂，也逃不出我手掌心了。」說著哈哈大笑。札木合道：「好，幹掉鐵木眞後，咱們兩路兵馬立即衝他大營，殺他個乾乾淨淨。」

郭靖又氣又急，萬料不到人心竟會如此險詐，對結義兄弟也能圖謀暗算，正待再聽下去，那道人往他腰裏一托，郭靖身子略側，耳旁衣襟帶風，梅超風的身子從身旁擦了過去，只見她腳步好快，轉眼已走出好遠，手裏卻仍抓著一人。

那道人牽著郭靖的手，奔出數十步，遠離營帳，低聲道：「她在詢問你師父們的住處。咱們須得快去，遲了怕來不及啦。」

兩人展開輕身功夫，全力奔跑，回到六怪的蒙古包外時，已近午時。那道人道：「我本來不願顯露行藏，因此要你不可跟六位師父說知。眼下事急，再也顧不得小節。你進去通報，說全眞教馬鈺求見江南六俠。」

郭靖兩年來跟他夜夜相處，這時纔知他的名字。他也不知全眞教馬鈺是多大的來頭，點頭答應，奔到蒙古包前，揭開帳門，叫聲：「大師父！」跨了進去。

突然左右雙手的手腕同時一緊，已給人抓住，跟著膝後劇疼，給人踢倒在地，呼的一聲，鐵杖當頭砸落。郭靖側身倒地，見持杖打來的正是大師父柯鎭惡，只嚇得魂飛天外，再也想不到抵擋掙扎，只閉目待死，卻聽得噹的一聲，兵刃相交，一人撲在自己身上。

他睜眼看時，只見七師父韓小瑩護住了自己，叫道：「大哥，且慢！」她手中長劍卻已給柯鎮惡鐵杖砸飛。柯鎮惡出聲長嘆，鐵杖重重一頓，說道：「七妹總是心軟。」郭靖這時才看清楚抓住自己雙手的是二師父和六師父，膽戰心驚之下，全然胡塗了。

柯鎮惡森然道：「教你內功的那人呢？」

郭靖結結巴巴的道：「他他……他……在外面，求見六位師父。」

六怪聽說梅超風膽敢白日上門尋仇，都大出意料之外，一齊手執兵刃，搶出帳外，日影下只見一個蒼髯道人拱手而立，卻那裏有梅超風的影子？

朱聰仍抓著郭靖右腕脈門不放，喝道：「梅超風那妖婦呢？」郭靖道：「弟子昨晚見到她啦，只怕待會就來。」六怪望著馬鈺，驚疑不定。

馬鈺搶步上前，拱手說道：「久慕江南六俠威名，今日識荊，幸何如之。」朱聰仍緊緊抓住郭靖手腕不放，只點頭爲禮，說道：「不敢，請教道長法號。」

郭靖想起自己還未代他通報，忙搶著道：「他是全眞教馬鈺。」

六怪吃了一驚，他們知道馬鈺道號丹陽子，是全眞教教祖王重陽的首徒，王重陽逝世後，他便是全眞教的掌教，長春子丘處機還是他的師弟。他閉觀靜修，極少涉足江湖，因此在武林中名氣不及丘處機，至於武功修爲，卻誰也沒見過，無人知道深淺。

柯鎮惡道：「原來是全眞教掌教到了，我們多有失敬。不知道長光降漠北，有何見教？可是與令師弟嘉興比武之約有關麼？」

馬鈺道：「敝師弟是修道練性之人，卻愛與人賭強爭勝，大違清靜無爲之理，不是出家人份所當為，貧道曾重重數說過他幾次。他跟六俠賭賽之事，貧道不願過問，更與貧道沒半點干係。好在這是救護忠良之後，也是善舉。兩年之前，貧道偶然和郭靖這孩子相遇，見他心地純良，擅自授了他一點兒強身養性、以保天年的法門，事先未得六俠允可，務請勿予怪責。只是貧道沒傳他一招半式武功，更沒師徒名份，說來只是貧道結交了個小朋友，倒也沒壞了武林中的規矩。」說著溫顏微笑。

六怪均感詫異，卻又不由得不信。朱聰和全金發當即放脫了郭靖手腕。

韓小瑩喜道：「孩子，是這位道長教你本事的麼？你幹麼不早說？我們都錯怪你啦。」說著伸手撫摸他肩頭，心中十分憐惜。郭靖道：「他……他叫我不要說的。」韓小瑩斥道：「甚麼他不他的？沒點規矩。傻孩子，該叫『道長』。」雖是斥責，臉上卻盡是喜容。郭靖道：「是，是道長。」這兩年來，他與馬鈺向來「你」、「我」相稱，心中只說他是「道士伯伯」，從來不知該叫「道長」，馬鈺也不以為意。

馬鈺道：「貧道雲遊無定，不喜為人所知，是以與六俠雖近在咫尺，卻未前來拜見，伏乞恕罪。」說著又行了一禮。

原來馬鈺得知江南六怪的行事之後，心中好生相敬，又從尹志平口中查知郭靖並無內功根基。他是全眞教掌教，深明道家抑己從人的至理，雅不欲師弟丘處機在這件事上壓倒了江南六怪。但數次勸告丘處機認輸，他卻說甚麼也不答允，於是遠來大漠，苦心設法暗中成全郭靖，要令六俠得勝。否則那有這麼巧法，他剛好會在大漠草原之中遇到郭靖？又這般毫沒來由的為他花費兩年時光？若不是梅超風突然出現，他一待郭靖內功已有根基，便即飄然南歸，不論江南六怪還是丘處機，都不會知道此中原委的了。

六怪見他氣度謙沖，眞是一位有道高人，與他師弟慷慨飛揚的豪態截然不同，當下一齊還禮。正要相詢梅超風之事，忽聽得馬蹄聲響，數騎馬飛馳而來，奔向鐵木眞所居的大帳。郭靖知道是桑昆派來誘殺鐵木眞的使者，心中大急，對柯鎭惡道：「大師父，我過去一會就回來。」柯鎭惡適才險些傷了他性命，心下甚是歉疚，對這徒兒更增憐愛，只怕他走開之後，竟遇上了梅超風而受到傷害，忙道：「不，你留在我們身邊，千萬不可走開。」

郭靖待要說明原委，卻聽柯鎭惡已在與馬鈺談論當年荒山夜鬥雙煞的情景。他焦急異常，大師父性子素來嚴峻，動不動便大發脾氣，實不敢打斷他話頭，只待他們說話稍停，即行稟告，忽見一騎馬急奔而來，馬背上一人身穿黑狐皮短裘，乃是華箏，離開他們十多步遠就停住了，不住招手。郭靖怕師父責怪，不敢過去，招手要她走近。

華箏雙目紅腫，似乎剛才大哭過一場，走近身來，抽抽噎噎的道：「爹爹要我，要我就去嫁給那個都史……」一言方畢，眼淚又流了下來。

郭靖道：「你快去稟告大汗，說桑昆與札木合安排了詭計，要騙了大汗去害死他。」華箏大吃一驚，道：「當眞？」郭靖道：「千眞萬確，是我昨晚親耳聽見的，你快去對大汗說。」華箏道：「好！」登時喜氣洋洋，轉身上馬，急奔而去。

郭靖心想：「人家安排了陰謀要害大汗，你怎麼反而高興？」轉念一想：「啊，這樣一來，她就不會去嫁給都史了。」他與華箏情若兄妹，一直對她十分關切愛護，想到她可以脫卻厄運，不禁代她歡喜，笑容滿臉的轉過身來。

只聽馬鈺說道：「不是貧道長他人志氣，滅自己威風，那梅超風顯然已得東海桃花島島主的眞傳，九陰白骨爪固然已練到出神入化，而三丈銀鞭的招數更奧妙無方，也不知是不是百餘年前武林中盛傳的『白蟒鞭』。咱們合八人之力，當然未必便輸給了她，但要除她，只怕自己也有損傷。」

韓小瑩道：「這女子的武功的確十分厲害，但我們江南七怪跟她仇深似海。」

馬鈺道：「聽說張五俠與飛天神龍柯大俠都是爲銅屍陳玄風所害。但各位既已誅了陳玄風，大仇可說已經報了。自古道：冤家宜解不宜結。梅超風一個孤身女子，又有殘疾，處境其實也很可憐。」

六怪默然不語。過了一會，韓寶駒道：「她練這陰毒功夫，每年不知害死多少無辜，道長俠義爲懷，總不能任由她如此爲非作歹。」朱聰道：「現下是她找上門來，不是我們去找他。」全金發道：「就算這次我們躲過了，只要她存心報仇，今後總是防不勝防。」馬鈺道：「貧道已籌劃了一個法子，不過要請六俠寬大爲懷，念她孤苦，給她一條自新之路。」朱聰等不再接口，靜候柯鎭惡決斷。

柯鎭惡道：「我們江南七怪生性粗魯，向來只知蠻拚硬鬥。道長指點明路，我們感激不盡，就請示下。」他聽了馬鈺的語氣，知道梅超風在這十年之中武功大進，馬鈺口中說求他們饒她一命，其實是顧全六怪面子，眞意是在指點他們如何避開她毒手。韓寶駒等卻道大哥忽然起了善念，都感詫異。

馬鈺道：「柯大俠仁心善懷，必獲天佑。黑風雙煞雖是桃花島的叛徒，但黃島主脾氣怪誕，咱們今日誅了鐵屍，要是黃島主見怪，這後患可著實不小……」

柯鎮惡和朱聰都曾聽人說過黃島主的武功，總是誇大到了荒誕離奇的地步，未必可信，但全眞教是天下武術正宗，馬鈺以掌教之尊，對他尙且如此忌憚，自然是非同小可。朱聰說道：「道長顧慮周詳，我兄弟佩服得緊，還請指點明路。」馬鈺道：「貧道這法子說來有點狂妄自大，還請六俠不要見笑才好。」朱聰道：「道長不必過謙，重陽門下全眞七子威震天下，誰不欽仰？」這句話向著馬鈺說來，他確是一片誠敬之意。丘處機雖也是全眞七子之一，朱聰卻萬萬不甘對他說這句話。馬鈺道：「仗著先師遺德，貧道七個師兄弟在武林之中尙有一點兒虛名，想來那梅超風還不敢同時向全眞七子下手。是以貧道想施個詭計，用這點兒虛名將她驚走。這法子實非光明正大，只不過咱們用意是與人爲善，詭道亦即正道，不損六俠的英名令譽。」當下把計策說了出來。

六怪聽了，均覺未免示弱，又想就算梅超風當眞武功大進，甚至黃島主親來，那又如何？最多也不過都如張阿生一般命喪荒山便是了。馬鈺勸之再三，最後說到「勝之不武」的話來，柯鎮惡等衝著他面子，又感念他對郭靖的盛情厚意，都明白其實是對六怪的盛情厚意，終於都聽從了。

韓小瑩又爲他費心傳授郭靖內功，千恩萬謝，絮絮不已。言談之際，馬鈺說明因對丘處機行事莽撞不以爲然，但又不願師兄弟間傷了向來親厚之意，自已敬重江南七俠，又看重郭靖爲人，這才暗中傳功。

各人飽餐之後，齊向懸崖而去。馬鈺和郭靖先上。朱聰等見馬鈺毫不炫技逞能，跟在郭靖之後，慢慢的爬上崖去，然見他步法穩實，身形端凝，顯然功力深厚，均想：「他功夫決不在他師弟丘處機之下，只是丘處機名震南北，他卻沒沒無聞，想來是二人性格不同使然了。」馬鈺與郭靖爬上崖頂之後，垂下長索，將六怪逐一吊上崖去。

六怪檢視梅超風在崖石上留下的一條條鞭痕，猶如斧劈錘鑿一般，竟有半寸來深，不禁盡皆駭然，這時才全然信服馬鈺確非危言聳聽。

八人在崖頂盤膝靜坐，眼見暮色罩來，四野漸漸沉入黑暗之中，又等良久，已是亥末子初。韓寶駒焦躁起來，道：「怎麼她還不來？」柯鎮惡道：「噓，來啦。」衆人心裏一凜，側耳靜聽，卻聲息全無。這時梅超風尚在數里之外，柯鎮惡耳朵特靈，這才聽到。

那梅超風身法好快，衆人極目下望，月光下只見沙漠上有如一道黑煙，滾滾而來，轉瞬間衝到了崖下，跟著便迅速之極的攀援而上。朱聰向全金發和韓小瑩望了一眼，見兩人臉色慘白，神色甚爲緊張，想來自己也必如此。

過不多時，梅超風縱躍上崖，她背上還負了一人，但軟軟的絲毫不動，不知是死是活。郭靖見那人身上穿了黑狐皮短裘，似是華箏之物，凝神再看，卻不是華箏是誰？不由得失聲驚呼，嘴巴甫動，妙手書生朱聰眼明手快，伸過來一把按住，朗聲說道：「梅超風這妖孽，只要撞在我丘處機手裏，決不與她干休！」

梅超風聽得崖頂之上竟有人聲，已是一驚，而聽朱聰自稱丘處機，還提及她的名字，更加驚詫，縮身在崖石之後傾聽。馬鈺和江南五怪看得清楚，雖在全神戒備之中，也不禁暗自好笑。郭靖卻懸念華箏的安危，心焦如焚。

韓寶駒道：「梅超風把白骨骷髏陣布在這裏，待會必定前來，咱們在這裏靜候便了。」

梅超風不知有多少高手聚在這裏，縮於石後，不敢稍動。

韓小瑩道：「她雖作惡多端，但全眞教向來慈悲爲懷，還是給她一條自新之路吧。」朱聰笑道：「清淨散人總是心腸軟，無怪師父一再說你成道容易。」

全眞教創教祖師王重陽門下七子，武林中見聞稍廣的無不知名：大弟子丹陽子馬鈺，二弟子長眞子譚處端，以下是長生子劉處玄、長春子丘處機、玉陽子王處一、廣寧子郝大通，最末第七弟子清淨散人孫不二，則是馬鈺出家以前所娶的妻子。

韓小瑩道：「譚師哥你說怎樣？」南希仁道：「此人罪不容誅。」朱聰道：「譚師哥，你的指筆功近來大有精進，等那妖婦到來，請你出手，讓衆兄弟一開眼界如何？」南希仁道：「還是讓王師弟施展鐵腳功，踢她下崖，摔個身魂俱滅。」

全眞七子中丘處機威名最盛，其次則屬玉陽子王處一。他某次與人賭勝，曾獨足跂立，憑臨萬丈深谷之上，大袖飄飄，前搖後擺，只嚇得山東河北數十位英雄好漢目迷神眩，撟舌不下，因而得了個「鐵腳仙」的名號。他洞居九年，刻苦修練，丘處機對他的功夫也甚佩服，曾送他一首詩，內有「九夏迎陽立，三冬抱雪眠」等語，描述他內功之深。

馬鈺和朱聰等你一言我一語，所說的話都是事先商酌好了的。柯鎮惡曾與黑風雙煞說過幾次話，怕她認出聲音，始終一言不發。

梅超風越聽越驚，心想：「原來全真七子全都在此，單是一個牛鼻子，我就未必能勝，何況七子聚會？我行藏一露，那裏還有性命？」

此時皓月中天，照得滿崖通明。朱聰卻道：「今晚烏雲密布，伸手不見五指，大家可要小心了，別讓那妖婦乘黑逃走。」梅超風心中竊喜：「幸好黑漆一團，否則他們眼力厲害，只怕早就見到我了。謝天謝地，月亮不要出來。」

郭靖一直望著華箏，忽然見她慢慢睜開眼來，知她無恙，不禁大喜，雙手連搖，叫她不要作聲。華箏也見到了郭靖，叫道：「快救我，快救我！」郭靖大急，叫道：「別說話！」

梅超風這一驚決不在郭靖之下，立即伸指點了華箏的啞穴，心頭疑雲大起。

全金發道：「志平，剛才是你說話來著？」郭靖扮的是小道士尹志平的角色，說道：「弟子……弟子……」朱聰道：「我好似聽到一個女子的聲音。」郭靖忙道：「正是。」

梅超風心念一動：「全真七子忽然來到大漠，聚在這荒僻之極的懸崖絕頂，那有如此巧事？莫非有人欺我目盲，故佈疑陣，叫我上當？」

馬鈺見她慢慢從岩石之後探身出來，知她已起疑心，要是她發覺了破綻，立即動手，自己雖然無礙，華箏性命必定不保，六怪之中只怕也有損折，不覺十分焦急，只是他向無急智，一時不知如何是好。

朱聰見梅超風手中提了一條銀光閃耀的長鞭，慢慢舉起手來，眼見就要發難，朗聲說道：「大師哥，你這幾年來勤修師父所傳的『金關玉鎖二十四訣』，定是極有心得，請你試演幾下，給我們見識見識如何？」

馬鈺會意，知道朱聰是要他立顯功夫以折服梅超風，當即說道：「我雖爲諸同門之長，但資質愚魯，怎及得上諸位師弟？師父所傳心法，說來慚愧，我所能領會到的十成中還不到一二。」一字一語的說來，中氣充沛之極，聲音遠遠傳送出去。他說話平和謙沖，但每一個字都震得山谷鳴響，最後一句話未說完，第一句話的回聲已遠遠傳來，夾著崖頂風聲，眞如龍吟虎嘯一般。

梅超風聽得他顯了如此深湛的內功，那裏還敢動手，慢慢縮回岩後。

馬鈺又道：「聽說那梅超風雙目失明，也是情有可憫，要是她能痛改前非，決不再殘害無辜，也不再去跟江南六怪糾纏，那麼咱們就讓過她這遭吧。何況先師當年，跟桃花島黃島主也頗有交情，互相欽佩。丘師弟，你跟江南六怪有交情，你去疏通一下，請他們不要再找梅超風清算舊帳。兩家既往不咎，各自罷手。」這番話卻不再蘊蓄內力，以免顯得餘人功力與他相差太遠。朱聰接口道：「這倒容易辦到，關鍵是在那梅超風肯不肯改過遷善，兩下和解。」

突然岩後一個冷冷的聲音道：「多謝全眞七子好意，我梅超風在此。」說著長出身形。

馬鈺本擬將她驚走，望她以後能痛悟前非，改過遷善，不意這鐵屍藝高膽大，竟敢公然現身，倒大非始料所及。又聽梅超風道：「我是女子，不敢向各位道長請教。久仰清淨散人武功精湛，我想領教一招。」說著橫鞭而立，靜待韓小瑩發聲。

這時郭靖見華箏橫臥地下，不明生死，他自小與拖雷、華箏兄妹情如手足，那裏顧得梅超風的厲害，忽地縱身過去，扶起華箏。梅超風左手反鉤，已拿住他左腕。郭靖跟馬鈺學了兩年玄門正宗內功，周身百骸已有自然之勁，右手急送，將華箏向韓小瑩擲去，左手力扭回奪，忽地掙脫。梅超風手法何等快捷，剛覺他手腕滑開，立即又向前擒拿，再度抓住，這次扣住了他脈門，使他再也動彈不得，厲聲喝道：「是誰？」

朱聰叫道：「志平，小心！」郭靖給她抓住，大為慌亂，正想脫口而出：「我是郭靖。」聽得二師父這句話，才道：「弟子長春……長春眞人門下尹……尹志平。」這幾個字他早已翻來覆去的唸過三四十遍，這時惶急之中，說來還是結結巴巴。

梅超風心想：「他門下一個少年弟子，內功竟也不弱，不但在我掌底救得了人去，第一次給我抓住了又居然能夠掙脫。看來我只好避開了。」哼了一聲，鬆開手指。

郭靖急忙逃回，只見左腕上五個手指印深嵌入肉，知她心有所忌，這一抓未用全力，否則自己手腕早已爲她捏斷，不覺駭然。

這一來，梅超風卻也不敢再與假冒孫不二的韓小瑩較藝，忽地心念一動，朗聲道：「馬道長，『鉛汞謹收藏』，請問何解？」馬鈺順口答道：「鉛體沉墜，以比腎水；汞性流動，而擬心火。『鉛汞謹收藏』就是說當固腎水，息心火，修息靜功方得有成。」梅超風又道：「『三花聚頂』、『五氣朝元』呢？我桃花島師門頗有妙解，請問全眞教又是如何說法。」馬鈺猛地省悟她是在求教內功秘訣，大聲喝道：「你去問自己師父吧！快走，快走！」梅超風哈哈一笑，說道：「多謝道長指點。」倏地拔起身子，銀鞭在石上一捲，身隨鞭落，凌空翻下崖頂，身法之快，人人都覺確是生平僅見。

各人眼見她順著崖壁溜將下去，才都鬆了一口氣，探首崖邊，但見大漠上又如一道黑煙般滾滾而去。倏來倏去，如鬼如魅，雖已遠去，兀自餘威懾人。

馬鈺解開華箏穴道，讓她躺在石上休息。

朱聰謝道：「十年不見，不料這鐵屍的功夫竟練到了這等地步，若不是道長仗義援手，我們師徒七人今日難逃大劫。」馬鈺謙遜了幾句，眉頭深蹙，似有隱憂。朱聰道：「道長如有未了之事，我兄弟雖然本事不濟，當可代供奔走之役，請道長不吝差遣。」

馬鈺嘆了一口氣道：「貧道一時不察，著了這狡婦的道兒。」各人大驚，齊問：「她竟用暗器傷了道長麼？」馬鈺道：「那倒不是。她剛才問我一句話，我匆忙間未及詳慮，順口回答，只怕成為日後之患。」眾人都不明其意。

馬鈺道：「這鐵屍的外門功夫，已遠在貧道與各位之上，就算丘師弟與王師弟真的在此，也未必定能勝得了她。桃花島主有徒如此，眞乃神人也。只是這梅超風內功卻未得門徑。不知她在那裏偷聽到了一些修練道家內功的奧秘，卻因無人指點，未能有成。適才她出我不意所問的那句話，必是她苦思不得其解的疑難之一。雖然我隨即發覺，未答她第二句話，但是那第一句話，也已能使她修習內功時大有精進。」韓小瑩道：「只盼她頓悟前非，以後不再作惡。」馬鈺道：「但願如此，否則她功力一深，再作惡起來，那是更加難制了。唉，只怪我胡塗，沒防人之心。」沉吟道：「桃花島武功與我道家之學全然不同，可是梅超風所問的兩句，卻純是道家的內功，卻不知何故？」

他說到這裏，華箏「啊」的一聲，從石上翻身坐起，叫道：「郭靖，爹爹不信我的話，已到王罕那裏去啦。」郭靖大吃一驚，忙問：「他怎麼不信？」

華箏道：「我說，桑昆叔叔和札木合叔叔要謀害他。他哈哈大笑，說我不肯嫁給都史，捏造謊話騙他。我說是你聽到的，他更加不信，說道回來還要罰你。我見他帶了三位哥哥和幾隊衛兵去了，忙來找你，半路上卻給那瞎婆娘抓住了。她是帶我來見你麼？」眾人心想：「要是我們不在這裏，你腦袋上早多了五個窟窿啦。」

郭靖急問：「大汗去了有多久啦？」華箏道：「好大半天啦。爹爹說要儘快趕到，不等天明就動身，他們騎的都是快馬，這會兒早去得老遠了。桑昆叔叔真要害爹爹麼？那怎麼辦？」說著哭了起來。郭靖一生之中初次遇到重大難事，登時彷徨無策。

朱聰道：「靖兒，你快下去，騎小紅馬去追大汗，就算他不信你的話，也請他派人先去查探明白。華箏，你去請你留著的哥哥們趕快點將集兵，開上去幫你爹爹。」

郭靖連聲稱是，搶先下崖。接著馬鈺用長索縛住華箏，吊了下去。

郭靖急急奔回他母子所住的蒙古包旁，跨上小紅馬，向北疾馳。

這時晨曦初現，殘月漸隱，郭靖焦急異常：「只怕大汗進了桑昆的埋伏，那麼就算趕上也沒用了。」

那小紅馬神駿無倫，天生喜愛急馳狂奔，跑發了性，越跑越快，越跑越有精神，到後來在大草原上直如收不了住腳。郭靖怕牠累倒，勒韁小休，牠反而不願，只要韁繩一鬆，立即歡呼長嘶，向前猛衝。這馬雖發力急馳，喘氣卻也並不如何加劇，似乎絲毫不見費力。

郭靖練了內功之後，內勁大增，騎了馬疾馳良久，也不疲累。這般大跑了兩個時辰，郭靖才收韁下馬稍息，然後上馬又跑，再過一個多時辰，忽見遠處草原上黑壓壓的列著三隊騎兵，瞧人數是三個千人隊。轉眼之間，紅馬已奔近隊伍。

郭靖看騎兵旗號，知是王罕部下，只見個個弓上弦，刀出鞘，嚴陣戒備，心中暗暗叫苦：「大汗已走過了頭，後路給人截斷啦。」雙腿一夾，小紅馬如箭離弦，呼的縱出，四蹄翻騰，從隊伍之側飛掠而過。帶隊的將官大聲喝阻，一人一騎早去得遠了。

郭靖不敢停留，一連又繞過了三批伏兵，再奔一陣，只見鐵木真的白毛大纛高舉在前，數百騎人馬排成了一列，各人坐騎得得小跑，正向北而行。郭靖催馬上前，奔到鐵木真馬旁，叫道：「大汗，快回轉去，前面去不得！」

鐵木真愕然勒馬，道：「怎麼？」郭靖把前晚在桑昆營外所見所聞、以及後路已讓人截斷之事說了。鐵木真將信將疑，斜眼瞪視郭靖，瞧他是否玩弄詭計，心想：「桑昆那廝素來和我不睦，但王罕義父正在靠我出力，札木合義弟跟我又是生死之交，怎能暗中算計於我？難道當眞是那大金國的六太子從中挑撥？」

郭靖見他有不信之意，說道：「大汗，你派人向來路查探便知。」

鐵木眞身經百戰，自幼從陰謀詭計之中惡鬥出來，雖覺王罕與札木合聯兵害他之事絕無可能，但想：「過份小心，一千次也不打緊；莽撞送死，一次也太多了！」命令次子察合台與大將赤老溫：「回頭哨探！」兩人放馬向來路奔去。

鐵木眞察看四下地勢，指著前面發令：「上土山戒備！」他隨從雖只數百人，但個個是猛將勇士，各人馳上土山，搬石掘土，做好了防箭的擋蔽。

過不多時，南邊塵頭大起，數千騎急趕而來，煙塵中察合台與赤老溫奔在最前。哲別目光銳利，已望見追兵的旗號，叫道：「眞的是王罕軍馬。」這時追兵分成幾隊，四下兜截，要想包抄察合台和赤老溫。兩人伏在鞍上，揮鞭狂奔。

哲別道：「郭靖，咱倆接應他們去。」兩人縱馬馳下土山。郭靖跨下那紅馬見是衝向馬羣，興發飛馳，轉眼間到了察合台面前。郭靖颼颼颼三箭，射倒了三名最前的追兵，隨即縱馬疾衝，攔在兩人與追兵之間，翻身發箭，又射死了一名追兵。此時哲別也已趕到，他連珠箭發，當者立斃。但追兵勢大，眼見如潮水般湧來，那裏抵擋得住？

察合台與赤老溫也各翻身射了數箭，與哲別、郭靖都退上了土山。鐵木眞和木華黎、博爾朮、博爾忽等個個箭無虛發，追兵一時不敢逼近。

鐵木眞站在土山上瞭望，過得約莫擠兩桶牛乳時分，只見東南西北四方，王罕部下一隊隊騎兵如烏雲般湧來，黃旗下一人乘著一匹高頭大馬，正是王罕的兒子桑昆。鐵木眞知道萬難突出重圍，目下只有權使緩兵之計，高聲叫道：「請桑昆義弟過來說話。」

桑昆在親兵擁衛下馳近土山，數十名軍士挺著鐵盾，前後護住，以防山上冷箭。桑昆意氣昂揚，大聲叫道：「鐵木眞，快投降罷。」鐵木眞道：「我甚麼地方得罪了王罕義父，你們發兵攻我？」桑昆道：「蒙古人世世代代，都是各族分居，牛羊牲口一族共有，你爲甚麼違背祖宗遺法，硬要各族混在一起？我爹爹常說，你這樣做不對。」

鐵木眞朗聲說道：「蒙古人受大金國欺壓。大金國要我們年年進貢幾萬頭牛羊馬匹，難道應該的麼？大家給大金國逼得快餓死了。咱們蒙古人只要不是這樣你打我，我打你，爲甚麼要怕大金國？我跟義父王罕素來和好，咱兩家並無仇怨，全是大金國從中挑撥。」桑昆部下的士卒聽了，人人動心，都覺他說得有理。

鐵木眞又朗聲道：「蒙古人個個是能幹的好戰士，咱們幹甚麼不去拿金國的金銀財寶？幹麼要年年進獻牲口毛皮給他們？蒙古人中有的勤勉放牧牛羊，有的好吃懶做，爲甚麼要勤勞的養活懶惰的？爲甚麼不讓勤勞的人多些牛羊？讓懶惰的人餓肚子？」

蒙古當時是氏族社會，牲口歸每一族公有，近年來牲口日繁，財物漸多，又從中原漢人處學到使用鐵製器械，多數牧民切盼財物私有。戰士連年打仗，分得的俘虜財物，都是用性命去拚來的，更不願與不能打仗的老弱族人共有。因此鐵木眞這番話，衆戰士聽了個個暗中點頭。

桑昆見鐵木眞煽惑自己部下軍心，喝道：「你立刻拋下弓箭刀槍投降！否則我馬鞭一指，萬箭齊發，你休想活命！」

郭靖見情勢緊急，不知如何是好，忽見山下一個少年將軍，鐵甲外披著銀灰貂裘，手提大刀，跨了駿馬來往馳騁，耀武揚威，定睛看時，認得是桑昆的兒子都史。郭靖幼時曾和他鬥過，這人當年要放豹子吃拖雷，是個大大的壞小子。郭靖絲毫不明白王罕、桑昆、札木合等何以要謀害鐵木眞，心想必是都史這壞人聽信了大金國六太子的話，從中說大批謊話害人，我去將他捉來，逼他承認說謊，那麼王罕、桑昆他們就可明白眞相，和鐵木眞大汗言歸於好，於是雙腿一夾，胯下小紅馬疾衝下山。

眾兵將一怔之間，那紅馬來得好快，已從人叢中直衝到都史身邊。

都史揮刀急砍，郭靖矮身伏鞍，大刀從頭頂掠過，右手伸出，已扣住都史左腕脈門，這一扣是朱聰所傳的分筋錯骨手，都史那裏還能動彈？給他順手一扯，提過馬來，橫放在鞍。就在此時，郭靖只覺背後風聲響動，左臂彎過，向兩柄刺來的長矛上格去，喀的一聲，雙矛飛上半空。他右膝頭在紅馬頸上輕輕一碰，小紅馬已知主人之意，回頭奔上土山，上山之快，竟不遜於下山時的急馳如飛。山下眾軍官齊叫：「放箭！」郭靖舉起都史，擋在身後。山下眾軍士怕傷了小主，那敢扯動弓弦？郭靖直馳上山，把都史往地下一擲，叫道：「大汗，定是這壞小子從中搗鬼，你叫他說出來。」

鐵木眞大喜，鐵槍尖指在都史胸前，向桑昆叫道：「叫你部下退開一百丈。」

桑昆見愛子給敵人以迅雷不及掩耳的手段從眾軍之中擒去，又氣又急，只得依言撤下軍馬，命部下用大車結成圓圈，在土山四周密密層層的圈了七八重，這樣一來，鐵木眞坐騎再快，也必無法衝出。

這邊山上鐵木眞連聲誇獎郭靖，命他用腰帶將都史反背縛起。

桑昆接連派了三名使者上山談判，命鐵木眞放出都史，然後投降，就可饒他性命。

鐵木眞每次都將使者割了雙耳逐下山去。

僵持多時，太陽在草原盡頭隱沒。鐵木眞怕桑昆乘黑衝鋒，命各人不可絲毫怠忽。

守到半夜，忽見一人全身白衣，步行走到山腳邊，叫道：「我是札木合，要見鐵木眞義兄說話。」鐵木眞道：「你上來吧。」札木合緩步上山，見鐵木眞凜然站在山口，當即搶步上前，想要擁抱。鐵木眞嚓的一聲拔出佩刀，厲聲喝道：「你還當我是義兄麼？」

札木合嘆了一口氣，盤膝坐下，說道：「義兄，你已是一部之主，何必更要雄心勃勃，想要把所有的蒙古人聯在一起？」鐵木眞道：「你待怎樣？」札木合道：「各部各族的族長們都說，咱們祖宗已這樣過了幾百年，鐵木眞汗爲甚麼要改變舊法？上天也不容許。」

鐵木眞道：「咱們祖宗阿蘭豁雅夫人的故事，你還記得嗎？她的五個兒子不和，她煮了臘羊肉給他們吃，給了他們每人一支箭，叫他們折斷，他們很容易就折斷了。她又把五支箭合起來叫他們折斷。五個人輪流著折，誰也不能折斷。你記得她教訓兒子的話麼？」札木合低聲道：「你們如果一個個分散，就像一支箭似的會給任何人折斷。你們如果同心協力，那就像五支箭似的堅固，不會給任何人折斷。」鐵木眞道：「好，你還記得。後來怎樣？」札木合道：「後來她五個兒子同心協力，創下好大的基業，成爲蒙古人的族祖。」鐵木眞道：「是啊！咱倆也都是英雄豪傑，幹麼不把所有的蒙古人都集合在一起？自己不要你打我，我打你，大家同心協力的把大金國滅掉。」札木合驚道：

「大金國兵多將廣，黃金遍地，糧如山積，蒙古人怎能惹他？」

鐵木眞哼了一聲，道：「那你是寧可大家受大金國欺壓的了？」札木合道：「大金國也沒欺壓咱們。大金國皇帝封了你做招討使。」鐵木眞怒道：「初時我也還當大金國皇帝是好意，那知他們貪得無厭，不斷向咱們要這要那，要了牛羊，又要馬匹，現今還要咱們派戰士幫他打仗。大宋隔得咱們這麼遠，就算滅了大宋，佔來的土地也都是大金的，咱們損傷戰士有甚麼好處？牛羊不吃身邊的青草，卻翻山過去啃沙子，那有這樣的蠢事？咱們要打，只打大金。」

札木合道：「王罕和桑昆都不肯背叛大金。」鐵木眞道：「背叛，哼，背叛！那麼你呢？」札木合道：「我來求義兄不要發怒，把都史還給桑昆。由我擔保，桑昆一定放你們平安回去。」鐵木眞道：「我不相信桑昆，也不相信你。」札木合道：「桑昆說，一個兒子死了，還可再生兩個；一個鐵木眞死了，世上就永沒鐵木眞了！不放都史，你見不到明天的太陽。」鐵木眞深知桑昆和札木合的爲人，要是落入他二人手中，必然無倖，若王罕親自領軍，投降後或尚有活命之望，舉刀在空中呼的一聲，劈了一刀，厲聲叫道：「寧戰死，不投降！世上只有戰死的鐵木眞，沒投降敵人的鐵木眞！」

札木合站起身來，道：「你以前弱小之時，也投降過敵人的。你把奪來的牛羊俘虜分給軍士，說是他們的私產，不是部族公有，各族族長都說你的做法不對，不合祖規。」鐵木眞厲聲道：「可是年輕的戰士們個個都歡喜。族長們見到奪來的珍貴財物，說沒法子公平分給每一個人，於是就自己要了，拚命打仗的戰士都感到氣忿。咱們打仗，是靠那些又胡塗又貪心的族長呢，還是靠年輕勇敢的戰士？」札木合道：「鐵木真義兄，你一意孤行，不聽各部族長的話，可別說我忘恩負義。這些日子來，你不斷派人來誘惑我部下，要他們向你投靠，說你的部屬打仗時奪來的財物都是自有，不必大夥兒攤分。你當我不知麼？」

鐵木真心想：「你既已知道此事，我跟你更加永無和好之日。」從懷內摸出一個小包，擲在札木合身前，說道：「這是咱們三次結義之時你送給我的禮物，現今你收回去罷。待會你拿鋼刀斬在這裏，」伸手在自己脖子裏作勢一砍，說道：「殺的只是敵人，不是義兄。」嘆道：「我是英雄，你也是英雄，蒙古草原雖大，卻容不下兩個英雄。」

札木合拾起小包，也從懷裏掏出一個革製小囊，默默無言的放在鐵木真腳邊，轉身下山。

鐵木真望著他的背影，良久不語，當下慢慢打開皮囊，倒出了幼時所玩的箭頭髀石，從前兩個孩子在冰上同玩的情景，一幕幕的在心頭湧現。他嘆了一口氣，用佩刀在地下挖了一個坑，把結義的幾件禮物埋在坑裏。

郭靖在旁瞧著，心頭也很沉重，明白鐵木真所埋葬的，其實是一份心中最寶貴的友情。

鐵木真站起身來，極目遠眺，但見桑昆和札木合部下所燃點的火堆，猶如天上繁星般照亮了整個草原，聲勢甚是浩大。他出了一會神，回過頭來，見郭靖站在身邊，問道：「你怕麼？」郭靖道：「我在想我媽。」鐵木真道：「嗯，你是勇士，是極好的勇士。」指著遠處點點火光，說道：「他們也都是勇士。咱們蒙古人有這麼多好漢，但大家總是不斷的互相殘殺。只要大家聯在一起，」眼睛望著遠處的天邊，昂然道：「咱們能把青天所有覆蓋的地方……都做蒙古人的牧場！」

郭靖聽著這番抱負遠大、胸懷廣闊的說話，對鐵木眞更五體投地的崇敬，挺胸說道：「大汗，咱們能戰勝，決不會給膽小卑鄙的桑昆打敗。」

鐵木眞神采飛揚，說道：「對，咱們記著今兒晚上的話，只要咱們這次不死，我以後把你當親兒子一般看待。」說著將郭靖抱了一抱。

說話之間，天色漸明，桑昆和札木合隊伍中號角嗚嗚嗚吹動。

鐵木眞道：「救兵不來啦，咱們今日就戰死在這土山之上。」只聽得敵軍中兵戈鏗鏘，馬鳴蕭蕭，眼見就要發動拂曉攻擊。郭靖忽道：「大汗，我這匹紅馬腳力快極，你騎了回去，領兵來打。你的性命要緊，我們在這裏擋住敵兵，決不投降。」鐵木眞微笑，伸手撫了撫他頭，說道：「鐵木眞要是肯拋下朋友部將，一人怕死逃走，那便不是你們的大汗了。」郭靖道：「是，大汗，我說錯了。」鐵木眞與三子、諸將及親兵伏在土堆之後，箭頭瞄準了每一條上山的路徑。

過了一陣，一面黃旗從桑昆隊伍中越眾而出，旗下三人連轡走到山邊，左是桑昆，右是札木合，中間一人赫然是大金國的六王子趙王完顏洪烈。他金盔金甲，左手拿著擋箭的金盾，叫道：「鐵木眞，你膽敢背叛大金麼？」

鐵木真的長子朮赤對準了他颼的一箭，完顏洪烈身旁縱出一人，一伸手把箭綽在手裏，身手矯捷之極。完顏洪烈喝道：「去把鐵木眞拿來。」四個人應聲撲上山來。

郭靖不覺吃驚，見這四人使的都是輕身功夫，竟是武術好手，並非尋常戰士。四人奔到半山，哲別與博爾朮等連珠箭如雨射下，都給他們挺軟盾擋開。郭靖暗暗心驚：「我們這裏雖都是大將勇士，但決不能與武林的好手相敵，這便如何是好？」

一個黑衣中年男子縱躍上山，窩闊台挺刀攔住。那男子手一揚，一支袖箭打在他手腕之上，隨即舉起單刀砍下，忽覺白刃閃動，斜刺裏一劍刺來，直取他手腕，又狠又準。那人吃了一驚，手腕急翻，退開三步，瞧見一個粗眉大眼的少年仗劍擋在窩闊台身前。他料不到鐵木眞部屬中竟也有精通劍術之人，喝道：「你是誰？留下姓名。」說的卻是漢語。

郭靖道：「我叫郭靖。」那人道：「沒聽見過！快投降吧。」郭靖遊目四顧，見其餘三人也已上山，正與赤老溫、博爾忽等短兵相接，白刃肉搏，當即挺劍向那使單刀的刺去。那人橫刀擋開，刀厚力沉，與郭靖鬥在一起。

桑昆的部衆待要隨著衝上，木華黎把刀架在都史頸裏，高聲大叫：「誰敢上來，這就是一刀！」桑昆擔心焦急，對完顏洪烈道：「六王爺，叫他們下來吧，咱們再想別法！別傷了我孩兒。」完顏洪烈微笑道：「放心，傷不了。」他有心要令鐵木眞殺了都史，讓這兩部蒙古人從此結成死仇。

桑昆的部衆不敢上山，完顏洪烈手下四人卻已在山上乒乒乓乓的打得十分激烈。

郭靖展開韓小瑩所授的「越女劍法」，劍走輕靈，跟那使單刀的交上了手。數招一過，竟迭遇兇險，那人刀厚力沉，招招暗藏內勁，實非庸手。

郭靖長劍晃動，青光閃閃，劍尖在敵人身邊刺來劃去，招招不離要害。那人給他一輪急攻，鬧了個手忙足亂。這時他三個同伴已將鐵木眞手下的將領打倒了四五人，見他落在下風，一人提著大槍縱身而上，叫道：「大師哥，我來助你。」那使單刀的喝道：「你在旁瞧著，看大師兄的手段。」

郭靖乘他說話分心，左膝稍低，曲肘豎肱，一招「起鳳騰蛟」，嗤的一聲，劍尖猛撩上來。那人向後急避，左袖已給劍鋒劃破。他跳出圈子，喝道：「你是誰的門下？爲甚麼在這裏送死？」郭靖橫劍捏訣，學著師父們平日所教的江湖口吻，說道：「弟子是江南七俠門下，請教四位大姓高名。」這兩句話他學了已久，這時第一次才對人說，危急之中，居然並未忘記，只是把「高姓大名」說得顚倒了。那使單刀的向三個師弟望了一眼，轉頭說道：「我們姓名，說來諒你後生小輩也不知道，看刀！」揮刀斜劈下來。

郭靖和他鬥了這一陣，已知他功力在自己之上，但身當此境，不能退縮，明知不是對手，也只好憑著一股剛勇，拚命抵擋。七師父所傳劍法極爲精奇，鋒銳處敵人也甚忌憚，當下仍取搶攻，不向後退。那使單刀的使招「探海斬蛟」，迴鋒下插，逕攻對手下盤。兩人一搭上手，轉眼間又拆了二三十招。這時山下數萬兵將、山上鐵木眞諸人與攻上來的三人，個個目不轉瞬的凝神觀戰，那使單刀的眼見久鬥不下，焦躁起來，刀法愈來愈狠，忽地橫刀猛砍，向郭靖腰裏斫來。郭靖身子拗轉，「翻身探果」，撩向敵臂。那人順勢力斫，眼見刀鋒及於敵腰。郭靖內功已有根基，下盤不動，上盤不避，只將腰向左一挪，斗然移開半尺，右手送出，一劍刺在那人胸口。

那人狂叫一聲，撒手拋刀，猛力揮掌把郭靖的長劍打落在地，這一劍便只刺入胸口半寸，總算逃得性命，但手掌卻已在劍鋒上割得鮮血淋漓，忙拾劍跳開。

郭靖俯身把敵人的單刀搶在手裏，只聽背後風響，郭靖也不回身，左腿反踢，踢開刺來的槍桿，乘勢揮刀撩向敵手。使槍的老二迴槍裏縮，郭靖踏上一步，單刀順勢砍落。那人抖槍避過，跟著挺槍當胸刺來，郭靖一個「進步提籃」，左掌將槍推開，他掌心與槍桿一觸到，立覺敵人抽槍竟不迅捷。他左掌翻處，已抓住槍桿，右手單刀順著槍桿直削下去。那人使勁奪槍，突見刀鋒相距前手不到半尺，急忙鬆手，撤槍後退。

郭靖精神一振，右手用力揮出，將單刀遠遠擲到了山下，挺槍而立。四人中的老四大聲吼叫，雙斧著地捲來。郭靖的長槍是從六師父學的，鬥得數合，郭靖突然賣個破綻，那使斧的大喜，猛喝一聲，雙斧直上直下的砍將下來，突覺小腹上急痛，已遭郭靖一腳踢中，身子直飛出去，這時左手已收不住勁，順勢圈回，利斧竟往自己頭上斫去。

四人中的三師兄急忙搶上，舉起鐵鞭在他斧上力架，噹的一聲，火星飛濺，那人利斧脫手，一交坐倒，總算逃脫了性命，卻已嚇得面如土色。那人是個莽夫，一定神間，才知已然輸了，怒得哇哇大叫，拾起斧頭，又再撲上。鬥得數合，將郭靖手中長槍砍斷。郭靖手中沒了兵刃，雙掌錯開，以空手入白刃之法和他拚鬥。那三師兄提起鐵鞭上前夾攻，郭靖情勢危急，只有硬拚。

山下蒙古衆軍突然大聲鼓躁，呼喊怒罵。原來蒙古人生性質樸，敬重英雄好漢，眼見這四人用車輪戰法輪鬥郭靖已自氣憤，再見二人揮兵刃夾擊一個空手之人，實非大丈夫的行徑，都高聲吆喝，要那兩人住手。郭靖雖是他們敵人，大家反而爲他吶喊助威。

博爾忽、哲別兩人挺起長刀，加入戰團，對方旁觀的兩人也上前接戰。這兩位蒙古名將在戰陣中斬將奪旗，勇不可當；但小巧騰挪、撕奪截打的步戰功夫卻非擅長，仗著身雄力猛，勉強支持了數十招，終於兵刃給敵人先後砸落。郭靖見博爾忽勢危，縱身過去，發掌往使單刀的大師兄背上拍去。那人回刀截他手腕。郭靖手臂斗然縮轉，回肘撞向二師兄，又解救了哲別之危。

那四人決意要先殺郭靖，當下四人圍攻郭靖。山上山下蒙古兵將吶喊叫罵，更加厲害。那四人充耳不聞，那使槍的在地下拾起一枝長矛，刀矛鞭斧，齊往郭靖身上招呼。郭靖手中沒了兵刃，又受這四個好手夾擊，那裏抵擋得住？只得展開輕身功夫，在四人兵刃縫中穿來插去。

拆了二十餘招，那四人急攻郭靖，郭靖臂上中刀，鮮血長流，情勢再緊。突然山下軍伍中一陣混亂，六個人東一穿西一插，奔上山來。桑昆和札木合的部下只道又是完顏洪烈的武士，再要上去圍攻郭靖，個個大聲咒罵。

山上守軍待要射箭阻攔，哲別眼尖，已認出原來是郭靖的師父江南六怪到了，大聲叫道：「靖兒，你師父們來啦！」郭靖本已累得頭暈眼花，聽了這話，登時精神大振。

朱聰和全金發最先上山，見郭靖赤手空拳爲四人夾擊，勢已危殆，全金發縱身上前，秤桿掠出，同時架開了四件兵刃，喝道：「要不要臉？」四人手上同時劇震，感到敵人功力遠在那少年之上，急忙躍開。

那使單刀的大師兄見衆寡之勢突然倒轉，再動手必然不敵，但如逃下山去，顏面何存，如何還能在六太子府中躭下去？硬了頭皮問道：「六位可是江南六怪麼？」朱聰笑嘻嘻的道：「不錯，四位是誰？」那人道：「我們是鬼門龍王門下弟子。」

柯鎭惡與朱聰等本以爲他們合鬥郭靖，必是無名之輩，忽聽他們的師父是武林中成名人物鬼門龍王沙通天，都吃了一驚。柯鎭惡冷冷的道：「瞎充字號麼？鬼門龍王是響噹噹的腳色，門下那有你們這種不成器的傢伙！」使雙斧的撫著小腹上給郭靖踹中之處，怒道：「誰充字號來著？他是大師兄斷魂刀沈青剛，這是三師兄追命槍吳青烈，那是三師兄奪魄鞭馬青雄，我是喪門斧錢青健。」柯鎭惡道：「聽來倒似不假，那麼便是黃河四鬼了。你們在江湖上並非無名之輩，爲甚麼竟自甘下賤，四個鬥我徒兒一人？」

吳青烈強詞奪理，道：「怎麼是四個打一個？這裏不是還有許多蒙古人幫著他麼？我們是四個鬥他們幾百個。」錢青健問馬青雄道：「三師哥，這瞎子大剌剌的好不神氣，是甚麼傢伙？」這句話說得雖輕，柯鎭惡卻已聽見，心頭大怒，鐵杖在地下一撐，躍到他身旁，左手抓住他背心，提起來擲到山下。三鬼一驚，待要撲上迎敵，柯鎭惡身法如風，接連三抓三擲，旁人還沒看清楚怎的，三人都已給他擲向山下。山上山下蒙古兵將齊聲歡呼。黃河四鬼跌得滿頭滿臉的塵沙，幸好地下是沙，手腳沒給摔斷，個個腰酸背痛，滿腔羞愧的掙扎著爬起。

便在此時，忽然遠處塵頭大起，似有數萬人馬殺奔前來，桑昆隊伍陣腳登時鬆動。

鐵木眞見來了救兵，心中大喜，知道札木合治軍甚嚴，是能幹的將才，所部兵精，桑昆卻只憑藉父親庇蔭，庸碌無能，指著桑昆的左翼，喝道：「向這裏衝！」哲別、博爾朮、朮赤、察合台四人當先衝下，遠處救兵齊聲吶喊。木華黎把都史抱在手裏，舉刀架在他項頸之中，大叫：「快讓路，快讓路！」

桑昆見衆人衝下，正要指揮人馬攔截，見都史這等模樣，不禁呆了，不知如何是好，轉眼之間，鐵木眞等已衝到了眼前。哲別看準桑昆腦門，發箭射去。桑昆突見箭到，急忙閃避，那箭正中右腮，撞下馬去。衆兵將見主帥落馬，登時大亂。

鐵木眞直衝出陣，數千人吶喊追來，給哲別、博爾朮、郭靖等一陣連珠箭射住。衆人且戰且走，奔出數里，只見塵頭起處，拖雷領兵趕到。王罕與札木合部下將士素來敬畏鐵木眞，初時欺他人少，待見援軍大至，便紛紛勒馬回轉。

原來鐵木眞帶同年長三子出行，留下幼子拖雷看守老家。拖雷年輕，又無鐵木眞的令符，族長宿將都不聽他調度，只得率領了數千名青年兵將趕來。拖雷甚有智計，見敵兵勢大，下令在每匹馬尾上縛了樹枝，遠遠望來塵沙飛揚，不知有多少人馬。鐵木眞整軍回歸本部大營，半路上遇到華箏又領了一小隊軍馬趕來增援。

當晚鐵木眞大犒將士，卻把都史請在首席坐了。衆人見狀，都忿忿不平。

鐵木眞向都史敬了三杯酒，說道：「王罕義父、桑昆義兄待我恩重如山，雙方毫無仇怨，請你回去代我請罪。我再挑選貴重禮物來送給義父、義兄，請他們不要介意。你回去之後，就預備和我女兒成親，咱兩家大宴各部族長，須得好好熱鬧一番。你是我的女婿，也就是我兒子，今後兩家務須親如一家，不可受人挑撥離間。」

都史蒙他不殺，已是意外之喜，沒口子的答應，見鐵木眞說話時右手撫住胸口，不住咳嗽，心想：「莫非他受了傷。」果聽鐵木眞道：「這裏中了一箭，只怕得養上三個月方能痊愈，否則我該親自送你回去。」說著右手從胸口衣內伸了出來，滿手都是鮮血，又道：「不用等我傷愈，你們就可成親，否則……咳，咳，就等太久了。」

諸將見大汗如此懦弱，畏懼王罕，仍要將華箏嫁給都史，都感氣惱。一名千夫長的兒子是鐵木眞的貼身衛士，昨晚於守禦土山時爲桑昆部屬射殺，那千夫長這時怒火沖天，拔刀要去斫殺都史。鐵木眞立命拿下，拖到帳前，當著都史之前打了三十軍棍，直打得他鮮血淋漓，暈了過去。鐵木眞喝道：「監禁起來，三日之後，全家斬首。」說著向後一仰，摔倒在地，似乎傷發難捱。

次日一早，鐵木眞備了兩車黃金貂皮厚禮，一千頭肥羊，一百匹良馬，派了五十名軍士護送都史回去，又派一名能言善道的使者，命他向王罕及桑昆鄭重謝罪。送別之時，鐵木眞竟不能乘馬，躺在擔架之上，上氣不接下氣的指揮部屬，與都史道別。

等他去了八日，鐵木眞召集諸將，說道：「大家集合部衆，咱們出發去襲擊王罕。」諸將相顧愕然，鐵木眞道：「王罕兵多，咱們兵少，明戰不能取勝，必須偷襲。我放了都史，贈送厚禮，再假裝胸口中箭，受了重傷，那是要他們不作提防。」諸將俱都拜服。鐵木眞這時才下令釋放那名千夫長，厚加賞賜，當衆讚他英勇。那千夫長聽說去打王罕、桑昆，雀躍不已，伏地拜謝，求為前鋒。鐵木眞允了。

當下兵分三路，晝停夜行，繞小路從山谷中行軍，遇到牧人，盡數捉了隨軍而行，以免洩露軍機。

王罕和桑昆本來生怕鐵木眞前來報仇，日日嚴加戒備，待見都史平安回來，還攜來重禮，既聽鐵木眞的使者言辭極盡卑屈，又知鐵木眞受了重傷，登時大爲寬心，撤了守軍，連日與完顏洪烈、札木合在帳中飲宴作樂。那知鐵木眞三路兵馬在黑夜中猶如天崩地裂般衝殺進來。王罕、札木合聯軍雖然兵多，慌亂之下，士無鬥志，登時潰不成軍。王罕、桑昆倉皇逃向西方，後來分別爲乃蠻人和西遼人所殺。都史在亂軍中爲馬蹄踏成肉泥。黃河四鬼奮力突圍，保著完顏洪烈連夜逃回中都去了。

札木合失了部衆，帶了五名親兵逃到唐努山上，那五名親兵乘他吃羊肉時將他擒住，送到鐵木眞帳中來。

鐵木眞大怒，喝道：「親兵背叛主人，這等不義之人，留著何用？」下令將五名親兵在札木合之前斬下首級，轉頭對札木合道：「咱倆還是做好朋友罷？」札木合流淚道：「義兄雖饒了我性命，我也再沒臉活在世上，只求義兄賜我不流血而死，使我靈魂不隨著鮮血而離開身體。」鐵木眞黯然良久，說道：「好，我讓你不流血而死，把你葬在我倆幼時一起遊玩的地方。」札木合跪下行禮，轉身出帳，鐵木眞下令用重物將他壓死，不讓流血。

王罕和札木合潰敗，蒙古各族中更無人能與鐵木眞相抗。鐵木眞在斡難河源大會各族部衆，這時他威震大漠，蒙古各族牧民戰士，無不畏服。王罕與札木合的部衆也大多歸附。在大會之中，衆人推舉鐵木眞爲全蒙古的大汗，稱爲「成吉思汗」，那是與大海一般廣闊強大的意思。

成吉思汗大賞有功將士。木華黎、博爾朮、博爾忽、赤老溫四傑，以及哲別、者勒米、速不台等大將，都封爲千夫長。郭靖這次立功極偉，竟也給封千夫長，一個十多歲的少年，居然得與諸大功臣名將並列。

在慶功宴中，成吉思汗受諸將敬酒，喝得微醺，對郭靖道：「好孩子，我再賜你一件我最寶貴的物事。」郭靖忙跪下謝賞。

成吉思汗道：「我把華箏給你，從明天起，你是我的金刀駙馬。」

衆將轟然歡呼，紛紛向郭靖道賀，大呼：「金刀駙馬，好，好，好！」拖雷更是高興，一把摟住了義弟不放。

郭靖卻呆在當地，做聲不得。他向來把華箏當作親妹子一般，實無半點兒女私情，數年來全心全意的練武，心不旁騖，那裏有過絲毫綺念？這時突然聽到成吉思汗這幾句話，登時茫然失措，不知如何是好。衆人見他傻楞楞的發獃，轟然大笑。

酒宴過後，郭靖忙去稟告母親。李萍沉吟良久，命他將江南六怪請來，說知此事。六怪見愛徒得大汗器重，都向李萍道喜。李萍默然不語，忽地跪下，向六人磕下頭去。六怪大驚，都道：「嫂子有何話請說，何必行此大禮？」韓小瑩忙伸手扶起。

李萍道：「我孩兒承六位師父教誨，今日得以成人。小女子粉身碎骨，難報大恩大德。現下有一件為難之事，要請六位師父作主。」當下把亡夫昔年與義弟楊鐵心指腹為婚之事說了，最後道：「大汗招我兒為婿，自是十分榮耀。不過倘若楊叔叔遺下了一個女孩，我不守約言，他日九泉之下，怎有臉去見我丈夫和楊叔叔？」

朱聰微笑道：「嫂子卻不必擔心。那位楊英雄果然留下了後嗣，不過不是女兒，卻是男子。」李萍又驚又喜，忙問：「朱師父怎地知道？」朱聰道：「中原一位朋友曾來信說及，並盼望我們把靖兒帶到江南，跟那位姓楊的世兄見面，大家切磋一下功夫。」原來江南六怪於如何與丘處機賭賽的情由，始終不對李萍與郭靖說知。郭靖問起那小道士尹志平的來歷，六怪也含糊其辭，不加明言。六人深知郭靖天性厚道，若得悉楊康的淵源，比武時定會手下留情，該勝不勝，不該敗反敗，不免誤了大事。

李萍聽了朱聰之言，心下大喜，細問楊鐵心夫婦是否尚在人世，那姓楊的孩子人品如何，江南六怪卻均不知。當下李萍與六怪商定，由六怪帶同郭靖到江南與楊鐵心的子嗣會面結拜，並設法找尋段天德報仇，回來之後，再和華箏成親。她眼見六怪與兒子即可歸鄉，自己離鄉已久，思鄉殊切，一心與之同歸，但想兒子成親時自己必須參禮，千里往返，回南之後，又再北來，未免太費周折，思前想後，只得言明自己留居蒙古待子回來成親。

郭靖去向成吉思汗請示。成吉思汗道：「好，你就到南方去走一遭，把大金國六皇子完顏洪烈的腦袋給我提來。義弟札木合跟我失和，枉自送了性命，全因完顏洪烈這廝而起。去幹這件大事，你要帶多少名勇士？」他統一蒙古諸部，眼前強敵，僅餘大金，料知遲早不免與之一戰。他與完顏洪烈數次會面，知道此人精明能幹，於己大大不利，最好能及早除去。至於他與札木合失和斷義，眞正原因還在自己改變祖法、分配財物以歸戰士私有、並勸誘札木合的部屬歸附於己，只是他與札木合結義多年，衆所周知，此時正好將一切過錯盡數推在大金國與完顏洪烈頭上。

郭靖自小聽母親講述舊事，向來憎恨金國，這次與完顏洪烈手下的黃河四鬼惡鬥，又險些喪命，聽了成吉思汗的話後，心想：「只要六位師父相助，大事必成，多帶不會武功的勇士，反而礙事。」說道：「孩兒有六位師父同去，不必再帶武士。」

成吉思汗道：「很好，咱們兵力尙弱，還不是大金國敵手，你千萬不可露了痕跡。」郭靖點頭答應。成吉思汗賞了十斤黃金，作爲盤纏，又把從王罕那裏搶來的金器珍寶贈了一批給江南六怪。拖雷、哲別等得知郭靖奉命南去，都有禮物贈送。拖雷道：「安答，南人說了話常常不算數的，你可得小心，別上了當。」郭靖點頭答應。

第三日一早，郭靖隨同六位師父到張阿生墓上去磕拜了，與母親洒淚而別，向南進發。李萍眼望著小紅馬上兒子高大的背影，在大漠上逐漸遠去，想起當年亂軍中產子的情景，不禁又是歡喜，又是心酸。

郭靖走出十餘里，只見兩頭白鵰在空中盤旋飛翔，拖雷與華箏並騎馳來送行。拖雷又贈了他一件名貴的貂裘，通體漆黑，更無一根雜毛，那也是從王罕的寶庫中奪來的。華箏知道父親已把自己終身許配給他，雙頰紅暈，脈脈不語。拖雷笑道：「妹子，你跟他說話啊！我不聽就是。」說著縱馬走開。

華箏側過了頭，想不出說甚麼話好，隔了一陣，才道：「你早些回來。」郭靖點頭，問道：「你還要跟我說甚麼？」華箏搖搖頭。郭靖道：「那麼我要去了。」華箏低頭不語。郭靖從馬上探過身去，伸臂輕輕的抱她一抱，馳到拖雷身邊，也和他抱了抱，催馬追向已經走遠的六位師父。

華箏見他硬繃繃的全無半點柔情密意，既訂鴛盟，復當遠別，卻仍與平時一般相待，心中很不樂意，舉起馬鞭，狂打猛抽，只把青驄馬身上打得條條血痕。

郭靖順手拖過那面「比武招親」的錦旗，橫過旗桿，挺桿直戳，跟著長身橫臂，那錦旗直翻出去，罩向小王爺面門。

小王爺斜身移步，槍桿起處，圓圓一團紅影，槍尖上一點寒光，疾向郭靖刺到。

第七回 比武招親

江南六怪與郭靖曉行夜宿，向東南進發，在路非止一日，過了大漠草原。

這天離張家口已不在遠。郭靖初履中土，所有景物均是生平從所未見，心情甚是舒暢，雙腿一夾，縱馬疾馳，只覺耳旁呼呼風響，房屋樹木不住倒退。直到小紅馬一口氣奔到了黑水河邊，他才在路旁一家飯店歇馬，等候師父。

他見小紅馬這次長途疾馳，肩胛旁滲出了許多汗水，心下憐惜，拿了汗巾給馬抹拭，一縮手間，不覺大吃一驚，只見汗巾上全是殷紅的血漬，再在紅馬右肩上一抹，也是滿肩鮮血。他嚇得險些流淚，自怨這番不惜馬力的大跑，這匹駿馬只怕是生生的給自己毀了，抱住馬頸不住的慰藉，但那馬卻仍精神健旺，全無半分受傷之象。

郭靖只盼三師父韓寶駒趕快到來，好給他愛馬治傷，不住伸長了脖子向來路探望，忽聽得一陣悠揚悅耳的駝鈴之聲，四匹駱駝從大道上急奔而來，其中兩匹全身雪白。每匹駱駝上都乘著一個白衣男子，四駝奔近飯店，鞍上乘者勒定了坐騎。駱駝的氈墊鞍子，都有精致繡花，甚爲燦爛。

郭靖一生長於大漠，白色駱駝甚爲少見，更沒見過這等裝飾華麗的牲口，不覺伸長了脖子，瞪眼凝視，只見四個乘客都是二十二三歲年紀，眉清目秀，沒一個不是塞外罕見的美男子。那四人躍下駝背，走進飯店，身法都頗俐落。郭靖見四人一色白袍，頸中都翻出一條珍貴的狐裘，不禁瞧得呆了。一個白衣人給郭靖看得不好意思，一陣紅暈湧上臉頰，低下了頭。另一個卻向郭靖怒目喝道：「楞小子，瞧甚麼？」郭靖一驚，忙把頭轉開，只聽那四人低聲說了一陣子話，齊聲嘻笑，隱隱聽得一人笑道：「恭喜，恭喜，這傻小子瞧中你啦！」似是女子聲音。

郭靖知道他們在嘲笑自己，不覺羞慚難當，耳根一陣發熱，正打不定主意是否要起身便走，忽見韓寶駒騎了追風黃奔到。他忙搶上去把紅馬肩上出血的事說了。韓寶駒奇道：「有這等事？」走到紅馬身旁，在馬肩上抹了幾把，伸手映在日光下一看，哈哈大笑，說道：「這不是血，是汗！」郭靖一愣，道：「汗？紅色的汗？」韓寶駒道：「靖兒，這是一匹十分寶貴的汗血寶馬啊。」

郭靖聽說愛馬並非受傷，心花怒放，道：「三師父，怎麼馬兒的汗跟血一樣？」韓寶駒道：「我曾聽先師說道，西域大宛有一種天馬，肩上出汗時殷紅如血，脅如插翅，日行千里。然而那只是傳說而已，誰都沒見過，我也不大相信，不料竟給你得到了。」

說話之間，柯鎮惡等也已馳到。朱聰飽讀詩書，搖頭晃腦的說道：「那在《史記》和《漢書》上都寫得明明白白的。當年博望侯張騫出使西域，在大宛國貳師城見了汗血寶馬，回來奏知漢武帝。皇帝聽了，欣羨異常，命使者帶了黃金千斤，又鑄了一匹與眞馬一般大的金馬，送到大宛國去，求換一匹汗血寶馬。那大宛國王言道：『貳師天馬，乃大宛國寶，不能送給漢人。』那漢使自居是天朝上國的使者，登時大怒，在大宛王朝廷上出言無狀，椎破金馬。大宛王見漢使無禮，命人將使者斬首，將黃金和金馬都奪了去。」

郭靖「啊」了一聲，見朱聰舉碗喝茶，忙問：「後來怎樣？」四個白衣人也出了神，側耳傾聽朱聰講寶馬的故事。

朱聰喝了一口茶，說道：「三弟，你是養馬名家，可知道那寶馬從何而來？」韓寶駒道：「我曾聽先師說，那是家馬與野馬交配而生。」朱聰道：「不錯，據史書上說，貳師城附近有一座高山，山上生有野馬，奔躍如飛，但沒法捕捉。大宛國人生了一個妙計，春天晚上把五色母馬放在山下。野馬與母馬交配了，生下來就是汗血寶馬了。靖兒，你這匹小紅馬，只怕是從大宛國萬里而來的呢。」

韓小瑩要聽故事，問道：「漢武帝得不到寶馬，難道就此罷手了不成？」

朱聰道：「他怎肯罷手？當下發兵數萬，令大將李廣利統率，到大宛國貳師城取馬，爲了志在必得，把李廣利封爲貳師將軍。但從長安到大宛國，西出嘉峪關後一路都是沙漠，無糧無水，途中士兵死亡枕藉，未到大宛，軍隊已只賸下了三成。李廣利兵困馬乏，一戰不利，退回敦煌，向皇帝請援。漢武帝大怒，命使者帶劍守在玉門關，下旨言道：遠征兵將，有敢進關者一律斬首。李廣利進退不得，只得留在敦煌。」

說到這裏，只聽得駝鈴悠揚，又有四人騎了駱駝到來，其中又有一匹是白駱駝，下駝進店。郭靖見這四人也都是身披白袍、頸圍貂裘的美貌少年，更感驚奇。這四人與先前四人坐在一桌，要了飯菜。

朱聰繼續講下去：「漢武帝心想，寶馬得不到，還喪了數萬士卒，豈不是讓外國看輕了我大漢天子？於是大發邊騎，一共二十餘萬人，牛馬糧草，不計其數，還怕兵力不足，又下旨令全國犯罪的人、小吏、贅婿、商人，一律從軍出征，弄得天下騷然。還封了兩名著名的馬師做大官，一個官拜驅馬校尉，一個官拜執馬校尉，只待破了大宛，選取駿馬。六弟，漢朝重農輕商，你若生在漢武帝時可就倒了大楣，三弟卻可官拜驅馬校尉、執馬校尉了，哈哈！」韓小瑩問道：「贅婿又犯了甚麼罪？」

朱聰道：「當時漢朝的所謂贅婿，就是窮得無以爲生之人，投入人家作奴僕，也有招作女婿的。強徵贅婿去遠征，便是欺壓窮人了。那李廣利帶了大軍，圍攻大宛城四十餘日，殺死大宛兵將無數。大宛的衆貴人害怕了，殺了國王投降，獻出寶馬。李廣利凱旋回京，皇帝大喜，封他爲海西侯，軍官各有封賞。爲了這幾匹汗血寶馬，天下不知死了多少人，耗費了多少錢財。當日漢武帝大宴羣臣，做了一首天馬之歌，說道：『大一貢兮天馬下，露赤汗兮沫流赭，騁容與兮跇萬里，今安匹兮龍與友！』這詩是說，只有天上的龍，才配跟這天馬做朋友呢。」

八個白衣人聽他說著故事，不住轉頭打量門外的小紅馬，臉上滿是欣羨之色。

朱聰道：「殊不知這大宛天馬的驍健，全由野馬而來。漢武帝以傾國之力得了幾匹汗血寶馬，但沒貳師城外高山上的野馬與之交配，傳了數代，也就不怎麼神駿，身上也滲不出紅汗了。」朱聰說完故事，七人談談說說，吃起麵條來。

八個白衣人悄聲議論。柯鎭惡耳朵極靈，雖雙方座頭相隔頗遠，仍聽得清清楚楚，只聽一人道：「要動手馬上就幹，給他上了馬，怎還追得上？」另一人道：「這裏人多，他又有同伴。」一人道：「他們敢來攔阻，一起殺了。」柯鎭惡吃了一驚：「這八個女子怎地如此狠毒？」絲毫不動聲色，自管稀哩呼嚕的吃麵。

只聽一人道：「咱們把這寶馬獻給少主，他騎了上京，那就更加大大露臉了，叫甚麼參仙老怪、靈智上人他們再也逞不出威風。」柯鎭惡曾聽過靈智上人的名頭，知道他是青海手印宗的著名人物，以「五指祕刀」武功馳名西南，參仙老怪則是關外遼東的武術名家。一人道：「只要咱們『白駝山』少主一到，不管騎不騎汗血寶馬，別的人誰都逞不出威風。」另一人道：「這個自然。咱們少主不管走到那裏，自必是鶴立雞羣，不必出手，自然而然的秀出於林。」

又聽另一人道：「這幾日道上撞見了不少黑道上的傢伙，都是千手人屠彭連虎的手下，他們也必都是去中都聚會的。這匹好馬要是給他們撞見了，還有咱們的份兒麼？」柯鎮惡心中一凜，他知彭連虎是河北、河東一帶的悍匪，手下嘍囉甚多，聲勢浩大，此人行事毒辣，殺人如麻，是以綽號叫做「千手人屠」，尋思：「這些厲害的大頭子到中都聚會，去幹甚麼？這八個女子又是甚麼來頭？」

只聽她們低聲商量了一陣，決定先出鎮甸，攔在路上，下手奪郭靖的寶馬。但此後這八個女子嘰嘰喳喳談的都是些風流之事，甚麼「少主」最喜歡你啦，甚麼「少主」這時一定在想你啦。柯鎮惡皺起眉頭，甚是不耐，但言語傳進耳來，卻又不能不聽。

只聽一名女子道：「咱們把這匹汗血寶馬拿去獻給少主，你猜他會獎賞甚麼？」另一人笑道：「要你多陪他幾晚哪！」先一人嬌嗔不依，起身扭打，八人咭咭咯咯的笑成一團。又一人道：「大家別太放肆啦，小心露了行藏。對方看來也不是好相與的。」又一人低聲道：「那女子身上帶劍，定然會武，相貌挺美，要是年輕了十歲，少主見了不害相思病才怪呢。」柯鎮惡知她說的是韓小瑩，怒氣登起，心想這甚麼「少主」一定不是個好東西。耳聽得八個女子吃了麵點，匆匆跨上駱駝，出店而去。

柯鎮惡聽她們去遠，說道：「靖兒，你瞧這八個女子功夫怎樣？」郭靖奇道：「女子？」柯鎮惡道：「怎麼？」朱聰道：「她們男裝打扮，靖兒沒瞧出來，是不是？」柯鎮惡道：「有誰知道白駝山麼？」朱聰等都說沒聽見過。柯鎮惡把剛才聽見的話說了。朱聰等聽這幾個女子膽大妄爲，竟要來泰山頭上動土，都覺好笑。韓小瑩道：「其中有兩個女子高鼻碧眼，卻不是中土人氏。」韓寶駒道：「是啊，這般全身純白的駱駝也只西域才有。」柯鎮惡道：「奪馬事小，但她們說有許多厲害腳色要到中都大興府聚會，中間必有重大圖謀，多半要不利於大宋，說不定要害死我千千萬萬漢人百姓。既讓咱們撞見了，可不能不理。」全金發道：「只是嘉興比武之期快到，可不能節外生枝，另有躭擱。」六人躊躇半晌，都覺事在兩難。

南希仁忽道：「靖兒先去！」韓小瑩道：「四哥說要靖兒獨自先去嘉興，咱們探明這事之後再行趕去？」南希仁點了點頭。朱聰道：「不錯，靖兒也該一人到道上歷練歷練了。」

郭靖聽說要與衆師父分手，依依不捨，躊躇不應。柯鎮惡斥道：「這麼大了，還是小孩子一般。」韓小瑩安慰他道：「你先去等我們，不到一個月，我們也跟著來了。」朱聰道：「嘉興比武之約，我們迄今沒跟你詳細說明。總而言之，三月廿四中午，你必須趕到嘉興府醉仙酒樓，便有天大的事也不能失約不到。」郭靖答應了。

柯鎮惡道：「那八個女子要奪你馬，不必跟她們動手，你馬快，她們追趕不上。你有要事在身，不可旁生枝節。」韓寶駒道：「這些女人要是當眞膽敢作惡，江南七怪也決不能放過了。」張阿生逝世已十多年，但六怪說到甚麼事，總仍是自稱「江南七怪」，從不把這位兄弟除開不算。朱聰道：「白駝山不知是甚麼山頭，看來聲勢不小，最好避過了別跟她們糾纏。」郭靖應道：「是。」

當下郭靖向六位師父辭別。六怪日前見他獨鬥黃河四鬼，已能善用所傳武藝，這次放他獨行，一則是江湖豪士羣集中都，只怕事關重大，倘若置之不理，於心不安；二則也是讓他孤身出去闖蕩江湖，得此閱歷經驗，那是任何師父傳授不來的。

各人臨別之時又都囑咐了幾句，南希仁便和往常一般，逢到輪流說話，總是排在最後，只說了四個字：「打不過，逃！」他深知郭靖生性倔強，寧死不屈，要是遇上高手，動手時一味蠻鬥狠拚，非送命不可，便教了他這意味深長的四字訣。朱聰詳加解釋：「武學無底，山外有山，人上有人。任你多大的本事，也決不能天下無敵。大丈夫能屈能伸，當真遇上了兇險危難，須得忍一時之氣，日後練好了功夫，再來找回場子。這叫作留得青山在，不怕沒柴燒，卻不是膽小怕死。倘若對手人多，衆寡不敵，更不能徒逞血氣之勇。四師父這句話，你要記住了！」

郭靖點頭答應，向六位師父磕了頭，上馬向南而去。十多年來與六位師父朝夕與共，一旦分別，在馬上不禁流下淚來，想起母親孤身留在大漠，雖有成吉思汗、拖雷等人照料，衣食自必無缺，但終究寂寞，又一陣難過。馳出十餘里，地勢陡高，道旁高山夾峙，怪石嵯峨，郭靖初次出道，見了這般險惡形勢不覺暗暗心驚，手按劍柄，凝神前望，心想：「三師父見了我這副慌慌張張的模樣，定要罵我沒用了。」

道路愈來愈窄，轉過一個山坳，突見前面白濛濛一團，正是四個男裝白衣女子騎在駱駝上，攔於當路。郭靖心中突的一跳，遠遠將馬勒住，高聲叫道：「勞駕哪，借光借光。」四個女子哈哈大笑。一人笑道：「小夥子，怕甚麼？過來喲，又不會吃了你的。」郭靖臉上一陣發燒，不知如何是好，是跟她們善言相商呢，還是衝過去動武？

只聽另一個女子笑道：「你的馬不壞啊。來，給我瞧瞧。」聽她語氣，全是對小孩子說話的聲口。郭靖心中有氣，眼見身右高山壁立，左邊卻是望不見底的峽谷，雲氣濛濛，不知多深，不禁膽寒，心想：「大師父叫我不必動手。我放馬疾衝過去，她們非讓路不可。」一提韁，雙腿一夾，紅馬如一支箭般向前衝去。郭靖提劍在手，揚聲大叫：「馬來啦，快讓路！有誰給撞下山谷去可不關我事！」那馬去得好快，轉眼間已奔到四女跟前。

一個白衣女子躍下駝背，縱身上來，伸手便來扣紅馬的轡頭。紅馬一聲長嘶，忽地騰空躍起，竄過四匹駱駝。郭靖在半空猶如騰雲駕霧一般，待得落下，已在四女身後。這一下不但四女吃驚，連郭靖也大感意外。

只聽得一女嬌聲怒叱，郭靖回過頭來，只見兩件明晃晃的暗器撲面飛來。他初闖江湖，牢記衆師父的囑咐，事事小心謹慎，只怕暗器有毒，不敢伸手逕接，除下頭上皮帽，扭身兜去，將兩件暗器兜在帽裏，遙聽得兩個女子齊聲讚道：「好功夫。」

郭靖低頭看時，見帽裏暗器是兩隻銀梭，梭頭尖利，穿破了皮帽的襯布，梭身兩旁極爲鋒銳，打中人勢必喪命。他心中有氣：「大家無冤無仇，你們不過看中我一匹馬，就要傷人性命！」把銀梭收入衣囊，生怕另外四個白衣女子在前攔阻，縱馬疾馳，不到一個時辰，已奔出七八十里，幸喜始終沒見另外四女，多半是埋伏道旁，卻給他快馬奔馳，疾竄而過，不及攔阻。他休息片刻，上馬又行，天色未黑，已到了張家口，算來離那些白衣女子已有三日行程，她們再也追不上了。

張家口是南北通道，塞外皮毛集散之地，人煙稠密，市肆繁盛。郭靖手牽紅馬，東張西望，他從未到過這般大城市，所見事物無不透著新鮮，來到一家大酒店之前，腹中饑餓，便把馬繫上門前馬樁，進店入座，要了一盤牛肉，兩斤麵餅，大口吃了起來。他胃口奇佳，依著蒙古人習俗，抓起牛肉麵餅一把把往口中塞去。正吃得痛快，忽聽店門口吵嚷起來。他掛念紅馬，忙搶步出去，只見那紅馬好端端的在吃草料。兩名店夥卻在大聲呵斥一個衣衫襤褸、身材瘦削的少年。

那少年約莫十五六歲年紀，頭上歪戴著一頂黑黝黝的破皮帽，臉上手上全是黑煤，早瞧不出本來面目，手裏拿著一個饅頭，嘻嘻而笑，露出兩排晶晶發亮的雪白細牙，卻與他全身極不相稱。眼珠漆黑，甚是靈動。一個店夥叫道：「幹麼呀？還不給我走？」那少年道：「好，走就走。」剛轉過身去，另一個店夥叫道：「把饅頭放下。」那少年依言將饅頭放下，但白白的饅頭上已留下幾個污黑的手印，再也發賣不得。一個夥計大怒，出拳打去，那少年矮身躲過。

郭靖見他可憐，知他餓得急了，忙搶上去攔住，道：「別動粗，饅頭錢我給！」撿起饅頭，遞給少年。那少年接過饅頭，道：「這饅頭做得不好。可憐東西，給你吃罷！」丟給門口一隻癩皮小狗。小狗撲上去大嚼起來。

一個店夥嘆道：「可惜，可惜，上白的肉饅頭餵狗。」郭靖也是一楞，只道那少年腹中饑餓，這才搶了店家的饅頭，那知他卻丟給狗子吃了。郭靖回座又吃。那少年跟了進來，側著頭瞧他。郭靖給他瞧得有些不好意思，招呼道：「你也來吃，好嗎？」那少年笑道：「好，我一個人悶得無聊，正想找伴兒。」說的是一口江南口音。

郭靖之母是浙江臨安人，江南六怪都是嘉興左近人氏，他從小聽慣了江南口音，聽那少年說的正是自己鄉音，很感喜悅。那少年走到桌邊坐下，郭靖吩咐店小二再拿飯菜。店小二見了少年這副骯髒窮樣，老大不樂意，叫了半天，才懶洋洋的拿了碗碟過來。

那少年發作道：「你道我窮，不配吃你店裏的飯菜麼？只怕你拿最上等的酒菜來，還不合我口味呢。」店小二冷冷的道：「是麼？你老人家點得出，我們總做得出，就怕吃了沒人會鈔。」那少年向郭靖道：「任我吃多少，你都作東麼？」郭靖道：「當然，當然！」轉頭向店小二道：「快切一斤牛肉，半斤羊肝來。」他只道牛肉羊肝便是天下最好的美味，又問少年，說的也是江南話：「喝酒不喝？」

那少年道：「別忙吃肉，咱們先吃果子。喂，夥計，先來四乾果、四鮮果、兩鹹酸、四蜜餞。」店小二嚇了一跳，不意他口出大言，冷笑道：「你大老爺要些甚麼果子蜜餞？」

那少年道：「這種窮地方小酒店，好東西諒來也弄不出來，就這樣吧，乾果四樣是荔枝、桂圓、蒸棗、銀杏。鮮果你揀時新的。鹹酸要砌香櫻桃和薑絲梅兒，不知這兒買不買得到？蜜餞麼？就是玫瑰金橘、香藥葡萄、糖霜桃條、梨肉好郎君。」學著說北方話，並不十分純正。店小二聽他說得在行，不由得收起小覷之心。

那少年又道：「下酒菜這裏沒新鮮魚蝦，嗯，就來八個馬馬虎虎的酒菜吧。」店小二問道：「爺們愛吃甚麼？」少年道：「唉，不說清楚定是不成。八個酒菜是花炊鵪子、炒鴨掌、雞舌羹、鹿肚釀江瑤、鴛鴦煎牛筋、菊花兔絲、爆獐腿、薑醋金銀蹄子。我只揀你們這兒做得出的來點，名貴點兒的菜肴嘛，咱們也就免了。」店小二聽得張大了口合不攏來，等他說完，道：「這八樣菜價錢可不小哪，單是鴨掌和雞舌羹，就得用幾十隻雞鴨。」少年向郭靖一指道：「這位大爺做東，你道他吃不起麼？」

店小二見郭靖身上一件黑貂甚是珍貴，心想就算你會不出鈔，把這件黑貂皮剝下來抵數也儘夠了，當下答應了，再問：「夠用了麼？」

少年道：「再配十二樣下飯的菜，八樣點心，也就差不多了。」店小二不敢再問菜名，只怕他點出來採辦不到，吩咐廚下揀最上等的選配，又問少年：「爺們用甚麼酒？小店有十年陳的竹葉青汾酒，先打兩角好不好？」少年道：「好吧，將就對付著喝喝！」

不一會，果子蜜餞等物逐一送上桌來，郭靖每樣一嚐，件件都是從未吃過的美味。

那少年高談闊論，說的都是南方的風物人情，郭靖聽他談吐雋雅，見識淵博，不禁大爲傾倒。他二師父是個飽學書生，但郭靖全力學武，只閒時才跟朱聰學些粗淺文字，而閒時委實不多，這時聽來，這少年的學識似不在二師父之下，不禁暗暗稱奇，心想：

「我只道他是個落魄貧兒，那知學識竟這般高。中土人物，果然跟塞外大不相同。」

再過半個時辰，酒菜擺滿了兩張拼起來的桌子。那少年酒量甚淺，吃菜也只揀清淡的挾了幾筷，忽然叫店小二過來，罵道：「你們這江瑤柱是五年前的宿貨，這也能賣錢？」掌櫃的聽見了，忙過來陪笑道：「客官的舌頭眞靈。實在對不起。小店沒江瑤柱，是去這裏最大的酒樓長慶樓讓來的。通張家口沒新鮮貨。」

那少年揮揮手，又跟郭靖談論起來，聽他說是從蒙古來，就問起大漠的情景。郭靖受過師父囑咐，不能洩露自己身分，只說些彈兔、射鵰、馳馬、捕狼等諸般趣事。那少年聽得津津有味，聽郭靖說到得意處不覺拍手大笑，神態天眞。

郭靖一生長於沙漠，雖與拖雷、華箏兩個小友交好，但鐵木眞愛惜幼子，拖雷常跟在父親身邊，少有空閒與他遊玩。華箏則脾氣極大，郭靖又不肯太過遷就順讓，儘管常在一起玩耍，卻動不動便要吵架，雖一會兒便言歸於好，總不甚相投，此刻和這少年邊吃邊談，不知如何，竟感到了生平未有之樂。兩人說的都是江南鄉談，更覺親切。他本來口齒笨拙，不善言辭，通常總是給別人問到，才不得不答上幾句，韓小瑩常笑他頗有南希仁惜言如金之風，是四師父的入室子弟，可是這時竟滔滔不絕，把自己諸般蠢舉傻事，除了學武及與鐵木眞有關的之外，竟一古腦兒的都說了出來，說到忘形之處，一把握住了少年的左手。一握之下，只覺他手掌溫軟嫩滑，柔若無骨，不覺一怔。那少年低低一笑，俯下了頭。郭靖見他臉上滿是煤黑，但頸後膚色卻白膩如脂、肌光勝雪，微覺奇怪，卻也並不在意。

那少年輕輕掙脫了手，道：「咱們說了這許久，菜冷了，飯也冷啦！」郭靖道：「是，冷菜也好吃。」那少年搖搖頭。郭靖道：「那麼叫熱一下吧。」那少年道：「不，熱過的菜都不好吃。」把店小二叫來，命他把幾十碗冷菜都撤下去倒掉，再用新鮮材料重做熱菜。

酒店中掌櫃的、廚子、店小二個個稱奇，既有生意，自然一一照辦。蒙古人習俗，招待客人向來傾其所有，何況郭靖這次是平生第一次使錢，渾不知銀錢的用途，但就算知道，既跟那少年說得投機，心下不勝之喜，便多花十倍銀錢，也絲毫不放在心上。

等到幾十盆菜肴重新擺上，那少年只吃了幾筷，就說飽了。店小二心中暗罵郭靖：「你這傻蛋，這小子把你冤上啦。」一會結帳，共是一十九兩七錢四分。郭靖摸出一錠黃金，命店小二到銀鋪兌了銀子付帳。

出得店來，朔風撲面。那少年似覺寒冷，縮了縮頭頸，說道：「叨擾了，再見罷。」郭靖見他衣衫單薄，心下不忍，脫下貂裘，披在他身上，說道：「兄弟，你我一見如故，請把這件衣服穿了去。」他身邊尚賸下八錠黃金，取出四錠，放在貂裘的袋中。那少年也不道謝，披了貂裘，飄然而去。

那少年走出數十步，回過頭來，見郭靖手牽著紅馬，站在長街上兀自望著自己，獃獃出神，知他捨不得就此分別，向他招了招手。郭靖快步過去，道：「賢弟可還缺少甚麼？」那少年微微一笑，道：「還沒請教兄長高姓大名。」郭靖笑道：「眞是的，這倒忘了。我姓郭名靖。兄弟你呢？」那少年道：「我姓黃，單名一個蓉字。」郭靖道：

「你要去那裏？若是回南方，咱們結伴同行如何？」黃蓉搖頭道：「我不回南方。」忽然說道：「大哥，我肚子又餓啦。」郭靖肚中尙飽，但本不捨得就此與這初結交的朋友分手，喜道：「好，我再陪兄弟再去用些酒飯便是。」

這次黃蓉領著他到了張家口最大的酒樓長慶樓，鋪陳全是仿照大宋舊京汴梁大酒樓的格局。黃蓉只要了四碟精致細點，一壺龍井，兩人又天南地北的談了起來。龍井雖是郭靖的故鄉名茶，美甲天下，郭靖卻全不識貨，咬嚼茶葉，只覺淡而無味。

黃蓉聽郭靖說養了兩頭白鵰，好生羨慕，說道：「我正不知到那裏去好，這麼說，明兒我就上蒙古，也去捉兩隻小白鵰玩玩。」郭靖道：「那可不容易碰上。」黃蓉道：「怎麼你又碰上呢？」郭靖無言可答，只好笑笑，心想蒙古苦寒，朔風猛烈，他身子單薄，只怕禁受不住，問道：「你家在那裏？幹麼不回家？」

黃蓉眼圈兒一紅，道：「爹爹不要我啦。」郭靖道：「幹麼呀？」黃蓉道：「爹爹關住了一個人，老是不放，我見那人可憐，獨個兒又悶得慌，便拿些好酒好菜給他吃，又陪他說話。爹爹惱了罵我，我就夜裏偷偷逃了出來。」郭靖道：「你爹爹這時怕在想你呢。你媽呢？」黃蓉道：「早死啦，我從小就沒媽。」郭靖道：「你玩夠之後，就回家去罷。」黃蓉流下淚來，道：「爹爹不要我啦。」郭靖道：「不會的。」黃蓉道：「那麼他幹麼不來找我？」郭靖道：「或許他是找的，不過沒找著。」黃蓉破涕為笑，道：「倒也說得是。那我玩夠之後就回去，不過先得捉兩隻白鵰兒。」

兩人談了一陣途中見聞，郭靖說到八個穿男裝的白衣女子意圖奪馬之事。黃蓉問起小紅馬的性子腳程，郭靖說了紅馬的來歷和奔馳之速，黃蓉聽得十分欣羨，笑吟吟的道：「大哥，我向你討一件寶物，你肯麼？」郭靖道：「那有不肯之理？」黃蓉道：「我就是喜歡你這匹汗血寶馬。」郭靖毫不遲疑，道：「好，我送給兄弟便了。」

黃蓉本是隨口開個玩笑，心想他對這匹千載難逢的寶馬愛若性命，自己與他不過萍水相逢，存心是要瞧瞧這老實人如何出口拒絕，那知他答應得豪爽之至，大出意外，不禁愕然，心中感激，難以自己，忽然伏在桌上，嗚嗚咽咽的哭了起來。

這一下郭靖更大為意外，忙問：「兄弟，怎麼？你身上不舒服麼？」

黃蓉抬起頭來，雖滿臉淚痕，卻喜笑顏開，只見他兩條淚水在臉頰上垂了下來，洗去煤黑，露出兩道白玉般的肌膚，笑道：「大哥，咱們走罷！」

郭靖會了鈔下樓，牽過紅馬，囑咐道：「我把你送給了我的好朋友，你要好好聽話，決不可發脾氣。」拉住轡頭，輕輕撫摸馬毛，說道：「兄弟，你上馬罷！」那紅馬本不容旁人乘坐，但這些日子來野性已大為收斂，又見主人如此，也就不加抗拒。黃蓉翻身上馬，郭靖放開了手，在馬臀上輕輕一拍，小紅馬絕塵而去。

等到黃蓉與紅馬的身形在轉角處消失，郭靖才轉過身來，眼看天色不早，去投了客店，正要熄燈就寢，忽聽房門上有剝啄之聲，郭靖心中一喜，只道是黃蓉，問道：「是兄弟麼？好極了！」外面一人沙啞了嗓子道：「是你老子！有甚麼好？」

郭靖一楞，打開門來，燭光下只見外面影影綽綽的站著五人，一看之下，不禁倒抽了一口涼氣。四個人提刀執槍、掛鞭持斧，正是當日曾在土山頂上與之惡鬥的黃河四鬼，另一個是四十歲左右的青臉瘦子，面頰極長，額角上腫起了三個大肉瘤，形相極是難看。

那青臉瘦子冷笑一聲，大踏步走進房來，大剌剌往炕上一坐，側過了頭斜眼看著郭靖，燭光映射在他肉瘤之上，在臉上留下三團陰影。黃河四鬼中的斷魂刀沈青剛冷笑道：「這位是我們師叔，大名鼎鼎的三頭蛟侯通海侯老爺，快磕頭罷！」

郭靖眼見身入重圍，單是黃河四鬼，已自對付不了，何況再加上他們一個師叔，看來此人功夫必更厲害，抱拳問道：「各位有甚麼事？」

侯通海道：「你那些師父呢？」郭靖道：「我六位師父不在這裏。」侯通海道：「嘿嘿，那就讓你多活半天，倘若現下殺了你，倒讓人說我三頭蛟欺侮小輩。明天中午，我在西郊十里外的黑松林相候，叫你六個師父陪你一起來。」說著站起身來，也不等郭靖回答，逕自出房。追命槍吳青烈把門帶上，喀的一聲，在門外反扣上了。

郭靖吹滅燭火，坐在炕上，見窗紙上一個人影緩緩移來移去，顯然敵人在窗外守住了。過了半晌，忽聽得屋頂響動，有人用兵器在屋瓦上敲擊幾下，喝道：「小子，別想逃走，你爺爺守在這兒。」郭靖情知已無法脫身，上炕而睡，雙眼望著屋頂，盤算明日如何脫身，但半條妙法沒想出，便睡著了。

次日起身，店小二送進臉水麵點。錢青健執著雙斧，在後虎虎監視。

郭靖心想六位師父相距尚遠，定然無法趕到相救，既然逃不了，大丈夫就落個力戰而死，四師父雖曾教導：「打不過，逃！」可是我打也沒打，就即撒腿而逃，跟四師父的指點卻又不合。其實單憑錢青健一人監視，他要逃走，並不爲難，錢青健也未必打得他過。只是他腦子不大會轉彎，南希仁當時倘若只說：「危險，逃！」他多半就會狂奔逃命，諒錢青健也追他不上。三頭蛟侯通海只道江南六怪必在左近，依他們身分，決不會有約不赴，全沒防到郭靖會單身逃走。

郭靖坐在炕上，依著馬鈺所授法子打坐練功。錢青健在他身前揮動雙斧，四下裏空砍虛劈，大聲吆喝，又指摘他打坐方法不對，如此練功，必會走火入魔。郭靖自不理睬，眼見日將中天，站起身來，對錢青健道：「去罷！」付了房飯錢，兩人並肩而行。向西走了十里，果見好一座松林，枝葉遮天蔽日，林中陰沉沉的望不出數十步遠。錢青健撇下郭靖，快步入林。

郭靖解下腰間軟鞭，提氣凝神，一步步向前走去，只怕敵人暗算。順著林中小徑走了里許，仍不見敵蹤，林中靜悄悄地，偶然聽得幾聲鳥叫，越走越害怕，突然心想：「此時已無敵人在旁監視，樹林又如此濃密，我何不躲藏起來？我只是躲，可不算逃！」正要閃入左首樹叢，忽聽頭頂有人高聲怒罵：「小雜種，混帳，王八蛋！」

郭靖躍開三步，軟鞭抖動，一招起手式，擺開了陣勢，抬頭望時，不禁既驚愕又好笑，只見黃河四鬼高高的吊在四棵大樹之上，每個人手足都遭反縛，在空中盪來盪去，拚命掙扎，卻無借力之處。四人見了郭靖，更加破口大罵。

郭靖笑道：「你們在這裏盪秋千麼？好玩得很罷？再見，再見，失陪啦！」走出幾步，回頭問道：「是誰把你們吊在樹上的？」錢青健罵道：「你奶奶雄，詭計暗算，不是好漢！」沈青剛叫道：「好小子，你有種就把我們放下來，單打獨鬥，決個勝敗。我們四人倘若一擁而上，不算英雄。」郭靖雖不算聰明，卻也不至於蠢得到了家，哈哈大笑，說道：「算你們勝，勝了的盪秋千便了，也不必再單打獨鬥啦！」

他怕三頭蛟侯通海隨時趕到，不敢逗留，飛步出林，回到城裏，兌了銀子，買了一匹好馬，當即上道向南，一路心中琢磨：「暗地裏救我的恩人不知是誰？這黃河四鬼功夫並不太差，竟能將他們吊上樹去。那三頭蛟侯通海兇神惡煞一般，怎麼這時又不見了影子？師父們說，跟人訂下了約會，便有天大凶險也不能不赴。這約會我是赴過了，他自己不來，須怪不得我。」

一路無話，這一日到了中都大興府。這是大金國的京城，以前叫作燕京，是先前遼國的南京，乃當時天下形勝繁華之地，即便宋朝舊京汴梁、新都臨安，也有所不及。郭靖長於荒漠，又怎見過這般氣象？只見紅樓畫閣，繡戶朱門，雕車競駐，駿馬爭馳。高櫃巨鋪，盡陳奇貨異物；茶坊酒肆，但見華服珠履。花光滿路，簫鼓喧空；金翠耀日，羅綺飄香。只把他這從未見過世面的少年看得眼花繚亂。所見之物，十件中倒有九件不知是甚麼東西。

他不敢走進金碧輝煌的酒樓，揀了間小小飯鋪吃了飯，信步到長街閒逛。忽聽得前面人聲喧嘩，喝采之聲不絕於耳，遠遠望去，圍著好大一堆人，不知在看甚麼。

他好奇心起，挨入人羣張望，只見中間老大一塊空地，地下插了一面錦旗，白底紅花，繡著「比武招親」四個金字，旗下兩人正自拳來腳去的打得熱鬧，一個是紅衣少女，一個是長大漢子。郭靖見那少女舉手投足皆有法度，顯然武功不弱，那大漢卻武藝平平。拆鬥數招，那紅衣少女賣個破綻，上盤露空。那大漢大喜，一招「雙蛟出洞」，雙拳呼地打出，直取對方肩頭。那少女身形略偏，當即滑開，左臂橫掃，蓬的一聲，大漢背上早著。那大漢收足不住，向前直跌出去，只跌得灰頭土臉，爬起身來，滿臉羞慚，擠入人叢中去了。旁觀眾人連珠價喝采。

那少女掠了掠頭髮，退到旗桿之下。郭靖看那少女時，見她十七八歲年紀，玉立亭亭，雖臉有風塵之色，但明眸皓齒，容顏娟好。那錦旗在朔風下飄揚飛舞，遮得那少女臉上忽明忽暗。錦旗左側地下插著一桿鐵槍，右側插著兩枝鑌鐵短戟。

只見那少女和身旁的一個中年漢子低聲說了幾句話。那漢子點點頭，向眾人團團作了一個四方揖，朗聲說道：「在下姓穆名易，山東人氏。路經貴地，一不求名，二不為利，只為尋訪一位朋友……」說著伸掌向錦旗下的兩件兵器示意一指，又道：「……以及一位年少的故人。又因小女年已及笄，尚未許得婆家，她曾許下一願，不望夫婿富貴，但願是個武藝超羣的好漢，因此上斗膽比武招親。凡年在二十歲上下，尚未娶親，能勝得小女一拳一腳的，在下即將小女許配於他。如是山東、兩浙人氏，就更加好了。在下父女兩人，自南至北，經歷七路，只因成名的豪傑都已婚配，而少年英雄又少肯於下顧，是以始終未得良緣。」說到這裏，頓了一頓，抱拳說道：「大興府是臥虎藏龍之地，高人好漢必多，在下行事荒唐，請各位多多包涵。」

郭靖見這穆易腰粗膀闊，甚是魁梧，但背脊微駝，兩鬢花白，滿臉皺紋，神色間甚爲愁苦，身穿一套粗布棉襖，衣褲上都打了補釘。那少女卻穿著光鮮得多。

穆易交代之後，等了一會，只聽人叢中一些混混貧嘴取笑，又對那少女評頭品足，卻沒人敢下場動手，抬頭望望天，見鉛雲低壓，北風更勁，自言自語：「看來轉眼有一場大雪。唉，那日也是這樣的天色……」轉身拔起旗桿，正要把「比武招親」的錦旗捲起，忽然人叢中東西兩邊同時有人喝道：「且慢！」兩個人同時竄入圈子。

衆人一看，轟然大笑。原來東邊進來的是個肥胖老者，滿臉濃髯，鬍子大半斑白，年紀少說也有五十來歲。西邊來的更是好笑，竟是個光頭和尚。那胖子對衆人喝道：「笑甚麼？他比武招親，我尚未娶妻，難道我比不得？」那和尚嘻皮笑臉的道：「老公公，你就算勝了，這花一般的閨女，叫她一過門就做寡婦麼？」那胖子怒道：「那你來幹甚麼？」和尚道：「得了這樣美貌娘子，我和尚馬上還俗。」衆人更轟然大笑。

那少女臉呈怒色，柳眉雙豎，脫下剛穿上的披風，就要上前動手。穆易拉了女兒一把，叫她稍安毋躁，隨手又把旗桿插入地下。

這邊和尚和胖子爭著要先和少女比武，你一言，我一語，已鬧得不可開交，旁觀的閒漢笑著起鬨：「你哥兒倆先比一比吧，誰贏了誰上！」和尚道：「好，老公公，咱倆玩玩！」說著呼的就是一拳。那胖子側頭避開，回打一拳。

郭靖見那和尚使的是少林羅漢拳，胖子使的是五行拳，都是外門功夫。和尚縱高伏低，身手便捷。那胖子卻拳腳沉雄，莫瞧他年老，竟招招勁猛。鬥到分際，和尚猱身直進，砰砰砰，在胖子腰裏連捶三拳，那胖子連哼三聲，忍痛不避，右拳高舉，有如巨鎚般捶將下來，正捶在和尚的光頭之上。和尚抵受不住，一屁股坐在地下，微微一楞，忽地從僧袍中取出一柄戒刀，揮刀向胖子小腿劈去。

衆人高聲大叫。那胖子跳起避開，伸手從腰裏一抽，鐵鞭在手，原來兩人身上都暗藏兵刃。轉眼間刀來鞭往，鞭去刀來，乒乓作聲，殺得好不熱鬧。衆人嘴裏叫好，腳下不住後退，生怕兵器無眼，誤傷了自己。

穆易走到兩人身旁，朗聲說道：「兩位住手。這裏是京師之地，不可掄刀動槍。」那兩人殺得性起，那來理他？穆易忽地欺身而進，飛腳把和尚手中戒刀踢得脫手，順手抓住了鐵鞭鞭頭，一扯一奪，那胖子把捏不住，只得鬆手。穆易將鐵鞭重重擲落。和尚與胖子不敢多話，各自拾起兵刃，鑽入人叢而去。

衆人轟笑聲中，忽聽得鸞鈴響動，數十名健僕擁著一個少年公子馳馬而來。

那公子見了「比武招親」的錦旗，向那少女打量了幾眼，微微一笑，下馬走進人叢，向少女道：「比武招親的可是這位姑娘麼？」那少女紅了臉轉過頭去，並不答話。

穆易上前抱拳道：「在下姓穆，公子爺有何見教？」那公子道：「比武招親的規矩怎麼樣？」穆易說了一遍。那公子道：「那我就來試試。」

郭靖見這公子容貌俊秀，約莫十八九歲年紀，一身錦袍，服飾華貴，心想：「這公子跟這姑娘倒是一對兒，幸虧剛才那和尚和胖老頭武功不濟，否則……否則……」

穆易抱拳陪笑道：「公子爺取笑了。」那公子道：「怎見得？」穆易道：「小人父女是江湖草莽，怎敢與公子爺放對？再說這不是尋常的賭勝較藝，我們志在尋人，又事關小女終身大事，請公子爺見諒。」那公子望了紅衣少女一眼，問道：「你們比武招親已有幾日了？」穆易道：「經歷七路，已有大半年了。」那公子奇道：「難道竟沒人勝得了姑娘？這個我卻不信了。」穆易微微一笑，說道：「想來武藝高強之人，不是已婚，就是不屑跟小女動手。」

那公子叫道：「來來來！我來試試。」緩步走到中場。

穆易見他人品秀雅，丰神儁朗，心想：「這人若是尋常人家的少年，倒也和我孩兒相配。但他是富貴公子，此處是金人的京師，他父兄就算不在朝中做官，也必是有財有勢之人。我孩兒倘若勝過了他，難免另有後患；要是給他得勝，我又怎能跟這等人家結親？」便道：「小人父女是山野草莽之人，不敢跟公子爺過招。咱們就此別過。」

那公子笑道：「切磋武藝，點到爲止，你放心，我決不打傷打痛你的姑娘便是。」轉頭對那少女笑道：「姑娘只消打到我一拳，便算是你贏了，好不好？」那少女道：「比武過招，勝負自須公平。」人圈中有人叫將起來：「快動手罷。早打早成親，早抱胖娃娃！」衆人都轟笑起來。

那少女皺起眉頭，含嗔不語，脫落披風，向那公子微一萬福。那公子還了一禮，笑道：「姑娘請。」穆易心道：「這公子爺嬌生慣養，豈能眞有甚麼武功了？儘快將他打發了，我們這就出城，免得多生是非。」說道：「那麼公子請寬了長衣。」那公子微笑道：「不用了。」

旁觀衆人見過那少女的武藝，心想你如此托大，待會就有苦頭好吃；也有的說道：「穆家父女是行走江湖之人，怎敢得罪了王孫公子？定會將他好好打發，不讓他失了面子。」又有人悄悄的道：「你道他們眞是『比武招親』麼？他是仗著閨女生得美貌，又有武藝，父女倆出來訛騙錢財的。這公子爺這一下可要破財了。」當時江湖上賣解求財、藉口比武招親之事在通都大邑中事所常有，常人也不以爲奇。

那少女道：「公子請。」那公子衣袖輕抖，人向右轉，左手衣袖突從身後向少女肩頭拂去。那少女見他出手不凡，微微一驚，俯身前竄，已從袖底鑽過。那知這公子招數好快，她剛從袖底鑽出，他右手衣袖已勢挾勁風，迎面撲到，這一下教她身前有袖，頭頂有袖，雙袖夾擊，再難避過。那少女左足一點，身子似箭離弦，倏地向後躍出，這一下變招救急，身手敏捷。那公子叫了聲：「好！」踏步進招，不待她雙足落地，跟著又揮袖抖去。那少女在空中扭轉身子，左腳飛出，逕踢對方鼻樑，這是以攻爲守，那公子只得向右躍開，兩人同時落地。那公子這三招攻得快速異常，而那少女三下閃避也十分靈動，各自心中佩服，互相望了一眼。那少女臉上一紅，出手進招。兩人鬥到急處，只見那公子滿場遊走，身上錦袍燦然生光；那少女進退趨避，紅衫絳裙，似乎化作了一團紅雲。

郭靖在一旁越看越奇，心想這兩人年紀和我相若，竟都練成了如此一身武藝，實在難得；又想他們年貌相當，如能結成夫妻，鬧下來時時這般「比武招親」，倒也有趣得緊。他張大了嘴巴，正看得興高采烈，忽見公子長袖給那少女伸手抓住，兩下掙奪，嗤的一聲，扯下了半截。那少女向旁躍開，把半截袖子往空中一揚。

穆易叫道：「公子爺，我們得罪了。」轉頭對女兒道：「這就走罷！」

那公子臉色一沉，喝道：「可沒分了勝敗！」雙手抓住袍子衣襟，向外分扯，錦袍上玉扣四下摔落。一名僕從走進場內，幫他寬下長袍。另一名僕從拾起玉扣。只見那公子內裏穿著湖綠緞子的中衣，腰裏束著一根蔥綠汗巾，更襯得臉如冠玉，唇若塗丹。

他左掌向上甩起，虛劈一掌，這一下可顯了眞實功夫，一股淩厲勁急的掌風將那少女的衣帶震得飄了起來。這一來，郭靖、穆易和那少女都是一驚，均想：「瞧不出這相貌秀雅之人，功夫竟如此狠辣！」

這時那公子再不相讓，掌風呼呼，打得興發，那少女再也欺不到他身旁三尺以內。

郭靖心想：「這公子功夫了得，這姑娘不是敵手，這門親事做得成了。」暗自代雙方欣喜；又想：「六位師父常說，中原武學高手甚多，果然不錯。這位公子爺掌法奇妙，變化靈巧，倘若跟我動手，我只怕打他不過。」

穆易也早看出雙方強弱之勢早判，叫道：「念兒，不用比啦，公子爺比你強得多。」心想：「這少年武功了得，自不是吃著嫖賭的紈袴子弟。待會問明他家世，只消不是金國官府人家，便結了這門親事，我孩兒終身有托。」連聲呼叫，要二人罷鬥。

但兩人鬥得正急，一時那裏歇得了手？那公子心想：「這時我要傷你，易如反掌，不過有點捨不得。」忽地左掌變抓，隨手鉤出，已抓住少女左腕，少女吃驚，向外掙奪。那公子順勢輕送，那少女立足不穩，眼見要仰跌下去，那公子右臂抄去，已將她抱在懷裏。旁觀衆人又喝采，又喧鬧，亂成一片。

那少女羞得滿臉通紅，低聲求道：「快放開我！」那公子笑道：「你叫我一聲親哥哥，我就放你！」那少女恨他輕薄，用力一掙，但給他緊緊摟住了，卻那裏掙扎得脫？

穆易搶上前來，說道：「公子勝啦，請放下小女罷！」那公子哈哈一笑，仍然不放。

那少女急了，飛腳向他太陽穴踢去，要叫他不能不放開了手。那公子右臂鬆脫，舉手擋架，反腕鉤出，又已拿住了她踢過來的右腳。他這擒拿功夫竟得心應手，擒腕得腕，拿足得足。那少女更急，奮力抽足，腳上繡著紅花的繡鞋竟離足而去，但總算掙脫了他懷抱，坐在地下，含羞低頭，摸著白布襪子。那公子嘻嘻而笑，把繡鞋放在鼻邊作勢一聞。旁觀的無賴子那有不乘機湊趣之理，齊聲大叫：「好香啊！」

穆易笑道：「請教尊姓大名？」那公子笑道：「不必說了吧！」轉身披上錦袍，向那紅衣少女望了一眼，把繡鞋放入懷裏。

便在這時，一陣風緊，天上飄下片片雪花，許多閒人叫了起來：「下雪啦，下雪啦！」

穆易道：「我們住在西大街高陞客棧，這就一起去談談罷。」那公子道：「談甚麼？天下雪啦，我趕著回家。」穆易愕然變色，道：「你既勝了小女，我有言在先，自然將女兒許配給你。終身大事，豈能馬虎？」那公子哈哈一笑，說道：「我們在拳腳上玩玩，倒也有趣。招親嘛，哈哈，可多謝了！」

穆易氣得臉色雪白，一時說不出話來，指著他道：「你……你這……」

公子的一名親隨冷笑道：「我們公子爺是甚麼人？怎會跟你這等走江湖賣解的低三

下四之人攀親？你做你的清秋白日夢去罷！」穆易怒極，反手出掌，正中他左頰，力道奇勁，那親隨登時暈了過去。那公子也不和他計較，命人扶起親隨，就要上馬。穆易怒道：「你是存心消遣我們來著？」那公子也不答話，左足踏上了馬鐙。

穆易左手翻過，抓住了那公子左臂，喝道：「好，我閨女原也不能嫁你這等輕薄小人，把鞋子還來！」那公子笑道：「這是她甘願送我的，與你何干？招親是不必了，采頭卻不能不要。」手臂繞了個小圈，微一運勁，已把穆易左手震脫。

穆易氣得全身發顫，喝道：「我跟你拚啦！」縱身高躍，疾撲而前，雙拳「鐘鼓齊鳴」，往他兩邊太陽穴打去。那公子仰身避開，左足在馬鐙上一登，飛身躍入場子，笑道：「我如打敗了你這老兒，你就不逼我做女婿了罷？」

旁觀眾人都氣惱這公子輕薄無行，仗勢欺人，但除了幾個無賴混混大笑之外，餘人都含怒不言。

穆易不再說話，緊了緊腰帶，使招「海燕掠波」，身子躍起，向那公子疾撞過去。那公子知他怒極，不敢怠慢，擰過身軀，左掌往外穿出，「毒蛇尋穴手」往他小腹擊去。穆易向右避過，右掌疾向對方肩井穴斬下。那公子左肩微沉，避開敵指，不待左掌撤回，右掌已從自己左臂下穿出，「偷雲換日」，上面左臂遮住了對方眼光，臂下這掌出敵不意，險狠之極。穆易左臂沉落，手肘已搭在他掌上，右拳橫掃，待他低頭躲過，猝然間雙掌合攏，「韋護捧杵式」猛劈他雙頰。

那公子這時不論如何變招，都不免中掌，心一狠，雙手倏地飛出，快如閃電，十根手指分別插入穆易左右雙手手背，隨即向後躍開，十根指尖已成紅色。

旁觀眾人齊聲驚呼，只見穆易手背鮮血淋漓。鮮血滴在地下，傷勢竟自不輕。那少女又氣又急，忙上來扶住父親，撕下父親衣襟，給他裹傷。穆易把女兒輕輕一推，怒道：「走開，今日不跟他拚了不能算完。」那少女道：「爹，這人好狠，今日且忍一忍！」

眾人眼見一樁美事變成血濺當場，個個驚咦嘆息，連那些無賴地痞臉上也都有不忍之色。有人便輕輕議論那公子的不是。

郭靖見了這等不平之事，那裏還忍耐得住？見那公子在衣襟上擦了擦指上鮮血，又要上馬，雙臂分張，輕輕推開身前各人，走入場子，叫道：「喂，你這樣幹不對啊！」

那公子一呆，隨即笑道：「要怎樣幹纔對啊？」他手下隨從見郭靖打扮得土頭土腦，說話又是一口南方土音，聽公子學他語音取笑，都縱聲大笑。

郭靖楞楞的也不知他們笑些甚麼，正色道：「你該當娶了這位姑娘才是。」

那公子側過了頭，笑吟吟的道：「要是我不娶呢？」郭靖道：「你既不願娶她，幹麼下場比武？她旗上寫得明明白白是『比武招親』。」那公子臉色一沉，道：「你這小子來多管閒事，要想怎地？」郭靖道：「這位姑娘相貌既好，武藝又高，你幹麼不要？你不見這位姑娘氣得臉都白了嗎？」那公子道：「你這渾小子，跟你多說也是白饒。」轉身便走。郭靖伸手攔住，道：「咦？怎麼又要走啦？」那公子道：「怎麼？」郭靖道：「我不是勸你娶了這位姑娘麼？」那公子縱聲冷笑，大踏步走出。

穆易見郭靖慷慨仗義，知他是個血性少年，然而聽他與那公子一問一答，顯然心地純厚，全然不通世務，走近身來，對他道：「小兄弟，別理他，只要我有一口氣在，此仇不能不報。」提高了嗓子叫道：「喂，你留下姓名來！」

那公子笑道：「我說過不能叫你丈人，又問我姓名幹麼？」

郭靖大怒，縱身過去，喝道：「那麼你將鞋子還給這位姑娘。」那公子怒道：「關你屁事？你自己看上了這姑娘是不是？」郭靖搖頭道：「不是！你到底還不還？」那公子忽出左掌，去勢如風，重重打了郭靖個耳光。郭靖全沒料到他會突然出手，敵掌之來，沒想到要閃避擋格，給他重重一掌擊在臉上，驚怒交集，施展擒拿手中的絞拿之法，左手向上向右，右手向下向左，雙手交叉而落，一絞之下，同時拿住了那公子雙腕脈門。

那公子又驚又怒，一掙沒能掙脫，喝道：「你要死麼？」飛起右足，往郭靖下陰踢去。郭靖雙手奮力抖出，將他擲回場中。那公子輕身功夫甚爲了得，這一擲眼見是肩頭向下，那知他將著地時右足底往地下一撐，已然站直。他疾將錦袍抖下，喝道：「你這臭小子活得不耐煩了？有種的過來，跟公子爺較量較量。」

郭靖搖頭道：「我幹麼要跟你打架？你既不願娶她，就將鞋子還了人家。」

衆人只道郭靖出來打抱不平，都想見識見識他的功夫，不料他忽然臨陣退縮，有些無賴子便噓了起來，叫道：「只說不練，算那門子的好漢？」

那公子剛才給郭靖這麼拿住雙腕一擲，知他武功不弱，內力強勁，心中也自忌憚三分，見他不願動手，正合心意，但被迫交還繡鞋，在衆目睽睽之下如何下得了這個台？當下把錦袍搭在臂上，冷笑轉身。郭靖伸左手抓住錦袍，叫道：「怎麼便走了？」

那公子忽施計謀，手臂一甩，錦袍猛地飛起，罩正郭靖頭上，跟著雙掌齊出，猛力打中他胸肋。郭靖突覺眼前一黑，同時胸口一股勁風襲到，急忙吐氣縮胸，已自不及，啪的一聲，肋上雙掌齊中。幸而他曾跟丹陽子馬鈺修習過兩年玄門正宗內功，這兩掌雖給打得胸口劇痛徹骨，卻也傷他不得，當此危急之際，雙腳鴛鴦連環，左起右落，左落右起，倏忽之間接連踢出了九腿。這是馬王神韓寶駒的生平絕學，腳下曾踢倒無數南北好漢。郭靖雖未學得三師父腿法的神髓，頭上又罩著錦袍，目不見物，只得飛腳亂踢，那公子卻也給他踢得手忙腳亂，避開了前七腿，最後兩腳竟然未能避過，噠噠兩下，左胯右胯均遭踢中。

兩人齊向後躍。郭靖忙把罩在頭上的錦袍甩脫，不由得又驚又怒，心想事先說好了比武招親，這公子比武得勝，竟會不顧信義，不要人家的姑娘，而自己與他講理，他既打人在先，又猛下毒手，要不是自己練有內功，受了這兩掌豈非肋骨斷折、內臟震傷？他天性質樸，自幼又一直與粗獷誠實之人相處，對人性之險惡竟全然不知。雖然朱聰、全金發等近年來已說了不少江湖上陰毒狡猾之事給他聽，但他只當聽故事一般，聽過便算，既非親身經歷，便難深印腦中。這時憤怒之餘，又茫然不解，眞不信世間竟有這等事情。

那公子中了兩腿，勃然大怒，身形一晃，斗然間欺到郭靖身邊，左掌「斜掛單鞭」，呼的一聲，向他頭頂劈落。郭靖舉手擋格，雙臂相交，只覺胸口驀地劇痛，心裏驚了，給那公子搶攻數招，出腳勾轉，撲地跌倒。公子的僕從都嘻笑起來，有人還鼓掌喝采。

那公子拍了拍胯上塵土，冷笑道：「憑這點三腳貓功夫就想打抱不平！回家叫你師娘再教二十年！」

郭靖並不作聲，吸了口氣，在胸口運了幾轉，疼痛立減，說道：「我沒師娘！」那公子哈哈大笑，說道：「那麼叫你師父快娶一個！」郭靖正想說：「我有六個師父，其中一個是女的。」卻見那公子正想走出圈子，這句話來不及說了，忙縱身而上，叫道：「看拳！」肘底衝拳，往他後腦擊去。那公子低頭避過，郭靖左手鉤拳從下而上，擊他面頰。那公子舉臂擋開，兩人雙臂相格，各運內勁，向外崩擊。郭靖本力較大，那公子武功較純，一時僵住了不分上下。

郭靖猛吸口氣，正待加強臂上之力，忽覺對方手臂陡鬆，自己一股勁力突然落空，不由得向前撲出，急忙拿樁站穩，後心敵掌已到。郭靖忙回掌招架，但他是憑虛，對方踏實，那公子道：「去罷！」掌力震出，郭靖立不住腳，又即跌倒，這次卻是俯跌。他左肘在地下力撐，身子彈起，在空中轉了半個圈子，左腿橫掃，向那公子胸口踢去。

旁觀眾人見他這一下變招迅捷，稍會拳藝的人都喝了一聲采。

那公子向左側身，雙掌虛實並用，一掌擾敵，一掌相攻。郭靖展開「分筋錯骨手」，雙手飛舞，拿筋錯節，招招不離對手全身關節穴道。那公子掌法忽變，竟然也使出「分筋錯骨手」來。只是郭靖這路功夫係妙手書生朱聰自創，與中原名師所傳的招式不同。兩人拳路甚近，手法招術卻是大異，拆得數招，一個伸食中兩指扣拿對方腕後「養老穴」，另一個反手鉤擒，抓向對方指關節。雙方各有所忌，都不敢把招術使實了，稍發即收，如此拆了三四十招，兀自不分勝敗。雪片紛落，眾人頭上肩上都已積了薄薄一層白雪。

那公子久戰不下，忽然賣個破綻，露出前胸，郭靖乘機直上，手指疾點對方胸口「鳩尾穴」，心念忽動：「我和他並無仇怨，不能下此重手！」手指微偏，戳在穴道之旁。豈知那公子右臂忽地穿出，將郭靖雙臂掠在外門，左手接連蓬蓬兩拳，正擊中他的腰眼。郭靖忙彎腰縮身，發掌也向那公子腰裏打到。那公子早算到了這招，右手鉤轉，已刁住他手腕，「順手牽羊」往外帶出，右腿在郭靖右腿迎面骨上一撥，借力使力，郭靖站立不定，咕咚一聲，重重的又摔了一交。

穆易雙手由女兒裹好了創口，站在旗下觀鬥，見郭靖連跌三交，顯然不是那公子對手，忙搶上扶起，說道：「老弟，咱們走罷，不必再跟這般下流胚子一般見識。」

郭靖剛才這一交摔得頭暈眼花，額角撞在地下更好不疼痛，怒火大熾，掙脫穆易拉住他的手，搶上去拳掌連施，狠狠向那公子打去。

那公子眞料不到他竟輸了不走，反而愈鬥愈勇，躍開三步，叫道：「你怎還不服輸？」郭靖並不答話，搶上來繼續狠打。那公子道：「你再糾纏不清，可莫怪我下殺手了！」郭靖道：「好！你不把鞋子還出來，咱們永遠沒完。」那公子笑道：「這姑娘又不是你親妹子，幹麼你拚死要做我大舅子？」這句是北方罵人的話兒，旁邊的無賴子一齊鬨笑。郭靖全然不懂，道：「我又不認得她，她本來不是我親妹子。」那公子又好氣又好笑，斥道：「傻小子，看招！」兩人搭上了手，翻翻滾滾的又鬥了起來。

這次郭靖留了神，那公子連使詭計，郭靖儘不上當。講到武功，那公子實是稍勝一籌，但郭靖拚著一股狠勁，奮力劇戰，身上儘管再中拳掌，卻始終纏鬥不退。他幼時未學武藝之時，與都史等一羣小孩打架便已如此。這時武藝雖然高了，打法仍是出於天性，與幼時一般無異，蠻勁發作，早把四師父所說「打不過，逃！」的四字眞言抛到了九霄雲外。在他內心，一向便是六字眞言：「打不過，加把勁。」不過自己不知而已。

這時聞聲而來圍觀的閒人越聚越衆，廣場上已擠得水洩不通。風雪漸大，但衆人有熱鬧好瞧，竟誰也不走。

穆易老走江湖，知道如此打鬥下去，定會驚動官府，鬧出大事，但人家仗義出來打抱不平，自己豈能就此一走了之，在一旁瞧著，十分焦急，無意中往人羣一瞥，忽見觀鬥衆人中竟多了幾個武林人物、江湖豪客，或凝神觀看，或低聲議論。適才自己全神貫注的瞧著兩個少年相鬥，也不知這些人是幾時來的。

穆易慢慢移動腳步，走近那公子的隨從聚集之處，側目斜睨，只見隨從羣中站著三個相貌特異之人。一個身披大紅袈裟，頭戴一頂金光燦然的尖頂僧帽，是個和尚，他身材魁梧之極，站著比四周衆人高出了一個半頭。另一個中等身材，滿頭白髮如銀，但臉色光潤，不起一絲皺紋，猶如孩童一般，當眞是童顏白髮，神采奕奕，穿一件葛布長袍，打扮非道非俗。第三個五短身材，滿眼紅絲，卻目光如電，上唇短髭翹起。

穆易看得暗暗驚訝，只聽一名僕從道：「上人，你老下去把那小子打發了罷，再纏下去，小王爺要是一個失手，受了點兒傷，咱們跟隨小王爺的下人們可都活不了啦。」

穆易大吃一驚，心道：「原來這無賴少年竟是小王爺，再鬥下去，可要鬧出大禍來。看來這些人都是王府裏的好手，想必衆隨從害怕出事，去召了來助拳。」只見那和尙微微一笑，並不答話。那白髮老頭笑道：「靈智上人是青海手印宗大高手，等閒怎能跟這等渾小子動手，沒的失了自己身分。」轉頭向那僕從笑道：「最多王爺打折你們的腿，還能要了性命麼？」那矮小漢子說道：「小王爺功夫比那小子高，怕甚麼？」他身材短小，卻聲若洪鐘，話一出口，旁人都嚇了一跳，回頭看去，被他閃電似的目光一瞪，又都急忙回頭，不敢再看。

那白髮老人笑道：「小王爺學了這身功夫，不在人前露臉，豈不空費了這多年寒暑之功？要是誰上去相幫，他準不樂意。」那矮小漢子道：「梁公，你說小王爺的掌法是那一門功夫？」這次他壓低了嗓門。白髮老人呵呵笑道：「彭老弟，這是考較你老哥來著？小王爺掌法飛翔靈動，虛實變化，委實不容易。要是你老哥不走了眼，那麼他必是跟全眞教道士學的武功。」穆易心中一凜：「這下流少年是全眞派的？」

那矮小漢子道：「梁公好眼力。你向在長白山下修仙煉藥，聽說很少到中原來，對中原武學的家數門派卻一瞧便知，兄弟佩服之至。」那白髮老頭微笑道：「彭老弟取笑了。」那矮小漢子又道：「可是全眞教的道士常跟我大金國作對，怎會去教小王爺武藝，這倒奇了。」那白髮老頭笑道：「六王爺折節下交，甚麼人請不到？似你彭老弟這般縱橫河北、河東的豪傑，不也到了王府裏麼？」那矮小漢子點了點頭。

白髮老頭望著圈中兩人相鬥，見郭靖掌法又變，出手遲緩，門戶卻守得緊密異常，小王爺數次搶攻，都讓他厚重的掌法震了回去，問那矮小漢子道：「你瞧這小子的武功是甚麼家數？」那人遲疑了一下，道：「這小子武功很雜，好似不是一個師父所授。」旁邊一人接口道：「彭寨主說得對，這小子是江南七怪的徒弟。」

穆易向他瞧去，見是個青臉瘦子，額上生了三個肉瘤，心想：「這人叫他彭寨主，難道這矮小漢子，竟然便是那殺人不眨眼的大盜千手人屠彭連虎？江南七怪的名字很久沒聽到了，怎地到了北邊？」正自疑惑，那青臉瘦子忽然怒喝：「臭小子，你在這裏？」嗆啷啷一聲，從背上拔出一柄短柄三股鋼叉，縱身躍入場子。

郭靖聽得身後響聲，回頭看去，迎面便是三個肉瘤不住晃動，正是黃河四鬼的師叔三頭蛟侯通海搶將進來，吃了一驚，他想事不快，一時不知該當如何才是，就這麼一疏神，肩頭中了一拳，忙即還手，又與那公子相鬥。

衆人見侯通海手執兵刃躍入場子，自是要相助其中一方，都覺不公，紛紛叫嚷起來。穆易見他與那彭寨主等接話，知他是小王爺府中人物，雙掌一錯，搶上幾步，只要他向郭靖動手，自己馬上就接了過來，雖然對方人多勢衆，但勢逼處此，也只得一拚了。那知侯通海並不奔向郭靖，卻是直向對面人叢中衝去。一個滿臉煤黑、衣衫襤褸的瘦弱少年見他衝來，叫聲：「啊喲！」轉頭就跑。侯通海快步追去，他身後四名漢子跟著趕去。

郭靖一瞥之間，見侯通海所追的正是自己新交好友黃蓉，後面尚有黃河四鬼，手執兵刃，殺氣騰騰的追趕，心裏一急，腿上給小王爺踢中了一腳。他跳出圈子，叫道：「且住！我出去一下，回頭再打。」小王爺給他纏住了狠拚爛打，早已沒了鬥志，只盼儘早停手，聽他這麼說正是求之不得，冷笑道：「你認輸就好！」

郭靖一心掛念黃蓉的安危，正要追去相助，忽聽噓噓噓聲響，黃蓉拖了鞋皮，嘻嘻哈哈的奔回，後面侯通海連聲怒罵，搖動鋼叉，一叉又一叉的向他後心刺去。但黃蓉身法甚是敏捷，鋼叉總是差了少些，沒法刺著。鋼叉三股叉尖在日光下閃閃發亮，叉身上套著三個鋼環，搖動時互相撞擊，嗆啷啷的直響。黃蓉在人叢中東鑽西鑽，頃刻間在另一頭鑽了出來。

侯通海趕到近處，衆人無不失聲而笑，原來他左右雙頰上各有一個黑黑的五指掌印，顯然是給那瘦小子打的。侯通海在人叢中亂推亂擠，待得挨出，黃蓉早去得遠了，但見他遠遠站定了等候，不住嘻笑招手。侯通海氣得哇哇大叫：「不把你這臭小子剝皮拆骨，我三頭蛟誓不爲人！」挺著鋼叉疾追過去。

黃蓉待他趕到相距數步，這才發足奔逃。衆人看得好笑，郭靖見那邊廂三人氣喘吁吁的趕來，正是黃河三鬼，卻少了個喪門斧錢青健。

郭靖看了黃蓉身法，驚喜交集：「原來賢弟身有高明武功，那日在張家口黑松林中引走侯通海、把黃河四鬼吊在樹上，自然是他爲了幫我而幹的了。」

這邊廂那彭寨主等一干人都暗自詫異。靈智上人心想：「你參仙老怪適才吹得好大的氣兒，說甚麼雖然久在長白山下，卻於中原武學的家數門派一瞧便知。」說道：「參仙，這小叫化身法靈動，卻是甚麼門派？侯老弟似乎吃了他虧啦！」

那童顏白髮的老頭名叫梁子翁，是長白山武學的一派宗師，自小服食野山人參與諸般珍奇藥物，是以駐顏不老，武功奇特，人稱參仙老怪。這「參仙老怪」四字向來分開了叫，當著面稱他爲「參仙」，不是他一派的弟子，背後都稱他爲「老怪」了。他瞧不出那小叫化來歷，只微微搖頭，隔了一會，說道：「我在關外時，常聽得鬼門龍王是一把了不起的高手，怎麼他師弟這般不濟，連個小孩子也鬥不過？」

那矮小漢子正是彭連虎，聽了皺眉不語。他與鬼門龍王沙通天向來交好，互爲奧援，聯手大做沒本錢買賣。他知三頭蛟侯通海武功不弱，今日竟如此出醜，甚爲費解。

黃蓉與侯通海這麼一鬧，郭靖與小王爺暫行罷手不鬥。那小王爺激鬥大半個時辰，雖把郭靖摔了六七交，大佔上風，對方終於知難而退，但自己身上也中了不少拳腳，累得手疲腳軟，滿身大汗，抄起腰間絲巾不住抹汗。

穆易已收起了「比武招親」的錦旗，執住郭靖的手連聲道謝慰問，正要和他儘快離開這是非之地，忽然噠噠噠拖鞋皮聲響，嗆啷啷三股叉亂鳴，黃蓉與侯通海一逃一追，奔了回來。黃蓉手中揚著兩塊布條，看侯通海時，衣襟給撕去了兩塊，露出毛茸茸的胸口。再過一陣，吳青烈和馬青雄一個挺槍、一個執鞭，氣喘吁吁的趕來。其中又少了個斷魂刀沈青剛，想是給黃蓉做了手腳，不知打倒在那裏了。這時黃蓉和侯通海又已奔得不見了人影。旁觀眾人無不又是奇怪，又覺好笑。

突然西邊一陣喝道之聲，十幾名軍漢健僕手執籐條，向兩邊亂打，驅逐閒人。眾人紛紛往兩旁讓道。只見轉角處六名壯漢抬著一頂繡金紅呢大轎過來。

小王爺的衆僕從叫道：「王妃來啦！」小王爺皺眉罵道：「多事，誰去稟告王妃來著？」僕從不敢回答，待繡轎抬到比武場邊，爭著搶上侍候。繡轎停下，只聽得轎內一個女子聲音說道：「怎麼跟人打架啦？大雪天裏，也不穿長衣，回頭著了涼！」聲音甚是嬌柔。

穆易遠遠聽到這聲音，有如身中雷轟電震，耳中嗡的一聲，登時出了神，心中突突亂跳：「怎地這說話的聲音，跟我那人這般相似？」隨即黯然：「這是大金國的王妃！我想念妻子發了痴，眞是胡思亂想。」但還是情不自禁，緩緩走近轎邊。只見轎內伸出一隻纖纖素手，手裏拿著一塊手帕，給小王爺拭去臉上汗水塵污，又低聲說了幾句不知甚麼話。小王爺臉有慚色，訕訕的道：「媽，我好玩呢，一點沒事。」王妃道：「快穿衣服，咱娘兒倆一起回去。」

穆易又是一驚：「天下怎會有說話聲音如此相同之人？」眼見那隻雪白的手縮入轎中，轎前垂著一張暖帷，帷上以金絲繡著幾朵牡丹。他雖瞪目凝望，眼光又怎能透得過這張金碧輝煌的暖帷。

小王爺的一名隨從走到郭靖跟前，拾起小王爺的錦袍，罵道：「小畜牲，這件袍子給你弄得這個樣子！」一名隨著王妃而來的軍漢舉起籐條，唰的一鞭往郭靖頭上猛抽下去。郭靖側身讓開，隨手鉤住他手腕，左腳掃出，這軍漢撲地倒了。郭靖奪過籐條，在他背上唰唰唰三鞭，喝道：「誰叫你亂打人？」旁觀的百姓先前有多人曾給衆軍漢籐條打中，這時見郭靖以其人之道還治其人之身，無不暗暗稱快。其餘十幾名軍漢高聲叫罵，搶上去救援同伴，為郭靖一雙雙的提起，扔了出去。

小王爺大怒，喝道：「你還要猖狂？」接住郭靖迎面擲來的兩名軍漢，放在地下，跟著搶上前去，左足踢向郭靖小腹。郭靖閃身進招，兩人又搭上了手。那王妃連聲喝止，小王爺對母親似乎並不畏懼，頗有點兒恃寵而驕，回頭叫道：「媽，你瞧我的！這鄉下小子到京師來撒野，不好好給他吃點苦頭，只怕他連自己老子姓甚麼也不知道。」

兩人拆了數十招，小王爺賣弄精神，存心要在母親面前顯示手段，只見他身形飄忽，掌法靈動，郭靖果然抵擋不住，又給他打中一拳，跟著連摔了兩交。

穆易這時再也顧不到別處，凝神注視轎子，只見繡帷一角微微掀起，露出一雙秀眼、幾縷鬢髮，眼光中滿是柔情關切，瞧著小王爺與郭靖相鬥。穆易望著這雙眼睛，身子猶如泥塑木雕般釘在地下，再也動彈不得。

郭靖雖接連輸招，卻愈戰愈勇。小王爺連下殺手，只想傷得他無力再打，但郭靖皮堅肉厚，又練有上乘內功，身上吃幾拳並不在乎，而小王爺招術雖巧，功力卻以限於年齡，拳腳上未帶狠辣內勁，一時也傷不了他。小王爺十指成爪，不斷戳出，便以先前傷了穆易的陰毒手法抓向對手。郭靖使出分筋錯骨手來，儘能抵擋得住。

鬥了一陣，黃蓉與侯通海又一逃一追的奔來。這次侯通海頭髮上插了老大一個草標，這是出賣物件的記號，插在頭上，便是出賣人頭之意，自是受了黃蓉的戲弄，但他竟茫然不覺，只發足疾追，後面的黃河二鬼也已不知去向，想必都已給黃蓉打倒在那裏了。

梁子翁等無不納罕，猜不透這瘦小孩子是何等人物，見侯通海奔跑迅捷，卻始終追不上這衣衫襤褸的孩子。彭連虎忽道：「難道小子是丐幫中的？」丐幫是當時江湖上第一大幫，幫中都是乞丐。梁子翁臉上肌肉一動，卻不答話。

圈子中兩個少年拳風虎虎，掌影飄飄，各自快速搶攻，突然間郭靖左臂中了一掌，過一會小王爺右腿給踢了一腳，兩人鬥得緊了，漸漸靠近，呼吸相聞。旁觀衆人中不會武藝的固然看得神馳目眩，就是內行的會家子，也覺兩人拚鬥越來越險，任誰稍一疏神，不死也受重傷。彭連虎和梁子翁手裏都扣了暗器，以備在小王爺遇險時相救，眼看兩人鬥了這許多時候，郭靖雖狠，武藝卻不過如此，緊急時定能及時制住。

郭靖鬥發了性，他自小生於大漠，歷經風沙冰雪、兵戈殺伐，磨練得獷悍堅毅，那小王爺畢竟嬌生慣養，似這般狠鬥硬拚，武功雖然稍強，竟有點不支起來。他見郭靖左掌劈到，閃身避過，回以右拳。郭靖乘他這拳將到未到之際，右手在他右肘上急撥，搶身上步，左臂已自他右腋下穿入，左手反鉤上來，同時右手拿向對方咽喉。小王爺料不到他如此大膽進襲，左掌急翻，刁住對方手腕，右手五指也已抓住郭靖的後領。兩人胸口相貼，各自運勁，一個要叉住對方喉頭，一個要扭斷敵人手腕，眼見情勢緊迫，頃刻間勝負便決。

衆人齊聲驚叫，那王妃露在繡帷外的半邊臉頰變得全無血色。穆易的女兒本來坐在地下，這時也躍起身來，臉色驚惶。

小王爺忽然變招，右手陡鬆，快如閃電般的出掌。只聽得啪的一聲，郭靖臉上重重中了一掌，給打得頭暈眼花，左目中眼淚直流，郭靖驀地大喝，雙手抓住小王爺的衣襟，將他身子舉起，出力往地下擲落。這一招既非分筋錯骨手，也不是擒拿短打，卻是蒙古人最擅長的摔跤之技，是郭靖在大草原中跟著蒙古武士學來的。

那小王爺武功也確有過人之處，身剛著地，立即撲出，伸臂抱住郭靖雙腿，兩人同時跌倒，小王爺壓在上面。他當即放手躍起，回身從軍漢手裏搶過一柄大槍，挺槍往郭靖小腹上刺去。郭靖急滾逃開，小王爺唰唰唰連環三槍，急刺而至，槍法純熟之極。

郭靖大駭，一時給槍招罩住了無法躍起，只得仰臥在地，施展空手奪白刃之技想奪他大槍，幾次出手都抓奪不到。小王爺抖動槍桿，朱纓亂擺，槍頭嗤嗤聲響，顫成一個大紅圈子。那王妃叫道：「孩兒，別傷人性命。你贏了就算啦！」但小王爺只盼一槍將郭靖釘在地下，母親的話全沒聽到。

郭靖只覺耀眼生花，明晃晃的槍尖離鼻頭不過數寸，情急中手臂揮出，硬生生格開槍桿，一個觔斗向後翻出，順手拖過穆易那面「比武招親」的錦旗，橫過旗桿，一招「撥雲見日」，挺桿直戳，跟著長身橫臂，那錦旗呼的一聲直翻出去，罩向小王爺面門。小王爺斜身移步，槍桿起處，圓圓一團紅影，槍尖上一點寒光疾向郭靖刺來。郭靖揮旗擋開。

兩人這時動了兵刃，郭靖使的是大師父飛天蝙蝠柯鎮惡所授的降魔杖法，雖旗桿長大，使來頗不順手，但杖法變化奧妙，原是柯鎮惡苦心練來用以對付鐵屍梅超風，招中蘊招，變中藏變，詭異之極。小王爺不識這杖法，挺槍進招，那旗桿忽然倒翻上來，如不是閃避得法，小腹已給挑中，只得暫取守勢。

穆易初見那小王爺掄動大槍的身形步法，已頗訝異，後來愈看愈奇，只見他刺、扎、鎖、拿、盤、打、坐、崩，招招是「楊家槍法」。這路槍法是楊家的獨門功夫，向來傳子不傳女，在河東山後楊家故鄉尚有人習練，此外便不多見，誰知竟會在大金國的京城之中顯現。只他槍法雖變化靈動，卻非楊門嫡傳正宗，有些似是而非，倒似是從楊家偷學去的。他女兒雙蛾深蹙，似乎也心事重重。只見槍頭上紅纓閃閃，長桿上錦旗飛舞，捲得片片雪花狂轉急旋。

那王妃見兒子累得滿頭大汗，兩人這一動上兵刃，更刻刻有性命之憂，心中焦急，連叫：「住手，別打啦！」

彭連虎聽得王妃的說話，大踏步走向場中，左臂振出，格向旗桿。郭靖斗然間雙手虎口劇痛，旗桿脫手飛出。錦旗在半空被風一吹，張了開來，獵獵作響，雪花飛舞中展出「比武招親」四個金字。

郭靖大吃一驚，尚未看清楚對方身形面貌，只覺風聲颯然，敵招已攻到面門，危急中斜竄出去，饒是他身法快捷，彭連虎一掌已擊中他手臂。郭靖站立不穩，登時摔倒。彭連虎向小王爺一笑，說道：「小王爺，我給你料理了，省得以後這小子再糾纏不清！」右手後縮，吸一口氣，手掌抖了兩抖，暴伸而出，猛往郭靖頭頂拍落。

郭靖心知無倖，只得雙臂挺舉，運氣往上擋架。靈智上人與參仙老怪對望了一眼，知道郭靖雙臂已不能保全，千手人屠彭連虎這掌下來，郭靖手臂非斷不可。

就在這一瞬間，人叢中一人喝道：「慢來！」一道灰色人影倏地飛出，一件異樣兵刃在空中一揮，彭連虎的手腕已給捲住。彭連虎右腕運勁回拉，噠的一聲，將來人的兵器齊中拉斷，左掌隨即發出。那人低頭避過，左手將郭靖攔腰抱起，向旁躍開。衆人才看清楚那人是個中年道人，身披灰色道袍，手中拿著的拂塵只賸一個柄，拂塵的絲條已讓彭連虎拉斷，還繞在他手腕之上。

那道人與彭連虎互相注視，適才雖只換了一招，但均知對方了得。那道人道：「足下可是威名遠震的彭寨主？今日識荊，幸何如之。」彭連虎道：「不敢，請教道長法號。」這時數百道目光，齊向那道人注視。

那道人並不答話，伸出左足向前踏了一步，隨即又縮腳回來，只見地下深深留了一個印痕，深竟近尺，這時大雪初降，地下積雪未及半寸，他漫不經意的伸足一踏，竟連雪帶土，踏出了這麼一個深印，腳下功夫當眞驚世駭俗。彭連虎心頭一震，問道：「道長可是人稱鐵腳仙的玉陽子王眞人麼？」那道人道：「彭寨主言重了。貧道正是王處一，『眞人』兩字，決不敢當。」

彭連虎與梁子翁、靈智上人等都知王處一是全眞教中響噹噹的角色，威名之盛，僅次於長春子丘處機，雖久聞其名，卻從未見過，這時仔細打量，只見他長眉秀目，頦下疏疏的三叢黑鬚，白襪灰鞋，衣衫整潔，似是個著重修飾的羽士，若非適才見到他的功夫，眞不信此人就是獨足跂立、憑臨萬丈深谷，使一招「風擺荷葉」，由此威服河北、山東羣豪的鐵腳仙玉陽子。

王處一微微一笑，向郭靖一指，說道：「貧道與這位小哥素不相識，只是眼看他見義勇為，奮不顧身，好生相敬，斗膽求彭寨主饒他一命。」彭連虎聽他說得客氣，心想既有全眞教高手出頭，只得賣個人情，抱拳道：「好說，好說！」

王處一拱手相謝，轉過身來，雙眼一翻，霎時間臉上猶如罩了一層嚴霜，厲聲向那小王爺道：「你叫甚麼名字？你師父是誰？」

那小王爺聽到王處一之名，心中早已惴惴，正想趕快溜之大吉，不料他突然厲聲相詢，只得站定了答道：「我叫完顏康，我師父的名號不能給你說。」王處一道：「你師父左頰上有顆紅痣，是不是？」完顏康嘻嘻一笑，正想說句俏皮話，突見王處一兩道目光猶如閃電般射來，心中一驚，登時把一句開玩笑的話吞進了肚裏，點了點頭。

王處一道：「我早料到你是丘師兄的弟子。哼，你師父傳你武藝之前，對你說過甚麼話來？」完顏康暗覺事情要糟，不由得惶急：「今日之事要是給師父知道了，可不得了。」心念一轉，當即和顏悅色的道：「道長既識得家師，必是前輩，就請道長駕臨舍下，待晚輩恭聆教益。」王處一哼了一聲，尙未答話。完顏康向郭靖問道：「請問尊姓大名？」郭靖道：「我叫郭靖。」完顏康向郭靖作了一揖，微笑道：「我與郭兄不打不相識。郭兄武藝，小弟佩服得緊，請郭兄與道長同到舍下，咱們交個朋友如何？」

郭靖指著穆易父女道：「那麼你的親事怎麼辦？」完顏康臉現尷尬之色，道：「這事慢慢的從長計議。」穆易一拉郭靖的衣袖，說道：「郭小哥，咱們走罷，不用再理他。」

完顏康向王處一又作了一揖，說道：「道長，晚輩在舍下恭候，你問趙王府便是。天寒地凍，正好圍爐賞雪，便請來喝上幾杯罷。」跨上僕從牽過來的駿馬，韁繩一抖，縱馬就向人叢中奔去，竟不管馬蹄是否會傷了旁人。衆人紛紛閃避。

王處一見了他這副驕橫的模樣，心頭更氣，向郭靖道：「小哥，你跟我來。」郭靖道：「我要等我的好朋友。」剛說得這句話，只見黃蓉從人叢中向上躍起，笑道：「我沒事，待會我來找你。」兩句話說畢，隨即落下。他身材矮小，落入人堆之中，登時便不見蹤影，卻見那三頭蛟侯通海又從遠處搖叉奔來。

郭靖回過身來，當即在雪地裏跪倒，向王處一叩謝救命之恩。王處一雙手扶起，拉住他的手臂，擠出人叢，腳不點地般快步向郊外走去。

注：一、香港有評論者稱，世上無白色駱駝，《射鵰》中之白駱駝不成立。這位論者以個人見聞作判斷根據，略嫌武斷。駱駝白色者雖較少，但亦偶有所見。作者在我國新疆、內蒙及中東土耳其都曾見過白色駱駝，且曾騎過。《清文獻通考·輿地二四》：「（喀爾喀）爲西北強國，有三汗……崇德三年，三汗並遣使入朝，定各貢白馬八、白駝一，謂之『九白之貢』，歲以爲常。」中原駱駝不多，人所少見，自古已然，成語云：「少見多怪，見駱駝曰『馬背腫』。」余在浙江讀初中時，國文老師斯老師摘此成語令學生讀，余與同學讀到「馬背腫」三字時大笑良久，至今不忘。牟融《理惑論》：「少所見，多所怪，睹馲駝，言馬腫背。」

二、汗血寶馬據聞今日仍有，二〇〇二年烏茲別克共和國贈我國汗血寶馬一匹，表示友好之意。

水聲響動，一葉扁舟從樹叢中飄了出來，

只見船尾一個女子持槳盪舟，

長髮披背，全身白衣，頭髮上束了條金帶，

白雪映照下燦然生光。

第八回
各顯神通

王處一腳步好快，不多時便帶同郭靖到了城外，再行數里，到了一個山峯背後。他不住加快腳步，有心試探郭靖武功，到後來越奔越快。郭靖當日跟丹陽子馬鈺修學吐納功夫，兩年中每晚上落懸岩，這時一陣急奔，雖在劇鬥之後，倒還支持得住。疾風挾著雪片迎面撲來，王處一向著一座小山奔去，坡上都是積雪，著足滑溜，到後來更忽上陡坡，郭靖習練有素，居然面不加紅，心不增跳，隨著王處一奔上山坡，如履平地。

王處一放手鬆開了他手臂，微感詫異，道：「你的根基紮得不壞啊，怎麼打不過他？」郭靖不知如何回答，只楞楞的一笑。王處一道：「你師父是誰？」

郭靖那日在懸崖頂上奉命假扮尹志平欺騙梅超風，知道馬鈺的師弟之中有一個正是王處一，便毫不相瞞，將江南七怪與馬鈺授他功夫的事簡略說了。王處一喜道：「大師哥教過你功夫，好極啦！那我還有甚麼顧慮？不怕丘師哥怪我幫你。」

郭靖圓睜大眼，獃獃的望著他，不解其意。

王處一道：「跟你相打的那個甚麼小王爺完顏康，是我師兄長春子丘處機的弟子，你知道麼？」郭靖一呆，奇道：「是麼？我一點也不知道。」丹陽子馬鈺傳了他一些內功基礎，以及上落懸崖的輕身功夫「金雁功」，時日不少，但拳腳兵刃卻從未加以點撥，是以他全然不明全眞派武功家數，聽了王處一的話，又想起那晚跟小道士尹志平交手，他的招數似乎跟這完顏康確甚相似，不禁心感惶悚，低頭道：「弟子不知那小王爺原來是丘道長門下，粗魯冒犯，請道長恕罪。」

王處一哈哈大笑，說道：「你義俠心腸，我喜歡得緊，那會怪你？」隨即正色道：

「我全眞教教規極嚴。門人做錯了事，只有加倍重處，決不偏袒。這人輕狂妄爲，我要會同丘師兄好好罰他。」郭靖道：「他要是肯同那位穆姑娘結親，道長就饒了他罷。」

王處一搖頭不語，見他宅心仁厚，以恕道待人，更是歡喜，尋思：「丘師兄向來嫉惡如仇，對金人尤其憎惡，怎會去收一個金國王爺公子爲徒？那完顏康所學的本派武功造詣已不算淺，顯然丘師哥在他身上著實花了不少時日與心血，而這人武功之中另有旁門左道的詭異手法，定然另外尚有師承，那更教人猜想不透了。」對郭靖道：「丘師兄約了我在大興府相會，這幾天就會到來，一切見了面再細說。聽說他收了一個姓楊的弟子，說要到嘉興跟你比武，不知那姓楊的功夫怎樣。你放心好了，有我在這裏，決不能叫你吃虧。」

郭靖奉了六位師父之命，要在三月廿四中午之前趕到兩浙西路的嘉興府，至於去幹甚麼，六位師父始終未對他說明，問道：「道長，比甚麼武啊？」

王處一道：「你六位師父既尚未明言，我也不便代說。」他曾聽丘處機說起過前後的原委，對江南六怪的義舉好生相敬。他和馬鈺是一般的心思，也盼江南六怪獲勝，不過他是師弟，不便明勸丘師哥相讓，今日見了郭靖的爲人，暗自思量如何助他一臂之力，卻又不能挫折丘師哥的威名，決意屆時趕到嘉興，相機行事，從中調處。

王處一道：「咱們瞧瞧那穆易父女去。那女孩子性子剛烈，別鬧出人命來。」郭靖嚇了一跳。兩人逕到西城大街高陞客棧來。

走到客店門口，只見店中走出十多名錦衣親隨，躬身行禮，向王處一道：「小的奉小主之命，請道長和郭爺到府裏赴宴。」說著呈上大紅名帖，上面寫著「弟子完顏康敬叩」的字樣，呈給郭靖的那張名帖則自稱「侍教弟」。王處一接過名帖，點頭道：「待會就來。」

那爲首的親隨道：「這些點心果物，小主說請道長和郭爺將就用些。兩位住在那裏，小的這就送去。」其餘親隨托上果盒，揭開盒蓋，只見十二隻盒中裝了各式細點鮮果，模樣十分精致。郭靖心想：「黃蓉賢弟愛吃精致點心，我多留些給他。」王處一不喜完顏康爲人，本待揮手命他們拿回，卻見郭靖神色歡喜，心想：「少年人嘴饞，這也難怪！」微微一笑，命將果盒留在客堂的櫃檯上。

王處一問明穆易所住的店房，走了進去，見穆易臉如白紙，躺在床上，他女兒坐在床沿上不住垂淚，兩人見王處一和郭靖入來，同時叫了一聲，都頗出意料之外。那姑娘當即站起。穆易也在床上坐起身來。

王處一看穆易雙手的傷痕時，見每隻手背五個指孔，深可見骨，猶似爲兵刃所傷，兩隻手腫得高高地，傷口已搽上金創藥，只是生怕腐爛，不敢包紮，心下不解：「完顏康這門陰毒狠辣的手法，不知是何人所傳，傷人如此厲害，自非朝夕之功，丘師哥怎會不知？知道之後，又怎會不理？」轉頭問那姑娘道：「姑娘，你叫甚麼名字？」那姑娘低聲道：「小女子名叫穆念慈。」她向郭靖望了一眼，眼色中充滿感激之意，隨即低下了頭。郭靖一轉眼間，見那根錦旗的旗桿倚在床腳邊，繡著「比武招親」四字的錦旗卻已剪得稀爛，茫然不解：「莫非她再也不比武招親了？」

王處一道：「令尊的傷勢不輕，須得好好調治。」見父女倆行李蕭條，料知手頭窘迫，只怕治傷的醫藥之資頗費張羅，從懷中取出兩錠銀子，放在桌上，說道：「明日我再來瞧你們。」不待穆易和穆念慈相謝，拉了郭靖走出客店。

四名錦衣親隨又迎了上來，說道：「小主在府裏專誠相候，請道爺和郭爺這就過去。」王處一點了點頭。郭靖道：「道長，你等我一忽兒。」奔入客堂，揭開完顏康送來的果盒蓋子，揀了四塊點心，用手帕包好了放在懷內，又再奔出，隨著四名親隨，和王處一逕到王府。

來到府前，郭靖見朱紅的大門之前左右旗桿高聳，兩頭威武猙獰的玉石獅子盤坐門旁，一排白玉階石直通到前廳，勢派豪雄。大門正中寫著「趙王府」三個金字。

郭靖知道趙王就是大金國的六皇子完顏洪烈，不由得心頭一震：「原來那小王爺是完顏洪烈的兒子。完顏洪烈認得我的，在這裏相見，可要糟糕。」

正自猶疑，忽聽鼓樂聲喧，小王爺完顏康頭戴束髮金冠，身披紅袍，腰圍金帶，搶步出來相迎，只臉上目青鼻腫，兀自留下適才惡鬥的痕跡。郭靖也是左目高高腫起，嘴角邊破損了一大塊，額頭和右頰滿是烏青。兩人均自覺狼狽，不由得相對一笑。

王處一見了他這副富貴打扮，眉頭微微一皺，也不言語，隨著他走進廳堂。完顏康請王處一在上首坐了，說道：「道長和郭兄光降，眞三生有幸。」

王處一見他既不跪下磕拜，又不口稱師叔，更心頭有氣，問道：「你跟你師父學了幾年武藝？」完顏康笑道：「晚輩懂甚麼武藝？只跟師父練了幾年，三腳貓的玩意眞叫道長和郭兄笑話了。」王處一哼了一聲，森然道：「全眞派的功夫雖然不高，可還不是三腳貓。你師父日內就到，你知道嗎？」

完顏康微笑道：「我師父就在這裏，道長要見他嗎？」王處一大出意外，忙問：「在那裏？」完顏康不答他問話，手掌輕擊兩下，對親隨道：「擺席！」衆親隨傳呼出去。完顏康陪著王郭兩人向花廳走去。

一路穿迴廊，繞畫樓，走了好長一段路。郭靖又怎見過這等豪華氣派，只看得眼也花了，老是念著見到完顏洪烈時不知如何應付，又想：「大汗命我來刺殺完顏洪烈，可是他兒子卻是馬道長、王道長的師姪，我該不該殺他父親？」心下甚爲迷惘。

來到花廳，只見廳中有六七人相候。其中一人額頭三瘤墳起，正是三頭蛟侯通海，雙手叉腰，怒目瞪視。郭靖一驚，但想有王道長在旁，諒他也不敢對自己怎樣，可是畢竟有些害怕，轉過了頭，目光不敢與他相觸，想起他追趕黃蓉的情狀，又暗暗好笑。

完顏康滿面堆歡，向王處一道：「道長，這幾位久慕你的威名，都想見見。」他指著彭連虎道：「這位彭寨主，兩位已經見過啦。」兩人互相行了一禮。

完顏康伸手向一個紅顏白髮的老頭一張，道：「這位是長白山參仙梁子翁梁老前輩。」梁子翁拱手道：「得能見到鐵腳仙王眞人，老夫這次進關可說不虛此行。這位是青海手印宗的五指祕刀靈智上人，我們一個來自東北，一個來自西南，萬里迢迢的，可說前生有緣。」王處一向靈智上人行禮，那和尚雙手合什相答。

忽聽一人嘶啞著嗓子說道：「原來江南七怪有全眞派撐腰，才敢這般橫行無忌。」王處一轉過頭打量那人，只見他一個油光光的禿頭，頂上沒半根頭髮，雙目佈滿紅絲，眼珠突出，見到這副異相，斗然想起，問道：「閣下可是鬼門龍王沙老前輩麼？」那人大剌剌的道：「正是，原來你還知道我。」王處一心想：「大家河水不犯井水，不知那裏得罪他了？」溫言答道：「沙老前輩的大名，貧道向來仰慕得緊。」

那鬼門龍王名叫沙通天，武功可比師弟侯通海高得很多，他性子暴躁，傳授武藝時動不動就大發脾氣，因此他一身深湛武功，四個弟子竟學不到十之二三。黃河四鬼在蒙古一戰，佔不到郭靖絲毫上風，在趙王完顏洪烈跟前大失面子，趙王此後對他四人也就不再如何看重。沙通天得知訊息後暴跳如雷，拳打足踢，將四人狠狠打了一頓，黃河四鬼險些兒一齊名副其實。沙通天再命師弟侯通海去將郭靖擒來，卻又連遭黃蓉戲弄，丟盡了臉面。他越想越氣，也顧不得在衆人之間失禮，突然伸手就向郭靖抓去。

郭靖急退兩步，王處一舉起袍袖，擋在他身前。

沙通天怒道：「好，你眞的袒護這小畜生啦？」呼的一掌，猛向王處一胸前擊來。王處一見他來勢兇惡，只得出掌相抵，啪的一聲輕響，雙掌相交，正要各運內力推出，突然身旁轉出一人，左手壓住沙通天手腕，右手壓住王處一手腕，向外分崩，兩人掌上都覺一震，當即縮手。王處一與沙通天都是當世武林中的成名人物，素知對方了得，這時一個出掌，一個還掌，都已運上了內勁，豈知竟有人能突然出手震開兩人手掌。只見那人一身白衣，輕裘緩帶，神態瀟洒，看來三十五六歲年紀，雙目斜飛，面目俊雅，卻又英氣逼人，身上服飾打扮，儼然是位富貴王孫。

完顏康笑道：「這位是西域崑崙白駝山少主歐陽公子，單名一個克字。歐陽公子從未來過中原，各位都是第一次相見罷？」

這人突如其來的現身，不但王處一和郭靖前所未見，連彭連虎、梁子翁等也均不相識。大家見他顯了這手功夫，暗暗佩服，但西域白駝山的名字，卻均感陌生。

歐陽克拱手道：「兄弟本該早幾日來到中都，只因途中遇上了點小事，躭擱了幾天，以致遲到了，請各位恕罪。」

郭靖聽完顏康說他是白駝山少主，早已想到路上要奪他馬匹的那些白衣女子，聽了他的話，心頭一凜：「莫非我六位師父已跟他交過手了？不知六位師父有無損傷？」

王處一見對方個個武功了得，這歐陽克剛才這麼出手一壓，內力和自己當在伯仲之間，勁力卻頗怪異，若說僵了動手，一對一尚且未必能勝，對方如數人齊上，自己如何能敵？問完顏康道：「你師父呢？怎不請他出來？」

完顏康道：「是！」轉頭對親隨道：「請師父出來見客！」那親隨答應去了。王處一大慰，心想：「有丘師兄在此，強敵再多，我們三人至少也能自保。」

過不多時，只聽靴聲橐橐，廳門中進來一個肥肥胖胖的錦衣武官，頦下留一叢濃髯，四十多歲年紀，模樣頗爲威武。完顏康上前叫了聲「師父」，說道：「這位道長很想見見您老人家，已經問過好幾次啦。」王處一大怒，心道：「好小子，你膽敢如此消遣我？」又想：「瞧這武官行路的模樣，身上沒甚麼高明功夫，那小子的詭異武功一定不是他傳的。」那武官道：「道士，你要見我有甚麼事，我是素來不喜見僧道尼姑的。」王處一氣極反笑，說道：「我是要向大人化緣，想化一千兩銀子。」

那武官名叫湯祖德，是趙王完顏洪烈手下的一名親兵隊長，當完顏康幼時曾教過他兩年武藝，因此趙王府裏人人都叫他師父，這時聽王處一獅子大開口，一化就是一千兩銀子，嚇了一跳，斥道：「胡說！」完顏康接口道：「一千兩銀子，小意思，小意思。」向親隨道：「快去預備一千兩銀子，待會給道爺送去。」湯祖德聽了，張大了口合不攏來，從頭至腳、又從腳至頭的打量王處一，猜不透這道士是甚麼來頭，小王爺竟對他如此厚待。

完顏康道：「各位請入席罷。王道長初到，請坐首席。」王處一謙讓不得，終於在首席坐了。酒過三巡，王處一道：「各位都是武林中大有名望的高人，請大家說句公道話，姓穆的父女之事，該怎麼辦？」衆人目光都集在完顏康臉上，瞧他如何對答。

完顏康斟了一杯酒，站起身來，雙手奉給王處一，說道：「晚輩先敬道長一杯，那件事道長說怎麼辦，晚輩無有不遵。」王處一一楞，想不到他竟答應得這麼爽快，舉杯一口飲盡，說道：「好！咱們把那姓穆的請來，就在這裏談罷。」完顏康道：「正該如此。就勞郭兄大駕，把那位穆爺邀來如何？」王處一點了點頭。

郭靖離席出了王府，由兩名親隨陪著來到高陞客棧。走進穆易的店房，父女兩人卻已人影不見，連行囊衣物都已帶走。一問店夥，卻說剛才有人來接他們父女走了，房飯錢已經結清，不再回來。郭靖忙問是誰接他們走的，店夥卻說不出個所以然來。

郭靖匆匆回到趙王府。完顏康下席相迎，笑道：「郭兄辛苦啦，那位穆爺呢？」郭靖說了。完顏康嘆道：「啊喲，那是我對不起他們啦。」轉頭對親隨道：「你快些多帶些人，四下尋訪，務必請那位穆爺轉來。」親隨答應著去了。

這一來鬧了個事無對證，王處一倒不好再說甚麼，心中疑惑，尋思：「要請那姓穆的前來，只須差遣一兩名親隨便是，這小子卻要郭靖自去，顯是要他親眼見到穆家父女已然不在，好作見證。」冷笑道：「不管誰弄甚麼玄虛，將來總有水落石出之日。」

完顏康笑道：「道長說得是。不知那位穆爺弄甚麼玄虛，當眞古怪。」

湯祖德先前見小王爺一下子就給這道士騙去了一千兩銀子，早就甚爲不忿，又感肉痛，這時見那道士神色凜然，對小王爺好生無禮，更加氣惱，發話道：「你這道士是那所道觀的？憑甚麼到這裏打秋風？」

王處一道：「你這將軍是那一國人？憑甚麼到這裏做官？」他見湯祖德明明是漢人，卻在金國做武官，欺壓同胞，忍不住出言嘲諷。

湯祖德生平最恨別人提起他是漢人。他自覺一身武藝，爲大金國辦事又死心塌地，忠心耿耿，但金朝始終不讓他帶兵，也不派他做個掌有實權的地方大官，辛苦了二十多年，官銜雖然不小，卻仍在趙王府中領個閒職。王處一的話正觸到了他痛處，臉色立變，虎吼一聲，站了起來，隔著梁子翁與歐陽克兩人，出拳向王處一臉上猛力擊去。

王處一右手伸出筷子，挾住了他手腕，笑道：「你不肯說也就罷了，何必動粗？」

湯祖德這一拳立時在空中停住，連使了幾次勁，始終進不了半寸。他又驚又怒，罵道：

「好妖道，你使妖法！」用力回奪，竟縮不轉來，紫脹了面皮，尷尬異常。

梁子翁坐在他身旁，笑道：「將軍別生氣，還是坐下喝酒罷！」伸手向他右肩按去。

王處一知道憑自己這筷子之力，挾住湯祖德的手腕綽綽有餘，抵擋梁子翁這一按卻有不足，當即鬆筷，順手便向湯祖德左肩按落，這一下變招迅捷，梁子翁不及縮手，兩股勁力同時按上了湯祖德雙肩。湯祖德當眞是祖上積德，名不虛取，竟有兩大高手同時向他夾擊，面子大是不小，雙手不由自主的向前撐出，噗噗兩聲，左手按入一盆糟溜魚，右手浸入一碗酸辣湯，喀喇喇一陣響，盆碗碎裂，魚骨共瓷片同刺，熱湯與鮮血齊流。湯祖德哇哇大叫，雙手亂揮，油膩四濺，湯水淋漓。衆人哈哈大笑，急忙閃避。湯祖德羞憤難當，急奔而入。衆僕役忍住了笑上前收拾，半晌方妥。

沙通天道：「全眞派威鎭南北，果然名不虛傳。兄弟要向道長請教一件事。」王處一道：「不敢，沙老前輩請說。」沙通天道：「黃河幫跟全眞教向來各不相犯，道長幹麼全力給江南七怪撐腰，來跟兄弟爲難？全眞教雖人多勢衆，兄弟可也不懼。」

王處一道：「沙老前輩這可有誤會了。貧道雖知江南七怪的名頭，但跟他們七人沒一個相識。我一位師兄還和他們結下了一點小小樑子。要說幫著江南七怪來跟黃河幫生事，那決計沒有。」沙通天怪聲道：「好極啦，那麼你就把這小子交給我。」急躍離座，伸手往郭靖頸口抓落。

王處一知道郭靖躲不開這一抓，伸手在郭靖肩頭輕輕一推，郭靖身不由主的離椅躍出。喀喇一聲，沙通天五指落下，椅背已斷。這一抓裂木如腐，確是罕見的凌厲功夫。

沙通天一抓不中，厲聲喝道：「你是護定這小子啦？」王處一道：「這孩子是貧道帶進王府來的，自要好好帶他出去。沙兄放他不過，日後再找他晦氣如何？」

歐陽克道：「這少年如何得罪了沙兄，說出來大家評評理如何？」

沙通天尋思：「這道士武功絕不在我之下，憑我們師兄弟二人之力，想來留不下那小畜生。彭賢弟雖會助我，但這歐陽克武功了得，不知是甚麼來頭，要是竟和這牛鼻子勾結，事情就不好辦了。」說道：「我有四個不成材的弟子，跟隨趙王爺到蒙古去辦一件大事，眼見可以成功，卻給這姓郭的小子橫裏竄出來壞了事，可叫趙王爺惱恨之極。各位想想，咱們連這樣個小子也奈何不得，趙王爺請咱們來淨是喝酒吃飯的麼？」

他性子暴躁，卻也非莽撞胡塗的一勇之夫，這麼一番話，郭靖登時成了眾矢之的。席上除了王處一與郭靖之外，人人都是趙王厚禮聘請來的，完顏康更是趙王的世子，聽了沙通天這番話，都聳然動容，個個決意把郭靖截下，交由趙王處置。

王處一暗暗焦急，籌思脫身之道，但強敵環伺，委實徬徨無策。本來他想完顏康是自己師姪，雖是大金王子，對自己總不敢如何，萬料不到他對師叔非但全無敬長之禮，而且在府中伏下了這許多高手，早知如此，自不能貿然深入虎穴前來赴宴。就算要來查問清楚，也不該帶了郭靖這少年同來。自己要脫身而走，諒來眾人也留不住，要同時救出郭靖卻非易事，心想：「眼下不可立即破臉，須得拖延時刻，探明各人的能耐。」說道：「各位威名遠震，貧道一向仰慕，今日有緣得見高賢，欣喜已極。」向郭靖一指，道：「這少年不知天高地厚，得罪了沙龍王，各位既要將他留下，貧道勢孤力弱，雖明知不可，卻也難違衆意。只是貧道斗膽求各位顯一下功夫，好令這少年知道，不是貧道不肯出力，實在愛莫能助。」他這麼說，一來是緩兵之計，盼有轉機，二來要想探知對方各人虛實。

三頭蛟侯通海早氣悶了半日，立即離座，捋起長衣，叫道：「我先領教你的高招。」王處一道：「貧道這點點薄藝，如何敢跟各位過招？盼望侯兄大顯絕技，讓貧道開開眼界，也好教訓教訓這少年，讓他知道天外有天，人上有人，日後不敢再妄自逞能。」侯通海聽他似乎話中含刺，至於含甚麼刺，可不明白了，只大聲道：「是啊！」

沙通天心想：「全眞派人多勢衆，很是難惹，不跟他動手最好。」對侯通海道：「師弟，那你就練練『雪裏埋人』的功夫，請王眞人指教。」王處一連說不敢。

這時飛雪兀自未停，侯通海奔到庭中，雙臂連掃帶扒，堆成了個四尺來高的小小雪墳，用腳踹得結實，倒退三步，忽地躍起，頭下腳上，撲的一聲，倒插入雪墳之中，頭埋入雪，白雪直沒到他胸口。郭靖看了摸不著頭腦，不知這是甚麼功夫，只見他以頭頂地，倒身豎立，插在雪裏，雙腳併攏，竟不稍動。

沙通天向完顏康的親隨們道：「相煩各位管家，將侯爺身旁的雪打實。」衆親隨都覺有趣，笑嘻嘻的將侯通海胸旁四周的雪踏得結實。

原來沙通天和侯通海在黃河裏稱霸，水上功夫都甚了得。熟識水性講究的是水底潛泳不換氣，是以侯通海把頭埋在水中、雪裏、土裏，凝住呼吸，能隔一頓飯的功夫再出來，這是他平日練慣了的。

眾人飲酒讚賞，過了良久，侯通海雙手一撐，「鯉魚打挺」，從雪裏拔出頭來，翻身直立。

郭靖是少年心性，首先拍掌叫好。侯通海歸座飲酒，卻狠狠瞪了他一眼。郭靖見他三枚肉瘤上都留有白雪，忍不住提醒他：「侯三爺，你頭上有雪。」侯通海怒道：「我諢號三頭蛟，可不是行三，你幹麼叫我侯三爺？我偏偏是侯四爺，可差了一爺！我頭上有雪，難道自己不知？我本來要抹，你這小子說了之後，偏偏不抹。」廳中暖和，雪融為水，從他額上分三行流下，他侯四爺言出如山，大丈夫說不抹就不抹。

沙通天道：「我師弟功夫粗魯，可見笑了。」伸手從碟中抓起一把瓜子，中指連彈，瓜子如一條線般直射出去。一顆顆嵌在侯通海所堆的雪堆之上，片刻之間，嵌成一個簡寫的「黃」字。雪堆離他座位約三丈之遙，他彈出瓜子，居然整整齊齊的嵌成一字，眼力手力之準實是驚人。王處一心想：「難怪鬼門龍王獨霸黃河，果然是有非同小可的藝業。」轉眼間雪堆上又現出一個「河」字，一個「九」字，看來他是要打成「黃河九曲」四字。

彭連虎笑道：「沙大哥，你這手神技可讓小弟佩服得五體投地。咱們向來合夥做買賣，這位王道長既要考較咱們，做兄弟的借光大哥這手神技，來合夥做件事吧！」身子微晃，躍到廳口。這時沙通天已把最後一個「曲」字打了一半，瓜子還在彈出，彭連虎忽地伸出雙手，將沙通天彈出的瓜子一顆顆的都從空中截了下來，放入左掌，跟著伸右指彈出，將雪堆中半個「曲」字嵌成了。

眾人叫好聲中，彭連虎笑躍歸座。要是換作了旁人，他這一下顯然有損削沙通天威風之嫌，但兩人交情深厚，彭連虎又有言在先，說是「合夥做買賣」，沙通天只微微一笑，並不見怪，回頭對歐陽克道：「歐陽公子露點甚麼，讓我們這些沒見過世面的人開開眼界。」

歐陽克聽他語含譏刺，知道先前震開他的手掌，此人心中已不無芥蒂，心想顯些甚麼功夫，叫這禿頭佩服我才好。這時侍役正送上四盆甜品，在每人面前放上一雙新筷，收起吃過鹹食的筷子。歐陽克將已收起的筷子接過，隨手一撒，二十隻筷子同時飛出，插入雪地，整整齊齊的排成四個梅花形。將筷子擲出，插入雪中，便小小孩童也會，自然不難，但一手撒出二十隻筷子而佈成如此整齊的圖形，其中功力深妙之處，郭靖與完顏康、侯通海還不了然，王處一與沙通天等人都暗暗驚佩，齊聲喝采。

王處一見了各人絕藝，苦思脫身之計，斗然想起：「這些武林好手，平時遇到一人已然不易，怎麼忽然都聚在這裏？像白駝山少主、靈智上人、參仙老怪等人，向來極少涉足中原，爲甚麼一齊來了燕京？這中間定有重大圖謀，倒要設法瞧個端的。」

參仙老怪梁子翁笑嘻嘻的站起身來，向眾人拱了拱手，緩步走到庭中，忽地躍起，左足探出，已落在歐陽克插在雪地的筷子之上，拉開架子，「懷中抱月」、「二郎擔山」、「拉弓式」、「脫靴轉身」，把一路巧打連綿的「燕青拳」使了出來，腳下縱跳如飛，每一步都落在豎直的筷子之上。只見他「讓步跨虎」、「退步收勢」，把一路「燕青拳」打完，二十隻筷子仍整整齊齊的豎在雪地，僅因他身體重量而插入雪下土中數寸，卻沒一隻欹側彎倒。梁子翁臉上笑容不斷，縱身回席。登時采聲滿堂，連服役的侍僕也都叫好。郭靖更不住嘖嘖稱奇。

這時酒筵將完，衆僕在一隻隻金盆中盛了溫水給各人洗手。王處一心想：「現下只等靈智上人顯過武功，這些人就要一齊出手了。」斜眼看那和尙時，只見他若無其事的雙手浸入金盆。各人早已洗手完畢，他一雙手仍浸在盆裏，衆人見他若有所思，都有點奇怪。過了一會，他那金盆中忽有一縷縷水氣上升。再過一陣，盆裏水氣愈冒愈盛。片刻之間，盆裏發出微聲，小水泡一個個從盆底冒上。

王處一暗暗心驚：「這和尙內功好生了得！事不宜遲，我非先發制人不可。」眼見衆人的目光都集注在靈智上人雙手伸入的金盆，心想：「眼前時機稍縱即逝，只有給他們來個出其不意，先下手爲強。」突然身子微側，左手越過兩人，隔座拿住了完顏康腕上脈門，將他提過，隨即抓住他背心上穴道。沙通天等大驚，一時不知所措。

王處一右手提起酒壺，說道：「今日會見各位英雄，實是有緣。貧道借花獻佛，代小王爺敬各位一杯。」右手提起酒壺給各人一一斟酒。酒壺嘴中一道酒箭激射而出，依次落入各人酒杯，不論那人距他是遠是近，這道酒箭總是恰好落入杯內。有的人酒杯已空，有的還賸下半杯，但他斟來都恰到好處，或多或少，一道酒箭從空而降，落入杯中後正好齊杯而滿，既無酒水溢出，也沒一滴落在杯外。

靈智上人等眼見他從斟酒之中，顯示了深湛內功，右手既能如此斟酒，左手搭在完顏康背上，稍一運勁，立即便能震碎他心肺內臟，明明是我衆敵寡，但投鼠忌器，大家眼睜睜不敢動手。

王處一最後爲自己和郭靖斟滿了酒，舉杯飲乾，朗然道：「貧道和各位無冤無仇，跟這位姓郭的小哥也非親非故，和雙方本來均不相干，不過見這少年頗有俠義之心，是個有骨氣的少年，因此想求各位瞧著貧道薄面，放他過去。」衆人默不作聲。王處一道：「各位若肯大量寬容，貧道自然也就放了小王爺，一位金枝玉葉的小王爺，換一個尋常百姓，各位決不吃虧，怎麼樣？」

梁子翁笑道：「王道長爽快得很，這筆生意就這樣做了。」

王處一毫不遲疑，左手鬆開，完顏康登得自由。王處一心知這些人都是武林中的成名人物，儘管邪毒狠辣，私底下幹事罔顧信義，但在旁人之前決計不肯食言而肥，自墮威名，向各人點首爲禮，拉了郭靖的手，說道：「就此告辭，後會有期。」

衆人眼見一尾入了網的魚兒竟自滑脫，無不暗呼可惜，均感臉上無光。

完顏康定了定神，含笑道：「道長有暇，請隨時過來敘敘，好讓後輩得聆教益。」站起身來，恭送出去。王處一哼了一聲，說道：「咱們的事還沒了結，定有再見的日子！」

走到花廳門口，靈智上人忽道：「道長功力精奧，令人拜服之至。」雙手合什，施了一禮，突然雙掌提起，一股勁風猛然撲出。王處一舉手回禮，也運力於掌。砰然聲響，兩人雙掌相擊。靈智上人右掌斗然探出，來抓王處一手腕。王處一反手勾腕，強對強，硬碰硬，兩人手腕剛搭上，立即分開。靈智上人臉色微變，說道：「佩服，佩服！」後躍退開。

王處一微笑道：「大師名滿江湖，怎地說了話不算數？」靈智上人怒道：「我……我不是留這姓郭的小子，我是要留你……」他為王處一掌力所震，已然受傷，倘若靜神定心，調勻呼吸，一時還不致發作，但受激之下，怒氣上沖，一言未畢，大口鮮血直噴出來。

王處一不敢停留，牽了郭靖的手，急步走出府門。

沙通天、彭連虎等一則有話在先，不肯言而無信，再則見靈智上人吃了大虧，心下均各凜然，不再上前阻攔，以免受挫失威。

王處一快步走出趙王府府門十餘丈，轉了個彎，見後面無人追來，低聲道：「你揹我去客店。」郭靖聽他聲音微弱，有氣沒力，不覺大驚，見他臉色蒼白，滿面病容，和適才神采飛揚的情狀大不相同，忙問：「道長，你受了傷麼？」王處一點點頭，一個踉蹌，竟站立不穩。

郭靖忙蹲下身來，把他負在背上，快步而行，走到一家大客店門前，正要入內。王處一低聲道：「找……找僻靜……地方的小……小店。」郭靖會意，明白是生恐對頭找來，他身受重傷，自己本領低微，只要給人尋到，只有束手待斃的份兒，於是低頭急奔。

他不識道路，儘往人少屋陋的地方走去，果然越走越偏僻，感到背上王處一呼吸漸弱，好容易找到一家小客店，門口和店堂又小又髒，當即闖進店房，放他上炕。王處一道：「快……快……找一隻大缸……盛滿……滿清水……」郭靖道：「還要甚麼？」王處一不再說話，揮手催他快去。

郭靖忙出房吩咐店伴，摸出一錠銀子，放在櫃上，又賞了店小二幾錢銀子。他來到中原數日，已明白了賞人錢財的道理。幾個店小二歡天喜地，抬了一口大缸放在天井之中，分提水桶打水，把清水裝得滿滿地。郭靖回報已經辦妥。王處一道：「好……好孩子，你抱我放在缸裏……不許……別人過來。」郭靖不解其意，依言將他抱入缸內，清水直浸到頭頸，再命店小二攔阻閒人。

只見王處一閉目而坐，急呼緩吸，過了一頓飯工夫，一缸清水竟漸漸變成黑色，他臉色卻也略復紅潤。王處一道：「扶我出來，換一缸清水。」郭靖依言換了水，又將他放入缸內。這時才知他是以內功逼出身上毒質，化在水裏。這般連換了三缸清水，水中才無黑色。王處一笑道：「沒事啦。」扶著缸沿，跨了出來，嘆道：「這和尚的功夫好毒！」郭靖放了心，甚是喜慰，問道：「那和尚手掌上有毒麼？」王處一道：「正是，毒沙掌的功夫我生平見過不少，但從沒見過這麼厲害的，今日幾乎性命不保。」郭靖道：「幸好沒事了。您要吃甚麼，我叫人去買。」

王處一命他向櫃上借了筆硯，開了張藥方，說道：「我性命已然無礙，但內臟毒氣未淨，如不儘快清毒除去，不免終身受累，說不定會殘廢。此時天色已晚，藥鋪都已關門了，明兒一早去抓藥。」

次日清晨，郭靖拿了藥方，飛奔上街，見橫街上有家藥鋪，忙將藥方遞到櫃上。店伴接過方子一看，說道：「客官來得不巧，方子上血竭、田七、沒藥、熊膽五味藥，小店剛巧沒貨。」郭靖不等他說第二句，搶過方子便走。那知走到第二家藥鋪，仍缺了這幾味藥，接連走了七八家，無不如此。郭靖又急又怒，在城中到處奔跑買藥，連金字招牌的大藥鋪，也都說這些藥本來存貨不少，但剛才恰好給人盡數搜買了去。

郭靖這才恍然，定是那和尚料到王處一中毒受傷後要用這些藥物，趙王府竟差人把全城各處藥鋪中這幾味主藥都抄得乾乾淨淨，用心當眞歹毒。垂頭喪氣的回到客店，對王處一說了。王處一嘆了一口氣，臉色慘然。郭靖心中難過，伏在桌上放聲大哭。

王處一笑道：「凡人有生必有死，生固欣然，死亦天命，何況我也未見得會死呢，又何必哭泣？」輕輕擊著床沿，縱聲高歌：「知其雄兮守其雌，知其白兮守其黑，知榮守辱兮爲道者損，損之又損兮乃至無極。」郭靖收淚看著他，怔怔的出神。王處一哈哈一笑，盤膝坐在床上，用起功來。

郭靖不敢驚動，悄悄走出客房，忽想：「我趕到附近市鎭去，他們未必也把那裏的藥都買光了。」想到此法，心中甚喜，正要去打聽附近市鎭的遠近道路，只見店小二匆匆進來，遞了一封信給他，信封上寫著「郭大爺親啓」五字。郭靖心中奇怪：「是誰給我的信？」忙撕開封皮，抽出一張白紙，見紙上寫道：「我在城外向西十里的湖邊等你，有要緊事對你說，快來。」下面畫著一個小叫化的圖像，笑嘻嘻的正是黃蓉，形貌甚是神似。

郭靖心想：「他怎知我在這裏？」問道：「這信是誰送來的？」店小二道：「是街邊的一個閒漢送來的。」

郭靖回進店房，見王處一站在地下活動手足，說道：「道長，我到附近市鎭去買藥。」王處一道：「我們既想到這一層，他們何嘗想不到？不必去啦。」

郭靖不肯死心，決意一試，心想：「黃賢弟聰明伶俐，我先跟他商量商量。」說道：「我的好朋友約我見面，弟子去一下馬上就回。」說著將信給王處一看了。

王處一沉吟了一下，問道：「這孩子你怎麼認得的？」郭靖把旅途相逢的事說了。王處一道：「他戲弄侯通海的情狀我都見到了，這人的身法好生古怪……」隨即正色道：「你此去可要小心了。這孩子的武功在你之上，身法之中卻總透著股邪氣，我也摸不準是甚麼來頭。」郭靖道：「我跟他是生死之交，他決不能害我。」王處一嘆道：「你和他相識有多久，能說甚麼生死之交？你莫瞧他人小，他要算計你時，你定對付不了。」

郭靖心中對黃蓉絕無半分猜疑，心想：「道長這麼說，必是不知黃賢弟的為人。」便滿口誇說黃蓉的好處。王處一笑道：「你去吧。少年人無不如此，不經一事，不長一智。這人……瞧這人身形與說話聲音，似乎不是……好像是個……你難道當真瞧不出來……」說到這裏，不說下去了，只微笑著搖了搖頭。

郭靖把藥方揣在懷裏，出了西門，放開腳步，向城外奔去。出得城來，飛雪愈大，雪花點點撲面，放眼白茫茫一片，野外人蹤絕跡，向西將近十里，前面水光閃動，是一個小小湖泊。此時天氣倒不甚寒，湖中並未結冰，雪花落在湖面，都融在水裏，湖邊一排排都是梅樹，梅花再加上冰花雪蕊，更顯皎潔。

郭靖四望不見人影，焦急起來：「莫非他等我不來，先回去了？」放聲大叫：「黃賢弟，黃賢弟。」只聽忽喇喇一聲響，湖邊飛起兩隻水鳥。郭靖再叫了兩聲，仍無應聲，心想：「或許他還沒到，我在這裏等他便了。」

坐在湖邊，既想著黃蓉，又掛念王處一的傷勢，也無心欣賞雪景，何況這大雪紛飛之象，他從小就在塞外見慣了的，毫不希奇，至於黃沙大漠與平湖寒梅之間的不同，他也不放在心上。

等了好一陣，忽聽得西首樹林中隱隱傳來爭吵之聲，他好奇心起，快步過去，只聽一人粗聲說道：「這當兒還擺甚麼大師哥架子？大家半斤八兩，你還不是也在半空中盪秋千。」另一人道：「他媽的！剛才你若不是這麼膽小，轉身先逃，咱們四個打他一個，難道便會輸了？」又一人道：「你逃得摔了一交，也不見得有甚麼了不起。」聽聲音似是黃河四鬼。郭靖手按腰間軟鞭，探頭往林中張去，卻空蕩蕩的不見人影。

忽聽得聲音從高處傳來，有人說道：「明刀明槍的交戰，咱們決不能輸，誰料得到這小叫化詭計百出……」郭靖抬起頭來，只見四個人吊在空中，搖搖擺擺，兀自指手劃腳的爭吵不休，卻不是黃河四鬼是誰？他心中大喜，料知黃蓉必在左近，笑吟吟的走過去，說道：「咦，你們又在這裏練輕功！」錢青健怒道：「誰說是練輕功？你這渾小子不生眼睛，咱們是給人吊在這裏的。」郭靖哈哈大笑，說道：「空中飛人，功夫高得很啊！」錢青健怒極，空中飛腳要去踢他，但相距遠了，卻那裏踢得著？馬青雄罵道：「臭小子，你再不滾得遠遠的，老子撒尿淋你了！」

郭靖笑得彎了腰，說道：「我站在這裏，你的尿淋我不著。」突然身後有人輕輕一笑，郭靖轉過頭去，水聲響動，一葉扁舟從樹叢中飄了出來。

船尾一個女子持槳盪舟，長髮披背，全身白衣，頭髮上束了條金色細帶，白雪映照下燦然生光。郭靖見這少女一身裝束猶如仙女一般，不禁看得呆了。那船慢慢盪近，只見那女子方當韶齡，不過十五六歲年紀，肌膚勝雪，嬌美無比，笑面迎人，容色絕麗。

郭靖只覺耀眼生花，不敢再看，轉開了頭，緩緩退開幾步。

那少女把船搖到岸邊，叫道：「郭哥哥，上船來吧！」

郭靖猛吃一驚，轉過頭來，只見那少女笑靨生春，衣襟在風中輕輕飄動。郭靖如痴似夢，雙手揉了揉眼睛。

那少女笑道：「怎麼？不認識我啦？」郭靖聽她聲音，依稀便是黃蓉模樣，但一個骯髒襤褸的小叫化，怎麼會忽然變成了仙女，眞不能相信自己眼睛。只聽得背後黃河四鬼紛紛叫嚷：「小姑娘，快來割斷我們身上繩索，放我們下來！」「你來幫個忙，我給你一百兩銀子！」「每人一百兩，一共四百兩！」「你要八百兩也行。」

那少女對他們渾不理睬，笑道：「我是你的黃賢弟啊，你不睬我了麼？」郭靖再定神看時，果見她眉目口鼻確和黃蓉一模一樣，說道：「你……你……」只說了兩個「你」字，再也接不下去了。黃蓉嫣然一笑，說道：「我本是女子，誰要你黃賢弟、黃賢弟的叫我？快上船來罷。」郭靖恍在夢中，雙足點地，躍上船去。黃河四鬼兀自將放人的賞格不斷提高。

黃蓉把小舟盪到湖心，取出酒菜，笑道：「咱們在這裏喝酒賞雪，那不好麼？」這時離黃河四鬼已遠，叫嚷之聲已聽不到了。

郭靖心神漸定，笑道：「我眞胡塗，一直當你是男的，以後不能再叫你黃賢弟啦！」黃蓉笑道：「你也別叫我黃賢妹，叫我作蓉兒罷。我爸爸一向這樣叫的。」郭靖忽然想起，說道：「我給你帶了點心來。」從懷裏掏出完顏康送來的細點，可是他背負王處一、換水化毒、奔波求藥，早把點心壓得或扁或爛，不成模樣。黃蓉看了點心的樣子，輕輕一笑。郭靖紅了臉，道：「吃不得了！」拿起來要拋入湖中。黃蓉伸手接過，道：「我愛吃。」

郭靖一怔，黃蓉已把一塊點心放在口裏吃起來。郭靖見她吃了幾口，眼圈漸紅，眼眶中慢慢湧上淚水，更是不解。黃蓉道：「我生下來就沒了媽，從來沒那個像你這樣記著我過……」說著幾顆淚水流了下來。她取出一塊潔白手帕，郭靖以爲她要擦拭淚水，那知她把幾塊壓爛了的點心細心包起，放在懷裏，回眸一笑，道：「我慢慢的吃。」

郭靖絲毫不懂這種女兒情懷，只覺這個「黃賢弟」的舉動很是特異，問她道：「你說有要緊事對我說，是甚麼事？」

黃蓉笑道：「我要跟你說，我不是甚麼黃賢弟，是蓉兒，這不是要緊事麼？」

郭靖也微微一笑，說道：「你這樣多好看，幹麼先前扮成個小叫化？」黃蓉側過了頭，道：「你說我好看麼？」郭靖嘆道：「好看極啦，眞像我們雪山頂上的仙女一般。」黃蓉笑道：「你見過仙女了？」郭靖道：「我沒見過，見了那還有命活？」黃蓉奇道：

「怎麼？」郭靖道：「蒙古的老人家說，誰見了仙女，就永遠不想再回到草原上來啦，整天就在雪山上發痴，沒幾天就凍死了。」

黃蓉笑道：「那麼你見了我發不發痴？」郭靖臉一紅，急道：「咱們是好朋友，那不同的。」黃蓉點點頭，正正經經的道：「我知道你是眞心待我好，不管我是男的還是女的，是好看還是醜八怪。」隔了片刻，說道：「我穿這樣的衣服，誰都會對我討好，那有甚麼希罕？我做小叫化的時候你對我好，那才是眞好。」

她這時心情極好，笑道：「我唱個曲兒給你聽，好麼？」郭靖道：「明兒再唱好不好？咱們要先給王道長買藥。」把王處一在趙王府受傷、買不到傷藥的情形簡略說了。

黃蓉道：「我本在奇怪，你滿頭大汗的在一家家藥鋪裏奔進奔出，不知道幹甚麼，原來是爲了這個。」郭靖這才想起，他去買藥時黃蓉已躡在他身後，否則也不會知道他的住所，說道：「黃賢弟，我騎你的小紅馬去買藥好麼？」

黃蓉正色道：「第一，我不是黃賢弟。第二，那小紅馬是你的，難道我眞會要你的麼？我只是試試你的心。第三，到附近市鎭去，也未必能買到藥。」郭靖聽她所料的與王處一不謀而合，甚是惶急。

黃蓉微笑道：「現下我唱曲兒了，你聽著。」

她微微側過了頭，斜倚舟邊，一縷清聲自舌底吐出：

「雁霜寒透幙。正護月雲輕，嫩冰猶薄。溪奩照梳掠。想含香弄粉，靚妝難學。玉肌瘦弱，更重重龍綃襯著。倚東風，一笑嫣然，轉盼萬花羞落。

「寂寞！家山何在：雪後園林，水邊樓閣。瑤池舊約，鱗鴻更仗誰託？粉蝶兒只解尋花覓柳，開遍南枝未覺。但傷心，冷落黃昏，數聲畫角。」

郭靖一個字一個字的聽著，雖於詞義全然不解，但清音嬌柔，低迴婉轉，聽著不自禁的心搖神馳，意酣魂醉，這一番纏綿溫存的光景，他出世以來從未經歷過。只是常常想到王處一的傷勢，在心中將歌聲打了岔。

黃蓉一曲既終，低聲道：「這是辛大人所作的〈瑞鶴仙〉，是形容雪後梅花的，你說做得好麼？」郭靖道：「我一點兒也不懂，歌兒是很好聽的。辛大人是誰啊？」黃蓉道：「辛大人就是辛棄疾。我爹爹說他是位愛國愛民的好官。北方淪陷在金人手中，岳爺爺他們都給奸臣害了，現下只辛大人還在力圖恢復失地。」

郭靖雖然常聽母親說起金人殘暴，虐殺中國百姓，但終究自小生長蒙古，家國之痛在他並不深切，說道：「我從未來過中原，這些事你將來慢慢說給我聽，這當兒咱們想法兒救王道長要緊。」黃蓉道：「你聽我話，咱們就在這兒多玩一陣，不用著急。」郭靖道：「他說若不儘早清毒，會有大害，說不定就會殘廢！」黃蓉道：「那就讓他殘廢好了，又不是你殘廢，我殘廢。」郭靖「啊」的一聲，跳起身來，道：「這……這個怎麼可以……你……」臉上已現怒色。

黃蓉微笑道：「不用著惱，我包你有藥就是。」郭靖聽她言下之意似十拿九穩，再者自己也無別法，心想：「她計謀武功都遠勝於我，聽她的話一定錯不了。」只得暫且放寬胸懷。黃蓉說起怎樣把黃河四鬼吊在樹上，怎樣戲弄侯通海，兩人拊掌大笑。

眼見暮色四合，漸漸的白雪、湖水、梅花都化成了朦朦朧朧的一片，黃蓉慢慢伸出手去，握住了郭靖手掌，低聲道：「現今我甚麼都不怕啦。」郭靖道：「怎麼？」黃蓉道：「就算爸爸不要我，你也會要我跟著你的，是不是？」郭靖道：「那當然。蓉兒，我跟你在一起，眞是……眞是……眞是歡喜。」

黃蓉輕輕靠在他胸前。郭靖只覺一股甜香圍住了他的身體，圍住了湖水，圍住了整個天地，也不知是梅花的清香，還是黃蓉身上發出來的。兩人握著手不再說話。

過了良久良久，黃蓉嘆了口氣，道：「這裏眞好，只可惜咱們要走啦。」郭靖道：「為甚麼？」黃蓉道：「你不是要去拿藥救王道長麼？」郭靖喜道：「啊，到那裏去拿？」黃蓉道：「藥鋪子的那幾味藥，都到那裏去啦？」郭靖道：「定是給趙王府的人搜去了。」黃蓉道：「不錯，咱們就到趙王府拿去。」郭靖嚇了一跳，道：「趙王府？」黃蓉道：「正是！」郭靖道：「那去不得。咱倆去只有送命的份兒。」

黃蓉道：「難道你就忍心讓王道長殘廢？說不定傷勢厲害，還要送命呢！」郭靖熱血上沖，道：「好，不過，不過你不要去。」黃蓉道：「為甚麼？」郭靖道：「總而言之，你不能去。」卻說不出個道理來。

黃蓉低聲道：「你再體惜我，我可要受不了啦。要是你遇上了危難，難道我獨個兒能活著麼？」郭靖心中一震，不覺感激、愛惜、狂喜、自憐，諸般激情同時湧上心頭，突然間勇氣百倍，頓覺沙通天、彭連虎等人殊不足畏，天下更無難事，昂然道：「好，咱倆去拿藥。」

兩人把小舟划進岸邊，上岸回城，向王府而去。走到半路，郭靖忽然記起黃河四鬼兀自掛在樹上，停步說道：「啊，要不要去放了那四個人下來？」黃蓉格格一笑，道：「這四個傢伙自稱『剛烈雄健』，厲害得很，凍不壞、餓不死的。就算餓死了，『梅林四鬼』也比『黃河四鬼』高雅得多。」

楊鐵心取下壁上掛著的一桿生滿了鏽的鐵槍，輕輕撫摸槍桿，嘆道：「鐵槍生鏽了。這槍好久沒用啦。」

王妃溫言道：「請你別動這槍。這是我最寶貴的東西。」

楊鐵心道：「是嗎？鐵槍本有一對，現下卻只賸下一根了。」

第九回

鐵槍破犁

郭黃二人來到趙王府後院，越牆而進，黃蓉柔聲道：「你輕身功夫好得很啊！」郭靖伏在牆腳邊，察看院內動靜，聽她稱讚，只覺說不出的開心。

過了片刻，忽聽得腳步聲響，兩人談笑而來，走到相近，只聽一人道：「小王爺把這姑娘關在這裏，你猜是爲了甚麼？」另一個笑道：「那還用猜？這樣美貌的姑娘，你出娘胎之後見過半個麼？」先一人道：「瞧你這副色迷迷的樣兒，小心小王爺砍掉你的腦袋。這個姑娘麼，相貌雖美，可還不及咱們王妃。」另一人道：「這等風塵女子，怎麼能拿來跟王妃比？」先一人道：「王妃，你道她出身又……」說到這裏，忽然住口，咳嗽了兩聲，轉口道：「小王爺昨日跟人打架，著實吃了虧，大夥兒小心些，別給他作了出氣袋，討一頓好打。」另一人道：「小王爺這麼一拳打來，我就這麼一避，跟著這麼一腳踢出……」先一人笑道：「別自己臭美啦！」

郭靖尋思：「原來那完顏康已經有了個美貌的意中人，因此不肯娶那穆姑娘了，倒也難怪。既是如此，他就不該去跟穆姑娘比武招親，更不該搶了人家的花鞋兒不還。他爲甚麼又把人家關起來？難道是人家不肯，他要強逼麼？」

這時兩人走得更近了，一個提了一盞風燈，另一個提著一隻食盒，兩人都是青衣小帽、僕役打扮。那提食盒的笑道：「又要關人家，又怕人家餓壞了，這麼晚啦，還巴巴的送菜去。」另一個道：「若不是又風流又體貼，怎能贏得美人兒的芳心？」兩人低聲談笑，漸漸走遠。

黃蓉好奇心起，低聲道：「咱們瞧瞧去，到底是怎麼樣的美人。」郭靖道：「還是盜藥要緊。」黃蓉道：「我偏要先看美人！」舉步跟隨兩個僕役。郭靖心想：「女人有甚麼好看？眞是古怪。」他卻那裏知道，凡是女子聽說有那一個女人美貌，若不親眼見上一見，可比甚麼都難過，如果自己是美麗女人，那是更加非去看一看、比一比不可。郭靖卻只道她孩子氣厲害，只得跟去。

那趙王府好大的園林，跟著兩個僕役曲曲折折的走了好一會，才來到一座大屋跟前，望見屋前有親兵手執兵刃把守。黃蓉和郭靖閃在一旁，只聽得兩僕和看守的親兵說了幾句話，親兵打開門放二人進去。

黃蓉撿起一顆石子，噗的一聲，打滅風燈，拉著郭靖的手，縱身擠進門去，反搶在兩僕之前。兩僕和衆親兵全未知覺，只道屋頂上偶然跌下了石子。兩僕說笑咒罵，取出火絨火石來點亮了燈，穿過一個大天井，開了裏面一扇小門，走了進去。

黃蓉和郭靖悄悄跟隨，見裏面是一條條極粗鐵條編成的柵欄，就如監禁猛獸的大鐵籠一般，柵欄後面坐著兩人，依稀可辨是一男一女。

一個僕人點燃了一根蠟燭，伸手進柵，放在桌上。燭光照耀下郭靖看得分明，不禁大奇，只見那男子鬚髮蒼然，滿臉怒容，正是穆易，一個妙齡少女垂首坐在他身旁，不是他女兒穆念慈是誰？郭靖滿腹疑團，大惑不解：「他們怎麼會在這裏？是了，定是給完顏康捉了來。那完顏康卻是甚麼心思？到底愛這姑娘不愛？」

兩名僕人從食盒中取出點心酒菜，一盆盆送進柵去。穆易拿起一盆點心擲將出來，罵道：「我落了你們圈套，要殺快殺，誰要你們假惺惺討好？」

喝罵聲中，忽聽得外面衆親兵齊聲說道：「小王爺您好！」

黃蓉和郭靖互望一眼，忙在門後躲起，只見完顏康快步入內，大聲呵斥道：「誰惹怒穆老英雄啦？回頭瞧我不打斷你狗腿子。」兩個僕人各跪下一腿，俯首說道：「小的不敢。」完顏康道：「快滾出去。」兩僕忙道：「是，是。」站起來轉身出去，走到門邊時，相對伸了伸舌頭，做個鬼臉。

完顏康等他們反帶上了門，和顏悅色的對穆易父女道：「我請兩位到這裏，另有下情相告，兩位千萬不要誤會。」穆易怒道：「你騙我們來，當犯人般關在這裏，這是『請』麼？」完顏康道：「實在對不住。請兩位暫且委屈一下，我實在過意不去。」穆易怒道：「這些話騙三歲孩子去。做官做府的吃人不吐骨頭，難道我還見得少了？」完顏康幾次要說話，都給穆易一陣怒罵擋了回去，但他居然涵養甚好，笑嘻嘻的並不生氣。

隔了一會，穆念慈低聲道：「爹，你且聽他說些甚麼。」穆易哼了一聲，這才不罵。

完顏康道：「令愛如此品貌，世上罕有，我又不是不生眼珠子，那有不喜愛的？」穆念慈一陣紅暈罩上雙頰，把頭俯得更低了。只聽完顏康又道：「只不過我是王爵的世子，家教又嚴，要是給人知道，說我和一位江湖英雄、草莽豪傑結了親家，不但父王怪罪，多半聖上還要嚴旨切責父王呢。」穆易道：「依你說怎樣？」完顏康道：「我是想請兩位在舍下休息幾日，養好了傷，然後回家鄉去。過得一年半載，待這事冷了下來，旁人更無閒言閒語，或者是我到府上來迎親，或者是請老前輩送令愛來完姻，那豈不是兩全其美？」穆易沉吟不語，心中卻在想著另一件事。

完顏康道：「父王爲了我頑皮闖禍，三個月前已受過聖上的幾次責備，如再知道我有這等事，婚事決不能諧。是以務懇老前輩要嚴守秘密。」穆易怒道：「依你說來，我女孩兒將來就算跟了你，也是一輩子的偷偷摸摸，不是正大光明的夫妻了？」完顏康道：「這個我自然另有安排，將來邀出朝裏幾位大臣來做媒，總要風風光光的娶了令愛才是。」

穆易臉色忽變，道：「你去請你母親來，咱們當面說個清楚。」完顏康微微一笑，道：「我母親怎能見你？」穆易斷釘截鐵的道：「不跟你母親見面，任你如何花言巧語，我決不理睬。」說著抓起酒壺，從鐵柵中擲了出來。

穆念慈自和完顏康比武之後，一顆芳心早已傾注在他身上，耳聽他說得合情合理，正自竊喜，忽見父親突然無故動怒，不禁又驚訝，又傷心。

完顏康袍袖翻過，捲住了酒壺，伸手放回桌上，笑道：「不陪啦！」轉身而出。

郭靖聽著完顏康的話，覺得他確有苦衷，所說的法子也很週到，那料穆易卻忽然翻臉，心想：「我這就勸勸他去。」正想長身出來，黃蓉扯扯他衣袖，拉著他從門裏竄了出去。

只聽完顏康問一個僕人道：「拿來了麼？」那僕人道：「是。」舉起手來，手裏提著一隻兔子。完顏康接過，喀喀兩聲，把兔子的兩條後腿折斷了，放在懷中，快步而去。

郭靖與黃蓉甚是奇怪，不知他玩甚麼花樣，隨後遠遠跟著。

繞過一道竹籬，眼前出現三間烏瓦白牆小屋。這是南方鄉下尋常百姓的居屋，不意在這豪奢富麗的王府中見到，郭靖以前沒見過，黃蓉卻甚覺詫異，見完顏康推開小屋板門，走了進去。

兩人悄步繞到屋後，俯眼窗縫，向裏張望，心想完顏康來到這詭秘所在，必有特異行動，那知卻聽他叫道：「媽！」裏面一個女人聲音「嗯」的應了一聲。

完顏康走進內室，黃蓉與郭靖跟著轉到另外一扇窗子外窺視，見一個中年女子坐在桌邊，一手支頤，呆呆出神。這女子四十歲不到，姿容秀美，不施脂粉，身上穿的也是粗衣布衫。黃蓉心道：「這位王妃果然比那個穆姑娘又美了幾分，可是她怎麼扮作個鄉下女子，又住在這破破爛爛的屋子裏？難道給趙王打入了冷宮？」郭靖有了黃蓉的例子在先，倒不以為奇，不過另有一番念頭：「她多半跟蓉兒一般，故意穿些粗布衣衫，假裝窮人，鬧著玩兒。」

完顏康走到她身旁，拉住她手道：「媽，你又不舒服了麼？」那女子嘆了口氣道：「還不是為你躭心？」完顏康靠在她身邊，笑道：「兒子不是好好地在這裏麼？又沒少了半個腳趾頭。」說話神情，全在撒嬌。那女子道：「眼也腫了，鼻子也破了，還說好好地？你這麼胡鬧，你爹知道了倒沒甚麼，要是給你師父聽到風聲，可不得了。」

完顏康笑道：「媽，你道昨天出來打岔的那道士是誰？」那女人道：「誰啊？」完顏康道：「是我師父的師弟。說來該是我師叔，可是我偏不認他的，道長前、道長後的叫他。他向著我吹鬍子，瞪眼珠，可拿我沒法子。」說著笑了起來。那女子卻吃了一驚，道：「糟啦，糟啦。我見過你師父發怒的樣兒，他殺起人來，可眞教人害怕。」

完顏康奇道：「你怎會見過我師父殺人？在那裏？他幹麼殺人？」那女子抬頭望著燭光，似乎神馳遠處，緩緩的道：「那是很久很久以前的事了。唉，我差不多都忘啦！」

完顏康不再追問，得意洋洋的道：「那王道士逼上門來，問我比武招親的事怎樣了結。我一口應承，只要那姓穆的到來，他怎麼說就怎麼辦。」那女子道：「你問過爹爹麼？他肯答允麼？」完顏康笑道：「媽你就這麼老實。我早差人去把那姓穆的父女騙了來，鎖在後面鐵牢裏。那王道士又到那裏找他去？」

完顏康說得高興，郭靖在外面愈聽愈怒，心想：「我還道他眞是好意，那知竟如此奸惡。」又想：「幸虧穆老英雄不上他當。」

那女子也頗不以爲然，慍道：「你戲弄了人家閨女，還把人家關了起來，那成甚麼話？快去放了，再多送些銀子，好好賠罪，請他們別見怪。」郭靖暗暗點頭，心想：「這還說得過去。」

完顏康道：「媽你不懂的，這種江湖上的人才不希罕銀子呢。放了出去，他們在外宣揚，怎不傳進師父的耳裏？」那女子急道：「難道你要關他們一世？」完顏康笑道：「我說些好話，把他們騙回家鄉，叫他們死心塌地的在家裏等我一輩子，十年、二十年，沒完沒了！」說著哈哈大笑。

郭靖怒極，伸掌便要向窗格子上拍去，隨即要張口怒喝，突覺一隻滑膩的手掌按住了自己嘴唇，右手手腕也給人從空捏住，一個柔軟的聲音在耳邊輕聲道：「別發脾氣。」

郭靖登時醒悟，轉頭向黃蓉微微一笑，再向裏張望，只聽完顏康道：「那姓穆的老兒奸猾得緊，一時還不肯上鉤，再關他幾天，瞧他聽不聽話？」

他母親道：「我見那個姑娘品貌很好，我倒喜歡。我跟你爹說說，不如就娶了她，可不是甚麼事都沒了。」完顏康笑道：「媽你又來啦，咱們這般的家世，怎麼能娶這等江湖上低三下四的女子？爹常說要給我擇一門顯貴的親事。就可惜我們是宗室，也姓完顏。」那女子道：「怎麼？」完顏康道：「否則的話，我準能娶公主，做駙馬。」那女子嘆了口氣，低聲道：「你瞧不起窮人家的女兒……你自己難道當眞……」

完顏康笑道：「媽，還有一椿笑話兒呢。那姓穆的說要見你，跟你當面說明了，他才相信。」那女子道：「我才不幫你騙人呢，做這等缺德事。」完顏康笑嘻嘻的在室中走了幾個圈子，笑道：「你就算肯去，我也不讓。你不會撒謊，說不了三句便露出馬腳。」

黃蓉和郭靖打量室中陳設，見桌櫈之物都是粗木所製，床帳用具無一不是如同民間農家之物，甚爲粗糙簡陋，壁上掛著一枝生了鏽的鐵槍、一張殘破的犁頭，屋子一角放著一架紡紗用的舊紡車。兩人都暗暗稱奇：「這女子貴爲王妃，怎地屋子裏卻這般擺設？」

完顏康在胸前按了兩下，衣內那兔子吱吱的叫了兩聲。那女子問道：「甚麼呀？」完顏康道：「啊，險些兒忘了。剛才見到一隻兔子受了傷，撿了回來，媽，你給牠治治。」說著從懷裏掏出那隻小白兔來，放在桌上。那兔兒後腿跛了，行走不得。那女子道：「好孩子！」忙拿出刀圭傷藥，給兔子治傷。

郭靖怒火上沖，心想這人知道母親心慈，便把好好一隻兔子折斷腿骨，要她醫治，好教她無心理會自己幹的壞事，對自己親生母親，怎可如此玩弄權謀？

黃蓉靠在郭靖身旁，忽覺他全身顫抖，知他怒極，怕他發作出來給完顏康驚覺，忙牽著他手躡足走遠，說道：「不理他們，咱們找藥去。」郭靖道：「你可知藥在那裏？」黃蓉搖頭道：「不知道。這就去找。」

郭靖心想，偌大王府，到那裏找去？驚動了沙通天他們，那可大禍臨頭，正要開言和她商量，突然前面燈光閃動，一人手提燈籠，嘴裏低哼小曲：「我的小親親喲，你不疼我疼誰個？還是疼著我……」一陣急一陣緩的走近。

郭靖待要閃入樹後，黃蓉卻迎了上去。那人一怔，還未開口，黃蓉手腕翻處，一柄明晃晃的分水蛾眉刺已抵在他喉頭，喝道：「你是誰？」那人嚇得魂不附體，隔了片刻，才結結巴巴的道：「我……是府裏的簡管家。你……你幹甚麼？」黃蓉道：「幹甚麼？我要殺個人！你是管家，那好極啦。今日小王爺差你們去買來的那些藥，放在那裏？」簡管家道：「都是小王爺自己收著，我……我不知道啊！」

黃蓉左手在他手腕上抓落，右手微向前送，蛾眉鋼刺嵌入了他咽喉幾分。那簡管家只覺手腕和咽喉奇痛，卻又不敢叫出聲來。黃蓉低聲喝道：「你說不說？」簡管家道：「我真的不知道。」黃蓉右手扯下他帽子，按在他口上，跟著左手一拉一扭，喀喇一聲，登時將他右臂臂骨扭斷了。那簡管家痛極大叫，立時昏暈，但嘴巴讓帽子按住了，這聲叫喊慘厲之中夾著窒悶，傳不出去。

郭靖萬料不到這個嬌滴滴的小姑娘下手竟如此毒辣，不覺驚呆了。黃蓉在簡管家脅下戳了兩下，那人醒轉，低聲呻吟，她把帽子順手在他頭頂一放，喝道：「要不要將左臂也扭斷了？」簡管家痛得眼淚直流，屈膝跪倒，道：「小人真……真的不知道，姑娘殺了小人也沒用。」黃蓉這才信他不是裝假，低聲道：「你到小王爺那裏，說你從高處摔下來摔斷了手臂，又受了不輕的內傷，大夫說要用硃砂、血竭、田七、熊膽、沒藥等等醫治，中都城裏買不到，你求小王爺賞賜一點。」

黃蓉說一句，簡管家應一句，不敢有絲毫遲疑。黃蓉又道：「小王爺在王妃那裏，快去，快去！我跟著你，你如裝得不像，露出半點痕跡，我扭斷你脖子，挖出你眼珠子。這幾味藥，你都記得了嗎？」說著伸出手指，將尖尖的指甲在他眼皮上重重一抓。

簡管家打個寒噤，爬起身來，咬緊牙齒，忍痛奔往王妃住處。

完顏康還在和母親東拉西扯的談論，忽見簡管家滿頭滿臉都是汗水、眼淚、鼻涕，奔進來把黃蓉教的話說了一遍。王妃見他右臂折斷，盪來盪去，痛得臉如白紙，不待完顏康答覆，已一疊連聲的催他給藥。完顏康皺眉道：「那些藥梁老先生要去啦，你自己拿去。」簡管家哭喪著臉道：「求小王爺賞張字條！」王妃忙拿出筆墨紙硯，完顏康寫了幾個字。簡管家磕頭謝賞，王妃溫言道：「快去，拿到藥好治傷。」

簡管家退了出來，剛走得幾步，一柄冰寒徹骨的利刃已架在後頸，只聽黃蓉道：「到梁老先生那裏去。」簡管家走了幾步，實在支持不住了，一個踉蹌，就要跌倒。黃蓉抓住他後領，說道：「不拿到藥，你的脖子就是喀喇一聲，斷成兩截。」按住他腦袋重重一扭。簡管家大驚，冷汗直冒，不知那裏突然來了一股力氣，急往前走。路上接連遇見七八個僕役侍從。衆僕見郭靖、黃蓉與他在一起，也沒人查問。

來到梁子翁所住館舍，簡管家過去一瞧，館門反鎖，出來再問，一個僕役說王爺在香雪廳宴客。郭靖見簡管家腳步蹣跚，伸手托在他脅下，三人並肩往香雪廳而去。

離廳門尚有數十步遠，兩個提著燈籠的衛士迎了上來，右手都拿著鋼刀，喝道：「停步，是誰？」簡管家取出小王爺的字條，一人看了字條，放他過去，又來詢問郭黃二人，簡管家道：「是自己人！」一名衛士道：「王爺在廳裏宴客，吩咐了誰也不許去打擾。有事明天再回……」話未說完，兩人只覺脅下一陣酸麻，動彈不得，已給黃蓉點中穴道。

黃蓉把兩名衛士提在花木叢後，牽了郭靖的手，隨著簡管家走到香雪廳前。她在簡管家身後輕輕一推，與郭靖縱身躍起，攀住簷頭，從窗縫中向裏觀看。

廳上燈燭輝煌，擺著一桌筵席，郭靖看桌邊所坐諸人，一顆心不禁突突亂跳，昨天同席過的白駝山少主歐陽克、鬼門龍王沙通天、三頭蛟侯通海、參仙老怪梁子翁、千手人屠彭連虎等都圍坐在桌邊，下首相陪的正是大金國六皇子完顏洪烈。桌旁放著一張太師椅，墊了一張厚厚氈毯，靈智上人坐在椅上，雙目微張，臉如金紙，顯然受傷不輕。郭靖暗喜：「你暗算王道長，教你也受一下好的。」

簡管家推門而進，向梁子翁行了個禮，將完顏康所寫的字條遞給他。梁子翁看了，望了簡管家一眼，把字條遞給完顏洪烈道：「王爺，這是小王爺的親筆吧？」完顏洪烈接過來看了，道：「是的，梁公瞧著辦吧。」梁子翁對身後一名青衣童子道：「今日小王爺送來的五味藥材，各拿五錢給這位管家。」

那童子應了，隨著簡管家出來。郭靖在黃蓉耳邊道：「快走吧，那些人個個厲害得緊。」黃蓉笑了笑，搖搖頭。郭靖只覺她一縷柔髮在自己臉上輕輕擦過，從臉上到心裏，都有點癢癢的，不再和她爭辯，踴身往下便跳。黃蓉忙抓住他手腕，身子向前撲出，雙足鉤住屋簷，緩緩將他放落。郭靖暗叫：「好險！裏面這許多高手，我這往下一跳，他們豈有不發覺之理？」自愧初涉江湖，事事易出毛病。

簡管家和那小童出來，郭靖跟在後面，走出十餘丈，回過頭來，只見黃蓉使個「倒捲珠簾勢」，正向裏張望，清風中白衫微動，猶如一朵百合花在黑夜中盛開。

黃蓉向廳裏瞥了一眼，見各人並未發覺，回頭目送郭靖的身形在黑暗之中消失，這才再向內窺探，見彭連虎目光四射，到處察看。黃蓉不敢再看，側頭附耳傾聽。

只聽一個嗓子沙啞的人道：「那王處一昨天橫加插手，各位瞧他是無意中碰著呢，還是有所為而來？」一個聲音極響的人道：「不管他有意無意，總之受了靈智上人這一掌，不死也落個殘廢。」黃蓉向內張望，見說話之人是那身材矮小、目光如電的彭連虎。

一個話聲清朗的人笑道：「兄弟在西域之時，也曾聽過全真七子的名頭，該當不是浪得虛名之輩，要不是靈智上人送了他這一下好生厲害的五指祕刀，咱們昨天全算折在他手裏啦。」一個粗厚低沉的聲音道：「歐陽公子別在老衲臉上貼金啦，我跟這道士大家吃了虧，半斤八兩，誰也沒贏。」歐陽克道：「總之他不喪命就落個殘廢，上人卻只須靜養些時日。」

此後各人不再談論，聽聲音是主人在敬酒。隔了一會，一人說道：「各位遠道而來，小王深感榮幸。此番能邀到各位大駕，實是大金國之福。」黃蓉心想，說這話的必是趙王完顏洪烈了。衆人謙遜了幾句。完顏洪烈又道：「靈智上人是青海得道高僧，梁老先生是關外一派的宗師，歐陽公子已得令叔武功眞傳，彭寨主威震中原，沙幫主獨霸黃河。五位中只要有一位肯拔刀相助，大金國的大事就能成功，何況五位一齊出馬，哈哈，哈哈。那眞是獅子搏兔用全力了。」言下甚是得意。

梁子翁笑道：「王爺有事差遣，咱們當得效勞，只怕老夫功夫荒疏，有負王爺重託，那就老臉無光了，哈哈！」彭連虎等也均說了幾句「當得效勞」之類的言語。這幾個人向來獨霸一方，都是自尊自大慣了的，語氣之中儼然和完顏洪烈分庭抗禮，並不過於卑諂。完顏洪烈又向衆人敬了一杯酒，說道：「小王既請各位到來，自是推心置腹，天大的事也不能相瞞。各位知曉之後，當然也決不會向旁人提及，洩漏了風聲，以致對方有了防備，壞了我大金朝廷的大事，這也是小王信得過的。」

各人會意，他這幾句話雖說得婉轉，其實是要他們務必嚴守秘密，都道：「王爺放心，這裏所說的話，誰都不能洩漏半句。」

各人受完顏洪烈重聘而來，均知若非爲了頭等大事，決不致使了偌大力氣，費了這許多金銀珠寶前來相請，到底爲了何事，他卻一直不提，也不便相詢，這時知他便要揭開一件重大機密，個個又好奇，又興奮。

完顏洪烈道：「大金太宗天會三年，那就是趙官兒徽宗的宣和七年了，我金兵由粘沒喝、斡離不兩位元帥率領征伐宋朝，俘虜了宋朝徽宗、欽宗兩個皇帝，自古以來，兵威從無如此之盛的。」眾人都嘖嘖稱讚。黃蓉心道：「好不要臉！除了那和尚和甚麼歐陽公子之外，你們都是漢人。這金國王爺自吹自擂，說擄了大宋的兩個皇帝，你們竟都來捧場。」

完顏洪烈道：「那時我大金兵精將廣，本可一統天下，但到今日將近百年，趙官兒還在臨安做他的皇帝，各位可知是甚麼原因麼？」梁子翁道：「請王爺示下。」

完顏洪烈嘆了口氣道：「當年我大金國敗在岳飛那廝手裏，那是天下皆知之事，也不必諱言。我大金元帥兀朮善會用兵，可是遇到岳飛，總是連吃敗仗。後來岳飛雖讓我大金授命秦檜害死，但金兵元氣大傷，此後再也無力大舉南征。然而小王卻雄心勃勃，不自量力，想為我聖上立一件大功，這事非眾位相助不可。」

各人面面相覷，不明其意，均想：「衝鋒陷陣，攻城掠地，非吾輩之所長，難道他要我們去刺殺南朝的元帥大將？」

完顏洪烈神色得意，語音微顫，說道：「幾個月前，小王無意間在宮裏舊檔之中，看到一通前朝留下來的文書，是岳飛寫的幾首詞，辭句甚為奇特。我揣摩了一些時日，終於端詳出了其中意思。原來岳飛給關在獄中之時，知道已無活命之望，說他這人精忠報國，倒是不假，竟把生平所學的行軍佈陣、練兵攻伐的秘要，詳詳細細的寫了部書，只盼得到傳人，用以抗禦金兵。幸虧秦檜這人也好生厲害，怕岳飛跟外人私通消息，防備得周密之極，獄中官吏兵丁，個個都是親信心腹。要知岳飛部下那些兵將勇悍善戰，倘若造起反來，宋朝沒人抵擋得住。當年所以沒人去救岳飛，全因岳飛不肯違抗朝廷旨意，要是他忽然改變了主意，可不得了啦，是不是？他可不知岳飛忠於皇帝和朝廷，決不會造反，他想救的不是他自己性命，而是大宋江山。但也幸得這樣，岳飛這部兵書，直到死後也沒能交到外面。」

眾人聚精會神的聽著，個個忘了喝酒。黃蓉懸身閣外，也如聽著一個奇異的故事。

完顏洪烈道：「岳飛無計可施，只得把那部兵書貼身藏了，寫了四首甚麼〈菩薩蠻〉、〈醜奴兒〉、〈賀聖朝〉、〈齊天樂〉的歪詞。這四首詞格律不對，平仄不叶，句子顛三倒四，不知所云。那秦檜雖說是才大如海，卻也不明其中之意，於是差人送到大金國來。數十年來，這四首歪詞收在大金宮裏秘檔之中，沒人領會得其中含意，人人都道岳飛臨死氣憤，亂寫一通，語無倫次，那知其中竟藏著一個極大啞謎。小王苦苦思索，終於解明了，原來這四首歪詞須得每隔三字的串讀，先倒後順，反覆連貫，便即明明白白。岳飛在這四首詞中囑咐後人習他兵法遺書，滅了我大金。他用心雖苦，但宋朝無人，卻也枉然，哈哈！」眾人齊聲驚嘆，紛紛稱譽完顏洪烈的才智。

完顏洪烈道：「想那岳飛用兵如神，打仗確實厲害。只要咱們得了他這部遺書，學得了他的兵法，大金國一統天下，豈不是易如反掌麼？」

眾人恍然大悟，均想：「趙王請我們來，原來是要我們去做盜墓賊。」

完顏洪烈道：「小王本來想，這部遺書必是他帶到墳墓中去了。」頓了一頓，續道：「各位是大英雄大豪傑，難道請各位去盜墓麼？再說，那岳飛雖是大金讎寇，但他精忠神武，天下人人相欽，咱們也不能動他墳墓。小王翻檢歷年南朝密探送來的稟報，卻另外得到了線索。岳飛當日死在風波亭後，葬在附近的衆安橋邊，後來宋孝宗將他遺體遷到西湖邊上隆重安葬，建造祠廟。他的衣冠遺物，卻讓人放在另外一處，這部遺書自然也在其中。這地方也是在臨安。」

他說到這裏，眼光逐一向衆人望去。衆人都急於聽他說出藏書的地點來。

那知他卻轉過話題，說道：「小王曾想：既有人搬動過岳飛的衣冠遺物，只怕也已把這部書取了出來。但仔細一琢磨，知道決計不會。宋人對他敬若神明，既不知他的原意，決不敢動他遺物，咱們到了那個地方，必能手到拿來。不過南方奇材異能之士極多，咱們要不是一舉成功，露出了風聲，反讓宋人先得了去，那可是弄巧成拙了。這件事有關兩國氣運，因此小王加意鄭重將事，若非請到武林中一等一的高手相助，決不敢輕舉妄動。」衆人聽得連連點頭。

完顏洪烈道：「不過藏他遺物的所在，卻也非同小可，因此這件事說它難嗎，固然難到極處，然而在有大本領的人看來，卻又容易之極。原來他的遺物是藏在……」

正說到這裏，突然廳門推開，一人衝了進來，面目青腫，奔到梁子翁面前，叫道：「師父……」衆人看時，卻是梁子翁派去取藥的那個青衣童子。

郭靖跟隨簡管家和那青衣童子去取藥，左手仍托在簡管家脅下，既防他支持不住而跌倒，又教他不敢向青衣童子通風示意。三人穿廊過舍，又來到梁子翁所住的館舍。那童子開門進去，點亮了蠟燭。

郭靖一踏進房，便覺藥氣沖鼻，又見桌上、榻上、地下，到處放滿了諸般藥材，以及大大小小的瓶兒、罐兒、缸兒、缽兒，看來梁子翁喜愛調弄丹藥，雖在客中，也不放下這些傢伙。那小童也熟習藥性，取了五味藥，用白紙分別包了，交給簡管家。

簡管家伸手接過，轉身出房。郭靖緊跟在旁。不料簡管家甚是狡猾，出房時故意落後，待郭靖與那小童一出門，立時關上了門，撐上門閂，大聲叫喊：「有賊啊，有賊啊！」郭靖一怔，轉身推門，那門甚是堅實，一時推之不開。簡管家揚手將五包藥從窗口抛入了房旁的池塘。郭靖又驚又怒，雙掌按在門上，運起勁力，喀喇一響，門閂立斷。他搶進門去，一拳擊中簡管家下顎，顎骨登時碎裂。幸好梁子翁性喜僻靜，居處與別的房舍遠離，簡管家這幾下叫喚，倒沒人聽到。

郭靖回身出門，見那童子已奔在數丈之外，忙提氣縱身，追到他身後，伸手往他後領抓落。那童子聽得腦後風響，身子一挫，右腿橫掃，身手竟自不弱。郭靖心知只要給他聲張出來，黃蓉與自己不免有性命之憂，下手更不容情，鉤、拿、抓、打，招招是分筋錯骨手的狠辣家數，那童子臉上連中兩拳。郭靖乘勢直上，又在他天靈蓋上擊了一掌，那童子立時昏暈。郭靖提足將他撥入路旁草叢，回進房去，打火點亮蠟燭，見簡管家倒在地下，兀自昏暈。

郭靖暗罵自己胡塗：「那童兒剛才從那五個瓶罐裏取藥，我可沒留意，怎知這五味藥放在那裏？」見瓶罐上面畫的都是些彎彎曲曲的符號，竟無一個文字，好生爲難：「記得他是站在這裏拿的，我且把這個角落裏的數十罐藥每樣都拿些，回頭請王道長選出來就是。」取過一疊白紙，每樣藥材都包了一包，生怕剛才簡管家叫喊時讓人聽到，心裏一急，包得更加慢了。

好容易在每個藥罐中都取了藥包好，揣在懷裏，大功告成，心下歡喜，回過身來，不提防手肘在旁邊的大竹簍上一撞。那竹簍橫跌翻倒，蓋子落下，驀地呼嚕一聲，竄出一條殷紅如血的大蛇，猛向他臉上撲來。

郭靖大驚，忙向後躍開，只見那蛇身子有小碗粗細，半身尚在簍中，不知其長幾何，最怪的是通體朱紅，蛇頭忽伸忽縮，蛇口中伸出一條分叉的舌頭，不住向他搖動。蒙古苦寒之地，蛇蟲本少，這般朱紅的奇蛇他更生平未見，慌亂中倒退幾步，背心撞向桌邊，燭台受震跌倒，室中登時漆黑一團。他藥材已得，急步奪門而出，剛走到門邊，突覺腿上一緊，似給人伸臂抱牢，又如是給一條極粗的繩索緊緊縛住，急躍想逃，不料竟掙之不脫，隨即右臂一陣冰冷，全身立時動彈不得。

郭靖心知已給大蛇纏住，這時只膪下左手尚可活動，立即伸手向腰間去摸成吉思汗所賜的金刀。突然間一陣辛辣的藥氣撲鼻而至，其中夾著一股腥味，臉上一涼，竟是那蛇伸舌來舐他臉頰，當這危急之際，已無餘暇去抽刀殺蛇，忙提起左手，叉住蛇頭。那蛇力大異常，身子漸漸收緊，蛇頭猛力向郭靖臉上伸過來，張口欲咬。

郭靖挺臂撐持，過了片刻，只感覺腿腳酸麻，胸口為蛇身纏緊，呼吸越來越難，運內勁向外力崩，蛇身稍一放鬆，但跟著纏得更緊。郭靖左手漸感無力，蛇口中噴出來的氣息難聞之極，胸口發惡，只是想嘔。再相持一會，神智逐漸昏迷，再無抗拒之力，左手一鬆，大蛇張口直咬下來。

那青衣童子給郭靖擊暈，過了良久，慢慢醒轉，想起與郭靖相鬥，躍起身來，回頭見師父房中漆黑一團，聲息全無，想來那人已逃走了，忙奔到香雪廳中，氣急敗壞的向梁子翁稟告。黃蓉在窗縫中聽到那童子說話，心下驚惶，一個「雁落平沙」，輕輕落下。但廳中這許多高手何等了得，適才傾聽完顏洪烈說話，未曾留意外面，這時聽那童子一說，個個已在凝神防敵，黃蓉落下雖輕，彭連虎等已然驚覺。

梁子翁身形晃動，首先疾竄而出，擋住黃蓉去路，喝問：「甚麼人？」

黃蓉見了他這一躍，便知他武功遠勝於己，別說廳裏還有許多高手，單這老兒一人，便已對付不了，微微一笑，說道：「這裏的梅花開得挺好呀，你折一枝給我好不好？」

梁子翁想不到廳外竟是個秀美絕倫的少女，衣飾華貴，又聽她笑語如珠，不覺一怔，料想必是王府中人，說不定還是王爺的千金小姐，是位郡主娘娘，當即縱身躍起，伸手折了一枝梅花下來。黃蓉含笑接過，道：「老爺子，謝謝您啦。」

這時衆人都已站在廳口，瞧著兩人。彭連虎見黃蓉轉身要走，問完顏洪烈道：「王爺，這位姑娘是府裏的麼？」完顏洪烈搖頭道：「不是。」彭連虎道：「王爺剛才說的大事，給這位姑娘聽了去，不妨事嗎？」縱身攔在黃蓉面前，說道：「姑娘慢走，我也折一枝梅花給你。」右手一招「巧扣連環」，便來拿她手腕，五指伸近黃蓉身邊，突然翻上，抓向她喉頭。黃蓉本想假裝不會武藝，含糊混過，以謀脫身，豈知彭連虎不但武功精湛，且機警過人，只一招就令對方不得不救。

黃蓉微微一驚，退避已自不及，右手揮出，拇指與食指扣起，餘下三指略張，手指如一枝蘭花般伸出，姿式美妙已極。

彭連虎只感上臂與小臂之交的「曲池穴」上一麻，手臂疾縮，總算變招迅速，沒給她拂中穴道。這一來心中大奇，想不到這樣個小姑娘竟身負絕藝，不但出招快捷，認穴極準，而這門以小指拂穴的功夫，饒是他見多識廣，也從未見過。黃蓉這「蘭花拂穴手」乃家傳絕技，講究「快、準、奇、清」，快、準、奇，這還罷了，那個「清」字，務須出手優雅，氣度閒逸，輕描淡寫，行若無事，才算得到家，要是出招緊迫狠辣，不免落了下乘，配不上「蘭花」的高雅之名了。四字之中，倒是這「清」字訣最難。

黃蓉這一出手，旁觀諸人無不訝異。彭連虎笑道：「姑娘貴姓？尊師是那一位？」黃蓉笑道：「這枝梅花眞好，是麼？我去插在瓶裏。」竟不答彭連虎問話。衆人俱各狐疑，不知她是甚麼來頭。

侯通海厲聲道：「彭大哥問你話，你沒聽見麼？」黃蓉笑道：「問甚麼啊？」

彭連虎昨日曾見黃蓉戲弄侯通海，見了她這小嘴微扁、笑嘻嘻的鄙夷神態，突然想起：「啊，那髒小子原來是你扮的。」笑道：「老侯，你不認得這位姑娘了麼？」

侯通海愕然，上下打量黃蓉。彭連虎笑道：「你們日裏捉了半天迷藏，怎麼忘了？」侯通海又呆呆向黃蓉望了一陣，終於認出，虎吼一聲：「好，臭小子！」他追逐黃蓉時不住罵她「臭小子」，現下她雖改了女裝，這句咒罵仍衝口而出，雙臂前張，向她猛撲過去。黃蓉向旁閃避，侯通海一撲落空。

鬼門龍王沙通天身形晃動，搶前抓住黃蓉右腕，喝道：「往那裏跑？」黃蓉左手疾起，雙指點向他兩眼。沙通天右手伸出，又將她左手拿住。

黃蓉一掙沒能掙脫，叫道：「不要臉！」沙通天道：「甚麼不要臉？」黃蓉道：「大人欺侮孩子，男人欺侮女人！」沙通天一愕，他是成名的前輩，覺得果然是以大壓小，放開雙手，喝道：「進廳去說話。」黃蓉知道不進去不行，只得踏進門去。

侯通海怒道：「我先廢了這臭小子再說。」上前又要動手。彭連虎道：「先問清楚她師父是誰，是誰派來的！」他見了黃蓉這等武功，又是這麼的衣飾人品，料知必是大有來頭，須得先行問明，再作定奪。

侯通海卻不理會，舉拳當頭向黃蓉打下。黃蓉閃過，問道：「你眞要動手？」侯通海道：「難道還有假的？你可不許逃。」他最怕黃蓉逃跑，一逃就追她不上了。

黃蓉道：「你要跟我比武那也成。」拿起桌上一隻裝滿酒的酒碗頂在頭上，雙手又各拿一隻，說道：「你敢不敢學我這樣？」侯通海怒道：「搗甚麼鬼？」

黃蓉環顧衆人，笑道：「我和這位額頭生角的爺又沒冤仇，要是我失手打傷了他，怎麼對得起大家？」侯通海踏上一步，怒道：「憑你這臭小子，又傷得了我？我額頭上生的是瘤子，不是角！你瞧瞧清楚，可別胡說八道！」

黃蓉不去理他，仍臉向旁人，說道：「我和他各拿三碗酒，比比功夫。誰的酒先潑出來，誰就輸了，好不好？」她見梁子翁折花、彭連虎發招、沙通天擒拿，個個武功了得，均遠在自己之上，即如這三頭蛟侯通海，雖曾迭加戲弄，但自己也只仗著輕身功夫和心思靈巧才佔上風，要講眞實本領，自知頗有不如，心想：「唯今之計，只有以小賣小，跟他們胡鬧，只要他們不當眞，就可脫身了。」

侯通海怒道：「誰跟你鬧著玩！」劈面一拳，來勢如風，力道沉猛。

黃蓉閃身避過，笑道：「好，我身上放三碗酒，你就空手，咱們比劃比劃。」

侯通海年紀大她兩倍有餘，在江湖上威名雖遠不如師兄沙通天，總也是成名的人物，受她當著衆人連激幾句，更加氣惱，不加思索的也將一碗酒往頭頂一放，雙手各拿一碗，左腿微曲，右腿已猛往黃蓉踢去。

黃蓉笑道：「好，這才算英雄。」展開輕功，滿廳遊走。侯通海連踢數腿，都給她避開。衆人笑吟吟的瞧著二人相鬥。但見黃蓉上身穩然不動，長裙垂地，身子卻如在水面飄盪一般，又似足底裝了輪子滑行，想是以細碎腳步前趨後退。侯通海大踏步追趕，一步一頓，騰騰有聲，顯然下盤功夫紮得極爲堅實。黃蓉以退爲進，連施巧招，想以手肘碰翻他酒碗，都給他側身避過。

梁子翁心道：「這女孩功夫練到這樣，確也不容易了。但時刻一長，終究不是老侯對手。理他誰勝誰敗，都不關我事。」記掛自己房裏的珍藥奇寶，轉身走向門邊，要去追拿盜藥的奸細，心想：「對方要的是硃砂、血竭、田七、熊膽、沒藥這五味藥，自是王處一派人來盜的了。這五味也不是甚麼名貴藥物，給他盡數取去了也不打緊。可別給他順手牽羊，拿了我旁的甚麼。」

郭靖為大蛇纏住，漸漸昏迷，忽覺異味斗濃，料知蛇嘴已伸近臉邊，若給蛇牙咬中，那還了得？危急中低下頭來，口鼻眼眉都貼緊蛇身，這時全身動彈不得，只賸下牙齒可用，情急之下，左手運勁托住蛇頭，張口往蛇頸咬下，那蛇受痛，一陣扭曲，纏得更加緊了。郭靖連咬數口，驀覺一股帶著藥味的蛇血從口中直灌進來，辛辣苦澀，其味難當，也不知血中有毒無毒，但不敢張口吐在地下，生怕一鬆口後，再也咬牠不住；又想那蛇失血多了，必減纏人之力，便盡力吮吸，大口大口吞落，吞得幾口蛇血，大蛇纏力果然漸減，吸了一頓飯時分，腹中飽脹之極。那蛇漸漸力弱，幾下痙攣，放鬆了郭靖，摔在地下，再也不動了。

郭靖累得筋疲力盡，扶著桌子想逃，但雙腳酸麻，過得一會，只覺全身都熱烘烘地，猶如在一堆大火旁烘烤一般，心中害怕，又過片刻，手足已行動如常，周身燥熱卻絲毫不減，手背按上臉頰，著手火燙。一摸懷中各包藥材並未跌落，心想：「藥材終於取得，王道長有救了。那穆易父女給完顏康無辜監禁，說不定會給他害死，須得救他們脫險才是。」出得門來，辨明方向，逕往監禁穆氏父女的鐵牢而去。

來到牢外，只見眾親兵來往巡邏，把守甚嚴。郭靖等了一會，無法如先前一般混入，奔到屋子背後，待巡查的親兵走過，躍上屋頂，輕輕落入院子，摸到鐵牢旁邊，側耳傾聽，牢旁並無看管的兵丁，低聲道：「穆老前輩，我來救你啦。」

穆易大爲詫異，問道：「尊駕是誰？」郭靖道：「晚輩郭靖。」

穆易昨日曾依稀聽到過郭靖名字，當時人聲嘈雜，兼之受傷之後，各事紛至沓來，無暇多想，這時午夜人靜，突然間「郭靖」兩字送入耳鼓，心中一震，顫聲道：「甚麼？郭靖？你……你……姓郭？」郭靖道：「是，晚輩就是昨日和小王爺打架的那人。」穆易道：「你父親叫甚麼名字？」郭靖道：「先父名叫嘯天。」他幼時不知父親的名字，後來朱聰教他識字，已將他父親的名字教了他。

穆易熱淚盈眶，抬頭叫道：「天哪，天哪！」從鐵柵中伸出手來，緊緊抓住郭靖手腕。郭靖只覺他那隻手不住顫抖，同時感到有幾滴淚水落在自己手臂上，心想：「他見我前來相救，歡喜得不得了。」輕聲道：「我這裏有柄利刃，斬斷了鎖，前輩就可以出來啦。那小王爺先前說的話都是存心欺騙，兩位不可相信。」

穆易卻問：「你娘姓李，是不是？她活著呢還是故世啦？」

郭靖大奇，道：「咦，你怎知道我媽姓李？我媽在蒙古。」

穆易心情激動，抓住郭靖的手只是不放。郭靖道：「你放開我手，我好斬鎖。」穆易似乎拿住了一件奇珍異寶，唯恐一放手就會失去，仍牢牢握住他手，歎道：「你……你長得這麼大啦，唉，我一閉眼就想起你故世的爸爸。」郭靖奇道：「前輩認識先父？」

穆易道：「你父親是我的義兄，我們八拜之交，情義勝於同胞手足。我們拋頭露面，說是『比武招親』，似乎無聊之極，郭賢姪，其實只是爲了找你。只因難以尋訪，這才出此下策。」說到這裏，喉頭哽住，再也說不下去。郭靖聽了，眼中也不禁濕潤。

這穆易就是楊鐵心了。他當日與官兵相鬥，背後中槍，受傷極重，伏在馬背上奔出數里，摔下馬來，暈在草叢之中。次晨醒轉，拚死爬到附近農家，養了月餘，才勉強支撐著可以起床。他寄居的村子叫荷塘村，離牛家村有十五六里。幸好那家人家對他倒盡心相待。他記掛妻子，卻又怕官兵公差在牛家村守候，又隔數日，半夜裏回家查看。來到門前，但見板門反扣，心下先自涼了，開門進屋，只見出事當夕妻子包氏替他縫了一半的新衣兀自拋在床上，牆上本來掛著兩桿鐵槍，一桿已在混戰中失落，餘下一桿仍倚壁而懸，卻孤零零地，宛似自己一般形單影隻，失了舊侶。屋中除了滿積灰塵，一切便與當晚無異，顯是妻子沒回來過。再去看隔壁義兄郭家，也是如此。

他想賣酒的曲三是個身負絕藝的異人，或能援手，可是來到小酒店前，卻見也是反鎖著門，無人在內。敲門向牛家村相熟的村人詢問，都說官兵去後，郭楊兩家一無音訊。他再到紅梅村岳家去探問，不料岳父得到噩耗後受了驚嚇，已在十多天前去世，曲三的小女兒倒仍由岳母撫養。

楊鐵心欲哭無淚，只得又回荷塘村那家農家。當眞禍不單行，當地瘟疫流行，那農家一家四口，三個人在數天內先後染疫身亡，只留下一個出世未久的女嬰。楊鐵心責無旁貸，收了這女嬰爲義女，帶著她四下打聽，找尋郭嘯天之妻與自己妻子的下落，但這時一個遠投漠北，一個也已到了北方，那裏找尋得著？

他不敢再用楊鐵心之名，把「楊」字拆開，改「木」爲「穆」，變名穆易。十餘年來東奔西走，浪跡江湖，義女穆念慈也已長大，出落得花朵一般的人才。楊鐵心料想妻子多半已死在亂軍之中，卻盼望老天爺有眼，義兄郭嘯天有後，因此才要義女拋頭露面，豎起「比武招親」的錦旗，打造了一對鑌鐵短戟，插在旗旁，實盼能與郭靖相會。「比武招親」只是幌子，眞正用意卻是尋訪郭靖，因此言明要相會的少年英雄須得是二十歲上下年紀，最好是山東兩浙人氏，這兩個條款，差不多便是指明了郭靖。倘能尋到，自照當年與郭嘯天之約，將義女許配予他。但人海茫茫，卻又怎遇得著？

過得大半年，楊鐵心也心淡了，也不知郭家嫂子是否尚在人世，就算生了孩子，也不知是男是女，只盼爲義女找到一個人品篤實、武藝過得去的年青漢子爲婿，也已心滿意足。那知道昨日遇上了完顏康這件尷尬事，而這仗義出手的少年，竟便是日夜掛在心懷的義兄之子，怎教他如何不心情激盪、五內如沸？

穆念慈在一旁聽兩人敘舊，便想出言提醒，要郭靖先救他們出去，再慢慢談論，忽然轉念：「這一出去，只怕永遠見不到他啦。」一句話剛到口邊，又縮了回去。

郭靖也已想到救人要緊，緩緩伸手出柵，舉起金刀正要往鐵鎖上斬去，門縫中忽然透進幾道亮光，有腳步聲走向門邊。他忙縮入門後藏起，牢門打開，進來幾人。郭靖從門縫裏瞧出去，見當先那人手提紗燈，看服色是個親兵隊長，身後跟著的卻是完顏康的母親趙王王妃。只聽她問道：「這兩位便是小王爺昨兒關的麼？」親兵隊長應道：「是。」王妃道：「馬上將他們放了。」那隊長有些遲疑，並不答應。王妃道：「小王爺問起，說是我教放的。快開鎖罷！」那隊長不敢違拗，開鎖放了兩人出來。王妃摸出兩錠銀子，遞給楊鐵心，溫言說道：「你們好好出去罷！」

楊鐵心不接銀子，雙目盯著她，目不轉睛的凝視。

王妃見他神色古怪，料想他必甚氣惱，心中甚是歉疚，輕聲道：「對不起得很，今日得罪了兩位，實是我兒子不好，請別見怪。」

楊鐵心仍瞪目不語，過了半晌，伸手接過銀子揣入懷裏，牽了女兒的手，大踏步走出。那隊長罵道：「不懂規矩的野人，也不拜謝王妃。」楊鐵心只如不聞。

郭靖等衆人出去，關上了門，聽得王妃去遠，這才躍出，四下張望，已不見楊鐵心父女的蹤跡，心想他們多半已經出府，於是到香雪廳來尋黃蓉，要她別再偷聽，趕緊回去送藥給王處一服用。走了一程，前面彎角處轉出兩盞紅燈，有人快步而來。郭靖忙縮在旁邊假山之後。那人卻已瞧見了他，喝道：「誰？」縱身撲到，舉手抓將下來。郭靖伸臂格開，燈光掩映下看得明白，正是小王爺完顏康。

原來那親兵隊長奉王妃之命放走楊鐵心父女，忙去飛報小王爺。完顏康一驚：「母親一味心軟，不顧大局，卻將這兩人放走了。要是給我師父得知，帶了他父女來和我對質，抵賴不得，那可糟了。」忙來查看，想再截住兩人，豈知在路上撞見了郭靖。

兩人白日裏已打了半天，不意黑夜中又再相遇，一個急欲出府送藥，一個亟盼殺人滅口，均想儘快了結，這一搭上手，打得比昨日更加狠辣三分。郭靖幾次想奪路而逃，總讓完顏康截住了無法脫身，見那親兵隊長拔出腰刀，更欲上來相助，心中只是叫苦。

梁子翁料到黃蓉要敗，那知他剛一轉身，廳上情勢倏變。黃蓉雙手齊振，頭頂挺昂，三隻碗同時飛起，一招「八步趕蟾」，雙掌向侯通海胸前劈到。侯通海手中有碗，不能發招抵禦，只得向左閃讓。黃蓉右手順勢掠去，侯通海避無可避，只得舉臂擋格，雙腕相交，侯通海雙手碗中的酒水潑得滿地都是，頭上的碗更落在地下，嗆啷一聲，打得粉碎。

黃蓉拔起身子，向後疾退，雙手接住空中落下的兩碗，另一碗酒端端正正的落在她雲鬢之頂，三碗酒只濺出了一點兒。眾人見她以巧取勝，不禁都暗叫一聲：「好！」歐陽克卻大聲喝采。沙通天怒目向他瞪了一眼。歐陽克渾沒在意，反而加上一聲：「好得很啊！」

侯通海滿臉通紅，叫道：「再比過。」黃蓉手指在臉上一刮，笑道：「不害臊麼？」沙通天見師弟失利，哼了一聲，道：「小丫頭詭計多端，你師父到底是誰？」黃蓉笑道：「明兒再對你說，現下我可要走啦。」沙通天膝不彎曲，足不跨步，不知怎樣，突然間身子已移在門口，攔住了當路。

黃蓉剛才給他抓住雙手手腕，立時便動彈不得，已知他厲害，這時見他這一下「移形換位」功夫更加了得，心中暗驚，臉上卻神色不變，眉頭微皺，問道：「你攔住我幹麼？」沙通天道：「要你說出是誰門下，闖進王府來幹甚麼？」黃蓉秀眉微揚，笑問：「要是我不說呢？」沙通天道：「鬼門龍王的問話，不能不答！」

黃蓉眼見廳門就在他身後，相距不過數尺，可就是給他攔在當路，萬難闖關，見梁子翁正要走出，叫道：「老伯伯，他攔住我，不讓我回家。」

梁子翁聽她這般柔聲訴苦，笑道：「沙龍王問你話，你好好回答，他就會放你。」黃蓉格的一笑，說道：「我就偏不愛答。」對沙通天道：「你不讓路，我可要闖啦。」

沙通天冷冷的道：「只要你有本事出去。」黃蓉笑道：「你可不能打我。」沙通天道：「要攔住你這小小丫頭，何必沙龍王動手。」黃蓉道：「好，大丈夫一言爲定。沙龍王，你瞧那是甚麼？」說著向左一指。沙通天順著她手指瞧去，黃蓉乘他分心，衣襟帶風，縱身從他肩旁鑽出，身法甚是迅捷。

黃蓉剛要搶出，驀地裏見沙通天右手伸出兩根手指，對準了她眼睛，只待她自己撞將上去，幸而她能發能收，去勢雖急，仍在中途猛然止住，立即後退。她忽左忽右，後退前趨，身法變幻，連闖三次，總是給沙通天擋住去路。最後一次卻見他一個油光晶亮的禿頭俯下尺許，正對準了自己鼻尖，若非收腳得快，只怕自己的鼻血便得染上了他禿頭，只嚇得黃蓉大聲尖叫。

梁子翁笑道：「沙龍王是大行家，別再試啦，快認輸罷。」說著加快腳步，疾往自己房中奔去。剛踏進門，一股血腥氣便撲鼻而至，猛叫不妙，晃亮火摺子，只見那條朱紅大蛇已死在當地，身子乾癟，蛇血幾乎已給吸空，滿屋子藥罐藥瓶亂成一團。梁子翁這一下身子涼了半截，十餘年之功廢於一夕，抱住了蛇屍，忍不住哭出聲來。

這參仙老怪本是長白山中的參客，乘人之危害死了一個身受重傷的前輩異人，從他衣囊中得了一本武學秘本和十餘張藥方，照法修練研習，自此武功了得，兼而精通藥理。藥方中有一方是以藥養蛇、從而易筋壯體的秘訣。他照方採集藥材，又費了千辛萬苦，在深山密林中捕到了一條奇毒的大蟒蛇，以各種珍奇的小動物與藥物飼養。那蛇體色本是灰黑，長期食了貂鼠、丹砂、參茸等物後漸漸變紅，蛇毒也漸化淨，餵養十餘年後，這幾日來體已全紅。因此他雖從遼東應聘來到中都，卻也將這條累贅的大蛇帶在身畔。眼見功德圓滿，只要稍有數日之暇，就要吮吸蛇血，靜坐修功之後，便可養顏益壽，大增功力。那知蛇血突然為人吸去，豈不令他傷痛欲絕？

他定了定神，見蛇頸血液未凝，知道仇人離去未久，疾奔出房，躍上高樹，四下眺望，見園中有兩人正在翻翻滾滾的惡鬥。他怒火如焚，頃刻間趕到郭靖與完顏康身旁，甫近身就聞到郭靖衣上蛇血的腥氣。

郭靖武功本來不及完顏康，這番交手，初時又吃了幾下虧，拆不十餘招，只覺腹中炎熱異常，似有一團火球在猛烈燃燒，體內猶如滾水沸騰，熱得難受，口渴異常，周身欲裂，到處奇癢無比，心想：「這番我眞要死了，蛇毒發作出來了。」驚懼之下，背上又讓完顏康連打了兩拳，此刻體內難受無比，相形之下，身上中拳已不覺如何疼痛。

梁子翁怒喝道：「小賊，誰指使你來盜我寶蛇？」他想這寶蛇古方隱密異常，諒郭靖這毛頭小子決不能知道，必是另有高人指點了他來下手，十之八九便是王處一。郭靖也心中大怒，叫道：「這條放在房裏害人的毒蛇原來是你養的。你這壞東西，我已中了蛇毒，跟你拚啦！」飛步過去，舉拳向梁子翁打到。

梁子翁聞到他身上藥氣，惡念陡生：「他喝了我的蟒蛇寶血，我立即取他性命，喝乾他血，藥力仍在，或許更佳也未可知。」想到此處，不禁大喜，雙掌翻飛，數招間已抓住郭靖手臂，腳下一勾，郭靖撲地倒了。梁子翁拿住他左手脈門，將他按倒在地，張口便去咬他咽喉，要吸回寶血。

黃蓉連搶數次，不論如何快捷，總讓沙通天輕輕易易的擋住。沙通天如要擒她，可說手到拿來，然見趙王完顏洪烈在旁觀看，便乘機露一手上乘輕功。

黃蓉暗暗著急，忽然停步，說道：「只要我一出這門，你不能再跟我爲難，成不成？」沙通天道：「只要你能出去，我就認輸。」黃蓉嘆道：「唉，可惜我爹爹只教了我進門的本事，卻沒教出門的。」沙通天奇道：「甚麼進門的，出門的？」黃蓉道：「你這路『移形換位』功夫，雖然已很不差，但比起我爹爹可還差得遠，簡直差了十萬八千里。」沙通天怒道：「小丫頭胡說八道。你爹爹是誰？」黃蓉道：「我爹爹的名字說出來只怕嚇壞了你，不說也罷。當時他教我闖門的本事，他守在門口，我從外面進來，闖了幾次也闖不進。但似你這般微末功夫哪，我從裏到外雖然走不出，但從外面闖進來，卻不費吹灰之力。」沙通天冷笑道：「從外入內，跟從內到外還不是一樣？好！你倒來闖闖看。」讓開身子，要瞧她從外入內，又有甚麼特別不同的功夫。

黃蓉閃身出門，哈哈大笑，道：「你中計啦。你說過的，我一到門外，你就認輸。

現下我可不是到了門外？沙龍王是當世高人，言出如山，咱們這就再見啦。」

沙通天左手在光頭頂門上搔了三搔，心想這一小丫頭雖然行詭，但自己確是有言在先，對她這等後輩如何能說過了不算？脹紅了臉，一時無計可施。

彭連虎卻那能讓黃蓉就此脫身，心想倘使讓這小姑娘脫逃，趙王爺所說的大事只怕便即洩漏了，雙手連揚，兩枚銅錢激射而出，從黃蓉頭頂飛越而過。黃蓉見錢鏢雙雙越過頭頂，正自奇怪此人發射暗器的準頭怎麼如此低劣，突然間噹的一聲，背後風聲響動，兩枚錢鏢分左右襲來，直擊腦後。原來彭連虎發出的錢鏢算準了方位勁力，錢鏢在廊下大理石柱子上一撞，便即回過來打向黃蓉後腦。錢鏢所向，正是要害之處，黃蓉無法擋架，只得向前急躍，身剛站定，後面錢鏢又到。彭連虎鏢發連珠，十數枚接連不斷的撞向石柱，彈了回來。黃蓉閃避固是不及，伸手相接更屬難能，錢鏢的準頭，盡是對向她後腦，黃蓉只得向前縱躍而避，數躍之後，又已回進了大廳。

彭連虎發射錢鏢，只是要將她逼回廳內，志不在傷人，因此使勁不急。衆人喝采聲中，彭連虎擋住了門口，笑道：「怎麼？你又回進來啦？」黃蓉小嘴一撇，說道：「你暗器功夫好，可是用來欺侮女孩兒家，又有甚麼希奇？」彭連虎道：「誰欺侮你啦？我又沒傷你。」黃蓉道：「那麼你讓我走。」彭連虎道：「你先得說說，教你功夫的是誰。」黃蓉笑道：「是我在娘肚子裏自己學的。」

彭連虎道：「你不肯說，難道我就瞧不出。」反手出掌，向她肩頭揮去。黃蓉竟不閃不避，不招不架，明知鬥不過，便索性跟他撒賴。

彭連虎手背剛要擊到她肩頭，見她不動，果然撤掌迴臂，喝道：「快招架！十招之內，我必能揭出你這小丫頭的底來。」他生平各家各派的武功見得多了，眼見黃蓉身法詭異，一時瞧不準她來歷，但自料只要動上了手，不出十招，便能辨明她宗派門戶。

黃蓉道：「要是十招認不出呢？」彭連虎道：「那我就放你走。看招！」左掌斜劈，右拳衝打，同時右腿直踹出去，這一招「三徹連環」雖是一招，卻包含三記出手。黃蓉轉身閃過，右手拇指按住了小指，將食指、中指、無名指三指伸展開來，戳了出去，便如是一把三股叉模樣，使的是一招叉法「夜叉探海」。

侯通海大叫：「『夜叉探海』！大師哥，這臭小子使的是……是本門武功。」沙通天斥道：「胡說！」心知黃蓉戲弄這個寶貝師弟多時，早已學會了幾招他的叉法。

彭連虎也忍不住好笑，掄拳直衝。黃蓉斜身左竄，膝蓋不曲，足不邁步，已閃在一旁。侯通海叫道：「『移形換位』！大師哥，是你教的嗎？」沙通天斥道：「少說幾句成不成？老是出醜。」心中倒也佩服這姑娘聰明之極，這一下「移形換位」勁力方法雖然完全不對，但單看外形，倒與自己的功夫頗爲相似，而且一竄之下，居然避得開彭連虎出手如風的一拳，那可著實不易。

接下去兩招，黃蓉右掌橫劈，使的是沈青剛的「斷魂刀法」，雙臂直擊，用上了馬青雄的「奪魄鞭法」。只把侯通海看得連聲「咦，咦，咦」的呼叫，說道：「大師哥，這招是『探海斬蛟』，這……這臭小子當眞是本門……」

彭連虎怒氣漸生，心道：「我手下留情，小丫頭忒煞狡猾。不下殺手，諒她不會用她本門拳法招架。」學武之人修習本門功夫之後，儘有旁採博取、再去學練別派拳技的，但到了生死關頭，自然而然的總是以最精熟的本門功夫抵禦。

彭連虎初時四招只是試招，到第五招上，竟不容情，呼的一聲，雙掌帶風，迎面劈去。旁觀諸人見他下了殺手，不自禁的都爲黃蓉擔心。衆人不知她來歷，又均與她無冤無仇，見她年幼嬌美，言行又俏皮可喜，都不想見她就此命喪彭連虎的殺手之下。惟有侯通海才盼這「臭小子」死得越快越好。

黃蓉還了一招完顏康的全眞派掌法，又架了一招郭靖的「南山掌法」，那都是昨日見到兩人比武時學來的，第七招「三徹連環」，竟然現學現賣，便是彭連虎自己所使的第一招，但左支右絀，已險象環生。若憑二人眞實功夫，黃蓉出盡全力，尙且抵禦不住，何況如此存心戲弄？總算彭連虎畢竟不願眞下毒手，憑淩厲內力取她性命，不過要從她招數上認出她的師承來歷，這才容她拆了七招。

白駝山少主歐陽克笑道：「小丫頭聰明得緊，可用上了彭寨主的拳法，啊喲，不成啦，不成啦，還不向左？」

彭連虎拳法靈動，虛實互用，到第八招上，左手虛晃，右拳搶出。黃蓉料得他左手似虛乃實，右拳如實卻虛，正要向右閃避，忽聽歐陽克叫破，心念一動，當即斜身輕飄飄向左躍出，這下姿式美妙，廳上衆人竟誰也認不出來。

彭連虎聽歐陽克從旁指點，心下著惱，暗道：「難道我就斃不了你這丫頭？」他號稱「千手人屠」，生性殘忍不過，初時見黃蓉年幼，又是女子，殺了她未免有失身分，這時拆了八招，始終瞧不出分毫端倪，如何不怒，第九招「推窗望月」，竟自用上了十成力，左掌陰，右掌陽，剛柔並施，同時推到。

黃蓉暗叫不妙，正待急退閃躲，其勢已然不及，眼見拳鋒掌力迫到面門，急忙低頭，雙臂內彎，手肘向前，似箭般向敵人胸口撞去。

彭連虎這一招去勢雖猛，知她尚能拆解，但接著第十招料得她萬難招架，倏然間見她以攻爲守，襲向自己要害，第十招「星落長空」本已使出半式，立即凝住內力，便如懸崖勒馬般硬生生扣招不發，叫道：「你是黑風雙煞門下！」語聲竟微微顫抖，右臂振處，黃蓉向後直跌出了七八步。

彭連虎此言一出，衆人都聳然動容。除完顏洪烈外，廳中對黑風雙煞人人忌憚。彭連虎第十招本要痛下殺手，至少也要打得這小丫頭重傷嘔血，但在第九招忽然看出她武功竟是黑風雙煞一路，大驚之下，這個連殺百人毫不動心的魔頭竟斂手躍開。

黃蓉爲他推振，險些摔倒，待得勉力定住，全身都震得隱隱作痛，雙臂更似失了知覺，待要答話，靜夜中遠處傳來一聲大叫，正是郭靖的聲音，叫聲中帶著驚慌憤怒，似乎遇到了極大凶險。黃蓉情切關心，不禁失色。

郭靖給梁子翁按倒在地，手上腿上脈門同時遭拿，再也動彈不得，倏覺梁子翁張口來咬自己咽喉，無法拆解，先前咬嚙蛇頭，方脫危難，此刻依樣葫蘆，以咬對咬，也張口向梁子翁嘴上咬去。梁子翁吃了一驚，手勁稍鬆，郭靖奮力猛掙，急使「鯉魚打挺」，已躍起身來。梁子翁反手出掌。郭靖向前急躍，但梁子翁掌法如風，這一掌如何避得開？啪的一聲，背心早著。這一下與完顏康的拳頭可大不相同，登時奇痛徹骨。郭靖只嚇得心膽俱寒，那敢逗留，急步前奔。他輕功本好，在花園中假山花木之間東西奔竄，梁子翁一時倒也追他不著。郭靖逃了片刻，腳步稍緩，嗤的一聲，後心衣服給撕下了一大片，背心隱隱作痛，料知已給抓破皮肉。

郭靖大駭，沒命的奔逃，眼見前面正是王妃所居農舍，當即躍入，只盼黑暗中敵人找尋不到，得以脫難。他伏在牆後，不敢稍動，只聽梁子翁與完顏康一問一答，慢慢走近，梁子翁粗聲暴氣，顯是怒不可抑。郭靖心想：「躲在牆邊，終究會給他找到。王妃心慈，或能救我。」危急中不暇再想，直闖進房，見房中燭火尚明，那王妃卻在另室。

他四下張望，見東邊有個板櫥，當即打開櫥門，縮身入內，再將櫥門關上，把金刀握在手裏，剛鬆得口氣，腳步聲響，有人進房。郭靖從櫥縫中望出去，見進來的正是王妃。只見她緩步走到桌邊坐下，望著燭火呆呆出神。

不久完顏康進來，問道：「媽，沒壞人進來嚇了您麼？」王妃搖搖頭。完顏康退了出去，與梁子翁另行搜查去了。

王妃關上了門，便欲安寢。郭靖心想：「待她吹滅燈火，我就從窗裏逃出去。不，還是多待一會，別又撞上了小王爺和那白髮老頭。這老頭兒剛才要咬我咽喉，這一招實在古怪，師父們可從來沒教過，下次見到，須得好好請問。人家咬你咽喉，那又如何拆解？剛才我跟大蛇以咬對咬，或許便是正招。」又想：「鬧了這麼久，想來蓉兒早回去啦。我得快些出去，否則她定會記掛。」

忽然窗格響動，有人推窗跳進。郭靖和王妃都大吃一驚，王妃更失聲而呼。郭靖看這人時，正是那自稱穆易的楊鐵心，不禁大出意料之外，只道他早已帶了女兒逃出王府，豈知仍在此處。

王妃稍一定神，看清楚是穆易，說道：「你快走罷，別讓他們見到。」楊鐵心道：「多謝王妃的好心！我不親來向您道謝，死不瞑目。」但語含譏諷，充滿酸苦辛辣之意。王妃嘆道：「那也罷了，這本是我孩兒不好，委屈了你們父女兩位。」

楊鐵心在室中四下打量，見到桌櫈櫥床，竟然無一物不是舊識，心中一陣難過，眼眶一紅，忍不住要掉下眼淚來，伸袖子在眼上抹了抹，走到牆旁，取下壁上掛著的一桿生滿了鏽的鐵槍，拿近看時，只見近槍尖六寸處赫然刻著「鐵心楊氏」四字。他輕輕撫挲槍桿，嘆道：「鐵槍生鏽了。這槍好久沒用啦。」王妃溫言道：「請您別動這槍。」楊鐵心道：「爲甚麼？」王妃道：「這是我最寶貴的東西。」

楊鐵心澀然道：「是嗎？」頓了一頓，又道：「鐵槍本有一對，現下只賸下一根了。」王妃道：「甚麼？」楊鐵心不答，把鐵槍掛回牆頭，向槍旁的那張破犁注視片刻，說道：「犁頭損啦，明兒叫東村張木兒加一斤半鐵，打一打。」

王妃聽了這話，全身顫動，半晌說不出話來，凝目瞧著楊鐵心，道：「你……你說甚麼？」楊鐵心緩緩的道：「我說犁頭損啦，明兒叫東村的張木兒加一斤半鐵，打一打。」

王妃雙腳酸軟無力，跌在椅上，顫聲道：「你……你是誰？你怎麼……怎麼知道我丈夫去世那一夜……那一夜所說的話？」

這位王妃，自就是楊鐵心的妻子包惜弱了。金國六王子完顏洪烈在臨安牛家村中了丘處機甩手箭，幸得包惜弱相救，一來他是北國雄豪之輩，見了她江南蘇杭美女嬌柔秀麗的容貌，念念不能去心，二來生死之際，遭際易於動情，深入心中難忘，便使金銀賄賂了段天德，要他帶兵夜襲牛家村，自己卻假裝俠義，於包惜弱危難之中出手相救。包惜弱家破人亡，舉目無親，只道丈夫已死，只得隨完顏洪烈北來，禁不住他低聲下氣，出盡了水磨功夫，過得年餘，無可奈何之下，終於委身相嫁。

包惜弱在王府之中，十八年來容顏並無多大改變，但楊鐵心奔走江湖，風霜侵磨，早已非復昔時少年子弟的模樣，是以此日重會，包惜弱竟未認出眼前之人便是前夫。但兩人別後互相思念，於當年遭難之夕對方的一言一動，魂牽夢縈，記得加倍分明。

楊鐵心不答，走到板桌旁邊，拉開抽屜，見放著幾套男子的青布衫褲，正與他從前所穿著的一模一樣，他取出一件布衫，往身上披了，說道：「我衣衫夠穿啦！你身子弱，又有了孩子，好好兒多歇歇，別再給我做衣裳。」這幾句話，正是十八年前那晚，他見包惜弱懷著孕給他縫新衫之時，對她所說。

她搶到楊鐵心身旁，捋起他衣袖，果見左臂上有個傷疤，不由得驚喜交集，但十八年來認定丈夫早已死了，此時重來，自是鬼魂顯靈，當即緊緊抱住他，哭道：「你……你快帶我去……我跟你一塊兒到陰間，我不怕鬼，我願意做鬼，跟你在一起。」

楊鐵心抱著妻子，兩行熱淚流了下來，過了好一陣，才道：「你瞧我是鬼麼？」包惜弱摟著他道：「不管你是人是鬼，我總不放開你。」頓了一頓，又道：「鐵哥，難道你沒有死？難道你還活著？那……那……」

楊鐵心正要答言，忽聽完顏康在窗外道：「媽，你怎麼又傷心啦？你在跟誰說話？」

包惜弱一驚，道：「我沒事，就睡啦。」完顏康明明聽得室內有男人之聲，起了疑心，繞到門口，輕輕打門，道：「媽，我有話跟你說。」包惜弱道：「明天再說罷，這時候我倦得很。」完顏康見母親不肯開門，疑心更甚，只道她要庇護郭靖，說道：「只說幾句話就走。」

楊鐵心知他定要進來，走到窗邊想越窗而出，一推窗子，那窗卻給人在外面反扣住了。包惜弱惶急之下，心想只有暫且瞞過兒子再說，室中狹隘，無地可藏，便指了指板櫥。楊鐵心與愛妻劫後重逢，再也不肯分手，拉開櫥門，便要進去。

櫥門一開，房內三人同時大驚。包惜弱乍見郭靖，禁不住叫出聲來。

完顏康聽得母親驚呼，更加擔心，只怕有人要害她，肩頭在門上猛撞。郭靖一把將楊鐵心拉進板櫥，關上櫥門。門閂跟著便斷，門板飛起，完顏康直闖進來。他見母親臉色蒼白，頰有淚痕，但房中卻無別人，甚爲奇怪，忙問：「媽，出了甚麼事？」包惜弱定了定神，道：「沒事，我心裏不大舒服。」

完顏康走到母親身邊，靠在她懷裏，說道：「媽，我不再胡鬧啦。你別傷心，是兒子不好。」包惜弱道：「嗯，你去吧，我要睡啦。」完顏康只覺母親不住顫抖，問道：「媽，沒人進來過麼？」包惜弱驚道：「誰？」完顏康道：「王府混進來了奸細。」包惜弱道：「是麼？你快去睡，這些事情你別理會。」完顏康道：「那些衛兵眞夠膿包的。媽，你休息罷。」正要退出，忽見板櫥門縫中露出一片男子衣角，疑雲大起，便不動聲色的坐下，斟了杯茶，慢慢喝著，心中琢磨：「櫥裏藏得有人，不知媽知不知道？」喝了幾口茶，站起來緩步走動，道：「媽，兒子昨天的槍法使得好不好？」

包惜弱道：「下次不許你再仗勢欺人。」完顏康道：「仗甚麼勢啊？我跟那渾小子是憑眞本事一拳一槍的比武。」說著從壁上摘下鐵槍，一抖一收，紅纓一撲，一招「起鳳騰蛟」，猛向板櫥門上刺去。這一下倘若直戳進去，郭靖與楊鐵心不知抵禦，不免不明不白的送了性命。包惜弱心中大急，失聲驚呼，登時暈去。

完顏康槍尖未到櫥門，已自收轉，心想：「原來媽知道櫥裏有人。」拄槍靠在身旁，扶起母親，注視著櫥中動靜。

包惜弱悠悠醒轉，見櫥門好端端地並未刺破，大爲喜慰，但這般忽驚忽喜，已支持不住，全身酸軟，更無半分力氣。

完顏康甚是恚怒，道：「媽，我是您的親兒子麼？」包惜弱道：「當然是啊，你問這個幹麼？」完顏康道：「那爲甚麼很多事你瞞著我？」

包惜弱思潮起伏，心想：「今日之事，必得跟他明言，讓他們父子相會。然後我再自求了斷。我既失了貞節，鑄成大錯，今生今世不能再跟鐵哥重圓的了。」言念及此，淚落如雨。完顏康見母親今日神情大異，驚疑不定。

包惜弱道：「你好生坐著，仔細聽我說。」完顏康依言坐了，手中卻仍綽著鐵槍，目不轉睛的瞧著櫥門。包惜弱道：「你瞧瞧槍上四個甚麼字？」完顏康道：「我小時候就問過媽了，你不肯對我說那楊鐵心是誰。」包惜弱道：「此刻我要跟你說了。」

楊鐵心躲在櫥內，母子兩人的對話聽得清清楚楚，心中怦然，暗道：「她現今是王妃之尊，豈能再跟我這草莽匹夫？她洩漏我的行藏，莫非要他兒子來殺我麼？」

只聽包惜弱道：「這枝鐵槍，本來是在江南大宋京師臨安府牛家村，是我派人千里迢迢去取來的。牆上那個半截犁頭，這屋子裏的桌子、櫈子、板櫥、木床，沒一件不是從牛家村運來的。」完顏康道：「我一直不明白，媽為甚麼定要住在這破破爛爛的地方。兒子給你拿些傢具來，你總不要。」包惜弱道：「你說這地方破爛麼？我可覺得比王府裏畫棟彫樑的樓閣要好得多呢！孩子，你沒福氣，沒能跟你親生的爹爹媽媽一起住在這破爛的地方。」

楊鐵心聽到這裏，心頭大震，眼淚撲簌簌的落下。

完顏康笑道：「媽，你越說越奇怪啦，爹爹怎能住在這裏？」包惜弱嘆道：「可憐他十八年來東奔西走，流落江湖，要想安安穩穩的在這屋子裏再住上一天半日，又怎能夠？」完顏康睜大了眼睛，顫聲道：「媽，你說甚麼？」包惜弱厲聲道：「你可知你親生的爹爹是誰？」完顏康更奇了，說道：「我爹爹是大金國趙王的便是，媽你問這個幹麼？」

包惜弱站起身來，抱住鐵槍，淚如雨下，哭道：「孩子，你不知道，那也怪你不得，這……這便是你親生爹爹當年所用的鐵槍……」指著槍上的名字道：「這才是你親生爹爹的名字！」

完顏康身子顫抖，叫道：「媽，你神智胡塗啦，我請太醫去。」包惜弱道：「我胡塗甚麼？你道你是大金國女眞人麼？你是漢人啊！你不叫完顏康，你本來姓楊，叫作楊康！」

完顏康驚疑萬分，又感說不出的憤怒，轉身道：「我請爹爹去。」

包惜弱道：「你爹爹就在這裏！」大踏步走到板櫥邊，拉開櫥門，牽著楊鐵心的手走了出來。

郭靖抱起梅超風放在肩頭，
依著她的出聲指示，前趨後避，迎擊敵人。
他輕身功夫本就不弱，
梅超風身子又不甚重，放在肩頭，
渾不減弱他趨退閃躍的靈動。

第十回 往事如煙

完顏康斗然見到楊鐵心，驚詫之下，便即認出，大叫：「啊，是你！」提起鐵槍，「行步蹬虎」、「朝天一炷香」，槍尖閃閃，直刺楊鐵心咽喉。

包惜弱叫道：「這是你親生的爹爹啊，你……你還不信麼？」舉頭猛往牆上撞去，蓬的一聲，倒在地下。

完顏康大驚，回身撤步，收槍看母親時，只見她滿額鮮血，呼吸細微，存亡未卜。他倏遭大變，一時手足無措。楊鐵心俯身抱起妻子，便往外闖。

完顏康叫道：「快放下！」上步「孤雁出羣」，槍勢如風，往他背心刺去。

楊鐵心聽到背後風聲響動，左手反圈，已抓住了槍頭之後五寸處。「楊家槍」戰陣無敵，一招「回馬槍」尤爲世代相傳的絕技。楊鐵心這一下以左手拿住槍桿，乃「回馬槍」中第三個變化的半招，本來不待敵人回奪，右手早已挺槍迎面搠去，這時他右手抱著包惜弱，回身喝道：「這招槍法我楊家傳子不傳女，諒你師父沒教過。」

丘處機武功甚高，於槍法卻不精研。大宋年間楊家槍法流傳江湖，可是十九並非嫡傳正宗。他所知的正宗楊家槍法，大抵便是當年在牛家村雪地裏和楊鐵心試槍時所見，楊家世代秘傳的絕招，畢竟並不通曉。完顏康果然不懂這招槍法，一怔之下，兩人手力齊迸，那鐵槍年代長久，桿子早已朽壞，喀的一聲，齊腰迸斷。

郭靖縱身上前，喝道：「你見了親生爹爹，還不磕頭？」完顏康躊躇難決。楊鐵心早抱了妻子衝出屋去。穆念慈在王府圍牆外守候，父女兩人會齊後便即逃遠。

郭靖不敢逗留，奔到屋外，正要翻牆隨出，猛覺黑暗中一股勁風襲向頂門，急忙縮頭，掌風從鼻尖上直擦過去，臉上劇痛，猶如刀刮。這敵人掌風好不厲害，而且悄沒聲的襲到，自己事先竟無知覺，不禁駭然，只聽那人喝道：「渾小子，老子在這兒候得久啦！把頭頸伸過來，讓老子吸你的血！」正是參仙老怪梁子翁。

黃蓉聽彭連虎說她是黑風雙煞門下，笑道：「你輸啦！」轉身走向廳門。

彭連虎晃身攔在門口，喝道：「你既是黑風雙煞門下，我也不來爲難你。但你得說個明白，你師父叫你到這兒來幹甚麼？」黃蓉笑道：「你說十招中認不出我的門戶宗派，就讓我走，你好好一個大男人，怎地這麼無賴？」彭連虎怒道：「你最後這招『靈鰲步』，還不是黑風雙煞所傳？」黃蓉笑道：「我從來沒見過黑風雙煞。再說，他們這一點兒微末功夫，怎配做我師父？」彭連虎道：「你混賴也沒用。」黃蓉道：「黑風雙煞的名頭我倒也聽見過。我只知道這兩人傷天害理，無惡不作，欺師滅祖，殘害良善，乃武林中的無恥敗類。彭寨主怎能把我跟這兩個下流傢伙牽扯在一起？」

衆人起先還道她不肯吐實，待得聽她如此詆譭黑風雙煞，不禁面面相覷，才信她決不是雙煞一派，均知再無稽的天大謊話也有人敢說，但決計無人敢於當衆肆意辱罵自己師長。

彭連虎向旁一讓，說道：「小姑娘，算你贏啦。老彭很佩服，想請教你芳名。」黃蓉嫣然一笑，道：「不敢當，我叫蓉兒。」彭連虎道：「你貴姓？」黃蓉道：「那就說不得了。我既不姓彭，也不姓沙。」

這時閣中諸人除靈智與歐陽克之外，都已輸在她手裏。靈智身受重傷，動彈不得，只歐陽克出手，才能將她截留，各人都注目於他。

歐陽克緩步而出，微微一笑，說道：「下走不才，想請教姑娘幾招。」黃蓉見到他一身白衣打扮，問道：「那些騎駱駝的美貌姑娘，都是你一家的麼？」歐陽克笑道：「你見過她們了？這些女子通統加在一起，也及不上你一半美貌。」黃蓉臉上微微一紅，聽他稱讚自己容貌，也自歡喜，道：「你倒不像這許多老頭兒那麼蠻不講理。」

歐陽克武功了得，又仗著叔父撐腰，多年來橫行西域。他天生好色，歷年派人到各地搜羅美女，收為姬妾，其中頗有些是內地漢女，閒居之餘又教她們學些武功，因此這些姬妾又算得是他女弟子。這次他受趙王之聘來到燕京，隨行帶了二十四名姬人，命各人身穿白衣男裝，騎乘駱駝。因姬妾數眾，兼之均會武功，是以分批行走。其中八人在道上遇到了江南六怪與郭靖，聽朱聰說起汗血寶馬的來歷，便起心劫奪，想將寶馬獻給歐陽克討好，卻未成功。其中二人在道上喪命。

歐陽克自負下陳姬妾全是天下佳麗，就是大金、大宋兩國皇帝的後宮也未必能比得上，在趙王府中卻遇到了黃蓉，但見她秋波流轉，嬌腮欲暈，雖年齒尚稚，實是生平從所未見的絕色，自己的眾姬相比之下直如糞土，當她與諸人比武之時，早已神魂飄盪，這時聽她溫顏軟語，更是心癢骨軟，說不出話來。

黃蓉道：「我要走啦，要是他們再攔我，你幫著我，成不成？」歐陽克笑道：「要我幫你也成，你得拜我為師，永遠跟著我。」黃蓉道：「就算拜師父，也不用永遠跟著啊！」歐陽克道：「我的弟子可與別人的不同，都是女的，永遠跟在我身邊。我只消呼叫一聲，她們就全都來啦。」黃蓉側了頭，笑道：「我不信。」

歐陽克一聲唿哨，白影晃動，門中走進二十幾個白衣女子，或高或矮，或肥或瘦，但服飾打扮全無二致，個個體態婀娜、笑容冶艷，一齊站在歐陽克身後。他在香雪廳飲宴，衆姬都在廳外侍候。彭連虎等個個看得眼都花了，好生羨慕他眞會享福。

黃蓉出言相激，讓他召來衆姬，原想乘閤中人多雜亂，借機脫身，那知歐陽克看破她用意，待衆姬進廳，立即擋在門口，摺扇輕搖，紅燭下斜睨黃蓉，顯得舉止瀟洒，神情得意。二十二名姬人退在他身後，都目不轉睛的瞧著黃蓉，有的自慚形穢，有的便生妒心，料知這樣的美貌姑娘既入「公子師父」之眼，非成爲他的「女弟子」不可，此後自己再也休想得他寵愛了。這二十二名姬人在他身後這麼一站，有如兩面屏風，黃蓉更難奪門逃出。

黃蓉見計不售，說道：「你如眞的本領了得，我拜你爲師那再好沒有，免得我給人家欺侮。」歐陽克道：「莫非你要試試？」黃蓉道：「不錯。」歐陽克道：「好，你來吧，不用怕，我不還手就是。」黃蓉道：「怎麼？你不用還手就勝得了我？」歐陽克笑道：「你打我，我歡喜還來不及，怎捨得還手？」

衆人心中笑他輕薄，卻又頗爲奇怪：「這小姑娘武功不弱，就算你高她十倍，不動手怎能將她打敗？難道會使妖法？」

黃蓉道：「我不信你眞不還手。我要將你兩隻手縛了起來。」歐陽克解下腰帶，遞給了她，雙手疊在背後，走到她面前。黃蓉見他有恃無恐，全不把自己當一回事，臉上雖仍露笑容，心裏卻越來越驚，一時彷徨無計，心想：「只好行一步算一步了。」接過腰帶，雙手使力向外一崩，那腰帶似是用金絲織成，雖使上了內力，竟崩它不斷，當下將他雙手緊緊縛住，笑道：「怎麼算輸？怎麼算贏？」

歐陽克伸出右足，點在地下，以左足為軸，雙足相離三尺，在原地轉了個圈子，磚地上已讓他右足尖畫了淺淺的一個圓圈，直徑六尺，圓邊一般粗細，整整齊齊，印痕深約半寸。畫這圓圈已自不易，而足下內勁如此了得，連沙通天、彭連虎等也均佩服。

歐陽克走進圈子，說道：「誰給推出了圈子，誰就輸了。」黃蓉道：「要是兩人都出圈子呢？」歐陽克道：「算我輸好啦。」黃蓉道：「倘若你輸了，就不能再追我攔我？」歐陽克道：「這個自然。如你給我推出了圈子，可得乖乖的跟我走。這裏衆位前輩都是見證。」

黃蓉道：「好！」走進圈子，左掌「迴風拂柳」，右掌「星河在天」，左輕右重，勁含剛柔，同時發出。歐陽克身子微側，這兩掌竟沒能避開，同時擊在他肩背之上。黃蓉掌力方與他身子相遇，立知不妙，這歐陽克內功精湛，說不還手真不還手，但借力打力，自己有多少掌力打到他身上，立時有多少勁力反擊出來，黃蓉竟站立不穩，險些便跌出了圈子。她那敢再發第二招，在圈中走了幾步，朗聲說道：「我要走啦，卻不是給你推出圈子的。你不能出圈子追我。剛才你說過了，兩人都出圈子就是你輸。」

歐陽克一怔，黃蓉已緩步出圈子。她怕夜長夢多，再生變卦，加快腳步，只見她髮上金環閃閃，身上白衫飄動，已奔到門邊。

歐陽克暗呼：「上當！」礙於有言在先，不便追趕。沙通天、彭連虎等見黃蓉又以詭計僵住了歐陽克，忍不住捧腹大笑。

黃蓉正要出門，猛聽得頭頂風響，身前一件巨物從空而墮。她側身閃避，只怕給這件大東西壓住了，見空中落下來的竟是坐在太師椅中的那高大和尚。他身穿紅袍，坐在椅上竟還比她高出半個頭，他連人帶椅，縱躍而至，椅子便似乎黏在他身上一般。

黃蓉正要開言，忽見這和尚從僧袍下取出一對銅鈸，雙手合處，噹的一聲，震耳欲聾，並非銅聲，當係外鍍黃銅的鋼鈸，突然眼前一花，那對鋼鈸一上一下，疾飛過來，鈸邊閃閃生光，鋒利異常，要是給打中了，身子只怕要給雙鈸切成三截，大驚之下，鋼鈸離身已近，那裏還來得及閃避，立即竄起，反向前衝，右掌在上面鋼鈸底下一托，左足在下面鋼鈸上一頓，竟自在兩鈸之間衝了過去。這一下凶險異常，雙鈸固然逃過，但也已躍近靈智身旁。

靈智巨掌起處，「五指祕刀」向她拍去。黃蓉便似收足不住，仍向前猛衝，直撲向敵人懷裏。眾人同聲驚呼，這個花一般的少女眼見要給靈智巨掌震得筋折骨斷，五臟碎裂。歐陽克大叫：「手下留情！」要想躍上搶救，那裏還來得及？但見靈智的巨掌已擊中她背心，卻見他手掌立即收轉，大聲怪叫。黃蓉已乘著他這一掌之勢飛出廳外。遠遠聽得她清脆的笑聲不絕，似乎全未受傷。眾人料想靈智這一掌擊出時力道必巨，但不知如何，他手掌甫及對方身子，立即迅速異常的回縮，竟似掌力來不及發出。

眾人一凝神間，但聽得靈智怒吼連連。他舉起掌來，右手掌中鮮血淋漓，只見掌中竟給刺破了十多個小孔，驀地裏想起，叫道：「軟蝟甲！軟蝟甲！」叫聲中又是驚，又是怒，又有痛楚。

彭連虎驚道：「這丫頭身上穿了『軟蝟甲』？那是東海桃花島的鎮島之寶！」沙通天奇道：「她小小年紀，怎能弄到這副『軟蝟甲』？」

歐陽克掛念著黃蓉，躍出門外，黑暗中不見人影，不知她已逃到了何處，長聲唿哨，領了眾姬追尋，心中卻感喜慰：「她既逃走，想來並未受傷。好歹我要抱她在手裏。」

侯通海問道：「師哥，甚麼叫軟蝟甲？」彭連虎搶著道：「刺蝟見過嗎？」侯通海道：「當然見過。」彭連虎道：「她外衣內貼身穿著一套軟甲，這軟甲不但刀槍不入，而且生滿了倒刺，就同刺蝟一般。誰打她一拳，踢她一腳，就夠誰受的！」侯通海伸了伸舌頭，道：「虧得我從來沒打中過這臭小子！」沙通天道：「我去追她回來！」侯通海道：「師哥，她……她身子可碰不得。」沙通天道：「還用你說？我抓住她頭髮拖了回來。」侯通海道：「對，對，怎麼我便想不到。師哥，你眞聰明。」師兄弟倆和彭連虎一齊追了出去。

這時趙王完顏洪烈已得兒子急報，得悉王妃被擄，驚怒交集，父子兩人點起親兵，出府追趕。衛隊長湯祖德奮勇當先，率領了部屬大呼小叫，搜捕刺客。王府裏裏外外，鬧得天翻地覆。

郭靖又在牆邊遇到梁子翁，大駭之下，轉頭狂奔，不辨東西南北，儘往最暗處鑽去。梁子翁一心要喝他鮮血，半步不肯放鬆。幸好郭靖輕功了得，又在黑夜，奔了好一陣，四下裏燈燭無光，也不知到了何處，忽覺遍地都是荊棘，亂石嶙峋，有如無數石劍倒插。王府之中何來荊棘亂石，郭靖那有餘暇尋思？只覺小腿給荊棘刺得甚是疼痛，他一想到那白髮老頭咬向自己咽喉的牙齒，別說是小小荊棘，就是刀山劍林，也毫不猶豫的鑽了進去。突然間腳下一空，叫聲：「啊喲！」身子已然下墮，似乎跌了四五丈這才到底，竟是個極深的洞穴。

他身在半空已然運勁，只待著地時站定，以免跌傷，不料雙足所觸處都是一個個圓球，圓球滾動，立足不穩，仰天一交跌倒，撐持著坐起身來時手觸圓球，嚇了一跳，摸得幾下，辨出這些大圓球都是死人骷髏頭，看來這深洞是趙王府殺了人之後拋棄屍體的所在。

只聽梁子翁在上面洞口叫道：「小子，快上來！」郭靖心想：「我可沒那麼笨，上來送死！」伸手四下摸索，身後空洞無物，於是向後退了幾步，以防梁子翁躍下追殺。

梁子翁叫罵了幾聲，料想郭靖決計不會上來，喝道：「你逃到閻王殿上，老子也會追到你。」踴身跳下。郭靖大驚，又退了幾步，居然仍有容身之處。他轉過身來，雙手伸出探路，一步步前行，原來是個地道。

接著梁子翁也發覺了是地道，他藝高人膽大，雖眼前漆黑一團，伸手不見五指，卻也不怕郭靖暗算，發足追去，反而歡喜：「甕中捉鱉，這小子再也逃不了啦。這一下還不喝乾了你身上鮮血？」郭靖暗暗叫苦：「這地道總有盡頭，可逃不了啦！」梁子翁哈哈大笑，雙手張開，摸著地道左右兩壁，也不性急，慢慢一步步緊迫。

郭靖又逃了數丈，斗覺前面空曠，地道已完，來到一間土室。梁子翁轉眼追到，笑道：「臭小子，再逃到那裏去？」

忽然左邊角落裏一個冷冷的聲音說道：「誰在這裏撒野？」

兩人萬料不到這地底黑洞之中竟會有人，驀地裏聽到這聲音，語聲雖輕，在兩人耳中卻直如轟轟焦雷一般。郭靖固嚇得一顆心突突亂跳，梁子翁也不禁毛骨悚然。

只聽得那聲音又陰森森的道：「進我洞來，有死無生。你們活得不耐煩了麼？」話聲似是女子，說話時不住急喘，似乎身患重病。

兩人聽話聲不像是鬼怪，驚懼稍減。郭靖聽她出言怪責，忙道：「我是不小心掉進來的，有人追我……」一言未畢，梁子翁已聽清楚了他的所在，搶上數步，伸手來拿。郭靖聽到他手掌風聲，疾忙避開。梁子翁一拿不中，連施擒拿。郭靖左躲右閃。一團漆黑之中，一個亂抓，一個瞎躲。突然嗤的一聲響，梁子翁扯裂了郭靖左手衣袖。

那女子怒道：「誰敢到這裏捉人？」梁子翁罵道：「你裝神扮鬼，嚇得倒我麼？」

那女人氣喘喘的道：「哼，少年人，躲到我這裏來。」郭靖身處絕境，危急萬狀，聽了她這話，不加思索的便縱身過去，突覺五根冰涼的手指伸過來一把抓住了自己手腕，勁力大得異乎尋常，給她一拉之下，不由得向前撲出，撞入一團乾草。

那女人喘著氣，向梁子翁道：「你這幾下擒拿手，勁道不小啊。你是關外來的罷？」

梁子翁大吃一驚，心想：「我瞧不見她半根寒毛，怎地她連我的武功家數都認了出來？難道她竟能黑中視物？這個女人，可古怪得緊了！」不敢輕忽，朗聲道：「在下是關東參客，姓梁。這小子偷了我的要物，在下非追還不可，請尊駕勿加阻攔。」

那女子道：「啊，是參仙梁子翁枉顧。別人不知，無意中闖進我洞來，已罪不可恕，梁老怪你是一派宗師，難道武林中的規矩你也不懂麼？」梁子翁愈覺驚奇，問道：「請教尊駕的萬兒。」那女人道：「我……我……」郭靖突覺拿住自己手腕的那隻手劇烈顫抖，慢慢鬆開了手指，又聽她強抑呻吟，似乎十分痛苦，問道：「你有病麼？」

梁子翁自負武功了得，又聽到她的呻吟，心想這人就算身負絕技，也是非病即傷，不足爲患，運勁於臂，雙手疾向郭靖胸口抓去，剛碰到他衣服，正待手指抓緊，突然手腕上遇到一股大力向左黏去。梁子翁吃了一驚，左手迴轉，反拿敵臂。那女子喝道：「去罷！」一掌拍在梁子翁背上。騰的一聲，將他震得倒退三步，幸他內功了得，未曾受傷。

梁子翁罵道：「好賊婆！你過來。」那女子只是喘氣，絲毫不動，梁子翁知她果眞下身不能移動，驚懼之心減了七分，慢慢逼近，正要縱身上前襲擊，突然腳踝上有物捲到，似是一條軟鞭，這一下無聲無息，鞭來如風，他應變奇速，就在這一瞬間身隨鞭起，右腿向那女子踢去，噗的一下，頭頂撞上了土壁。

他腿上功夫原是武林一絕，在關外享大名逾二十年，這一腿當者立斃，端的厲害無比。那知他腳尖將到未到之際，頭頂撞壁，接著忽覺「衝陽穴」上一麻，大驚之下，立即縮回。「衝陽穴」位於足趺上五寸，若爲人拿正了穴道，一條腿便痲木不仁，他急踢急縮，總算沒給拿住，但自己已扭得膝彎劇痛，再加頭頂這一撞也疼痛不小。

梁子翁心念閃動：「這人在暗中如處白晝，拿穴如是之準，豈非妖魅？」危急中翻了半個觔斗避開，反手揮掌，要震開她拿來這一招。他知對手厲害，這掌使上了十成力，心想此人這般氣喘，決無內力抵擋，忽聽得格格一響，敵人手臂暴長，指尖已搭上了他肩頭。梁子翁左手力格，只覺敵人手腕冰涼，似非血肉之軀，那敢再行拆招，就地翻滾，急奔而出，手足並用，爬出地洞，吁了一口長氣，心想：「我活了幾十年，從未遇過這般怪事，不知她是女人呢還是女鬼？想來王爺必知其中蹊蹺。」忙奔回香雪廳去。一路上只想：「這臭小子落入了那不知是女鬼還是女妖的手裏，一身寶血當然給她吸得乾乾淨淨。難道還會跟我客氣？唉，採陰補陽遇上了臭叫化，養蛇煉血卻又撞到了女鬼，兩次都險些性命不保。難道修煉長生果眞是逆天行事，鬼神所忌，以致功敗垂成麼？」

郭靖聽他走遠，心中大喜，跪下向那女人磕頭，說道：「弟子拜謝前輩救命之恩。」

那女人適才和梁子翁拆了這幾招，累得氣喘更劇，咳嗽了一陣，嘶啞著嗓子道：「那老怪幹麼要殺你？」郭靖道：「王道長受了傷，要藥治傷，弟子便到王府來……」忽然想到：「此人住在趙王府內，不知是否完顏洪烈一黨？」當即住口。那女人道：「嗯，你是偷了老怪的藥。聽說他精研藥性，想來你偷到的必是靈丹妙藥了。」

郭靖道：「我拿了他一些治內傷的藥，他大大生氣，非殺了我不可。前輩可是受了內傷？弟子這裏有很多藥，其中五味是硃砂、田七、血竭、熊膽、沒藥，王道長也不需用這許多，前輩要是……」那女人怒道：「我受甚麼內傷，誰要你討好？」

郭靖碰了個釘子，忙道：「是，是。」隔了片刻，聽她不住喘氣，心中不忍，又道：「前輩要是行走不便，晚輩負你老人家出去。」那女人罵道：「誰老啦？你這渾小子怎知我是老人家？」郭靖唯唯，不敢作聲，要想捨她而去，總感不安，硬起頭皮又問：「您可要甚麼應用物品，我去給您拿來。」

那女人冷笑道：「你婆婆媽媽的，倒眞好心。」左手伸出，搭住他肩頭一拉，郭靖只覺肩上劇痛，身不由主的到了她面前，忽覺頸中冰涼，那女人的右臂已扼住他頭頸，只聽她喝道：「揹我出去。」郭靖心想：「我本來要揹你出去。」轉身彎腰，負著她走出地道。那女人道：「是我逼著你揹的，我可不受人賣好。」

郭靖這才明白，這女人驕傲得緊，不肯受後輩恩惠。走到洞口，舉頭上望，看到天上的星星，不由得吁了口長氣，心想：「剛才眞死裏逃生，這黑洞之中，竟有人等著救我性命。我去說給蓉兒聽，只怕她還不肯信呢。」他跟著馬鈺行走懸崖慣了的，那洞雖如深井，卻也毫不費力的攀援了上去。

出得洞來，那女子問道：「你這輕功是誰教的？快說！」手臂忽緊，郭靖喉頭受扼，幾乎喘不過氣來。他心中驚慌，忙運內力抵禦。那女人故意要試他功力，扼得更加緊了，過了半晌，才漸漸放鬆，喝道：「嘿，看你不出，渾小子還會玄門正宗的內功。你說王道長受了傷，王道長叫甚麼名字？」

郭靖心道：「你救了我性命，要問甚麼，自然不會瞞你，何必動蠻？」答道：「王道長名叫王處一，人家稱他為玉陽子。」突覺背上那女人身子一震，又聽她氣喘喘的道：「你是全眞門下的弟子？那……那好得很。」語音中流露出情不自禁的歡愉之意，又問：「王處一是你甚麼人？幹麼你叫他道長，不稱他師父、師叔、師伯？」郭靖道：「弟子不是全眞門下，不過丹陽子馬鈺馬道長傳過我一些呼吸吐納的功夫。」

那女人喜道：「嗯，你學過全眞派內功，很好。」隔了一會，問道：「那麼你師父是誰？」郭靖道：「弟子共有七位師尊，人稱江南七俠。大師父飛天蝙蝠姓柯。」那女人劇烈的咳嗽了幾下，說道：「那是柯鎭惡！」聲音甚是苦澀。郭靖道：「是。」那女人道：「你從蒙古來？」郭靖又道：「是。」心下奇怪：「她怎麼知道我從蒙古來？」

那女人緩緩的道：「你叫楊康，是不是？」語音之中，陰森之氣更甚。

郭靖道：「不是，弟子姓郭。」

那女人沉吟片刻，說道：「你坐在地下。」郭靖依言坐倒。那女人伸手從懷中摸出一樣物事，放在地下，星光熹微下燦然耀眼，赫然是柄短劍。郭靖見了甚是眼熟，拿起一看，那短劍寒光閃閃，柄上刻著「楊康」兩字，正是那晚自己用以刺死銅屍陳玄風的利刃。當年郭嘯天與楊鐵心得長春子丘處機各贈短劍一柄，兩人曾有約言，妻子他日生下孩子，如均是男，結為兄弟，若各為女，結為姊妹，要是一男一女，那就是夫妻。兩人互換短劍，作為信物，因此刻有「楊康」字樣的短劍後來在郭靖手中。他其時年幼，不識「楊康」兩字，但短劍的形狀卻是從小便見慣了的，心道：「楊康？楊康？」他心思不靈，一時想不起這名字剛才便聽王妃說過。

他正自沉吟，那女人已夾手奪過短劍，喝道：「你認得這短劍，是不是？」

郭靖只消機靈得半分，聽得她聲音如此淒厲，也必回頭向她瞥上一眼，但他念著人家救命之恩，想來救我性命之人，當然是大大的好人，更無絲毫疑忌，立即照實回答：「是啊！晚輩幼時曾用這短劍殺死一個惡人，那惡人突然不見了，連短劍都……」剛說到這裏，突覺頸中一緊，登時窒息，危急中彎臂向後推出，手腕立時給那女人伸左手擒住。

那女人右臂放鬆，身子滑落，坐在地下，喝道：「你瞧我是誰？」

郭靖給她扼得眼前金星直冒，定神看去時，只見她長髮披肩，臉如白紙，正是黑風雙煞中的鐵屍梅超風，這一下嚇得魂飛魄散，左手出力掙扎，但她五爪已經入肉，那裏還掙扎得脫？腦海中一片混亂：「怎麼是她？她救了我性命？決不能夠！但她確是梅超風！」

梅超風坐在地下，右手仍扼在郭靖頸中，十餘年來遍找不見的殺夫仇人忽然自行送上門來，「是賊漢子地下有靈，將殺了他的仇人引到我手中嗎？」她頭髮垂到了臉上，仰頭向天，本來該可看到頭頂星星，這時眼前卻漆黑一片，想要站起身來，下半身卻使不出半點力道，尋思：「那定是我內息走岔了道路，只消師父隨口指點一句，我立刻就好了。在蒙古，我遇到全眞七子，馬鈺只教了我一句內功秘訣，再下去問到要緊關頭，他就不肯說了。倘若我這時是在師父身邊，我就問一千句、一萬句，他也肯教，師父……師父，要是我再拉住你手，你還……還肯再教我麼？」一霎時喜不自勝，卻又悲不自勝，一生往事，斗然間紛至沓來，一幕幕在心頭閃過：

「我本來是個天真爛漫的小姑娘，整天戲耍，父母當作心肝寶貝的愛憐，那時我名字叫作梅若華。不幸父母相繼去世，我伯父、伯母收留了我去撫養，在我十一歲那年，用五十兩銀子將我賣給了一家有錢人家做丫頭，那是在上虞縣蔣家村，這家人家姓蔣。蔣老爺對我還好，蔣太太可兇得很。

「在我十三歲那年，我在井欄邊洗衣服，蔣老爺走過來，摸摸我的臉，笑咪咪的說道：『小姑娘越長越齊整了，不到十六歲，必定是個美人兒。』我轉過了頭不理他，他忽然伸手到我胸口來摸，我惱了，伸手將他推開，我手上有皂莢的泡沫，抹得他鬍子上都是泡沫，我覺得好笑，正在笑，忽然咚的一聲，頭上大痛，吃了一棒，幾乎要暈倒，聽得蔣太太大罵：『小狐狸精，年紀小小就來勾引男人，大起來還了得！』一面罵，一面打，拿木棒夾頭夾腦一棒一棒的打我。我轉頭就逃，蔣太太追了上來，一把抓住我頭髮，將我的頭拉向後面，舉起木棒打我的臉，罵道：『小浪貨，我打破你的臭臉，再挖了你的眼睛，瞧你做不做得成狐狸精！』將手指甲來掐我眼珠子，我嚇得怕極了，大叫一聲，將她推開，她一交坐倒。這惡婆娘更加怒了，叫來三個大丫頭抓住我手腳，拉我到廚房裏，按在地下。她將一把火鉗在灶裏燒得通紅，喝道：『我在你的臭臉上燒兩個洞，再燒瞎你的眼珠，叫你變成個瞎子醜八怪！』我大叫求饒：『太太，我不敢啦，求求你饒了我！』蔣太太舉起火鉗，戳向我的眼珠！

「我出力掙扎，但掙不動，只好閉上眼睛，只覺熱氣逼近，忽聽得啪的一聲，熱氣沒了，有個男人聲音喝道：『惡婆娘，你還有天良嗎？』按住我手腳的人鬆了手，我忙掙扎著爬起，只見一個身穿青袍的人左手抓住了蔣太太的後領，將她提在半空，右手拿著那把燒紅的火鉗，伸到蔣太太眼前。蔣太太殺豬般的大叫：『救命，救命哪，強盜殺人啦！』蔣家幾個長工拿了木棍鐵叉，搶過來相救，那男子一腳一個，將那幾個長工都踢出廚房，摔在天井之中。蔣太太大叫：『老爺饒命，老爺饒命，我再也不敢了！』那男子問道：『你以後還敢欺侮這小丫頭嗎？』蔣太太叫道：『再也不敢了，老爺要是不信，過幾天請你過來查看好啦！』那男子冷笑道：『我怎麼有空時時來查看你的家事。我先燒瞎了你兩隻眼睛再說。』蔣太太求道：『老爺，請你將這小丫頭帶了去。我們不要了，送了給老爺，只求老爺饒了我這遭。』那男子左手一鬆，蔣太太摔在地下。她磕頭道：『多謝老爺饒命，這小丫頭送了給老爺，她賣身錢五十兩銀子，我們也不要了。』那男子從衣囊裏摸出一大錠銀子，摔在地下，喝道：『誰要你送！這小姑娘我不救，遲早會給你折磨死。這是一百兩銀子，你去將賣身契拿來！』蔣太太一把眼淚、一把鼻涕的奔向前堂，不久拿了一張白紙文書來，左手還將蔣老爺拉著過來。蔣老爺兩邊臉頰紅腫，想是已給蔣太太打了不少耳光出氣。

「我跪倒向那男子磕頭，謝他救命之恩。那男子身形瘦削，神色嚴峻，說道：『不用謝了，起來罷，以後就跟著我。』我又磕了頭，說道：『若華以後一定盡心盡力，服侍老爺。』那男子微笑道：『你不做我丫頭，做我徒弟。』就這樣，我跟著師父來到桃花島，做了他的徒弟。我師父是桃花島島主黃藥師，他已有一個大弟子曲靈風，二弟子陳玄風，還有幾個年紀比我略小的弟子陸乘風、武罡風、馮默風。師父給我改了名字，叫做梅超風。

「師父教我武功，還教我讀書寫字。師父沒空時，就叫大師哥代教。大師哥曲靈風文武全才，還會畫畫，他教我讀詩讀詞，解說詩詞裏的意思。

「我年紀一天天的大了起來。這年快十五歲了，拜入師父門下已有三年多了，詩書武功都已學了不少。我身子高了，頭髮很長，有時在水中照照，模樣兒眞還挺好看，大師哥有時目不轉睛的瞧我，瞧得我很害羞。大師哥三十歲，大了我一倍，身材很高，不過很瘦，有點像師父，也像師父那樣，老是愁眉苦臉的不大開心，只跟我在一起時才會說幾句笑話，逗我高興。他常拿師父抄寫的古詩古詞來教我。

「『階上簸錢階下走，恁時相見早留心，何況到如今。』這幾句詞，是師父瀟洒瘦硬的字體，用淡淡的墨寫在一張白紙箋上。曲師哥一聲不響的放在我正在書寫的練字紙旁。我轉過頭來，見到他神色古怪，眼神更是異樣。我輕聲問：『是師父寫的？』他點點頭，又拿一張白紙箋蓋在第一張紙箋上，仍是師父飄逸瀟洒的字：『江南柳，葉小未成蔭。十四五，閒抱琵琶尋。恁時相見早留心，何況到如今。』我臉上熱了，一顆心忽然怦怦怦的亂跳，我心慌意亂，站起來想逃走，曲師哥說：『小師妹，你坐著。』我又輕輕的問：『是師父做的詞？』曲師哥說：『是師父寫的，這是歐陽修的詞，不是師父做的。』我舒了一口氣，鬆了下來。

「曲師哥說：『據書上說，歐陽修心裏喜歡他的外甥女，做了這首詞，吐露了心意。他見到十二三歲的外甥女，在廳堂上和女伴們玩擲錢遊戲，笑著嚷著追逐到階下天井裏。歐陽修見外甥女美麗活潑、溫柔可愛，不禁動心。後來外甥女十四五歲了，更加好看了，歐陽修已是個五十來歲的老頭子，他只好「留心」，歎了口氣，做了這首詞。後來給人見到了，惹起了挺大風波。歐陽修那時在做大官，道德文章，舉世欽仰，給朝裏御史們大大攻擊。其實，他只心裏讚他外甥女小姑娘美貌可愛，又沒越禮亂倫，做詩詞過份一點，也沒甚麼大不了。不過，師父爲甚麼特別愛這首詞，寫了一遍又一遍的？』他左手中執著一疊白箋，揚了一揚，每張箋上都寫著『恁時相見早留心，何況到如今。』他問：『小師妹，你懂了麼？』我搖搖頭，說道：『不懂！』他湊近了一點，又問：『你眞的不懂？』我搖搖頭。他笑了笑，說道：『那你爲甚麼要臉紅？』我說：『我告訴師父去。』曲師哥臉色突然蒼白了，說道：『小師妹，千萬別跟師父說。師父知道了要打斷我的腿，那麼誰來教你武功呢？』他聲音發顫，似乎很是害怕。我們人人都怕師父，倒也怪他不得。我說：『我當然不會去跟師父說。那有這麼蠢！招師父罵嗎？』曲師哥說：『師父才不會罵你呢。你來到桃花島上之後，師父罵過你一句沒有？』

「眞的。這幾年來，師父對我總是和顏悅色，從來沒罵我過一句話，連板起了臉生氣也沒有。不過有時他皺起了眉頭，顯得很不高興，我就會說些話逗他高興：『師父，那個師哥惹你生氣了？陳師哥嗎？武師弟嗎？』陳師哥言語粗魯，有時得罪師父，師父反手就是輕輕一掌。陳師哥輕身功夫練得很俊，但不論他如何閃避，師父隨隨便便的一掌總是打在他頭頂心，不過師父出掌極輕，只輕輕一拍就算了。武師弟脾氣倔強，有時對師父出言頂撞，師父也不去理他，笑笑就算了，但接連幾天不理睬他。武師弟害怕了，跪著磕頭求饒，師父袍袖一拂，翻他一個觔斗。武師弟故意摔得十分狼狽，搞得灰頭土臉的，師父哈哈一笑，就不生他的氣了。

「師父聽我這樣問，說道：『我不是生玄風、罡風他們的氣，是他們就好了。我是生老天爺的氣。』我說：『老天爺的氣也生得的？師父，請你教我。』師父板起了臉，說：『我不教。教了你也不懂。』我拉住他手，輕輕搖晃，求道：『師父，求求你，教一點兒。我不懂，你就多教點兒嘛！』每次我這樣求懇，總會靈光。師父笑了笑，走進書房，拿了幾張白紙箋交給我。我臉又紅了，不敢瞧他的臉，只怕箋上寫的又是『恁時相見早留心，何況到如今』，幸好，一張張白紙箋上寫的是另外一些詞句：

黃老邪錄朱希眞詞

人已老，事皆非。花間不飲淚沾衣。如今但欲關門睡，一任梅花作雪飛。

老人無復少年歡。嫌酒倦吹彈。黃昏又是風雨，樓外角聲殘。

劉郎已老，不管桃花依舊笑。萬里東風，國破山河照落紅。

今古事，英雄淚，老相催。長恨夕陽西去，晚潮回。

「我說：『師父，你爲甚麼總是寫些老啊老的？你又沒老，精神這樣好，武功這麼高，那些年輕力壯的師哥、師弟們誰也及不上你。』師父嘆道：『唉！人總是要老的。瞧著你們這些年輕孩子，師父頭上白髮一根根的多了起來。「高堂明鏡悲白髮，朝見青絲暮成雪。」』我說：『師父，你坐著，我給你把白頭髮拔下來。』我眞的伸手到師父鬢邊，給他拔了一根白頭髮，提在他面前。師父吹一口氣，這口氣勁力好長，我放鬆了手指，那根白頭髮飛了起來，飛得很高，飄飄蕩蕩的飛出了窗外，直上天空。我拍手道：「萬古雲霄一羽毛」，師父，你的文才武功，千載難逢，眞是萬古雲霄一羽毛。』師父微微一笑，說道：『超風，你儘說笑話來叫師父高興。不過像今天這樣的開心日子，也是不多的。師父文才武功再高，終究會老，你也在一天天的長大，終究會離開師父的。』我拉著師父的手輕輕搖晃，說道：『師父，我不要長大，我一輩子跟著你學武功，陪在你身邊。』

「師父微微苦笑，說道：『眞是孩子話！歐陽修的〈定風波〉詞說得好：「把酒花前欲問君，世間何計可留春？縱使青春留得住。虛語，無情花對有情人。任是好花須落去。自古，紅顏能得幾時新？」你會長大的。超風，咱們的內功練得再強，也鬥不過老天爺，老天爺要咱們老，練甚麼功都沒用。』我說：『師父，你功夫這樣高，超風一輩子跟著你練，服侍你到一百歲，兩百歲……』師父搖頭說：『多謝你，你有這樣的心就好了。「今歲春來須愛惜，難得，須知花面不長紅。待得酒醒君不見。千片，不隨流水即隨風。」』我說：『師父，梅超風不隨流水不隨風，就只學彈指神通！』師父哈哈大笑，說道：『你眞會哄師父，明兒起傳你彈指神通的入門功夫。』

「過了幾天，我問曲師哥：『師父爲甚麼自稱黃老邪？這稱呼可夠難聽的，師父不過大得你十來歲吧，既不老，又不邪？』曲師哥笑笑說：『你說師父既不老，又不邪，那好極了，師父聽了一定很高興。』

「他說師父是浙江世家，書香門第，祖上在太祖皇帝時立有大功，一直封侯封公，歷朝都做大官。師父的祖父在高宗紹興年間做御史。這一年奸臣秦檜冤害大忠臣岳飛，師父的祖父一再上表爲岳飛申冤，皇帝和秦檜大怒，不但不准，還將他貶官。太師祖忠心耿耿，在朝廷外大聲疾呼，叫百官與衆百姓大夥兒起來保岳飛。秦檜便將太師祖殺了，家屬都充軍去雲南。師父是在雲南麗江出生的。他從小就讀了很多書，又練成了武功，從小就詛罵皇帝，說要推倒宋朝，立心要殺了皇帝與當朝大臣爲岳爺爺跟太師祖報仇。那時秦檜早已死了，高宗年老昏庸。師父的父親教他忠君事親的聖賢之道，師父聽了不服，不斷跟師祖爭論，家裏都說他不孝，後來師祖一怒之下，將他趕了出家。他回到浙江西路，非但不應科舉，還去打毀了慶元府明倫堂，在皇宮裏以及宰相與兵部尚書的衙門外張貼大告示，在衢州南遷孔府門外張貼大告示，非聖毀賢，指斥朝廷的惡政，說該當圖謀北伐，恢復故土。朝廷派了幾百人馬晝夜捕捉，那時師父的武功已經很高，又怎捕捉得到他。就這樣，師父的名頭在江湖上非常響亮，因爲他非聖毀祖，謗罵朝廷，肆無忌憚，說的是老百姓心裏想說卻不敢說的話，於是他在江湖上得了個『邪怪大俠』的名號。

「曲師哥說：『幾年前，武林中爲了爭奪《九陰眞經》這部武功秘笈而鬧得滿是腥風血雨，殺傷人無數。全眞教教主王重陽眞人邀集武林中武功絕頂的幾位高手到華山去比試武功，當時稱爲「華山論劍」，言明武功最高的人掌管《九陰眞經》，從此誰也不得爭鬥搶奪，使得天下江湖上復歸太平。當時參與論劍的共有五人，稱爲「東邪、西毒、南帝、北丐、中神通」。「東邪」就是師父，人家又叫他「黃老邪」，「中神通」是重陽眞人。論劍結果，東邪、西毒等四人都服中神通居首。』

「我問：『大師哥，九陰眞經是甚麼啊？師父本事這麼大，難道那個中神通還勝得過他？』曲師哥說：『聽人說，《九陰眞經》之中，記載了天下各家各派最高明、最厲害的武功家數和練法。誰得到了這部書，照著其中的載錄照練，那就能天下無敵！好在重陽眞人本就是武功天下第一，再得這部書，也仍不過是天下第一，他爲人又公道仁善，決不恃強欺壓旁人，因此結果公布出來，倒人人歡喜，並沒異言。小師妹，武學之道，眞所謂天外有天，人上有人。在我們看來，師父自然是高不可攀，但勝得他老人家一招半式的，也未必眞的沒有。』

「師父當日隨口吟幾句詞，『待得酒醒君不見，不隨流水即隨風』，可眞說準了，師父酒醒時，我的人眞不見了，隨著二師哥陳玄風走了。二師哥粗眉大眼，全身是筋骨，比我大兩歲。他很少跟我說話，只默不作聲的瞧著我，往往瞧得我臉也紅了，轉頭走開。桃花島上桃子結果時，他常捧了一把又紅又鮮的桃子，走進我屋子，放在桌上，一聲不響就走了。曲師哥比我大了十幾歲，陸師弟小我兩歲，武師弟、馮師弟年紀更小，在我心裏，他們都是小孩子。島上只二師哥比我稍大一點兒。他粗魯得很，有一次，他拉著我手，說：『賊小妹子，我們偷桃子去。』我生氣了，甩脫他手，說道：『你叫我甚麼？』他說：『我們去偷桃子，是做賊，你自然是賊小妹子。』我說：『那麼你呢？』他說：『我是賊哥哥。』我大聲叫：『賊哥哥！』他說：『是啊！賊哥哥要偷賊妹子了。』我沒理他，心裏卻覺得甜甜的。這天晚上，他帶我去偷桃子，偷了很多很多。他把桃子放在我房裏桌上，黑暗之中，他忽然抱住了我，我出力掙不脫，突然間我全身軟了，他在我耳邊說：『賊小妹子，我要你永遠永遠跟著我，決不分開。』」

一陣紅潮湧上梅超風的臉，郭靖聽得她喘氣加劇，又輕輕嘆了口長氣，嘆息聲很溫柔，扣在郭靖頸中的手臂也放鬆了一些。梅超風輕聲道：「爲甚麼？爲甚麼？師父要打斷曲師哥的腿？爲甚麼又趕了他出島？」這時大仇已在掌握之中，兩人默默的坐在洞口，四下寂靜無聲，她又沉入對往事的回憶：

「曲師哥瞧著我的眼色，一向也是挺溫柔的，那時候我已十八歲了，明白了他眼光的含意。但他成過親，老婆死了，還有個小女兒，而且我已經跟賊哥哥好了，只好避開曲師哥的眼光。一天晚上，賊哥哥在我房裏，在我床上抱著我，窗外忽然有人喝道：『陳玄風！你這畜生，快給我出來！』是曲師哥的聲音。賊哥哥匆匆忙忙的穿上衣服，從門裏衝了出去，只聽得門外風聲呼呼，是曲師哥跟他動上了手。我害怕得很，大聲求道：『大師哥，對不起，求你饒了我們！』曲師哥冷冷的道：『饒了你們？「恁時相見早留心，何況到如今。」這是誰寫的字？我饒得你，只怕師父饒你們不得。』喀的一響，甚麼人重重中了一掌。陳師哥大聲叫道：『啊唷！你眞的想打死我？』曲師哥道：『那還有假的！梅師妹，你說要跟師父練一輩子功夫，永遠服侍他老人家，你欺騙師父。』陳師哥叫道：『師父不管，卻要你管！你不是多管閒事，你是吃醋，不要臉！』我從窗裏望出去，只見到兩個人影飛快的打鬥，我功夫不夠，瞧不清楚。

「忽然喀勒一聲大響，陳師哥身子飛了起來，摔在地下。曲師哥道：『我不是喝醋，是代師父出氣，今日打死你這無情無義的畜生！』我從窗子裏跳出去，伏在陳師哥身上，叫道：『大師哥饒命，大師哥饒命！』曲師哥嘆了口氣，轉身走了。

「第二天師父把我們三個叫去。我害怕得很，不敢瞧師父的臉，後來一轉頭，見到師父神氣很難過，像要哭出來那樣，只是問：『爲甚麼？爲甚麼？』陳師哥說：『大師哥見到我跟小師妹好，他吃醋，要打死我。』師父嘆道：『靈風，命中是這樣，那沒有用的。』說著不住搖頭。我哭了出來，跪在師父面前，說道：『師父，是我不好，求你不要責罰大師哥。』師父說：『靈風，你爲甚麼要背「何況到如今」這兩句詞？爲甚麼要責問超風，說她欺騙我，說她答應了一輩子服侍我，卻又做不到？哼，你一直在偷聽我們說話！黃老邪跟人說話，有人偷聽，黃老邪會不知道嗎？嘿嘿，你太也小覷我了。我有甚麼氣要出？要出氣，難道我自己不會？我可沒派你去打人！我如派你打人，是我吃醋了。玄風，超風，你們出去！』就這樣，師父用一根木杖，震斷了曲師哥的兩根腿骨，向衆同門宣稱：『曲靈風不守門規，以後非我桃花島弟子。』命啞僕將他送歸臨安府。

「從此以後，師父不再跟我說話，也不跟陳師哥說話，再不傳我們功夫。他不久就去了慶元府、臨安府，再過兩年，忽然娶了師母回來。師母年紀很輕，和我同年，我們兩個都屬猴。師母相貌好美，皮色又白又嫩，就像牛奶一樣，怪不得師父非常愛她，常帶她出門。師母不會武功，但挺愛讀書寫字。有一次中秋節，師母備了酒菜，招衆弟子過中秋，師父喝得大醉，師母進廚房做湯，師父喃喃說醉話：『再沒人胡說八道，說黃老邪想娶女弟子做老婆了罷？靈風呢？我不怪他啦！他人好嗎？腿怎樣了？』

「師母比我還小幾個月，是十月份的生日。她待我很好，有一天跟我說：『師父常讚你很乖，對他很有孝心。又說你身世很可憐，要我待你好些。師父不懂女孩子的事，從小將你帶大，很多事都照顧不到，很過意不去。你有甚麼事，要甚麼東西，只管跟我說好了。』我聽得流了眼淚，說道：『師父已經待我很好很好了。他跟你成親，我們見到他很開心，衆弟子個個爲他高興。』師母說：『這次師父跟我出門，得到了一部武學奇書《九陰眞經》，以你師父的武學修爲，也不覺得有甚麼了不起。但其中有一段古怪文字，嘰哩咕嚕的十分難懂。你師父素來好勝，又愛破解疑難啞謎，跟我一起推考了好久，還沒解破，以致沒時候教你們功夫。』她指指桌上的兩本白紙冊頁，說道：『這就是《九陰眞經》的抄錄本，其實桃花島武功有通天徹地之能，又何必再去理會旁人的武功。唉！武學之士只要見到新鮮的一招半式，定要鑽研一番，便似我們見到一首半首絕妙好詞，也定要記在心中才肯罷休。』

「我將這番話跟賊師哥說了，他說：『中秋節那晚，師父流露了心聲，似乎對大師哥恩情未斷，可能讓他重歸師門。大師哥一回來，我就沒命。賊妹子，我們這次眞的做一次賊，把師父那部《九陰眞經》去偷來，練成了上乘武功，再歸還師父，那時連師父都不怕，大師哥更加不用忌憚。』我竭力反對，說要去稟告師父。這賊師哥當眞膽大妄爲，當晚就去將經書偷了來，可是只偷到一本。

「師父這些日子中，老是抬起了頭想事，我看也不是想著作詩填詞，兩隻手的手指不住扳動。我跟陳師哥說起，他說師父得到了《九陰眞經》，正在細想經上的功夫。師父這些日子中沒教我們功夫，甚至話也不大說，滿腹心事似的。我瞧他頭上白頭髮一根根的多了起來，心裏很爲他難過。陳師哥說，那天晚上他見到師父手裏拿著一本眞經的抄本，走向試劍亭，口中喃喃的不知說甚麼，仰起了頭。陳師哥對面走來，叫了聲『師父！』師父似乎沒見到他，也好像沒聽見，自管自的筆直向前走去。陳師哥忙避在一旁，走向師父的書房，悄悄進去，見到眞經的抄本便放在桌上，不過只有一本，另一本師父手裏拿著。只因爲師父思索經上的功夫想得出了神，陳師哥才能鑽空子，把眞經下卷的抄本偷了來。否則師父這麼精明能幹，陳師哥怎偷得到手？

「他還想再去偷另一本，我說甚麼也不肯了，說偷一本已經對不起師父，還想再偷，簡直不是人了。師父待我們這樣好，做人要有點良心。賊師哥說：『待你自然很好，待我有甚麼好？』我說：『你再要去偷，我就在師父屋子外大叫：有人來偷九陰眞經啦！有人來偷九陰眞經啦！』」

她想到這裏，情不自禁的輕輕叫了出來：「有人來偷九陰眞經啦！師父，師父！」

郭靖微微一驚，問道：「偷甚麼九陰眞經？」梅超風不禁失笑，忙道：「沒甚麼，我隨口說說。」園中梅花香氣暗暗浮動，她記起了桃花島上的花香：

「賊師哥害怕得很，當晚我們就離開了桃花島，乘海船去了普渡山，在海邊的一個岩洞中躲了起來。接連幾天，他翻看眞經的手抄本下卷，皺起了眉頭苦苦思索。我見手抄本上的字跡是師母寫的。賊師哥說：『我們錄一個抄本下來，再把原抄本還給師父，但怎麼還法？』我說：『去桃花島！』師哥說：『賊妹子，你要命嗎？還敢再去桃花島？』

我們不敢在普渡山多躭，終究離桃花島太近。過得一個月，我們乘船去了中土，在慶元、上虞、百官、餘姚這些地方東躲西藏的躲了幾個月，逃到了臨安、嘉興、湖州、蘇州這些地方的河浜裏，水鄉裏小河小溪千條萬條，我們白天躲在船裏，緊緊上了門板，師父、師弟他們再也見不到我們，也不會讓曲師哥撞上了。

「我跟師哥兩個一起翻看經上的功夫。眞經上寫滿了各種厲害的武功，開頭就是『九陰白骨爪』與『摧心掌』，經上寫明了這兩門功夫的練法和破法。經上說：『此二功不必以內功爲根基，以外功入手亦可。余弟妹二人，喪命於此二功，殺人如草不聞聲，此二功之謂也。』師哥和我大喜，就起始練了起來。練這兩門功夫，要殺活人來練，我跟師哥說了，我們就去上虞蔣家村，從那惡毒婦人蔣太太起始，將蔣家村的男女老幼，一個個都練作了白骨骷髏。我想起師父相救的恩情，心裏很難過。師哥問明之後，忽然大大喝醋，怪我不該想念師父。練到後來，經上的功夫都要以內功爲根基了。但紮根基、練內功的訣竅全在上卷之中。經上功夫屬於道家，與師父所教的全然不同，我們這可練不下去了。師哥說：『有志者，事竟成！』於是他用自己想出來的法子練功，教我也跟著練。他練手掌上的功夫，給我去打造了一條鍍銀鋼鞭，用來練白蟒鞭。他說沒送過定情的表記，沒送過成親的禮物給我，就送一件華麗的兵器。我們那時挺有錢了，哈哈，練成了高明的武功，搶大戶、劫官府還不手到拿來，要多少有多少。」

這時一陣清風緩緩吹動梅超風的長髮，她抬頭向天，輕聲問道：「天上有星星嗎？」郭靖道：「有的。」梅超風問道：「有銀河麼？」郭靖道：「有的。」梅超風又問：

「有牛郎織女星嗎？」郭靖道：「有的。」梅超風問：「有北斗星嗎？」郭靖道：「我不認得。」梅超風道：「你蠢死了。你向北方的天上瞧，有七顆亮晶晶的星，排成一隻瓢兒那樣的，就是北斗星了。」

郭靖凝目向天空搜尋，果然在北邊天上見到七顆明星，排成一隻長長的水杓，喜道：「見到啦，見到啦！」梅超風問道：「甚麼叫『七星聚會』？」郭靖道：「我不知道。」梅超風雙手一緊，森然道：「那馬鈺沒教過你嗎？」郭靖道：「沒有。道長只教我躺倒身子後怎麼透氣。」梅超風道：「怎麼透氣？」郭靖道：「吸氣時肚皮鼓起，呼氣時肚皮吸進去貼背。」梅超風試著照做，心想：「我們練功時呼吸恰恰相反。只怕這便是道家功夫的關訣。

「《九陰眞經》下卷上記的全是武功法門，賊漢子練功練不下去，老是說要去偷眞經上卷。我說去桃花島也好，咱們先把下卷還給師父師娘。師哥說：『下卷中的功夫還沒練成呢！有些功夫注明「五年可成」、「七年可成」、「十年初窺門徑」，咱們不必理會，像九陰白骨爪、摧心掌、白蟒鞭這些功夫，雖沒上卷中所教的內功根底，硬練也練得成，而且快速可成。你的白蟒鞭練得怎樣了？』我說：『馬馬虎虎，現下還用不上，總得再有一年時光。』

「爲了練九陰白骨爪這些陰毒功夫，我們得罪了一大批自居名門正派、假充好人的狗屁英雄，他們不斷來圍攻我們夫婦，我們拚命練功，用功勤得很，殺了不少人，可處境越來越不利，東躲西逃，難以安身。他們口中說不准我們濫殺無辜，練那些陰毒武功，其實還不是想搶奪我們手裏的眞經。不過，師門所授的桃花島功夫本來也就十分了得，我們二人單以桃花島功夫，就殺得那些狗子們望風披靡，叫我們是甚麼『黑風雙煞』，那眞難聽，該叫『桃花雙煞』才是！後來來的人越來越強，我夫婦功夫高了，名聲大了，但漸漸抵擋不住了。這樣心驚膽戰的過了兩年，我獨個兒常常想，早知這樣，盜甚麼勞什子的眞經，還不如安安靜靜的在桃花島好，可是陳師哥跟我這樣，師父也知道了，我們有臉在桃花島躭下去嗎？又怕曲師哥回島。

「又聽說，當年師父爲了我們二人盜經叛逃而大發脾氣，陸師弟、武師弟二人勸告時又出言不愼，師父狂怒之下打斷了他們腳骨。馮師弟又說：『背叛師父的只陳師哥、梅師姊二人，我們都對師父忠心耿耿，師父不該遷怒，把曲、陸、武三位師哥都打傷了。』師父大怒，喝道：『連你又打，怎麼樣？我花這許多心血，辛辛苦苦教你們功夫，到頭來你們一個個都反我。我黃老邪還是去死了的好！』木杖一震之下，把馮師弟的腳骨也打斷了。

「三個師弟都給趕出桃花島，後來這話便傳了開來，江湖上傳得沸沸揚揚，都說黃老邪當眞夠邪。我聽到傳言說師父說道：『我黃老邪還是去死了的好！』不由得心如刀割，眞想去跪在師父、師母面前，任由他們處死，以贖我的罪業。所以師哥說要再去桃花島，我並不阻止，我想去再見師父一面。師哥說，這些狗屁英雄老是陰魂不散的追尋我們，遲早會讓師父聽到風聲，要是師父也來追尋，我們準沒命了，只要上卷到手，我們去蒙古、去西夏，逃得遠遠的，千里萬里之外，誰也找不到。我想也眞不錯，於是甩出了性命，決意再去桃花島。反正倘若不去，遲早會送了命，死在師父手下，一了百了，倒也心安理得。

「一天夜裏，我們終於上了桃花島。剛到大廳外，就聽得師父在跟人大聲吵嘴，他說：『不通兄，我沒拿你的眞經，怎能要我交還？』我想師父說話不客氣了，當面叫人家『不通兄』。我和師哥湊眼到窗縫中瞧去，見跟師父說話的是個留了長鬚子的中年男子，年紀比師父大些。他倒不生氣，笑嘻嘻的道：『黃老邪，你作事向來邪裏邪氣，誰信得過你啊。』師父說：『我黃老邪之邪，是非聖非賢，叛君背祖，是不遵聖賢之教，不奉君父之尊，於「禮義廉恥」這四字上，沒半分虧了。我說過沒拿你的眞經，就是沒拿。就算拿了，憑我黃老邪的所學所知，也不屑來練你全眞教狗屁假經上的臭功夫。』那人呵呵笑道：『是香是臭，一嗅便知，是眞是假，出手便曉。黃老邪，咱哥兒倆來玩玩，瞧你練過九陰眞經的功夫沒有。』他站起身來，等師父也離椅站起，便左手出拳，向師父打去。師父還以一招『桃華落英掌』。兩人這一動上手，但見燭影飄飄，身法快速。我向師哥瞧去，他也正回頭瞧我，兩人都伸伸舌頭，這樣高明的武功，我們可從來沒見過。

「我拉拉師哥的衣袖，打個手勢，心想這是千載難逢的良機，師父給一位大高手纏上了，一時脫不了身，正好去他書房盜眞經的上卷。師母不會武功，我們決不傷她，也決不驚嚇她，我只向她拜上三拜，以表感恩，搶了經書便走。可是師哥瞧得著了迷，說甚麼也不肯走。他後來說，他想師父跟那全眞教的長鬍子動手過招，到頭來必定會使九陰眞經武功，就算師父眞的沒學過，那長鬍子必定會使，親眼見到兩大高手過招印證，可比單瞧書本上的字句描述好得多了。他捨不得走，我也就不敢自己一個兒去，湊眼到窗縫中再去看，只見師父的身子好似在水上飄行那麼滑來滑去，似乎只是閃避而沒進招。那『不通兄』的招式也異常巧妙古怪。只見師父一滑退到了窗邊，那長鬍子左手揮掌拍來，師父一矮身，蓬的一響，長鬍子這一掌拍開了長窗，我忙閃身在旁。師父一瞥之下見到我的長頭髮，怔了一怔，叫道：『超風！』身法稍緩，長鬍子的右掌同時拍到，師父似乎閃避不及，這一掌拍上了他肩頭。師父一個踉蹌，右足稍跪，連出兩指，嗤嗤聲響，『彈指神通』彈中了長鬍子的雙腿，那長鬍子委倒在地，滾開了站不起身。

「師父嘿嘿一笑，說道：『超風，師父不練九陰眞經，只用彈指神通，還不是贏了他！你來幹甚麼？』我跳起身來，跪在師父面前，哭道：『師父，弟子對你不起，是瞧你老人家和師母來著。』師父淒然道：『你師母過去啦！後面便是靈堂。』他伸手向後面一指。我只嚇得頭腦中一片混亂，奔向後進，只見天井之後的廳中，赫然是座靈堂，中間一個靈位，寫著『先室馮氏之靈位』。我跪下來拜倒，痛哭失聲。忽然之間，看見靈堂旁邊有個一兩歲大的小女孩兒，坐在椅子上向著我直笑，這女孩兒眞像師母，定是她的女兒，難道她是難產死的麼？

「師父站在我後面，我聽得那女孩兒笑著在叫：『爸爸，抱！』她笑得像一朵花，張開了雙手，撲向師父。師父怕她跌下來，伸手抱住了她。陳師哥拉著我飛奔，搶到了船裏，海水濺進船艙，我的心還在突突急跳，好像要從口裏衝出來，聽得師父的話聲遠遠傳過來：『你們去吧！你們好自爲之，不要再練九陰眞經了，保住性命要緊。』

「我和賊漢子看了師父這一場大戰，從此死了心。他說：『不但師父的本事咱們沒學到一成，就是那全眞教的長鬍子，咱倆又怎及得上？』我說：『你懊悔了嗎？若是跟著師父，總有一天能學到他的本事。』他說：『你不懊悔，我也不懊悔。』於是他用自己想出來的法子練功，教我跟著也這麼練。他說這法子當然不對，然而也能練成厲害武功。我說：『師父叫我們不可練經上武功。』陳師哥說：『有師父這樣高的功夫，自然不必練經上武功。我們有麼？不練行麼？』

「我二人把金鐘罩鐵布衫一類的橫練功夫也練成了七八成，此後橫行江湖，『黑風雙煞』名頭越來越響。有一天，我們在一座破廟裏練『摧心掌』，突然四面八方的給數十名好手圍住了。領頭的是師弟陸乘風。他惱恨爲了我們而給師父打斷雙腿，大舉約人，想擒我們去獻給師父。這小子定是想重入師門。哼，要擒住『黑風雙煞』，可也沒那麼容易。我們殺了七八名敵人，突圍逃走，可是我也受傷不輕。那飛天神龍柯辟邪是賊漢子殺的，還是我殺的？可記不清楚了，反正誰殺的都是一樣。過不了幾個月，忽然發覺全眞教的道士也在暗中追蹤我們。鬥是鬥他們不過的，我們結下的冤家實在太多，於是離開了中原，走得遠遠的，直到了蒙古的大草原。

「我們繼續練『九陰白骨爪』和『摧心掌』，有時也練白蟒鞭。他說這是可以速成的外門神功，不會內功也不打緊。忽然間，那天夜裏在荒山之上，江南七怪圍住了我。『我的眼睛！我的眼睛！』我又疼痛，又麻癢，最難當的是甚麼也瞧不見了。我運氣抵禦毒質，爬在地下，幾乎要暈了過去。我沒死，可是眼睛瞎了，師哥死了。那是報應，這柯鎮惡柯瞎子，我們曾殺死了他的兄長，他要報仇。」

梅超風想到這件痛事，雙手自然而然的一緊，牙齒咬得格格作響，郭靖左手腕骨如欲斷折，暗暗叫苦：「這次一定活不成啦，不知她要用甚麼狠毒法子來殺我？」便道：「喂，我是不想活啦，我求你一件事，請你答允罷。」梅超風冷然道：「你還有事求我？」郭靖道：「是。我身上有好些藥，求你行行好，拿去交給西城安寓客棧裏的王道長。」

梅超風不答，也不轉頭。郭靖道：「你答允了嗎？多謝你！」梅超風道：「多謝甚麼？我從來沒做過好事！」

她已記不起這一生中受過多少苦，也記不起殺過多少人，但荒山之夜的情景卻記得清清楚楚。「眼前突然黑了，瞧不見半點星星的光。我那好師哥說：『小師妹，我以後不能照顧你啦。你自己要小心……』這是他最後的話。『哼，他不照顧我了，我小心來幹麼？』他把眞經下卷的抄本塞在我手裏，『唉，眼睛盲了，還看得見麼？』我把眞經抄本塞在懷裏。我雖沒用，也不能落入敵人手裏，總有一天，我要去還給師父。忽然大雨傾倒下來，江南七怪猛力向我進攻，我背上中了一掌。這人內勁好大，打得我痛到了骨頭裏。我抱起了好師哥的屍體逃下山去，我看不見，可是他們也沒追來。啊，雨下得這麼大，四下裏一定漆黑一團，他們看不見我。

「我在雨裏狂奔。好師哥的身子起初還是熱的，後來漸漸冷了下來，我的心也在跟著他一分一分的冷。我全身發抖，冷得很。『賊哥哥，你眞的死了麼？你這麼厲害的武功，就這麼不明不白的死了嗎？是誰殺了你的？』我拔出了他肚臍中的短劍，鮮血跟著噴出來。那有甚麼奇怪？殺了人一定有血，我不知殺過多少人。『算啦，我也該和賊哥哥一起死啦！沒人叫他賊哥哥，他在陰間可有多冷清！』短劍尖頭抵到了舌頭底下，那是我的罩門所在，忽然間，我摸到了短劍柄上有字，細細的摸，是『楊康』兩字。嗯，殺死他的人叫做楊康。此仇怎能不報？不先殺了這楊康，我怎能死？」

想到這裏，長長的嘆了口氣。「甚麼都完了，賊哥哥，你在陰世也這般念著我嗎？你要是娶了個女鬼做老婆，咱們可永遠沒了沒完……

「我在沙漠中挖了個坑，把師哥的屍身埋在裏面。我瞎了眼睛，每日裏單是尋找飲食也難得很，只好向人乞食。幸好蒙古人心好，見我是個瞎女子可憐，倒肯施捨牛乳、牛羊肉、麵餅給我。就這樣，我在大漠中苦挨了幾年。這一天，我在山洞裏練功，忽聽到大隊人馬經過，說的是大金國女眞話。我出去向他們討東西吃，帶隊的王爺收留了我，帶我到中都王府來。後來我才知道，原來這位王爺是大金國的六皇子趙王爺。我在後花園給他們掃地，在後園中找到一個廢置了的地窖，就住在那裏。晚上偷偷練功夫，這樣練了幾年，誰也沒瞧出來，只當我是個可憐的瞎眼婆子。

「那天晚上，唉，那頑皮的小王爺半夜裏到後花園找鳥蛋，他一聲不響，我瞧不見他，他卻見到了我練銀鞭，纏著我非教不行。我教了他三招，他一學就會，眞聰明。我教得高興起來，甚麼功夫也傳了他，九陰白骨爪也教，摧心掌也教，但要他發了重誓，對誰都不許說，連王爺、王妃也不能說，只要洩漏了一句，我一抓就抓破他天靈蓋。小王爺練過別的武功，還著實不低。他說：『師父，我另外還有一個男師父，這個人不好，我不喜歡他，我只喜歡你師父。我在他面前，決不顯露你教我的功夫。他可比你差得遠，教的功夫都不管用。』哼，小王爺說話就叫人聽著高興。他那個男師父決非無能之輩，只不過我既不許他向人說跟我學武功，我也就不去查問他的男師父。

「又過幾年，小王爺說，王爺又要去蒙古。我求王爺帶我同去，好祭一祭我丈夫的墳。小王爺給我說了，王爺當然答允。王爺寵愛他得很，甚麼事都依他。賊漢子的墳，當然不必祭了。我是要找江南七怪報仇。唉！運氣眞不好，全眞七子竟都在蒙古，我眼睛瞧不見，怎能敵他們七人？那丹陽子馬鈺的內功實在了不起，他說話毫不使力，聲音卻送得這麼遠。

「去蒙古總算沒白走，那馬鈺給我劈頭一問，胡裏胡塗的傳了我一句內功眞訣，回到王府之後，我躲在地窖裏再練苦功。唉，這內功沒人指點眞是不成。兩天之前，我強修猛練，憑著一股剛勁急衝，突然間一股眞氣到了長強穴之後再也回不上來，下半身就此動彈不得了。我向來不許小王爺來找我，他又怎知我練功走了火？要不是這姓郭的小子闖進來，我準要餓死在這地窖裏了。哼，那是賊哥哥的鬼魂勾他來的，叫他來救我，叫我殺了他給賊哥哥報仇。啊，哈哈，哈哈！啊，哈哈，哈，嘿嘿，哼，哈哈！」

梅超風突然發笑，身子亂顫，右手突然使勁，在郭靖頭頸中扼了下去。郭靖到了生死關頭，反手頂住她手腕，出力向外撐持。他既得了馬鈺玄門正宗的眞傳，數年修習，內力已頗不弱。梅超風猛扼不入，右手反讓他撐了開去，吃了一驚：「這小子功夫不壞啊！」連抓三下，都給郭靖以掌力化開。梅超風長嘯一聲，舉掌往他頂門拍下，這是她「摧心掌」中的絕招。郭靖功力畢竟跟她相差太遠，左手又讓她牢牢抓住了，這一招如何化解得開？只得奮起平生之力，舉起右手擋格。

梅超風與他雙手相交，只感臂上劇震，心念動處，立時收勢，尋思：「我修習內功沒人指點，以致走火入魔，落得半身不遂。剛才我聽他說跟馬鈺學過全眞派內功，便想到要逼他說內功的秘訣，怎麼後來只是要殺他爲賊哥哥報仇，竟把這件大事拋在腦後？幸好這小子還沒死。」回手又叉住郭靖頭頸，說道：「你殺我丈夫，那是不用指望活命的了。不過你如聽我話，我讓你痛痛快快的死了；要是倔強，我要折磨得你受盡苦楚，先將你一根根手指都咬了下來，慢慢的一根根嚼來吃了。」她行功走火，下身癱瘓後已然餓了幾日，眞的便想吃郭靖手指，倒也不是空言恫嚇。

郭靖打個寒戰，瞧著她張口露出白森森的牙齒，不敢言語。

梅超風問道：「全眞教中有『三花聚頂，五氣朝元』之說，那是甚麼意思？」郭靖心中明白：「原來她想我傳她內功。她日後必去害我六位師父。我死就死罷，怎能讓這惡婦再增功力，害我師父？」閉目不答。梅超風左手使勁，郭靖腕上奇痛徹骨，但他早橫了心，說道：「你想得內功眞傳，乘早死了這條心。」

梅超風見他倔強不屈，只得放鬆了手，柔聲道：「我答應你，拿藥去交給王處一，救他性命。」郭靖心中一凜：「啊，這是大事。好在她下半身不會動彈，我六位師父也不會怕她。」便道：「好，你立一個重誓，我就把馬道長傳我的法門對你說。」

梅超風大喜，說道：「姓郭的……姓郭的臭小子說了全眞教內功法門，我梅超風如不將藥物送交王處一，教我全身動彈不得，永遠受苦。」

這兩句話剛說完，忽然左前方十餘丈處有人喝罵：「臭小子快鑽出來受死！」郭靖聽聲音正是三頭蛟侯通海。另一人道：「這小丫頭必定就在左近，放心，她逃不了。」兩人一面說一面走遠。

郭靖大驚：「原來蓉兒尚未離去，又給他們發現了蹤跡。」心念一動，對梅超風道：「你還須答允我一件事，否則任你怎樣折磨，我都不說秘訣。」梅超風怒道：「還有甚麼事？我不答允。」郭靖道：「我有個好朋友，是個小姑娘。王府中的一批高手正在追她，你必須救她脫險。」

梅超風哼了一聲，道：「我怎知她在那裏？別囉唆了，快說內功秘訣！」隨即手臂加勁。郭靖喉頭被扼，氣悶異常，卻絲毫不屈，說道：「救不救……在你，說……不說……在我。」梅超風無可奈何，說道：「好罷，便依了你，想不到梅超風任性一世，今日受你臭小子擺佈。那小姑娘是你的小情人嗎？你倒也眞多情多義。咱們話說在前頭，我只答允救你的小情人脫險，卻沒答允饒你性命。」

郭靖聽她答允了，心頭一喜，提高聲音叫道：「蓉兒，到這裏來！蓉兒……」剛叫得兩聲，忽喇一聲，黃蓉從他身旁玫瑰花叢中鑽了出來，說道：「我早就在這兒啦！」郭靖大喜道：「蓉兒，快來。她答允救你，別人決不能難為你。」

黃蓉在花叢中聽郭靖與梅超風對答已有好一陣子，聽他不顧自己性命，卻念念不忘於她的安危，心中感激，兩滴熱淚從臉頰上滾了下來，又聽梅超風說自己是他的「小情人」，心中更甜甜的感到甚是溫馨，向梅超風喝道：「梅若華，快放手！」

「梅若華」是梅超風投師之前的本名，江湖上無人知曉，這三字已有很久沒聽人叫過，斗然間讓人呼了出來，這一驚直是非同小可，顫聲問道：「你是誰？」

黃蓉朗聲道：「桃華影落飛神劍，碧海潮生按玉簫！我姓黃。」

梅超風更加吃驚，只說：「你……你……你……」黃蓉叫道：「你怎樣？東海桃花島的彈指峯、清音洞、綠竹林、試劍亭，你還記得麼？」這些地方都是梅超風學藝時的舊遊之地，此時聽來，恍若隔世，顫聲問道：「桃花島的黃……黃師父，是……是……是你甚麼人？」

黃蓉道：「好啊！你倒還沒忘記我爹爹，他老人家也還沒忘記你。他親自瞧你來啦！」

梅超風一聽之下，只想立時轉身飛奔而逃，可是腳下那動得分毫？只嚇得魂飛天外，又想到便能見到師父，喜不自勝，叫道：「師父……師父……」黃蓉叫道：「快放開他。」

梅超風忽然想起：「師父怎能到這裏來？這些年來，他一直沒離桃花島。我和賊哥哥盜了他的九陰眞經，他也沒出島追趕。我可莫讓人混騙了。」

黃蓉見她遲疑，左足一點，躍起丈餘，在半空連轉兩個圈子，凌空揮掌，向梅超風當頭擊到，正是「桃華落英掌」中的一招「江城飛花」，叫道：「這一招我爹爹教過你的，你還沒忘記罷？」梅超風聽到她空中轉身的風聲，那裏還有半點疑心，舉手輕輕格開，叫道：「師妹，師父呢？」黃蓉落下身子，順手一扯，已把郭靖拉了過去。

原來黃蓉便是桃花島島主黃藥師的獨生愛女。她母親於生她之時適逢一事，心力交瘁，以致難產而死。黃藥師先前又已將所有弟子逐出島去，島上就是他父女二人相依為命。黃藥師素有「東邪」之號，行事怪僻，常說世上禮法規矩都是狗屁，對女兒又愛逾性命，自然從不稍加管束，以致把這個女兒慣得驕縱異常。她人雖聰明，學武卻不肯專心，父親所精的甚麼陰陽五行、算經術數，她竟樣樣要學，加以年齡尚幼，因此儘管父親是一代宗主，武功已臻出神入化之境，她卻只初窺桃花島武學的門徑而已。

這天她在島上遊玩，來到父親囚禁敵人的山洞門口，寂寞之中，跟那人說起話來。談了半天，但覺那人言語有趣之極，聽那人嫌父親給的酒太淡，便送了一瓶美酒給他，再加幾樣精美菜肴。那人吃得讚不絕口，與黃蓉一老一小，說得投機，但次日便給黃藥師知道了，重重責罵了一頓。黃蓉從沒給父親這般嚴厲的責罵過，心中氣苦，刁蠻脾氣發作，竟乘了小船逃出桃花島，自憐無人愛惜，便刻意扮成個貧苦少年，四處浪蕩，心中其實是在跟父親鬥氣：「你既不愛我，我便做個天下最可憐的小叫化罷了！」

不料在張家口無意間遇到郭靖，初時她在酒樓胡亂花錢，原是將心中對父親的怨氣出在郭靖頭上。那知兩人言談投機，一見如故，郭靖竟解衣、送金、贈馬，關切備至。她正淒苦寂寞，蒙他如此坦誠相待，正是雪中送炭，心中感激，兩人結為知交。

黃蓉曾聽父親說起陳玄風、梅超風的往事，因此知道梅超風的閨名，至於「桃華影落飛神劍，碧海潮生按玉簫」兩句，是她桃花島試劍亭中的一副對聯，其中包含著黃藥師的兩門得意武功，桃花島弟子無人不知。她自知武功遠不是梅超風敵手，謊稱父親到來。梅超風果然一嚇之下放了郭靖。

梅超風想起黃藥師生性之酷、手段之辣，不禁臉如土色，全身簌簌而抖，似乎見到黃藥師臉色嚴峻，已站在身前，不由得全身酸軟，似已武功全失，伏在地下，顫聲道：「弟子罪該萬死，只求師父可憐弟子雙目已盲，半身殘廢，從寬處分。弟子對不起您老人家，當真豬狗不如。」她自與黃藥師相別，記著師父對自己的慈愛恩義，孺慕之念，無時或忘，此時雖怕見師父，但欣喜之情，更勝畏懼，說道：「不，師父不必從寬處分，你罰我越嚴越好。」

郭靖每次和她相遇，總是見她猶如兇神惡煞一般，縱然大敵當前，在懸崖上落入重圍，也仍不以爲意，然而一聽黃蓉提起她爹爹，竟嚇成這個樣子，大感奇怪。

黃蓉暗暗好笑，一拉郭靖的手，向牆外指了指。兩人正想躍牆逃出，忽聽得身後一聲清嘯，一人長笑而來，手搖摺扇，笑道：「女孩兒，我可不再上你的當啦。」

黃蓉見是歐陽克，知他武功了得，既給他見到了，可就難以脫身，轉頭對梅超風道：「梅師姊，爹爹最肯聽我的話，待會我給你求情。你先立幾件功勞，爹爹必能饒你。」梅超風道：「立甚麼功？」黃蓉道：「有壞人要欺侮我，我假裝敵不過，你給我打發。爹爹一會就來，見到你幫我，必定歡喜。」梅超風一聽，登時精神大振。

說話之間，歐陽克也已帶了四名姬妾來到眼前。

黃蓉拉了郭靖躲向梅超風身後，只待她與歐陽克動上了手，便乘機溜走。

歐陽克見梅超風坐在地下，披頭散髮，全身黑黝黝的一團，那把她放在心上，摺扇輕揮，逕行上前來拿黃蓉，突然間勁風襲胸，地下那婆子伸手抓來，這一抓勁勢之凌厲實生平未遇，大駭之下，忙伸扇往她腕骨擊去，同時急躍閃避，只聽得嗤，喀喇，啊啊，啊啊數聲連響。歐陽克衣襟撕下了一大片，扇子折為兩截，四名姬妾倒在地下。他一眼看去，四女盡數斃命，每人天靈蓋上中了一抓，頭頂鮮血和腦漿從五個指孔中湧出。敵人出手之快速狠毒，罕見罕聞。

歐陽克驚怒交集，見這婆子坐著不動，似乎半身不遂，怯意登時減了，展開家傳「神駝雪山掌」，身形飄忽，發掌進攻。梅超風十指尖利，每一抓出，都挾著嗤嗤勁風，歐陽克怎敢欺近身去？

黃蓉拉了郭靖正待要走，忽聽身後哇哇狂吼，侯通海揮拳打來。黃蓉身子略偏，侯通海眼見即可打到她肩頭，正自大喜，總算腦筋還不算鈍得到家，猛地想起她身穿軟蝟甲利器，大叫一聲，雙拳急縮，啪啪兩響，剛好打中了自己額頭的三個肉瘤，只痛得哇哇大叫，又怎有餘裕去拉她頭髮？

片刻之間，沙通天、梁子翁、彭連虎諸人先後趕到。

梁子翁見歐陽克連遇險招，一件長袍給對手撕得稀爛，已知這女子便是地洞中扮鬼的婆娘，哇哇怒叫，上前夾攻。沙通天等見梅超風出手狠辣，都感駭然，守在近旁，俟機而動。均想：「甚麼地方忽然鑽出來這個武功高強的婆娘？」彭連虎看得數招，失聲道：「是黑風雙煞！」

黃蓉仗著身子靈便，東躲西閃，侯通海那裏抓得到她頭髮？黃蓉見他手指不住抓向她頭頂，一轉念間已明白了他用意，矮身往玫瑰叢後一躲，反過手臂，將蛾眉鋼刺從腦後插入了頭髻，探頭出來，叫道：「我在這裏！」侯通海大喜，一把往她頭頂抓去，叫道：「這可抓住了你這臭小……啊喲，啊喲！師哥，臭小子頭上也生刺……刺蝟！」手掌心給蛾眉鋼刺對穿而過，只痛得雙腳大跳。黃蓉笑道：「你頭上三隻角，鬥不過我頭上一隻角，咱們再來！」侯通海叫道：「不來了，不來了！」沙通天斥道：「別嚷嚷的！」忙趕過去相助。

這時梅超風在兩名高手夾擊之下漸感支持不住，忽地回臂抓住郭靖背心，叫道：「抱著我腿。」郭靖不明其意，但想現下和她聯手共抗強敵，且依她之言便了，俯身抱住她兩腿。梅超風左手擋開歐陽克攻來一掌，右爪向梁子翁發出，向郭靖道：「抱起我追那姓梁的！」郭靖恍然大悟：「原來她不能動，要我幫手。」抱起梅超風放在肩頭，依著她發聲指示，前趨後避，迎擊敵人。他身軀粗壯，輕身功夫本就不弱，梅超風又不甚重，放在肩頭，渾不減他趨退閃躍的靈動。梅超風凌空下擊，立佔上風。

梅超風念念不忘內功秘訣，一面迎敵，一面問道：「修練內功時姿式怎樣？」郭靖道：「盤膝而坐，五心向天。」梅超風道：「甚麼是五心向天？」郭靖道：「雙手掌心、雙足掌心、頭頂心，是爲五心。」梅超風大喜，精神爲之大振，唰的一聲，梁子翁肩頭著抓，登時鮮血迸現，急忙躍開。

郭靖上前追趕，忽見鬼門龍王沙通天踏步上前，幫同師弟擒拿黃蓉，心裏一驚，忙揹著梅超風飛步過去，叫道：「先打發了這兩個！」

梅超風左臂伸出，往侯通海身後抓去。侯通海身子急縮。豈知梅超風手臂跟著前伸，已抓住他後心提起，右手手指疾往他天靈蓋插下。侯通海全身痲軟，動彈不得，大叫：「救命，救命，我投降了！」

注：一、有論者認爲「華山論劍」之説不當，蓋五大高人無一使劍，所比者亦非劍術劍法。殊不知國人用語文雅，常虛指以代實物，如請人「吃飯」，並非當眞饗以白飯三大碗，而是雞鴨魚肉，美酒佳肴，反而並無白飯；廣東人「飲茶」，往往盛設點心，蝦餃、燒賣、炒麵、粽子，不一而足，且有白蘭地、威士忌；揚州、蘇州人「吃茶」，以湯包、豆腐、乾絲爲主，茶水反成次要；英國人説 "Please come to have a cup of tea."（請來喝杯茶），吃的是餅乾、甜餅、三文治、肉片、威士忌、果汁、啤酒，喝的咖啡多過紅茶。中國古人説「討庚帖」是求親，「雁奠、納采」是訂婚，「拜天地、拜堂」是正式舉行婚禮，並不是向廳堂叩頭，「洞房花燭」是新郎新娘成親，並不是點一對花花蠟燭。與人「談天説地」，並非談論天上日月星、地下山河海，而是無所不談，往往不涉天地；説人「是非」，亦非評論旁人「是否信仰眞理或信了邪教」，而是談論別人之「男女關係、貪污腐敗」；所謂「打擂台」，也不是對著木搭之高台拳打腳踢，而是打人比武。「論劍」乃雅稱，並非當眞須長劍

短劍，口論舌辯也。「諸葛亮舌戰羣儒」，自不是諸葛亮伸出舌頭，發內功與人的舌頭打架。

二、臺灣有論者認爲「三花聚頂，五氣朝元」乃練內功之初步入門功夫，初學者必知，梅超風不必問。殊不知「三花聚頂，五氣朝元」在道家至少用於三處，一用於修習內功，各門派傳習不同；二用於修鍊內丹，求長生不老；三用於還丹求仙。《鍾呂傳道記》記鍾離權向呂洞賓傳授「三花（陽）聚頂、五氣朝元」之法：「呂曰：煉形之理，既已知矣，所謂『朝元』者，可得聞乎？鍾曰：大藥將就，玉液還丹而沐浴胎心，眞氣既生以沖玉液上升，而更改塵骨而曰玉液煉形，及夫肘後飛起金晶河車，以入內院，自上而中，自中而下，金液還丹以煉金砂，而『五氣朝元，三陽聚頂』乃煉氣成神，非止於煉氣住世而已。所謂『朝元』者，古今少知，苟或知之，聖賢不說。蓋以是眞仙大成之法，默藏天地不測之機，誠爲三清隱祕之事，忘言忘象之元旨，無問無應之妙道，恐子之志不篤，而學不專心不寧而問不切，輕言易語，反我有漏泄聖機之愆，彼此各爲無益。」此後呂洞賓堅決請問，鍾離權遂加傳授，大法精微奧妙，我輩凡人不懂矣。以呂洞賓求仙之誠，鍾離權尚不輕易指點，可見所謂「三花聚頂、五氣朝元」決非簡單入門功夫，道家修習內功，常與求仙之術混同。作者不信長生不老，亦不信鍊丹可以成仙，於此全不置信，亦不信初學內功者能精通其義。梅超風匆忙亂問，郭靖一知半解而亂答，相信「輕言易語，彼此各爲無益」。

【金庸簡介】

本名查良鏞，浙江海寧人，一九二四年生。曾任報社記者、編譯、編輯，電影公司編劇、導演等；一九五九年在香港創辦明報機構，出版報紙、雜誌及書籍，一九九三年退休。先後撰寫武俠小說十五部，廣受當代讀者歡迎，至今已蔚爲全球華人的共同語言，並興起海內外金學研究風氣。曾獲頒衆多榮銜，包括英國政府O.B.E.勳銜、香港大學名譽博士、加拿大UBC大學名譽文學博士、法國「榮譽軍團騎士」勳銜、北京大學名譽教授、日本創價大學名譽教授、英國牛津大學、劍橋大學等校榮譽院士、台北清華大學、南開大學、蘇州大學、華東師大等校名譽教授。現任英國牛津大學中國學術研究所高級研究員、加拿大UBC大學文學院兼任教授、浙江大學人文學院院長、教授。其《金庸作品集》分由香港、廣州、臺灣、新加坡/馬來西亞四地出版，有英、日、韓、泰、越、印尼等多種譯文。

爲使全世界金庸迷能夠彼此分享閱讀心得，遠流特別架設「金庸茶館」網站，以整合、提供、聯結、傳播一切與金庸作品相關的資訊，站址是：http://jinyong.ylib.com

齊白石「江南布衣」(此章係齊白石為徐悲鴻而作)。

射鵰英雄傳/金庸作.-- 四版. -- 臺北市：
遠流, 2003 [民92]
冊；　公分.--（金庸作品集；5-8）
ISBN 957-32-4975-8（全套：精裝）
857.9　　　　92010262

金庸作品集❺

射鵰英雄傳 (一)〔公元2003年金庸新修版〕

The Eagle-shooting Heroes, Vol. 1

作者 金庸

執行主編 李佳穎
執行副主編 鄭祥琳
特約編輯 黃麗群
封面設計 霍榮齡
內頁插畫 姜雲行
美術編輯 霍榮齡設計工作室
封面原圖 元 黃公望「富春山居圖」，國立故宮博物院（臺灣）藏品。

發 行 人 王榮文
出版・發行 遠流出版事業股份有限公司
臺北市南昌路二段81號6樓
電　話 886-2-23926899
傳　真 886-2-23926658
郵　撥 01894561

1987年2月1日 初版一刷
2013年1月16日 四版十五刷
新修版 每冊280元（本作品全四冊，共1120元）
〔另有典藏版共36冊（不分售），平裝版共36冊，文庫版共72冊，大字版共72冊（陸續出版中）〕

行政院新聞局局版臺業字第1295號

ISBN 957-32-4975-8（套：精裝）
ISBN 957-32-4970-7（第一冊：精裝）
Printed in Taiwan

金庸茶館網站
http://jinyong.ylib.com E-mail:jinyong@ylib.com
YLib 遠流博識網
http://www.ylib.com E-mail:ylib@ylib.com